ÉTRANGES DÉTOURS

DU MÊME AUTEUR
CHEZ POCKET

LA CACHE DU DIABLE
FIÈVRE DE GLACE
LUNE FROIDE
LA MAISON INTERDITE
LE MASQUE DE L'OUBLI
MIROIR DE SANG
LA MORT À LA TRAÎNE
MR MURDER
LA NUIT DES CAFARDS
LA NUIT DU FORAIN
LA PESTE GRISE
PRISON DE GLACE
UNE PORTE SUR L'HIVER
LA VOIX DES TÉNÈBRES
LES YEUX DES TÉNÈBRES
DÉMONS INTIMES
TIC-TAC

COLLECTION TERREUR
dirigée par Patrice Duvic

DEAN KOONTZ

ÉTRANGES DÉTOURS

Traduit de l'américain par
Claude Califano

POCKET

Ce volume constitue la première partie de l'édition américaine *Strange Highways* comprenant le roman *Strange Highways*, ainsi que les nouvelles : *The Black Pumpkin* copyright © 1986 by Nkui, Inc., originally appeared in *Twilight Zome Magazine,* December, 1986 ; reprinted by permission of Nkui, Inc. *Miss Attila the Hum* copyright © 1987 by Nkui, Inc., originally appeared in *Night Visions 4,* published by Dark Harvest, Arlington Heights, Illinois ; reprinted by permission of Nkui, Inc. *Down in the Darkness* copyright © 1986 by Nkui, Inc., originally appeared in *The Horror Show*, Summer 1986, reprinted by permission of Nkui, Inc. *Ollie's Hands* copyright © 1972 by Dean R. Koontz, originally appeared in *Infinity Four*, edited by Robert Hoskins, published by Lancer Books ; revised version copyright © 1995 by Dean R. Koontz. *Snatcher* copyright © 1986 by Nkui, Inc., originally appeared in *Night Cry,* Fall 1986 ; reprinted by permission of Nkui, Inc. *Trapped* copyright © 1989 by Nkui, Inc., originally appeared in *Stalkers*, edited by Ed Gorman and Martin H. Greenberg, published by Dark Harvest, Arlington, Illinois ; reprinted by permission of Nkui, Inc.

ISBN : 2-266-07281-1.

Ce livre est dédié
avec toute mon effection
à Jerry et Mary Ann Crowe.
Après tant d'années d'amitié,
Gerda et moi avons appris que notre patience était infinie.
Merci pour l'amitié,
pour les rires que vous avez provoqués
(certains étaient intentionnels)
en achetant la maison
aux portes de l'enfer,
et pour porter à mon attention
chacune des erreurs
que je commets.
Même les erreurs minimes.
Même les erreurs minuscules
que personne d'autre, pas même Dieu,
ne remarquerait.
Merci. Merci.
Merci.

I

Par un après-midi d'automne, alors qu'il entrait dans Asherville au volant d'une voiture de location, Joey Shannon fut soudain pris d'une suée glaciale. Un désespoir aussi intense que soudain le submergea.

Il faillit alors opérer un virage à cent quatre-vingts degrés au beau milieu de la chaussée. Mais il résista à l'envie d'enfoncer la pédale de l'accélérateur dans le plancher, de prendre de la vitesse et de ne plus jamais regarder en arrière.

La ville n'était pas plus sinistre que n'importe quelle cité minière de Pennsylvanie, où il n'y avait plus de puits en activité ni de boulot depuis des dizaines d'années. Pourtant, l'endroit n'était pas déprimant au point que son apparition lui glace le cœur et provoque en lui une montée de désespoir, et il s'étonna que son retour dans sa ville natale, qu'il retardait depuis si longtemps, le fasse ainsi réagir.

Fréquenté par un peu moins d'un millier de résidents locaux, auxquels s'ajoutaient quelque deux mille clients venus des petites villes des environs, le centre commercial se résumait à deux pâtés d'immeubles. Les bâtiments en pierre, à deux ou trois étages – construits dans les années 1850, et qu'un siècle et demi de pollution urbaine avait considérablement noircis –, étaient à peu près restés tels qu'il les avait connus dans sa jeunesse.

Apparemment, l'association des commerçants ou le conseil municipal avaient entrepris des travaux de rénovation, et toutes les portes, les fenêtres, les volets et les corniches sans exception avaient été repeints à neuf. Au cours des dernières années, des trous circulaires avaient été pratiqués dans les trottoirs, afin d'y planter de jeunes érables qui mesuraient à présent deux mètres cinquante, et que des piquets soutenaient encore.

Leurs feuilles rouges et ambrées auraient dû égayer la ville, mais Asherville restait triste et frileuse, et bien peu accueillante, surtout à cette heure crépusculaire. Perché sur les plus hautes cimes des montagnes, à l'ouest, le soleil semblait s'être étrangement rétréci, et la lueur de ses derniers rayons ne parvenait pas à éclairer le paysage. Dans cette lumière jaunâtre, les ombres croissantes des maigres érables étendaient leurs doigts crochus jusque sur le toit noir de la voiture.

Joey monta le chauffage. Soudain plus puissant, le souffle d'air chaud ne le réchauffa pourtant pas tout de suite.

Au-dessus de la flèche de Notre-Dame-des-Larmes, comme le soleil déclinant commençait à étaler le manteau violet de la nuit, un énorme oiseau noir décrivait de grands cercles dans le ciel. La créature ailée aurait pu être un ange sinistre cherchant refuge à l'abri du clocher.

De rares passants marchaient dans les rues, où roulaient aussi quelques véhicules, mais il ne reconnut personne. Il avait quitté la ville depuis longtemps. Durant toutes ces années, les gens avaient changé, naturellement, ou avaient déménagé. Ou étaient morts.

Lorsqu'il s'engagea dans l'allée de gravier qui menait à la vieille maison, située dans les quartiers à l'est d'Asherville, la peur qui le tenaillait s'accrut. Les lattes de bois avaient besoin d'une bonne couche de peinture, et le toit goudronné aurait supporté quelques réparations, mais l'endroit n'avait rien de lugubre, ni même de vaguement gothique comme les immeubles du centre-ville. Modeste. Triste. Délabré. Mais rien de pire. Malgré les privations, il avait eu une enfance heureuse. Gamin, il ne se rendait même pas compte que sa famille était pauvre; cette réalité ne lui était apparue que lorsqu'il était allé à l'université, où, avec le recul, il avait alors pu juger la vie qu'ils menaient à Asherville. Pourtant, il avait attendu quelques minutes dans l'allée, en proie à une inquiétude inexplicable, sans aucune envie de sortir de la voiture pour entrer dans la maison.

Il coupa le moteur et les phares. Le chauffage n'était

pas parvenu à le réchauffer, mais sans l'air chaud propulsé par la ventilation, il eut soudain encore plus froid.

La maison attendait.

Peut-être avait-il peur d'affronter sa culpabilité et les motifs de la douleur qu'il ressentait. Il n'avait pas été un bon fils. Et désormais, il n'aurait plus jamais l'occasion d'adoucir toute la peine qu'il avait causée. Peut-être était-il terrifié par l'idée qu'il lui faudrait passer le reste de son existence sous le poids du fardeau de ses fautes, sans pouvoir exprimer ses remords et sans aucun espoir de pardon.

Non. Un tel fardeau était pesant, mais ce n'était pas ce qui l'effrayait. Ce n'était ni la culpabilité ni le chagrin qui desséchaient sa bouche et accéléraient les battements de son cœur, tandis qu'il fixait du regard la vieille demeure. C'était autre chose.

En tombant, le jour avait fait se lever une légère brise en provenance du nord-est. Une rangée de pins hauts de six mètres s'élevait le long de l'allée, et leurs branches se mirent à s'agiter dans la nuit naissante.

D'abord, les sensations de Joey lui parurent extraordinaires, comme si un mauvais présage était en train de lui signaler qu'il était sur le point de faire une rencontre surnaturelle. Le sentiment était proche de ce qu'il avait parfois ressenti, des années auparavant, lorsqu'il était enfant de chœur, et qu'il se tenait à côté du prêtre, essayant de percevoir l'instant où le vin ordinaire dans le calice se changeait en sang sacré du Christ.

Au bout d'un moment, pourtant, il décida qu'il se comportait de façon idiote. Son angoisse était aussi irrationnelle que celle d'un gosse dans le noir, qui s'imagine qu'un lutin est caché sous son lit.

Il sortit alors de la voiture et se dirigea vers le coffre, afin d'y prendre sa valise. Tout en déverrouillant la serrure, il eut soudain la certitude, irraisonnée, qu'un monstre attendait à l'intérieur, et, comme le battant se soulevait, son cœur se mit à battre à grands coups dans sa poitrine. Paniqué, il recula de quelques pas.

Le coffre ne contenait que sa vieille valise usée. Évidemment. Après avoir pris une profonde inspiration destinée à calmer ses nerfs, il saisit son bagage et referma le coffre à toute volée.

Il avait besoin de boire un verre pour se ressaisir. De manière générale, il avait toujours besoin d'un verre.

Boire un whisky était l'unique solution qu'il apportait à la plupart de ses problèmes. Et parfois, ça marchait.

Les marches du porche étaient bombées, et le plancher, qui n'avait pas été repeint depuis des années, craqua bruyamment sous ses pas. S'il était passé à travers le bois pourri, il n'en aurait pas été autrement surpris.

Depuis la dernière fois qu'il l'avait vue, vingt ans auparavant, la maison s'était considérablement délabrée, ce qui le surprit. Au cours des douze dernières années, son frère avait envoyé à leur père, chaque mois, un chèque d'un montant conséquent, qui aurait dû permettre au vieil homme de s'offrir un meilleur cadre de vie, ou en tout cas de réparer la maison. Qu'avait donc bien pu faire leur père avec tout cet argent ?

La clé se trouvait sous le paillasson, à l'endroit qu'on lui avait indiqué. Même si Asherville lui mettait le moral à zéro, c'était le genre de ville où l'on pouvait laisser une clé en évidence, et où la porte d'une maison pouvait rester ouverte sans risquer d'attirer un quelconque cambrioleur.

La porte d'entrée donnait directement sur le salon. Il posa sa valise au pied de l'escalier menant au premier étage.

Il éclaira la pièce.

Le sofa et le fauteuil n'étaient plus ceux qu'il avait connus vingt ans auparavant, mais ils leur ressemblaient tant qu'il était impossible de les différencier d'avec le précédent mobilier. Absolument rien d'autre ne paraissait avoir changé – exception faite de la télévision, qui était assez imposante pour avoir appartenu à Dieu en personne.

Le reste du rez-de-chaussée était occupé par la cuisine, qui ouvrait sur le coin-repas. La table verte en Formica, avec son large bord chromé, était celle autour de laquelle ils avaient mangé durant toute son enfance. Les chaises étaient les mêmes, bien que les coussins, amovibles, aient été remplacés par d'autres, plus neufs.

Il avait le sentiment curieux que la maison n'avait pas été occupée depuis une éternité, et même qu'elle avait été scellée, tel un tombeau antique, et qu'il était le premier homme depuis des siècles à violer cet espace silencieux. Sa mère était morte seize ans auparavant, son père depuis seulement trente-six heures, mais tous les deux semblaient avoir disparu en des temps immémoriaux.

Dans un coin de la cuisine, sur la porte donnant accès au sous-sol, était accroché un calendrier, cadeau de courtoisie de la First National Bank. La photo du mois d'octobre représentait un tas de citrouilles, posées sur un lit de feuillage. L'une d'elles avait été évidée de façon à figurer deux yeux et une bouche largement ouverte sur des dents pointues.

Joey s'approcha de la porte, mais il se garda de l'ouvrir tout de suite.

Il se souvenait parfaitement du sous-sol. Celui-ci se divisait en deux pièces, chacune possédant sa propre entrée par l'extérieur. L'une contenait la chaudière et le chauffe-eau. L'autre avait servi de chambre à son frère.

Un long moment, il se tint devant la porte, la main posée sur la poignée en fonte. Le métal contre sa peau était glacé, et la chaleur de son corps ne semblait pas devoir le réchauffer.

Lorsqu'il se décida enfin à tourner la poignée, celle-ci grinça doucement.

Deux ampoules nues, de faible voltage et couvertes de poussière, s'éclairèrent quand il actionna le commutateur : l'une se trouvait à mi-chemin de l'escalier descendant à la cave, et l'autre dans la pièce réservée à la chaudière. Mais aucune d'entre elles ne réussissait à chasser complètement la pénombre environnante.

Il n'avait aucune raison de commencer par visiter le sous-sol, surtout en pleine nuit. Cela pouvait attendre le lendemain matin. En fait, il n'avait pas la moindre raison de descendre à la cave.

Au pied de l'escalier, le carré de béton éclairé par l'ampoule était fissuré, exactement comme il en avait gardé le souvenir, et les ombres alentour semblaient suinter des étroites craquelures pour se répandre le long des murs.

« Oui ? » lança-t-il.

Il fut surpris de s'entendre parler, parce qu'il savait qu'il était la seule personne présente dans la maison. Pourtant, il attendit une réponse. Aucune ne vint.

« Il y a quelqu'un ? » demanda-t-il.

Rien.

Il se décida enfin à éteindre la lumière et à refermer la porte.

Puis il transporta sa valise jusqu'au premier étage. Un petit couloir étroit, dont le sol était recouvert d'un linoléum tacheté de gris et de jaune, conduisait du palier à la salle de bains.

Derrière l'unique porte à droite, se trouvait la chambre de ses parents. En fait, depuis seize ans, depuis la mort de sa mère, son père y avait dormi seul. Et désormais, ce n'était la chambre de personne.

La porte à gauche était celle de son ancienne chambre, dans laquelle il n'avait pas mis les pieds en vingt ans.

Un frisson parcourut sa nuque, et il fit volte-face pour jeter un coup d'œil au bas de l'escalier, dans le salon, s'attendant presque à découvrir quelqu'un. Mais qui aurait bien pu se trouver là ? Plus personne n'était dans la maison. Tous étaient morts et partis. L'escalier était désert.

La maison était si humble, petite, confinée, simple – pourtant, à cet instant précis, elle paraissait vaste, et de dimensions insoupçonnées, pleine de pièces dissimulées abritant des vies clandestines et des drames secrets bientôt découverts. Le silence n'exprimait pas une tranquillité ordinaire, et il lui perça les tympans comme un hurlement de femme l'aurait fait.

Il ouvrit la porte et se rendit dans sa chambre.

Il était de retour à la maison.

Et il avait peur. Il ne savait pas pourquoi. Ou s'il le savait, cette certitude se situait quelque part entre l'instinct et la mémoire.

II

Cette nuit-là, une tempête automnale arriva du nord-ouest, et tout espoir d'apercevoir les étoiles fut vain. L'obscurité se figea en nuages qui se pressèrent contre les montagnes, s'installant en altitude sur leurs versants, jusqu'à ce que le ciel perde toute sa luminosité, pour devenir aussi oppressant qu'une voûte de pierre froide.

Adolescent, Joey Shannon s'asseyait parfois près de l'unique fenêtre de sa chambre au premier étage, contemplant la portion de ciel que les montagnes environnantes délimitaient. Les étoiles et le bref passage de la lune d'une cime à l'autre étaient le rappel bienvenu du fait qu'au-delà d'Asherville, Pennsylvanie, d'autres mondes existaient, offrant des possibilités infinies, où même un garçon issu d'une pauvre famille de mineurs pouvait tenter sa chance et devenir tout ce qu'il souhaitait, surtout s'il était ambitieux et doté d'un tempérament passionné lui permettant de réaliser ses rêves.

Cette nuit-là, à l'âge de quarante ans, Joey était assis près de la même fenêtre, dans sa chambre obscure, mais la vue des étoiles lui était refusée. À la place, il avait une bouteille de Jack Daniel's.

Vingt ans auparavant, au cours d'un autre mois d'octobre, à une époque où le monde était bien meilleur, il avait rendu à ses parents l'une de ces brèves visites qu'il leur faisait de temps en temps, quittant le Shippensburg State College où, en sus d'une bourse, il payait ses études en travaillant le soir et tous les week-ends comme manutentionnaire dans un supermarché. Sa mère lui avait confectionné son repas préféré – pain de viande et sauce à la tomate, purée de pommes de terre, maïs soufflé – et il avait joué aux cartes avec son père.

Son frère aîné, P.J. (pour Paul John), se trouvait également à la maison lors de ce week-end, et il y avait donc eu beaucoup d'éclats de rire et de démonstrations d'affection, dans une atmosphère familiale chaleureuse. Les moments passés en compagnie de P.J. étaient toujours mémorables. Il réussissait tout ce qu'il entreprenait – il avait partout été le meilleur, au lycée et à l'université, il était un héros de l'équipe de football locale, un habile joueur de poker qui perdait rarement, un type à qui les filles les plus ravissantes faisaient les yeux doux – mais sa qualité principale, c'était sa façon unique de se comporter avec les gens en général, et l'espèce de gaieté communicative qu'il répandait autour de lui, où qu'il se trouve. P.J. avait naturellement le don de se faire des amis, une affection sincère pour la plupart des individus qu'il rencontrait, et une empathie candide qui le rendait capable de saisir chez quelqu'un, immédiatement, l'essence même de son être. Systématiquement, et sans efforts apparents, P.J. devenait le pivot de tous les groupes sociaux qu'il fréquentait. Supérieurement intelligent et pourtant réservé, beau mais dépourvu de toute vanité, spirituel et caustique sans jamais faire preuve de méchanceté, P.J. avait été le grand frère idéal pendant toute leur enfance. Mieux que ça, il avait été – et après tant d'années, il l'était encore – le modèle auquel Joey Shannon se référait, et l'unique personne en qui il aurait souhaité se réincarner si cela avait été possible.

Au cours des deux dizaines d'années qui avaient suivi, il ne s'était pas montré à la hauteur de son modèle, loin s'en fallait. Alors que P.J. ait volé de succès en succès, Joey, lui, avait un talent infaillible pour l'échec sous toutes ses formes.

Il prit quelques glaçons dans le bol posé sur le sol à côté de sa chaise et les fit glisser dans son verre. Puis il y ajouta une bonne rasade de Jack Daniel's.

Une chose que Joey n'avait pas ratée, c'était l'alcool. Bien qu'il ait rarement disposé sur son compte en banque, au cours de toute son existence, de plus de deux mille dollars, il s'était toujours débrouillé pour s'offrir le meilleur whisky. Et nul n'aurait pu prétendre que Joey Shannon était un poivrot de bas étage.

Lors de la dernière nuit qu'il avait passée chez ses parents – le samedi 25 octobre 1975 – il s'était assis près de cette même fenêtre avec une bouteille de RC Cola à la main. À l'époque, il n'était pas encore porté sur la boisson. Des étoiles brillantes comme des diamants ornaient le ciel, et il lui avait semblé qu'une infinité de destins l'attendaient, par-delà les montagnes.

À présent, il avait avec lui une bouteille de whisky. Et il s'en réjouissait.

On était le 25 octobre 1995 – encore un samedi. La nuit du samedi était toujours pour lui la pire nuit de la semaine, bien qu'il ne sût pas pourquoi. Peut-être qu'il n'aimait pas le samedi parce que la plupart des gens en profitaient pour dîner au restaurant, pour aller danser, ou pour voir un spectacle, histoire de célébrer la fin d'une semaine de labeur – alors que Joey, lui, n'avait rien à fêter, après avoir enduré sept autres journées dans la prison qu'était sa vie.

Un peu avant onze heures, l'orage éclata. Une succession d'éclairs incandescents illumina bruyamment la portion de ciel visible de la fenêtre, et le visage de Joey se refléta sur la vitre. Le grondement du tonnerre retentit, arrachant des nuages les premières grosses gouttes de pluie, et elles s'écrasèrent contre le carreau, éclaboussant l'image fantomatique du visage de Joey qui se dissipa aussitôt devant lui.

À minuit et demi, il se leva de sa chaise et se dirigea vers le lit. La pièce était plus sombre que le fond d'une mine, mais, même après vingt ans d'absence, il était capable de trouver son chemin dans le noir. Mentalement, il conservait le souvenir détaillé du linoléum usé et craquelé par endroits, de la descente de lit ovale que sa mère avait faite, du matelas étroit et des montants métalliques de la tête du lit, de l'unique table de chevet et de ses tiroirs faussés. Dans un coin se tenait le bureau, sérieusement endommagé, sur lequel il avait fait ses devoirs pendant ses douze années d'école, et où, à l'âge de huit ou neuf ans, il avait écrit ses premières histoires de royaumes enchantés, de monstres, et d'expéditions sur la Lune.

Petit garçon, il adorait les livres et il voulait devenir écrivain, plus tard, quand il serait grand. C'était l'une des rares choses auxquelles il n'avait pas échoué au cours des vingt dernières années – mais seulement parce qu'il n'avait jamais essayé. Après ce week-end d'octobre en 1975, il avait cessé d'écrire des histoires, et il avait laissé tomber son vieux rêve.

Le lit n'était plus recouvert par l'ancien plaid, comme avant, et, en fait, il n'était même pas équipé de draps. Joey se sentit trop fatigué et trop confus pour se mettre à chercher du linge.

Il s'étendit donc sur le matelas nu, sans prendre la peine d'ôter sa chemise et son jeans, ni même de retirer ses chaussures. Le doux rebond des ressorts usés produisit, dans l'obscurité ambiante, un son familier.

Malgré sa lassitude, Joey n'avait pas envie de dormir. Une demi-bouteille de Jack Daniel's n'avait pas réussi à calmer ses nerfs, ni à soulager ses craintes. Il se sentait particulièrement vulnérable. Endormi, il serait sans défense.

Pourtant, il fallait quand même qu'il essaie de se reposer. Dans un peu moins d'une douzaine d'heures, il allait enterrer son père, et il se devait d'emmagasiner des forces pour les obsèques, une épreuve qui n'allait pas être facile pour lui.

Traînant la chaise jusqu'à la porte donnant sur le couloir, il la renversa et coinça le dossier sous la poignée : une barricade simple, mais efficace.

Sa chambre était située au premier étage. Nul intrus n'aurait pu aisément atteindre la fenêtre en passant par l'extérieur. D'ailleurs, cette dernière était bloquée.

Maintenant, même s'il s'endormait profondément, personne ne pouvait pénétrer dans la chambre sans l'alerter. Personne. Rien.

À nouveau allongé sur le lit, il écouta pendant un long moment le grondement incessant de la pluie sur le toit. Si quelqu'un, au même instant, était en train d'entrer par effraction dans la maison, Joey aurait été bien incapable de l'entendre, à cause du vacarme de l'orage qui couvrait parfaitement tous les sons.

« Shannon, grommela-t-il, la quarantaine ne te réussit pas. »

À l'instar des roulements de tambour solennels accompagnant un cortège funèbre, la pluie rythma le passage de Joey dans des ténèbres plus épaisses.

Dans son rêve, il partageait son lit avec une morte, qui portait une étrange nuisette transparente tachée de sang. Bien qu'elle fût sans vie, elle s'anima soudain, comme mue par une énergie diabolique, et elle posa sa main livide sur le visage de Joey. *Tu veux faire l'amour avec moi?* lui demanda-t-elle. *Personne ne le saura! Je ne pourrais même pas témoigner contre toi. Je ne suis pas seulement morte, mais aussi aveugle.* Et elle se tourna vers lui, et il constata que ses yeux avaient disparu. Au fond des orbites de la femme, il y avait l'ombre la plus impénétrable qu'il ait jamais vue. *Je suis à toi, Joey. Je t'appartiens.*

Ce ne fut pas en poussant un cri, mais un véritable hurlement de terreur, qu'il se réveilla. Il s'assit au bord du lit, le visage enfoui dans les mains, et se mit à sangloter doucement.

Bien que confus et nauséeux à cause de la quantité d'alcool qu'il avait absorbée, il savait que la réaction que le cauchemar provoquait en lui n'était pas normale. Et même si son cœur battait la chamade, il était plus choqué que terrorisé. Pourtant, la morte n'était pas une femme qu'il aurait connue, mais plutôt une sorte de gobelin produite par le manque de sommeil conjugué à une trop forte dose de Jack Daniel's. La nuit précédente, encore traumatisé par l'annonce du décès de son père, et redoutant le voyage jusqu'à Asherville, il n'avait pas réussi à dormir. Et, à présent, la fatigue et le whisky menaçaient de peupler ses rêves de créatures monstrueuses. Elle n'était rien de plus que la grotesque locataire d'un cauchemar. Pourtant, le souvenir de cette femme aveugle le laissait à moitié écrasé par un sentiment de perte inexplicable plus lourd que l'univers tout entier.

D'après les aiguilles phosphorescentes de sa montre, il était trois heures et demie du matin. Il avait dormi moins de trois heures.

La nuit obscurcissait toujours les vitres, et le rideau de pluie s'effilochait à l'infini.

Il se leva et se dirigea vers la table où il avait laissé la bouteille de Jack Daniel's à moitié vide. Une gorgée de plus ne lui ferait pas de mal. Il lui fallait *quelque chose* pour tenir jusqu'à l'aube.

Tandis que Joey dévissait le bouchon, il éprouva l'irrésistible envie de s'approcher de la fenêtre. Elle l'attirait tel un aimant, mais il résista. Sans raison, il avait peur d'apercevoir la femme morte, de l'autre côté de la vitre ruisselante de pluie, en lévitation à la hauteur du premier étage, avec ses cheveux blonds mouillés et emmêlés, ses orbites vides plus noires que la nuit, sa nuisette transparente, les bras tendus, qui l'implorait silencieusement de se jeter par la fenêtre pour plonger au cœur de la tempête en sa compagnie.

Il fut soudain convaincu qu'elle était vraiment en train de flotter dehors, comme un fantôme. Il n'osait même plus jeter un coup d'œil en direction de la fenêtre, ni risquer un regard en coin. Si elle pénétrait son champ de vision périphérique, un simple contact visuel l'inviterait à entrer dans sa chambre. Comme un vampire, elle était capable de cogner contre le carreau pour le supplier de la laisser entrer, mais elle ne pouvait pas franchir le seuil de chez lui sans y être invitée.

En revenant vers le lit, la bouteille à la main, il prit soin de ne pas tourner son visage vers le rectangle de la fenêtre.

Il se demanda s'il était plus soûl que d'habitude, ou s'il était en train de perdre l'esprit.

À sa grande surprise, il revissa le bouchon sur le goulot de la bouteille sans boire une seule gorgée.

III

Au matin, la pluie avait cessé, mais le ciel restait bas et menaçant.

Joey n'avait pas la moindre gueule de bois. Il savait comment doser le whisky qu'il buvait afin d'en minimiser les douloureux effets. Ainsi, tous les jours, il prenait une bonne ration de vitamine B pour remplacer ce que l'alcool avait détruit, la cause principale des gueules de bois étant justement la déficience en vitamine B. Il connaissait tous les trucs utiles. Sa façon de boire était méthodique, et bien organisée ; celle d'un professionnel ou une approche quasi professionnelle.

Dans la cuisine, il trouva de quoi déjeuner : un bout de gâteau au café rassis, et un demi-verre de jus d'orange.

Après s'être douché, il mit son costume, le seul qu'il possédât, une chemise blanche, et une cravate rouge sombre. Il n'avait pas porté le costume depuis cinq ans, et ce dernier était un peu large. Le col de la chemise était trop grand d'une taille. On aurait dit un gamin de quinze ans déguisé avec les vêtements de son père.

Peut-être parce que sa consommation permanente d'alcool accélérait son métabolisme, Joey brûlait tout ce qu'il absorbait, et tous les ans en décembre, invariablement, il constatait qu'il avait perdu cinq cents grammes depuis le précédent mois de janvier. Dans quelque cent soixante ans, il finirait en courant d'air.

À dix heures, il se rendit aux Pompes funèbres générales Devokowski, situées dans la grand-rue. C'était fermé, mais M. Devokowski, qui l'attendait, le fit entrer.

Louis Devokowski était l'entrepreneur de pompes funèbres d'Asherville depuis trente-cinq ans. Il n'avait ni le teint plombé ni la maigreur, ni les épaules voutées que les bandes dessinées et les films attribuent généralement à la profession, mais une bonne carrure et un visage rougeaud, et des cheveux noirs, sans un fil gris – comme si le fait de travailler avec les morts équivalait à une prescription pour une longue vie et beaucoup de vitalité.

« Joey.

– M. Devokowski.

– Je suis infiniment désolé.

– Moi aussi.

– La moitié de la ville s'est déplacée pour saluer la dépouille, hier soir. »

Joey ne dit rien.

« Tout le monde aimait ton père. »

Joey se sentait incapable de prononcer un mot.

Devokowski dit : « Je vais t'accompagner. »

Le salon de présentation consistait en une grande pièce feutrée, au sol recouvert de moquette bordeaux, avec des rideaux bordeaux, des murs beiges, et un éclairage tamisé. Dans la pénombre, on distinguait des arrangements de roses, dont le parfum imprégnait l'atmosphère.

Le cercueil était un beau modèle en bronze, avec des poignées et des ornements en cuivre poli. Au téléphone, Joey avait chargé M. Devokowski de faire au mieux. C'était ce qu'aurait voulu P.J. – et ce serait lui qui paierait.

Joey s'approcha de la bière avec la réticence d'un homme en train de rêver, et qui s'attend à trouver dans le cercueil son propre corps.

Mais c'était bien Dan Shannon qui reposait en paix, vêtu d'un costume bleu nuit, sur un lit de satin crème. Les vingt dernières années ne lui avaient pas été favorables. Il paraissait éprouvé par le temps, usé par les traitements médicaux, et content d'être parti.

M. Devokowski avait quitté la pièce, laissant Joey seul avec son père.

« Excuse-moi, murmura-t-il. Excuse-moi de n'être jamais revenu à la maison, et de n'avoir revu ni toi ni Maman. »

Hésitant, il toucha la joue pâle du vieil homme. Elle était froide et sèche.

Il retira sa main, et sa voix se mit à trembler. « J'ai pris la mauvaise voie. Une route étrange... et je ne sais comment... il m'a été impossible de revenir. Je ne peux pas te dire pourquoi, papa. Moi-même, je ne comprends pas. »

Pendant un moment, il fut incapable de parler.

Le parfum des roses semblait s'être fait plus entêtant.

Bien qu'il n'ait jamais travaillé à la mine, même jeune homme, Dan Shannon aurait aisément pu passer pour un mineur. Des traits marqués, expressifs. De larges épaules. Des mains puissantes aux doigts épais couverts de cicatrices. Il avait exercé la profession de mécanicien automobile – bien que ni le lieu ni l'époque ne lui aient jamais offert suffisamment de travail.

« Tu méritais un fils aimant, dit enfin Joey. Une bonne chose, que tu en aies eu deux, hein ? » Il ferma les yeux. « Je suis désolé. Mon Dieu, je suis désolé. »

Son cœur était bourrelé de remords, et plus lourd qu'une enclume au fond de sa poitrine, mais les conversations avec les morts ne donnaient pas l'absolution. Même Dieu n'aurait pu la lui procurer.

Lorsque Joey quitta le salon mortuaire, il rencontra M. Devokowski dans le hall d'entrée de l'entreprise de pompes funèbres. « P.J. est au courant ? »

Joey secoua la tête. « Je n'ai pas réussi à le joindre.

– Comment ça, tu n'as pas réussi à le joindre ? C'est ton frère », dit Devokowski. Un instant, avant de retrouver l'expression empreinte de compassion digne du gérant d'un tel établissement, il ne chercha pas à dissimuler son mépris.

« Il voyage beaucoup, monsieur Devokowski, vous le savez bien. Il est toujours par monts et par vaux, il enquête partout. Ce n'est pas de ma faute... si j'ai perdu le contact avec lui. »

À contrecœur, Devokowski hocha la tête. « J'ai lu l'article sur lui dans *People*, il y a quelques mois. »

P.J. Shannon était l'archétype de l'écrivain-voyageur, et le bohémien le plus célèbre depuis Jack Kerouac.

« Il devrait rentrer chez lui, pour quelque temps, dit Devokowski, et peut-être écrire un autre livre sur Asherville. Je persiste à penser que c'est ce qu'il a fait de mieux. Quand il va savoir, pour ton père, le pauvre P.J. va être sacrément ébranlé. P.J. adorait vraiment ton père. »

Moi aussi, se dit Joey, mais il se garda de répondre. Étant donné son comportement au cours des vingt dernières années, personne ne l'aurait cru. Pourtant, il avait *vraiment* aimé Dan Shannon. Seigneur, comme il l'avait aimé !... Et il avait aimé sa mère aussi, Kathleen – dont il avait évité les obsèques, et qu'il n'avait même pas veillée sur son lit de mort.

« P.J. a rendu visite à ton père, au mois d'août dernier. Il est resté une semaine, environ. Ton père l'a emmené partout avec lui, pour le montrer. Il était tellement fier, ton père. »

L'assistant de Devokowski, un jeune homme solennel en complet noir, fit son apparition à l'autre bout du couloir. Dans un chuchotement parfaitement maîtrisé, il dit : « Monsieur, il est l'heure de transporter la dépouille à Notre-Dame. »

Devokowski jeta un coup d'œil à sa montre. S'adressant à Joey, il dit : « Tu assistes à l'office religieux ?

– Oui, bien sûr. »

Le responsable des pompes funèbres hocha la tête en silence et tourna les talons, signifiant à Joey, par sa gestuelle et l'expression muette de son corps, que ce fils-là, un peu spécial, de Dan Shannon n'avait pas gagné le droit d'ajouter « bien sûr » à sa réponse.

Dehors, le ciel semblait calciné, tout de suie noire et d'épaisses cendres grises, mais il était lourd de pluie. Joey se prit à espérer que l'accalmie avant la tempête durerait jusqu'après la messe et la mise en terre.

Dans la rue, tandis qu'il s'approchait de sa voiture, se dirigeant vers la portière du conducteur, le coffre s'ouvrit spontanément et se souleva de quelques centimètres. Surgissant de l'obscurité, une main fine se tendit faiblement vers lui, dans un geste désespéré, comme pour l'implorer. Une main de femme. Le pouce en était brisé et pendait, formant un angle inhabituel, et du sang gouttait des ongles arrachés.

Autour de lui, Asherville parut s'engloutir dans un sombre enchantement. Le vent tomba. Les nuages, qui n'avaient pas cessé d'accourir en provenance du nord-est, se figèrent soudain, telle la voûte des Enfers. Plus rien n'était animé. Le silence régnait. Le choc, et une peur glacée, paralysaient Joey. Seule la main bougeait, seule la main vivait, et seule la pathétique supplique de la main cherchant son salut possédait quelque signification ou quelque importance, dans un monde désormais minéral.

Joey ne supportait pas la vue du pouce désarticulé, des ongles arrachés, du sang s'écoulant goutte à goutte, lentement – mais il se sentait puissamment contraint à regarder. Il savait qu'il s'agissait de la femme en nuisette transparente, venue de son rêve de la veille jusque dans le monde réel, bien qu'une telle chose ne fût pas concevable.

Sortant de l'ombre que lui procurait le coffre, la main, lentement, présenta sa paume. Au milieu, se trouvaient une tache de sang et une plaie, qui aurait pu être pratiqué par un clou.

Étrangement, quand Joey ferma les yeux pour échapper à l'horrible apparition, il vit le tabernacle de Notre-Dame-des-Larmes aussi clairement que s'il s'était trouvé à côté du maître-autel. Le tintement argenté des cloches consacrées rompit le silence, mais, en cet après-midi d'octobre, elles ne sonnaient pas réellement ; le son provenait de sa mémoire, des messes d'un passé lointain. *C'est ma faute, c'est ma faute, c'est ma très grande faute.* Il voyait le ciboire que le reflet des flammes des cierges faisait étinceler. L'hostie de la communion était entre les mains du prêtre. Joey s'efforça de détecter le moment de l'élévation. Le moment où le vœu s'exauçait, où la foi était récompensée. Le bref instant du mystère parfait : le vin se changeant en sang. *Y a-t-il un espoir pour le monde, pour les hommes perdus comme moi ?*

Les images dans son esprit devinrent aussi insupportables que la vue de la main tachée de sang, et il ouvrit les yeux. La main avait disparu. Le coffre était fermé. Le vent s'était remis à souffler, et les nuages noirs avaient repris leur course en provenance du nord-ouest. Au loin, un chien aboyait.

Le coffre, en fait, ne s'était jamais ouvert, et la main ne s'était jamais tendue vers lui. Une hallucination.

Levant ses propres mains, il les regarda comme si elles avaient appartenu à un étranger. Elles tremblaient fiévreusement.

Delirium tremens. Le manque. Des visions de choses rampant sur les murs. En l'occurrence, hors d'un coffre de voiture. Tous les poivrots en avaient de temps en temps – spécialement lorsqu'ils essayaient d'arrêter de boire.

Dans la voiture, il retira une flasque de la poche intérieure de sa veste. Un long moment, il la contempla. Il finit par en dévisser le bouchon, respira l'odeur du whisky, puis la porta à ses lèvres.

Il avait dû rester à demi hypnotisé près du coffre de sa voiture plus longtemps qu'il ne le pensait, ou bien sa confrontation avec la flasque avait duré vraiment longtemps, tandis qu'il luttait contre l'envie pressante de l'ouvrir, parce que le corbillard, quittant l'allée, prit à droite, en direction de Notre-Dame-des-Larmes. Il s'était écoulé suffisamment de temps pour transférer le cercueil de son père hors du salon funéraire.

Joey voulait être à jeun pour le service religieux. Il y tenait plus qu'à n'importe quoi au monde.

Sans boire une seule gorgée de whisky, il remit le bouchon sur le goulot de la flasque et la replaça dans la poche de sa veste.

Il démarra, rattrapa le corbillard, et suivit ce dernier jusqu'à l'église.

Plus d'une fois, au cours du trajet, il s'imagina qu'il entendait quelque chose remuer dans le coffre. Un choc étouffé. Une succession de coups. Un cri faible, froid, funèbre.

IV

Notre-Dame-des-Larmes était telle qu'il se la rappelait : les boiseries foncées et satinées à force d'être soigneusement cirées, les vitraux n'attendant que l'apparition du soleil pour peindre de lumineuses représentations de la charité chrétienne et du salut en travers des bancs de la nef, les voûtes d'arêtes disparaissant dans les ombres bleues, l'air imprégné d'un canevas d'odeurs – l'encaustique à l'essence de citron, l'encens, la cire chaude des cierges.

Joey s'installa dans la dernière rangée, tout en espérant que personne n'allait le reconnaître. Il n'avait plus d'amis à Asherville. Et sans une bonne gorgée de whisky, il ne se sentait pas prêt à endurer les regards railleurs et méprisants qu'il était certain d'attirer, et que, en fait, il méritait pleinement.

Plus de deux cents personnes assistaient au service religieux, et l'atmosphère, jugea Joey, était encore plus grave qu'elle ne l'était généralement lors d'un enterrement. Dan Shannon avait été unanimement apprécié, et les gens allaient le regretter.

Nombreuses étaient les femmes qui se tamponnaient les yeux à l'aide de leur mouchoir, mais les hommes, eux, restaient impassibles. À Asherville, les hommes ne pleuraient jamais en public – et rarement en privé. Bien qu'aucun d'entre eux n'ait travaillé à la mine depuis plus de vingt ans, tous descendaient de générations de mineurs qui avaient vécu dans la peur permanente du drame, des amis et des parents victimes de coups de grisou et d'explosions, et des premières attaques de la maladie du charbon. La culture qui était la leur ne se contentait pas de célébrer le stoïcisme : sans lui, elle n'aurait même jamais pu exister.

Garde tes émotions pour toi. N'encombre pas tes amis et ta famille avec ta peur et tes angoisses. Supporte. Tel était le credo d'Asherville, un guide de moralité plus fort que tout ce qu'enseignaient le recteur de Notre-Dame et les deux mille ans du christianisme qu'il servait.

La messe était la première à laquelle Joey assistait en vingt ans. Apparemment à la demande des paroissiens, c'était une messe classique, en latin, chargée d'une grâce et d'une éloquence que l'Église avait définitivement perdues depuis qu'elle avait cédé au modernisme à la mode dans les années soixante.

La beauté du service religieux ne le touchait pas, et ne le réchauffait pas non plus. Au cours des vingt dernières années, ses actes et ses désirs l'avaient placé en dehors de la foi chrétienne, et, à présent, il ne l'envisageait plus qu'à la manière d'un homme qui observe un tableau de maître dans la vitrine d'une galerie d'art, et dont la vue est gênée par les reflets trompeurs sur le verre.

La messe était belle, mais sa beauté était froide. Comme celle de la lumière, l'hiver, sur du métal poli. Une vision polaire.

Quittant l'église, Joey reprit sa voiture jusqu'au cimetière. Celui-ci se trouvait sur une colline. L'herbe y était encore verte, jonchée de feuilles mortes qui craquaient sous ses chaussures.

Son père devait être enterré auprès de sa mère, mais aucun nom n'avait encore était gravé sur la seconde moitié de la pierre tombale commune.

Le fait de se trouver pour la première fois devant la tombe de sa mère, et de voir son nom et la date de sa mort gravés dans le granit fit soudain prendre conscience à Joey de la réalité de sa disparition. Depuis seize ans, c'était fort douloureusement qu'il ressentait sa perte.

En fait, il l'avait perdue vingt ans auparavant, depuis la dernière fois qu'il l'avait vue.

Le corbillard était garé dans l'allée, à proximité de la tombe. Lou Devokowski et son assistant étaient en train d'indiquer aux porteurs où décharger le cercueil.

La fosse qui attendait Dan Shannon était entourée d'une bâche en plastique noir haute d'un mètre, destinée non pas à assurer la sécurité mais à protéger les personnes les plus sensibles de la vue de la terre nue sur les quatre côtés du trou, qui aurait pu les forcer à affronter trop brutalement les dures contingences de la cérémonie à laquelle elles assistaient. Le fossoyeur avait été assez délicat pour recouvrir également le tas de terre meuble d'une feuille de plastique noir, ornée de bouquets de fleurs et de brins de fougère.

Se sentant d'humeur masochiste, Joey s'approcha de la fosse béante. Il jeta un coup d'œil par-dessus la bâche, afin de voir *exactement* où allait reposer son père.

Au fond du trou, à demi enseveli sous la terre meuble, un corps était étendu, enveloppé de plastique maculé de sang. Une femme nue. Le visage dissimulé. Des mèches humides de cheveux blonds.

Joey recula, heurtant les personnes derrière lui.

Il était incapable de respirer. Ses poumons lui semblaient remplis de terre, de cette même terre qu'on avait retirée de la tombe de son père.

Aussi solennels que le ciel sépulcral, les porteurs arrivèrent avec le cercueil, qu'ils déposèrent précautionneusement sur un monte-charge installé au bord de l'excavation.

Joey voulut alors leur crier d'enlever le cercueil et de regarder, de regarder en bas, de regarder la femme enroulée dans la bâche, de regarder au fond du trou.

Il ne parvint pas à prononcer un mot.

Le prêtre était arrivé, sa soutane noire et son surplis blanc battant au vent. La mise en terre allait commencer.

Lorsque le cercueil serait abaissé jusqu'au fond de cet abîme de plus de deux mètres, par-dessus la femme morte, lorsque la tombe serait remplie de terre, personne ne soupçonnerait plus jamais qu'elle s'était trouvée là. Pour tous ceux qui l'aimaient et qui la cherchaient désespérément, elle se serait évanouie à jamais.

Joey tenta à nouveau de parler, mais il était toujours incapable de produire un son. Il tremblait violemment.

Quelque part, il savait que le corps aperçu au fond du trou n'existait pas réellement. Un fantôme. Une hallucination. Delirium tremens. Comme les cafards que Ray

Milland voyait ramper partout sur les murs dans *Le Poison.*

Pourtant, un cri enflait en lui. S'il avait pu rompre l'irrésistible anneau de silence qui l'enserrait, il l'aurait exprimé, il aurait hurlé, il leur aurait demandé de retirer le cercueil et de regarder dans le trou, bien qu'il sût pertinemment qu'ils n'y trouveraient rien et que tout le monde en conclurait que lui, Joey, était sérieusement dérangé.

Montant de la tombe, ou du monticule de terre à côté, l'odeur agreste d'argile humide et de compost évoquait la multitude de petites créatures fourmillantes qui proliféraient dans le sol – carabe doré, lombrics et autres bestioles furtives dont il ne connaissait pas les noms.

Joey s'éloigna de la fosse, se fraya un passage parmi la centaine de personnes qui étaient venues de l'église jusqu'au cimetière, et dévala la colline, à travers les rangées de pierres tombales. Il se réfugia dans sa voiture de location.

Soudain, il fut à nouveau capable de respirer, à grandes goulées, et il retrouva enfin sa voix. « Oh, Seigneur, oh, Seigneur, oh, Seigneur ! »

Il était en train de perdre la raison. Vingt ans d'ébriété constante lui avaient bousillé les neurones de façon irréversible. Trop de cellules grises s'étaient noyées dans sa baignade prolongée dans l'alcool.

Il était si mal barré que seule une autre gorgée du même péché lui donnerait quelque répit. Il prit la flasque dans la poche de son manteau.

Consciente que le thème des commérages futurs résidait dans la scène, la foule étonnée, rassemblée autour de la tombe, devait avoir suivi sa fuite avec un intérêt considérable. Nombreux, sans doute, étaient ceux qui, craignant de rater le prochain développement de l'affaire, s'entêtaient à risquer la désapprobation du prêtre en fixant, au bas de la colline, la voiture de location.

Joey se fichait de ce que les gens pensaient. Il se fichait de tout, à présent. Sauf du whisky.

Mais son père n'était pas encore enterré. Il s'était promis qu'il serait sobre jusqu'à la fin de la cérémonie. Au fil des années, il avait renié d'innombrables engagements, mais, pour des raisons qu'il ne parvenait pas tout à fait à définir, celui-ci était plus important que n'importe quel autre.

Il ne dévissa pas le bouchon de la flasque.

Là-haut, sous les branches dépouillées des arbres déshabillés par l'automne, dans la lumière blême d'un ciel meurtri, le cercueil descendit lentement dans la terre indifférente.

Puis le cortège commença à se disperser, chacun jetant à la voiture de Joey des regards franchement intéressés.

Tandis que le prêtre s'éloignait, quelques petits tourbillons de feuilles mortes traversèrent le cimetière, explosant sur les pierres tombales comme si des esprits fâchés s'étaient réveillés d'un sommeil agité.

Un roulement de tonnerre traversa les cieux. C'était la première fois depuis quelques heures, et les dernières personnes présentes se hâtèrent vers leur voiture.

Le fossoyeur et son assistant retirèrent le monte-charge et le cache en plastique noir.

Tandis que le tonnerre grondait, un employé municipal, vêtu d'un imperméable jaune vif, débarrassa le monticule de terre de sa bâche goudronnée et des fleurs.

Un autre employé apparut, au volant d'un Bobcat, une petite excavatrice. Elle était du même jaune que son imperméable.

Avant que la tempête n'ait eu le temps de l'inonder, la fosse fut bouchée – puis la terre, tassée par les chenilles du Bobcat.

« Adieu », dit Joey.

Il aurait dû éprouver une sensation d'achèvement, indiquant qu'il venait d'atteindre la fin d'une phase importante de sa vie. Mais il se sentit seulement vide et incomplet. Il n'avait tiré un trait sur rien – si tel était ce qu'il avait espéré faire.

V

De retour dans la maison paternelle, il descendit les marches étroites de l'escalier menant de la cuisine au sous-sol. Il passa à côté de la chaudière. À côté du petit chauffe-eau.

La porte donnant sur l'ancienne chambre de P.J. avait gonflé, à cause de l'humidité et de son grand âge. Alors que Joey s'efforçait de l'ouvrir, les gonds se mirent à grincer et le bas du battant racla le seuil.

La pluie frappait les deux soupiraux étroits qui perçaient horizontalement le mur de la cave, et la faible lueur de la tempête ne parvenait pas à dissiper l'obscurité. Joey actionna le commutateur placé à côté de la porte, et l'ampoule nue du plafond s'éclaira.

La petite pièce était vide. Longtemps auparavant, le petit lit et le reste du mobilier avaient sans doute été vendus pour quelques dollars. Ces vingt dernières années, quand P.J. rentrait à la maison, il dormait dans la chambre de Joey au premier étage, puisqu'il n'y avait aucune chance que ce dernier vienne rendre visite à ses parents et en ait besoin.

De la poussière. Quelques toiles d'araignées. Et sur le mur, en bas, des marques sombres de salpêtre, qui ressemblaient aux taches d'un test de Rorschach.

Les seules preuves du séjour effectué jadis par P.J. étaient deux affiches de cinéma, si moches qu'elles en devenaient involontairement racoleuses. Punaisées au mur, salement jaunies par le temps, elles étaient craquelées, et écornées aux quatre coins.

Au lycée, le rêve de P.J., c'était d'échapper à Asherville et à la pauvreté, et de faire des films. « Mais j'ai besoin de ça, avait-il dit un jour à Joey en montrant les affiches, pour me rappeler que le succès à n'importe quel prix n'en vaut pas la peine. À Hollywood, on peut devenir riche, célèbre et adulé même en faisant de sombres merdes. Si je n'arrive à rien en faisant des choses valables, j'espère que j'aurai le courage d'abandonner carrément mon rêve, plutôt que de me vendre. »

Soit le destin n'avait jamais donné à P.J. sa chance de conquérir Hollywood, soit, au fil des années, il avait perdu tout intérêt en matière de films. Ironiquement, il était devenu célèbre en tant que romancier, accomplissant le rêve de Joey, après que celui-ci l'eut abandonné.

P.J. était un auteur acclamé par la critique. Utilisant ses errances perpétuelles d'un bout à l'autre des États-Unis, il produisait une prose particulièrement soignée, qui, sous des apparences trompeusement simples, possédait une profondeur mystérieuse.

Joey enviait son frère – mais sans la moindre jalousie. P.J. méritait chaque mot des louanges qu'il recevait, et chacun des dollars de sa fortune personnelle, et Joey était fier de lui.

Quand ils étaient jeunes, leur affection avait été intense, exceptionnelle, et elle était toujours aussi intense, bien que leurs relations fussent à présent simplement téléphoniques, à cause de leur éloignement, P.J. appelant du Montana ou du Maine, ou de Key West, ou d'une petite ville poussiéreuse des hautes plaines du Texas. Ils ne se voyaient plus qu'une fois tous les trois ou quatre ans, et toujours quand P.J. faisait une escale, sans prévenir, au cours de l'un des ses voyages – mais même alors il ne restait pas longtemps, jamais plus de deux jours, souvent un seul.

Personne n'avait autant compté pour Joey que P.J., et personne ne compterait jamais autant. Les sentiments qu'il éprouvait pour son frère étaient riches et complexes, et il n'aurait jamais pu les expliquer de façon appropriée à quiconque.

La pluie frappait la pelouse, juste au-dessous des soupiraux du sous-sol, situés au niveau du sol. Dans un lieu si lointain qu'il semblait appartenir à un autre monde, le tonnerre retentit à nouveau.

Il était descendu à la cave pour y chercher un pot. Mais, à l'exception des deux affiches, la pièce était absolument vide.

Sur le béton, près de la chaussure de Joey, une grosse araignée noire parut se matérialiser de nulle part. Elle s'enfuit aussitôt.

Il ne marcha pas dessus, mais la regarda qui courait se mettre à l'abri, jusqu'à disparaître dans une fissure entre deux plinthes.

Il éteignit la lumière et revint dans la pièce où se trouvait la chaudière, laissant ouverte la porte grinçante.

Alors qu'il remontait l'escalier, presque arrivé à la cuisine, Joey dit : « Un pot ? Quel pot ? »

Perplexe, il s'immobilisa et jeta un coup d'œil sur les marches en contrebas.

Un pot *de* quelque chose ? Un pot *pour* quelque chose ?

Il ne se souvenait pas pourquoi il avait eu besoin d'un pot, ni de quel genre.

Un autre signe de démence.

Cela faisait trop longtemps qu'il n'avait pas bu.

Désorienté et hanté par le malaise persistant qu'il ressentait depuis la veille, depuis qu'il était arrivé à Asherville, il gravit les dernières marches. Il éteignit la lumière du sous-sol derrière lui.

Sa valise était faite, et dans le salon. Il porta le sac sous le porche à l'avant de la maison, ferma la porte à clé, et mit cette dernière sous le paillasson, à l'endroit où il l'avait trouvée, moins de vingt-quatre heures auparavant.

Derrière lui, quelque chose grogna, et il se retourna, pour faire face à un chien noir, galeux et dégoulinant de pluie. Les yeux jaunes du chien brillaient aussi férocement que du soufre enflammé, et il montrait ses crocs.

« Va-t'en », dit-il doucement, sans le menacer.

Le chien grogna à nouveau, baissa la tête, et se contracta comme pour lui sauter dessus.

« Tu n'es pas plus chez toi ici que moi », dit Joey, sans faire mine de reculer.

Le chien parut hésiter, se secoua, se lécha les babines, puis finit par battre en retraite.

Sa valise à la main, Joey se posta sur la première marche du porche et regarda le chien qui s'éloignait sous les rafales obliques de pluie grise, la tête basse, s'évanouissant graduellement tel un mirage. Lorsqu'il atteignit le coin de la rue, disparaissant derrière les bâtiments, Joey aurait aisément pu se convaincre qu'il venait d'avoir une autre hallucination.

VI

L'avocat avait ses bureaux au premier étage d'un immeuble en brique situé dans Main Street, au-dessus de l'Old Town Tavern. Le dimanche après-midi, le bar était fermé, mais, derrière la vitre, le néon des publicités pour le Rolling Rock et le Pabst Blue Ribbon brillaient assez pour teinter en vert et bleu la pluie qui tombait sur le verre.

Les bureaux juridiques de Henry Kadinska occupaient deux pièces donnant sur un couloir pauvrement éclairé, qui desservait également le local d'une agence immobilière et celui d'un dentiste. La porte de la réception était ouverte.

Joey entra ct dit : « Il y a quelqu'un ? »

La porte de communication était entrouverte, et, derrière, un homme répondit : « Je t'en prie, entre, Joey. »

Bien que de proportions modestes, la seconde pièce était plus vaste que la première. Des ouvrages de droit tapissaient deux des murs ; sur un autre étaient accrochés, de guingois, une paire de diplômes. Les fenêtres étaient équipées de stores vénitiens en bois, comme on n'en fabriquait sans doute plus depuis cinquante ans, qui laissaient passer des tranches horizontales de jour pluvieux.

Face à face, deux bureaux en acajou identiques se tenaient de chaque côté de la pièce. À une époque, Henry Kadinska avait partagé l'endroit avec son père, Lev, qui, avant lui, avait été le seul avocat de la ville. Lev était mort quand Joey était dans sa dernière année au lycée. Inutilisé, mais bien ciré, le bureau servait de monument commémoratif.

Déposant sa pipe sur un gros cendrier en cristal, Henry se leva, tendit le bras par-dessus son bureau, et serra la main de Joey. « Je t'ai vu à la messe, mais je ne voulais pas te déranger.

– Je n'ai fait attention à personne, dit Joey.

– Comment ça va ?

– Bien. Ça va bien. »

Gauchement, ils restèrent debout un instant, sans savoir quoi dire, puis Joey prit place dans l'un des deux fauteuils spacieux qui faisaient face au bureau.

Kadinska s'installa à nouveau dans son siège et reprit sa pipe. Il avait dans les cinquante-cinq ans, une carrure moyenne, et une pomme d'Adam proéminente. Sa tête donnait l'impression d'être trop grosse par rapport au reste de son corps, et cette disproportion était encore accentuée par le fait que ses cheveux ne poussaient plus qu'à douze ou quinze centimètres de son front. Derrière ses épaisses lunettes, ses yeux noisette semblaient exprimer la gentillesse.

« Tu as trouvé la clé de la maison à l'endroit que je t'avais indiqué ? »

Joey hocha la tête.

« L'endroit n'a pas beaucoup changé, n'est-ce pas ? demanda Henry Kadinska.

– Moins que ce que je croyais. Pas du tout, en fait.

– Pendant la majeure partie de sa vie, ton père n'avait pas d'argent à dépenser – et quand, enfin, il en a eu, il ne savait pas *comment* le dépenser. » Il approcha une allumette de sa pipe et tira sur l'embout. « Ça rendait P.J. malade, que Dan n'utilise pas grand-chose de ce qu'il lui donnait. »

Joey, mal à l'aise, gigota sur sa chaise. « Monsieur Kadinska... Je ne comprends pas pourquoi je suis ici. Pour quelle raison vouliez-vous me voir ?

– P.J. n'est toujours pas au courant, pour ton père ?

– J'ai laissé des messages sur le répondeur de son appartement à New York. Mais il n'y habite pas vraiment. Seulement un mois par an, à peu près. »

La pipe fut à nouveau rallumée. L'air était lourd de l'odeur de cerise du tabac.

Malgré les diplômes et les livres, la pièce ne ressemblait pas beaucoup au bureau typique d'un avocat.

L'endroit était confortable – défraîchi, mais confortable. Avachi dans son fauteuil, Henry Kadinska paraissait aussi à l'aise dans sa profession que dans un vieux pyjama.

« Parfois, dit Joey, il lui arrive de ne pas appeler ce numéro pendant des jours, et même une semaine ou deux.

– Drôle de façon de vivre – presque toujours sur la route. Mais je suppose que c'est ce qu'il lui faut.

– Il a l'air de s'en trouver bien.

– Et le résultat, ce sont ces merveilleux livres, dit Kadinska.

– Oui.

– J'aime vraiment beaucoup les livres de P.J.

– Quasiment tout le monde les aime.

– Il y a en eux un magnifique sentiment de liberté, un tel... un tel *esprit.*

– Monsieur Kadinska, en raison du mauvais temps, j'aimerais repartir pour Scranton aussi vite que possible. Il faut que j'attrape un avion en début de matinée.

– Oui, bien sûr », dit Kadinska, avec dans la voix une note de déception qui ne trompait pas.

À présent, il donnait l'impression d'être un petit homme solitaire qui avait espéré une conversation entre amis.

Tandis que l'avocat ouvrait un classeur posé sur son bureau et en parcourait le contenu, Joey remarqua que l'un des diplômes accrochés de guingois provenait de Harvard. C'était un titre franchement inattendu pour un avocat exerçant dans une petite ville d'une région minière.

D'ailleurs, les étagères n'étaient pas toutes remplies de livres de droit. De nombreux ouvrages portaient sur la philosophie. Platon. Socrate. Aristote. Kant. Saint Augustin. Kierkegaard. Bentham. Santayana. Schopenhauer. Empédocle, Heidegger, Hobbes et Francis Bacon.

Peut-être Henry Kadinska n'était-il pas très à l'aise dans son rôle d'avocat de campagne, mais simplement résigné, d'abord prisonnier de l'orbite de son père, puis du poids de l'habitude.

Parfois, surtout à la faveur de la brume que générait le whisky, il était facile pour Joey d'oublier que lui-même n'était pas l'unique personne au monde dont les rêves les plus chers n'avaient rien donné.

« Les dernières volontés de ton père, et son testament », dit Kadinska en ouvrant un dossier sur son bureau.

« La lecture du testament ? demanda Joey. Je crois plutôt que c'est à P.J. d'y assister, pas à moi.

– Au contraire. Le testament n'a rien à voir avec P.J. Ton père t'a laissé tous ses biens. »

Un sentiment ravageur de culpabilité s'empara de Joey. « Pour quelle raison aurait-il fait une chose pareille ?

– Tu es son fils. Pourquoi ne l'aurait-il *pas* fait ? »

Joey se contraignit à regarder l'avocat dans les yeux. En un tel jour, même si cela ne devait jamais se reproduire, il voulait faire preuve d'honnêteté en la matière, et se conduire avec dignité, ce que son père aurait approuvé.

« Nous connaissons tous les deux la pénible réponse à cette question, monsieur Kadinska. Je lui ai brisé le cœur. Brisé le cœur de ma mère également. Pendant plus de deux ans, elle a agonisé des suites de son cancer, mais je ne suis jamais venu. Je ne lui ai jamais tenu la main, je n'ai jamais consolé mon père. Je ne l'ai pas vu une seule fois au cours des vingt dernières années de sa vie. Je lui ai téléphoné peut-être six ou huit fois, pas davantage. La plupart du temps, il ne savait pas où me joindre, parce que je ne lui donnais pas toujours mon adresse ou mon numéro de téléphone. Et quand il avait mes coordonnées, je laissais toujours mon répondeur branché, pour ne pas avoir à répondre. J'ai été un fils pourri, monsieur Kadinska. Je suis un poivrot, un égoïste de merde, et un minable, et je ne mérite pas d'hériter, même d'une petite somme. »

Henry Kadinska semblait peiné d'entendre un homme se critiquer lui-même avec aussi peu d'indulgence. « Tu n'es pas soûl en ce moment, Joey. Et l'homme que je vois en face de moi n'est pas mauvais, au fond de lui.

– Je serai soûl, ce soir, monsieur, je vous l'assure, dit Joey calmement. Et si vous ne me voyez pas de la façon dont je me décris, c'est que vous ne vous y entendez guère pour juger les gens. Vous ne me connaissez pas du tout – et vous devriez considérer que c'est une bénédiction. »

Kadinska reposa sa pipe dans le cendrier en cristal.

« Eh bien, ton père était un homme qui savait pardonner. Il a voulu que tout te revienne. »

Se levant de son fauteuil, Joey dit : « Non. Je ne peux pas accepter. Je refuse. » Il se dirigea vers la porte de communication.

« Attends, je t'en prie », dit l'avocat.

Joey s'immobilisa et se tourna vers lui. « La météo est pourrie, et j'ai encore beaucoup de route à faire dans les montagnes jusqu'à Scranton. »

Toujours avachi dans son siège, Henry Kadinska reprit sa pipe et dit : « Où habites-tu, Joey ?

– Vous le savez. À Las Vegas. C'est là que vous m'avez trouvé.

– Ce que je veux dire, c'est où habites-tu à Las Vegas ?

– Pourquoi ?

– Je suis avocat. J'ai passé ma vie entière à poser des questions, et j'ai du mal, à ce stade de la partie, à changer mes habitudes. Fais-moi plaisir.

– J'habite dans un mobile home.

– Dans l'un des ces endroits résidentiels, avec piscine et courts de tennis ?

– Ce sont de vieux mobile homes, répondit sèchement Joey. La plupart sont carrément de véritables antiquités.

– Pas de piscine ? Pas de courts de tennis ?

– Bon sang, il n'y a pas de pelouse.

– Comment gagnes-tu ta vie ?

– Je suis croupier. À la table de blackjack. À la roulette, aussi, des fois.

– Tu travailles régulièrement ?

– Quand j'en ai besoin.

– Quand ta consommation d'alcool ne t'en empêche pas ?

– Quand je peux », corrigea Joey, tout en se souvenant de la promesse qu'il s'était faite de faire preuve de sincérité. « Ça paye bien, sans compter les pourboires des joueurs. Ça me permet d'économiser de l'argent pour... pour les jours où je ne travaille pas. Je me débrouille.

– Mais comme tu changes toujours d'employeur, avec ton passé professionnel, tu ne trouves plus très souvent de boulot dans les nouveaux casinos, ceux qui marchent bien.

– Pas souvent, non, reconnut Joey.

– Chaque nouvelle place est dans un endroit plus minable que le précédent.

– Pour un homme qui exprimait tant de compassion il y a une minute, vous vous montrez soudain bien cruel. »

Le visage de Kadinska s'empourpra. « Je suis désolé, Joey, mais je suis seulement en train de te prouver que tu n'es pas exactement en position de dédaigner un héritage. »

Joey fut calmement inflexible. « Je ne le mérite pas, je n'en veux pas, je ne l'accepterai pas. C'est définitif. De toute façon, personne n'achètera cette vieille maison, et je ne risque pas de déménager pour venir m'y installer. »

Tapotant les documents contenus dans le classeur ouvert, Kadinska dit : « La maison n'a que peu de valeur. Tu as raison. Mais la maison et le mobilier ne sont pas l'essentiel de cet héritage, Joey. Il y a plus d'un quart de million de dollars en liquidités – certificats de dépôts et comptes indexés. »

La bouche de Joey se dessécha immédiatement. Son cœur se mit à battre la chamade. Le bureau de l'avocat recelait une noirceur terrible dont il avait ignoré le danger, et voilà qu'elle l'encerclait.

« C'est absurde. Mon père était un homme pauvre.

– Mais ton frère connaît le succès depuis maintenant pas mal de temps. Pendant environ quatorze ans, il a envoyé un chèque à ton père, tous les mois, c'était réglé comme une horloge. Mille dollars. Je t'ai dit que P.J. était fou à l'idée que ton père ne dépensait qu'une petite partie de la somme. Dan déposait un chèque après l'autre à la banque, et, grâce à ce que les banquiers appellent le miracle des intérêts composés, son capital a grossi. »

La voix de Joey trembla : « Cet argent n'est pas à moi. Il appartient à P.J. C'est lui qui l'a donné, c'est à lui qu'il devrait revenir.

– Mais ton père te l'a laissé. Il t'a tout laissé, à toi. Et son testament est un document légal.

– Donnez-le à P.J. quand il viendra vous voir », insista Joey, avant de reprendre le chemin de la sortie.

« Je soupçonne P.J. de vouloir ce que voulait votre père. Il me dira que tu dois tout garder.

– Je ne veux pas, je ne veux pas », dit Joey en haussant le ton.

Kadinska le rattrapa dans la pièce de réception, le prit par le bras et le força à s'arrêter. « Joey, ce n'est pas si simple.

– Bien sûr que si.

– Si tu ne veux *vraiment* pas de cet héritage, il faut alors que tu y renonces.

– J'y renonce. C'est déjà fait. Je n'en veux pas.

– Il faut établir un document officiel, le signer, le faire enregistrer par un notaire. »

Bien que la journée fût fraîche et que le bureau fût à l'ombre, Joey transpirait à grosses gouttes. « Dans combien de temps ces papiers seront prêts ?

– Si tu reviens demain après-midi...

– Non. » Le cœur de Jack battait presque assez fort pour briser les côtes et le thorax qui l'emprisonnaient. « Non, monsieur, je ne vais pas passer une autre nuit ici. Je pars pour Scranton. Il y a un vol pour Pittsburgh demain matin. De là, un autre pour Vegas. Direct à Las Vegas. Envoyez-moi les papiers.

– C'est probablement mieux comme ça, de toute façon, dit Kadinska. Tu auras plus de temps pour réfléchir, pour reconsidérer la question. »

De prime abord, l'avocat lui avait paru être un inoffensif gratte-papier. Mais plus maintenant.

Joey ne distinguait plus la moindre gentillesse dans les yeux de l'homme. À la place, il percevait la sournoiserie d'un marchandeur d'âmes, une chose avec des écailles sous une apparence de peau, avec des yeux qui, sous un éclairage différent, auraient ressemblé aux yeux jaunes couleur de soufre du chien qu'il avait affronté sous le porche un peu plus tôt.

Il se libéra de la main de l'avocat, le repoussa et fonça vers la porte de sortie dans un état proche de la panique.

Kadinska l'appela : « Joey, qu'est-ce qui ne va pas ? »

Le couloir. L'agence immobilière. Le dentiste. Direction l'escalier. Il voulait désespérément se retrouver à l'air libre, pour que la pluie le nettoie.

« Joey, qu'est-ce que tu as ?

– Ne vous approchez pas de moi ! » cria-t-il.

Lorsqu'il atteignit l'escalier, il s'arrêta si brutalement qu'il faillit dégringoler jusqu'en bas. Pour garder l'équilibre, il saisit le pilastre de la rampe.

La blonde morte gisait au pied des marches raides, enveloppée dans une housse transparente que le sang opacifiait partiellement. Le plastique était plaqué contre ses seins nus, les comprimant. Ses aréoles étaient visibles, mais pas son visage.

Un bras pâle était sorti du linceul de la blonde. Bien que morte, elle suppliait.

Il ne pouvait pas supporter la vue de sa main mutilée, le sang, le trou dans sa paume délicate. Il était surtout terrifié à l'idée qu'elle lui parle, derrière son voile de plastique, et qu'il apprenne des choses qu'il n'avait pas à savoir, qu'il ne devait pas savoir.

Bondissant comme un animal traqué, il se détourna et rebroussa chemin.

« Joey ? »

Henry Kadinska se tenait dans le couloir sombre, un peu plus loin devant lui. L'avocat semblait plongé dans l'obscurité – à l'exception de ses épaisses lunettes, qui reflétaient la lumière jaune de l'ampoule au-dessus de lui. Il barrait le passage. Il approchait. Cherchant une nouvelle chance de proposer son marchandage.

Maintenant désespérément avide d'air frais et de pluie purificatrice, Joey fit volte-face et retourna à l'escalier.

La blonde était encore en bas, le bras tendu, la main ouverte, sollicitant silencieusement quelque chose, peut-être sa pitié.

« Joey ? »

La voix de Kadinska. Toute proche, derrière lui.

D'abord en hésitant, puis plus vite, Joey descendit la volée de marches abruptes, en se disant qu'il enjamberait la fille, si elle se trouvait vraiment là, qu'il lui donnerait un coup de pied si elle essayait de l'attraper, deux marches à la fois, sans même tenir la rampe, tenant à peine en équilibre, un tiers du chemin déjà parcouru, la moitié, et elle était *toujours* là, huit marches plus bas à présent, six, quatre, et elle lui tendait la main, le stigmate rouge luisant au milieu de sa paume. En atteignant la dernière marche, il hurla, et la femme morte s'évanouit en même temps que son cri retentissait. Il plongea à travers l'espace qu'elle avait occupé, franchit la porte en un saut, et se retrouva, chancelant, sur le trottoir devant la Old Town Tavern.

Il leva son visage vers la pluie bleu Pabst et vert Rolling Rock, qui était si froide qu'elle paraissait devoir se changer en grêle. En quelques secondes, il fut trempé – mais il ne se sentait pas entièrement propre.

Dans la voiture de location, il fouilla sous le siège du conducteur, à la recherche de la flasque qu'il y avait fourrée un peu plus tôt.

La pluie ne l'avait pas nettoyé *à l'intérieur*. Il avait respiré l'odeur de la corruption, l'avait avalée. Le *blended whisky* disposait de propriétés antiseptiques considérables.

Il dévissa le bouchon et but une longue gorgée. Puis une autre.

L'alcool le fit tousser, et, manquant d'air, il replaça le bouchon, de peur de lâcher la flasque et de gaspiller les précieux centilitres qu'elle contenait encore.

Kadinska ne l'avait pas suivi jusque sous l'orage, mais Joey ne voulait pas tarder plus longtemps. Il démarra, quitta sa place près du trottoir, fit jaillir des gerbes d'eau en traversant un carrefour, et remonta Main Street en direction de la sortie de la ville.

Il n'arrivait pas à croire qu'il serait autorisé à partir. Quelque chose allait l'en empêcher. La voiture allait hoqueter, caler, et refuser de redémarrer. Un véhicule roulant en sens inverse allait le percuter à un croisement, bien que les rues aient paru désertes ; la foudre allait frapper un pylône téléphonique, et l'abattre en travers de la chaussée. *Quelque chose* l'empêcherait de sortir de la ville. Il était en proie à une superstition qu'il était incapable de repousser ou d'expliquer.

Malgré ses lugubres appréhensions, il atteignit la limite de l'agglomération et la franchit. Main Street se changea en route de campagne. La forêt et les champs remplacèrent les maisons et les bâtiments déprimants d'Asherville.

Encore tremblant de peur, autant que d'être trempé de pluie, il roula au moins pendant un kilomètre avant de commencer à se rendre compte qu'il avait étrangement réagi à la perspective de recevoir un quart de million de dollars. Il n'avait aucune idée de la raison pour laquelle un soudain revirement l'avait ainsi terrifié, et pourquoi un coup de chance l'avait instantanément convaincu que son âme était en péril.

Après tout, considérant la vie qu'il avait menée jusque-là, il était destiné à finir en enfer, si celui-ci existait réellement.

À cinq kilomètres d'Asherville, Joey parvint à un croisement, d'où partaient trois routes différentes. Directement face à lui, de l'autre côté de l'intersection en rase campagne, la route continuait, tel un ruban noir et luisant qui suivait la pente en s'amenuisant progressivement dans le crépuscule naissant. À gauche, c'était la route de Coal Valley, qui menait au village du même nom.

Ce dimanche soir d'il y avait vingt ans, alors qu'il s'en retournait à l'université, il avait eu l'intention de suivre sur une quinzaine de kilomètres la route de Coal Valley, qui coupait dans la montagne jusqu'à la jonction avec l'autoroute à trois voies de ce que les gens du coin appelaient la Black Hollow, puis de continuer vers l'ouest pendant douze kilomètres, jusqu'au péage de Pennsylvanie. Il prenait toujours cet itinéraire, parce que c'était le plus court.

Mais *ce* soir-*là*, pour des raisons qu'il n'avait jamais pu se rappeler depuis, il n'avait pas pris la route de Coal Valley. Il avait continué pendant plus de vingt kilomètres jusqu'à la nationale, qu'il avait rejointe après le rond-point le renvoyant vers le péage de l'autoroute. C'était sur la nationale qu'il avait eu l'accident, après quoi rien de bon ne lui était plus jamais arrivé.

Il était au volant de sa Ford Mustang de 1965, vieille de dix ans, qu'il avait sauvée de la casse où son propriétaire initial l'avait envoyée après l'avoir accidentée, et qu'il avait restaurée – avec l'aide de son père. Seigneur, comme il avait aimé cette voiture ! Elle avait été l'unique belle chose qu'il ait jamais possédée, et, le plus important de tout, il l'avait fait passer de l'état d'épave à celui de fier engin, de ses propres mains.

Tout en se remémorant la Mustang, il se toucha d'un doigt hésitant le côté gauche du front, juste au-dessous de la racine des cheveux. La cicatrice mesurait deux centimètres et demi, elle était à peine visible mais on la sentait nettement. Il se souvint de l'affreux dérapage, sa voiture accomplissant un tête-à-queue sur la chaussée rendue glissante par la pluie, la collision avec le poteau, la vitre volant en éclats.

Il se souvint de tout le sang.

Voilà qu'il se trouvait à présent à la patte d'oie, contemplant la route de Coal Valley sur sa gauche, et il sut que, s'il prenait cette route, comme il aurait dû le faire en ce dimanche soir déterminant, longtemps auparavant, il aurait enfin une chance de tout arranger. Il remettrait son existence sur la bonne voie.

L'idée était folle, relevant peut-être de la même superstition que la certitude qu'il avait eue plus tôt, quand il avait cru que le sort ne le laisserait pas quitter Asherville, mais cette fois, il avait raison. C'était vrai. Il ne doutait pas du tout qu'une nouvelle chance était en train de se présenter. Il *savait* qu'une puissance suprahumaine était à l'œuvre dans le crépuscule finissant d'octobre, il *savait* que la signification de sa vie perturbée se trouvait quelque part le long des deux voies de cette route de montagne – parce que la route de Coal Valley avait été fermée à la circulation et rendue impraticable plus de dix-neuf ans auparavant, et pourtant, elle attendait, à gauche, dans l'état exact où elle se trouvait en ce dimanche soir si spécial. Comme par magie, la voie était rétablie.

VII

Joey fit franchir le stop à la Chevrolet de location et la gara sur l'étroit bas-côté, directement face à l'embranchement de la route de Coal Valley. Il éteignit les phares mais laissa tourner le moteur.

Dominé par le feuillage automnal des arbres, le goudron mouillé de la route quittait l'obscurité croissante du crépuscule pour se perdre dans des ombres plus noires que la nuit imminente. La chaussée était jonchée de feuilles colorées qui luisaient étrangement dans la pénombre, comme si elles avaient été irradiées.

Son cœur battait, battait.

Il ferma les yeux et écouta le bruit de la pluie.

Lorsqu'il rouvrit enfin les yeux, il s'attendait à moitié que la route de Coal Valley ne fût plus là, et qu'il se fût agi d'une hallucination supplémentaire. Mais la route n'avait pas disparu. Le revêtement noir des deux voies étincelait de pluie argentée. Les feuilles écarlates et ambrées brillaient comme des joyaux éparpillés, destinés à l'attirer sous la voûte des arbres et jusque dans les ténèbres qui, au-delà, s'épaississaient.

Impossible.

Pourtant, la route était bien là.

Vingt-six ans auparavant, à Coal Valley, un garçon de six ans nommé Rudy DeMarco était tombé dans un trou, à la suite d'un affaissement de terrain qui s'était brutalement produit sous ses pieds, tandis qu'il jouait dans le jardin derrière chez lui. Se précipitant hors de la maison, alertée par les cris de son fils, Mme DeMarco l'avait trouvé dans une fosse de deux mètres cinquante de profondeur, envahie d'émanations sulfureuses provenant du fond fissuré. À son tour, elle descendit à quatre pattes dans le trou, où régnait une chaleur si intense qu'elle avait l'impression de franchir les portes de l'enfer. Le fond de la fosse ressemblait à la grille d'un fourneau ; les jambes du petit Rudy étaient coincées entre d'épais morceaux de roche, suspendues au-dessus d'un gouffre infernal que la fumée obscurcissait au passage. Au bord de l'asphyxie et de l'évanouissement, instantanément désorientée, Mme DeMarco dégagea néanmoins son enfant de la cavité où il était piégé. Tandis que le fond instable du trou bougeait, craquait et s'effondrait sous elle, elle tira Rudy jusqu'à la paroi en pente, s'accrocha à la terre brûlante, et tenta frénétiquement de se hisser jusqu'au sommet. Le sol s'effondra alors complètement, le siphon s'élargit à toute vitesse, la pente traîtresse céda sous son poids, mais elle réussit à arracher son garçon du flot de fumée et à le déposer sur la pelouse. Les vêtements de Rudy étaient en feu. Elle le couvrit de son propre corps, tentant d'étouffer les flammes, et ses vêtements s'embrasèrent à leur tour. Serrant Rudy contre elle, elle se roula avec lui dans l'herbe, appelant à l'aide, et ses hurlements lui parurent particulièrement sonores, car son garçon s'était tu. Il n'y avait pas que les vêtements de Rudy qui avaient brûlé : presque tous ses cheveux avaient roussi, la moitié de son visage était couvert de cloques, et son petit corps était carbonisé. Trois jours plus tard, à l'hôpital de Pittsburgh où on l'avait emmené en hélicoptère, Rudy DeMarco mourut des suites de ses horribles brûlures.

Depuis seize ans avant la mort du petit garçon, les habitants de Coal Valley vivaient au-dessus d'un brasier souterrain qui consumait en permanence un réseau minier abandonné, dévorant les veines d'anthracite inexploitées, élargissant progressivement les boyaux et les puits en sous-sol. Pendant que les autorités gouvernementales et fédérales se demandaient si l'incendie invisible allait finir par s'éteindre tout seul, faute de combustible, pendant qu'elles discutaient de diverses stratégies pour l'éteindre, pendant qu'elles dilapidaient des fortunes en conseillers et en réunions interminables, pendant qu'elles tâchaient infatigablement de déplacer la responsabilité financière de l'extinction d'une juridiction à l'autre, les habitants de Coal Valley vivaient avec des capteurs de monoxyde de carbone destinés à leur éviter d'être asphyxiés durant la nuit par les émanations des puits en flammes, qui s'infiltraient par les fondations de leurs maisons. Disséminés dans la ville, des tuyaux d'aération évacuaient des galeries la fumée de l'incendie, dans l'espoir de diminuer l'accumulation de gaz toxiques dans les habitations des alentours ; l'un d'eux jaillissait même de la cour de récréation de l'école primaire.

Après la mort tragique du petit Rudy DeMarco, les responsables politiques et les bureaucrates furent enfin forcés d'agir. Le gouvernement fédéral fit l'acquisition des propriétés menacées, d'abord celles qui se trouvaient directement au-dessus des galeries brûlant le plus férocement, puis celles situées sur les feux secondaires, enfin celles qui n'étaient qu'attenantes aux profondes rivières de charbon combustible. Au cours de l'année suivante, tandis que les maisons étaient condamnées et que leurs occupants déménageaient, le village de Coal Valley, pourtant raisonnablement agréable, devint peu à peu une ville fantôme.

En cette nuit pluvieuse d'un mois d'octobre lointain, quand Joey avait pris la mauvaise route pour retourner à l'université, trois familles seulement vivaient encore à Coal Valley. Leur déménagement devait avoir lieu avant Thanksgiving.

Dans l'année qui suivit le départ de ces derniers résidents, les bulldozers abattirent tous les bâtiments du village. On emporta jusqu'au moindre débris provenant des constructions démolies. On détruisit les rues, fissurées et défoncées par les pressions exercées par les incendies cachés sous la terre. On replanta d'herbe verte les collines et les champs, redonnant au paysage l'apparence de la nature, et on laissa brûler les galeries en feu en attendant que les veines de charbon soient enfin épuisées – certains parlaient de cent ou deux cents ans.

Les géologues, les ingénieurs des mines et les officiels du ministère des ressources naturelles et de l'environnement de Pennsylvanie estimèrent que le feu finirait par miner deux mille hectares – une superficie bien plus grande que celle qu'avait couverte le village abandonné. Par conséquent, la route de Coal Valley était susceptible de s'affaisser soudainement en de nombreux endroits de son tracé – un danger mortel pour les automobilistes. Plus de dix-neuf ans auparavant, donc, après que l'on eut démoli et évacué la ville fantôme, la route de Coal Valley avait été détruite, elle aussi.

Lorsqu'il était venu à Asherville, la veille, la route n'existait pas. À présent, elle attendait. Menant du crépuscule que fouettait la pluie à une nuit inconnue. La route qu'il n'avait pas prise.

Joey tenait la flasque dans sa main, à nouveau. Bien qu'il l'ait ouverte, il n'avait pas le souvenir d'avoir dévissé le bouchon.

S'il buvait ce qui restait de Jack Daniel's, la route qui s'enfonçait dans le tunnel sombre sous les arbres risquait de se brouiller, de s'estomper, pour finalement s'évanouir. Peut-être était-il sage de ne pas nourrir trop d'espoir concernant de miraculeuses deuxièmes chances et une rédemption surnaturelle. Pour autant qu'il pouvait en juger, s'il passait la première et engageait la Chevy sur cette route étrange, peut-être qu'il changerait sa vie non pas en mieux, mais en pire.

Il porta la flasque à ses lèvres.

Le tonnerre retentit sous un ciel froid. Le bruit de la pluie qui tambourinait enfla tant qu'il ne parvint même plus à discerner le ronronnement du moteur de la voiture.

L'odeur du whisky sentait bon le salut de son âme.

La pluie, la pluie, la pluie torrentielle. Elle emporta jusqu'aux dernières lueurs grises du jour.

Il était à l'abri de la pluie, mais il n'échappa pas au voile pesant de l'obscurité qui tombait. La nuit entra dans la voiture : une compagne familière avec laquelle il avait passé d'innombrables heures solitaires, plongé dans la contemplation tourmentée d'une vie mal partie.

Lui et la nuit avaient fini ensemble de nombreuses bouteilles de whisky, et le sursis du sommeil avait toujours fini par lui être accordé, à défaut d'autre chose. Tout ce qu'il avait à faire, c'était de porter la flasque à ses lèvres, de la renverser, et de vider les quelques centilitres qu'elle contenait encore, après quoi cette dangereuse tentation de saisir l'espoir passerait sûrement. La route mystérieuse disparaîtrait, et il pourrait alors poursuivre une existence qui, bien que manquant d'espoir, pouvait perdurer avec la bénédiction sécurisante d'un brouillard anesthésiant.

Il resta longtemps assis. Avec l'envie de boire. Et ne buvant pas.

Joey ne s'aperçut qu'une voiture approchait sur la petite route derrière lui qu'à l'instant où les phares frappèrent soudain la vitre arrière de la Chevy. Une explosion virtuelle de lumière s'abattit sur lui, comme en provenance d'une locomotive lancée à toute vitesse, dont l'énorme œil cyclopéen aurait illuminé la scène. Il jeta un regard dans le rétroviseur, mais il cligna des paupières et se détourna, aveuglé par le reflet brillant.

La voiture le dépassa en rugissant et tourna brutalement en direction de Coal Valley. En passant sur les flaques accumulées sur la chaussée, elle projeta une gerbe d'eau sale si dense que Joey fut incapable d'apercevoir le moindre détail du véhicule ou de son conducteur.

La vitre latérale de la Chevy se fit rincer, et, tandis qu'elle redevenait transparente, l'autre voiture ralentit. Ses feux arrière rapetissèrent jusqu'à ce qu'elle ait parcouru une trentaine de mètres environ entre l'alignement des arbres, puis elle s'arrêta complètement, au milieu de la route.

« Non », dit Joey.

Un peu plus loin le long de route de Coal Valley, les feux de position rouges ressemblaient aux yeux luisants d'un démon vu en rêve, effrayants mais attirants, alarmants mais fascinants.

« Non. »

Il tourna la tête et fixa la route de campagne plongée dans l'obscurité qui s'étendait devant lui, cette route qu'il avait prise vingt ans auparavant. À l'époque, ça n'avait pas été la bonne voie, mais ça l'était, à présent. Après tout, il n'était pas en train de s'en retourner à l'université, comme cette nuit-là ; il était maintenant âgé de quarante ans, il se rendait à Scranton, où il devait prendre un avion pour Pittsburgh le lendemain matin.

Sur la route de Coal Valley, les feux arrière brillaient. L'étrange voiture patientait.

Scranton. Pittsburgh. Las Vegas. Le mobile home. Une vie morne, mais tranquille. Sans espoir... mais sans surprises désagréables non plus.

La lueur rouge des feux de position à l'arrière du véhicule. Deux balises. Qui tremblaient sous le déluge de pluie.

Joey reboucha la flasque sans boire une gorgée.
Il alluma les phares et fit démarrer la Chevrolet.
« Seigneur, viens à mon secours », dit-il.
Il traversa le carrefour et s'engagea sur la route de Coal Valley.
Devant lui, l'autre voiture se mit à avancer. Très vite, elle accéléra l'allure.
Joey Shannon suivit le conducteur fantôme à travers un voile entre le monde réel et quelque chose d'autre, en direction d'une ville qui n'existait plus, vers un destin dépassant la compréhension.

VIII

Le vent et la pluie arrachaient les feuilles des arbres surplombant la route, et les précipitaient sur la chaussée. Elles fonçaient alors sur le pare-brise et s'y collaient un instant, telles des chauves-souris ferlant leurs ailes et tombant dès que les essuie-glaces les balayaient.

Joey restait à environ une trentaine de mètre de l'autre voiture, ce qui n'était pas assez près pour en distinguer la marque et le modèle. Il se dit qu'il avait encore le temps de faire demi-tour, de reprendre l'autre itinéraire, et de rejoindre Scranton comme il l'avait initialement prévu. Mais il risquait de ne plus avoir le choix, et d'être incapable de s'en retourner, s'il voyait clairement la voiture qui le précédait. Intuitivement, il comprenait que plus il en apprendrait sur ce qui était en train de se passer, plus son destin serait fermement scellé. Kilomètre après kilomètre, il s'éloignait davantage du monde réel, entrant dans cet ailleurs des secondes chances, et, bientôt, dans la nuit derrière lui, le croisement des deux routes aurait cessé d'exister.

Lorsqu'ils eurent parcouru à peine cinq kilomètres, ils approchèrent d'une Plymouth Valiant blanche à deux portes – une voiture que Joey admirait quand il était enfant, mais qu'il n'avait pas vue depuis des années. Elle était immobilisée au bord de la chaussée, en panne. Trois lampes clignotantes rouges avaient été installées sur le bas-côté, et, illuminée par leur lueur intense, comme grâce au sombre miracle de la transsubstantiation, la pluie paraissait être un déluge de sang.

Le véhicule qu'il suivait ralentit, s'arrêta presque à côté de la Plymouth, puis accéléra à nouveau.

À côté de la Plymouth en panne, dans un imperméable à capuche noir, quelqu'un tenait une lampe électrique à la main. L'automobiliste en difficulté lui fit signe, lui enjoignant de s'arrêter.

Joey jeta un coup d'œil sur les feux arrière de la voiture qu'il poursuivait. Ils rapetissaient. Bientôt, ils prendraient un virage, graviraient une côte et disparaîtraient de sa vue.

En passant à côté de la Plymouth, il vit que la personne sous l'imperméable était une femme. Une fille, plutôt. D'une joliesse à retenir l'attention. Elle paraissait n'avoir que seize ou dix-sept ans.

Sous le capuchon de son imperméable, son visage rougi par les feux clignotants lui rappela, curieusement, l'expression mémorable de la statue de la Vierge à Notre-Dame-des-Larmes, à Asherville. Parfois, la céramique du visage serein de la Vierge avait exactement cette apparence désolée et spectrale, à la lueur écarlate de la flamme vacillante des chandelles, disposées au pied de la statue dans des coupelles en verre rouge.

Comme Joey roulait doucement à côté de la fille, celle-ci lui adressa un regard suppliant, et il discerna dans la porcelaine de ses traits quelque chose qui l'inquiéta : une prémonition troublante, une vision de son ravissant visage, sans yeux, marqué et ensanglanté. D'une certaine façon, il *sut* que s'il ne s'arrêtait pas pour lui venir en aide, elle ne vivrait pas assez longtemps pour voir l'aurore, et qu'elle mourrait de mort violente, au plus noir de la tempête.

Il se gara sur le bas-côté, un peu plus loin que la Valiant, et sortit de la voiture de location. Il était encore trempé, à cause de son séjour sous la pluie purificatrice devant le bureau de Henry Kadinska, un peu moins de vingt minutes auparavant, et le déluge ne le dérangeait donc pas, l'air froid de la nuit étant moitié moins réfrigérant que la peur qui l'étreignait depuis qu'il avait appris qu'il héritait de son père.

Il se hâta le long de la route, et la fille s'avança, l'accueillant devant sa Valiant en panne.

« Dieu merci, vous vous êtes arrêté », dit-elle. La pluie dégoulinait de son capuchon, telle une voilette étincelante devant son visage.

Il dit : « Que s'est-il passé ?
– Le moteur a cessé de tourner.
– Pendant que vous rouliez ?
– Oui. Ce n'est pas la batterie.
– Comment le savez-vous ?
– J'ai encore du courant. »

Elle avait des yeux foncés, et immenses. Son visage rougeoyait à la lueur des balises, et, sur ses joues, les gouttes d'eau brillaient comme des larmes.

« C'est peut-être l'allumage, dit-il.
– Vous vous y connaissez, en voitures ?
– Ouais.
– Pas moi, dit-elle. Je me sens si impuissante.
– Comme tout le monde », dit Joey.

Elle lui lança un regard singulier.

C'était une fille jeune, et, à son âge, elle était certainement naïve, et pas encore consciente de la cruauté du monde. Pourtant, Joey Shannon lut dans ses yeux plus qu'il ne pouvait comprendre.

« Je me sens perdue », dit-elle, faisant référence, de toute évidence, à son manque de connaissances mécaniques.

Il libéra le capot, et le souleva. « Passez-moi votre lampe électrique. »

Elle parut d'abord ne pas saisir ce qu'il voulait dire, puis elle lui tendit la lampe. « Je crois que c'est sans espoir. »

Pendant que la pluie lui battait le dos, il vérifia l'état du capuchon du delco, afin de s'assurer qu'il était correctement fixé, examina la tête des bougies, inspecta les câbles de la batterie.

« Si vous pouviez me ramener chez moi, dit-elle, mon père et moi, nous pouvons revenir ici demain.
– Laissez-moi d'abord essayer, dit-il en refermant le capot.
– Vous n'avez même pas d'imperméable, s'inquiéta-t-elle.
– Ça ne fait rien.
– Vous allez attraper la mort.
– Ce n'est que de l'eau – on baptise les bébés avec. »

Au-dessus de leur tête, les branches des lauriers s'entrechoquèrent sous l'effet d'une mauvaise bourrasque de vent, libérant une troupe de feuilles mortes qui tourbillonnèrent un instant, avant de se poser sur le sol avec autant de résignation que de vaines espérances passant au crible d'un cœur en peine.

Il ouvrit la portière, s'installa derrière le volant, et déposa la lampe électrique sur le siège à côté du sien. La clé de contact était sur le tableau de bord. Lorsqu'il tenta de mettre le moteur en marche, il n'y eut pas la moindre réaction. Il essaya les phares, et ceux-ci s'allumèrent, pleins feux.

Devant la voiture, la fille fut prise dans les faisceaux. Elle n'était plus teinte en rouge. Son imperméable noir pendait comme une robe de moine, et, dans les plis, son visage et ses mains, blancs, étaient glorieusement radieux.

Il la fixa un moment, en se demandant pourquoi il avait été conduit vers elle, et à quel endroit ils se trouveraient lorsque cette étrange nuit aurait pris fin. Puis il éteignit les phares.

La fille fut à nouveau plongée dans la lumière enveloppante des balises, et fouettée par la pluie écarlate.

Après s'être penché par-dessus le siège pour fermer à clé la portière du passager, Joey sortit de la Valiant, prenant avec lui la lampe électrique et les clés. « Quelle que soit l'origine de la panne, je n'ai pas les outils nécessaires pour la réparer. » Il claqua la portière et la verrouilla à son tour. « Vous avez raison – le mieux que je puisse faire, c'est vous ramener chez vous. Où habitez-vous ?

– À Coal Valley. Je rentrais à la maison quand les ennuis ont commencé.

– Presque plus personne ne vit là-bas, à présent.

– Oui, nous sommes l'une des trois dernières familles. On dirait presque une ville fantôme. »

Trempé jusqu'aux os et transi de froid, il languissait de rentrer dans la voiture de location, et de mettre le chauffage à fond. Mais lorsque son regard croisa à nouveau les yeux sombres de la fille, il sentit plus puissamment que jamais *qu'elle* était la raison pour laquelle il avait eu, pour la seconde fois, la chance de prendre la route de Coal Valley, ainsi qu'il aurait dû le faire vingt ans auparavant. Plutôt que de retourner avec elle à l'abri dans la Chevrolet, il hésita, craignant que, quoi qu'il décidât de faire, y compris la raccompagner chez elle, ce ne soit le *mauvais* choix, et qu'en optant pour une action particulière, il ne gaspille ainsi cette dernière et miraculeuse chance de rédemption.

« Quelque chose ne va pas ? » demanda-t-elle.

Joey la fixait, à demi fasciné, évaluant les conséquences éventuelles de ses gestes. Son regard vacant avait dû la déconcerter autant que le concept même de conséquences le déconcertait, *lui*.

Se mettant à parler sans réfléchir, et surpris d'entendre ces mots singuliers exprimés par lui-même, il dit : « Montrez-moi vos mains.

– Mes mains ?

– Montrez-moi vos mains. »

Dans les arbres au-dessus d'eux, le vent entonna un chant nuptial, et la nuit devint une chapelle dans laquelle ils étaient seuls.

Avec un regard intrigué, elle tendit ses mains délicates afin qu'il les inspectât.

« Les paumes », dit-il.

Elle fit ce qu'il lui demandait, et sa posture la fit ressembler plus que jamais à la Sainte Vierge invitant chacun à venir à elle, dans le giron de la paix éternelle.

Les mains de la fille formaient une coupe pleine d'obscurité, et il n'arrivait pas à lire ses paumes.

En tremblant, il approcha la lampe électrique.

Ses mains furent d'abord immaculées. Puis, lentement, un léger hématome apparut au centre de chacune des paumes, où s'accumulaient les gouttes de pluie.

Il ferma les yeux et retint sa respiration. Lorsqu'il regarda à nouveau, les hématomes s'étaient assombris.

« Vous me faites peur, dit-elle.

– Il y a de quoi avoir peur, en effet. C'est valable pour moi aussi.

– Vous ne m'avez jamais paru bizarre.

– Regardez vos mains », dit-il.

Elle baissa les yeux.

« Que voyez-vous ? lui demanda-t-il.

– Ce que je vois ? Mes mains. »

Le vent de la tempête hurlant dans les branches était la voix d'un million de victimes, et la nuit s'emplit de leurs cris pathétiques qui appelaient à la clémence.

Si la peur ne l'avait pas paralysé, il aurait été en train de trembler sans pouvoir se contrôler. « Vous ne voyez pas ? demanda-t-il.

– Non.

– Vous ne sentez rien ? »

En fait, les hématomes n'étaient plus de simples bleus,

mais s'étaient transformés en autant de plaies, qui commençaient à saigner.

« Ce n'est pas ce qui se passe en ce moment que je vois, lui dit Joey, submergé d'effroi. Je suis en train de voir ce qui *va* arriver.

– Vous me faites peur », répéta-t-elle.

Elle n'était pas la blonde morte dans son linceul en plastique taché de sang. Sous le capuchon de l'imperméable, son visage était encadré par des mèches de cheveux noirs comme l'aile d'un corbeau.

« Mais il se pourrait que vous finissiez comme elle », dit-il, plus pour lui-même que pour la fille.

« Comme qui ?

– Je ne connais pas son nom. Mais elle n'était pas seulement une hallucination. Je m'en rends compte à présent. Ce n'était pas un délire d'alcoolique. C'est bien plus que ça. Elle était... quelque chose d'autre. Je ne sais pas. »

Les pénibles stigmates des paumes de la fille devenaient plus horribles de seconde en seconde, bien qu'elle continuât à ne pas en avoir conscience, et qu'elle ne semblât pas ressentir de douleur.

Soudain, Joey comprit que l'horreur croissante de sa vision paranormale signifiait que cette fille courait un danger de plus en plus grave. Le sort auquel elle était destinée – le sort qu'il avait repoussé en s'engageant sur la route de Coal Valley et en s'arrêtant pour lui venir en aide – était en train de s'affirmer à nouveau. Perdre du temps en restant au bord de la route n'était apparemment pas la bonne chose à faire.

« Peut-être qu'il est en train de revenir », dit Joey.

Elle referma les mains, comme si elle avait eu honte de l'intensité avec laquelle il les fixait. « Qui ?

– Je ne sais pas », et il regarda au loin, le long de la route de Coal Valley, les ténèbres impénétrables qui engloutissaient les deux voies de goudron noir fouettées par la pluie.

« Vous parlez de l'autre voiture ? lui demanda-t-elle.

– Ouais. Vous avez pu apercevoir la personne qui conduisait ?

– Non. C'était un homme. Mais je ne l'ai pas vu précisément. Une ombre, une forme. En quoi cela est-il important ?

– Je n'en suis pas sûr. (Il la prit par le bras.) Venez. Tirons-nous d'ici. »

Tandis qu'ils se hâtaient de retourner à la Chevrolet, elle dit : « Vous ne correspondez vraiment pas du tout à l'idée que je me faisais de vous. »

Cette affirmation singulière le frappa. Avant qu'il n'ait le temps de lui demander ce qu'elle voulait dire par là, toutefois, ils avaient rejoint la Chevy – et il s'immobilisa, manquant de trébucher, tellement surpris par ce qu'il avait sous les yeux qu'il en oublia les paroles de la jeune fille.

« Joey ? » dit-elle.

La Chevrolet avait disparu. À la place, il y avait une Ford. Une Mustang 1965. *Sa* Mustang 1965. L'épave que, adolescent, il avait amoureusement réparée avec l'aide de son père. Bleu nuit, avec des pneus blancs à l'intérieur.

« Qu'est-ce qui ne va pas ? » demanda-t-elle.

Vingt ans auparavant, cette nuit-*là*, il avait conduit la Mustang. Quand il avait dérapé et percuté un panneau, la carrosserie avait été gravement endommagée.

À présent, la carrosserie n'était pas abîmée. La vitre latérale, qui s'était brisée lorsque sa tête l'avait heurtée, était intacte. La Mustang était du même rouge cerise qu'elle l'avait toujours été.

Le vent se remit à souffler en rafales hurlantes, et la nuit tout entière parut devenir folle. Des bourrasques de pluie argentée se déchaînèrent autour d'eux, martelant la chaussée.

« Où est la Chevrolet ? demanda-t-il d'une voix tremblante.

– Quoi ?

– La Chevrolet, répéta-t-il en haussant le ton pour couvrir le bruit de l'orage.

– Quelle Chevrolet ?

– La voiture de location. Celle que je conduisais.

– Mais... vous conduisiez ça », dit-elle.

Il la regarda, incrédule.

Comme précédemment, il lui trouva un regard mystérieux, mais il n'avait pas l'impression qu'elle cherchait à le tromper.

Il lâcha le bras de la jeune fille et s'approcha de l'avant de la Mustang, laissant courir sa main tout le long de l'aile arrière, de la portière du conducteur et de l'aile avant. Le métal était froid, lisse, ruisselant de pluie, aussi concret que le sol sous ses pieds, aussi réel que le cœur qui battait la chamade dans sa poitrine.

Vingt ans auparavant, après avoir heurté le panneau, la Mustang avait été salement amochée et cabossée, mais elle roulait encore. Il avait pu rentrer à l'université, et il se souvenait qu'elle avait fait du bruit pendant tout le trajet jusqu'à Shippensburg – le bruit de sa jeune vie qui s'écroulait.

Il se souvenait du sang répandu.

À présent, tandis que, en hésitant, il ouvrait la portière, la lumière s'alluma à l'intérieur. Elle était assez puissante pour montrer que la garniture des sièges n'était pas tachée de sang. La plaie qu'il s'était faite au front avait abondamment saigné jusqu'à ce qu'il se soit rendu dans un hôpital, où on l'avait recousue, et le siège-baquet avait eu largement le temps d'être éclaboussé. Mais ce tissu-là était comme neuf.

La fille avait fait le tour de la voiture. Elle se glissa à la place du passager et claqua la portière.

Avec elle à l'intérieur, la nuit paraissait aussi absolument vide de toute vie qu'un tombeau de pharaon à l'abri des sables de l'Égypte. Le monde entier aurait pu être mort, avec seulement Joey Shannon qui écoutait le vacarme de l'orage et en savait la fureur.

Il hésitait à s'installer derrière le volant. Tout ça était trop étrange. Il avait l'impression d'être victime d'une crise de delirium tremens – sauf qu'il n'avait rien bu.

Puis il se souvint des plaies qu'il avait vues dans les paumes délicates de la jeune fille, et de sa prémonition du danger qu'elle encourait, qui augmentait à chacune des secondes qu'ils passaient au bord de la route. Il s'assit au volant, referma la portière, et lui tendit la lampe électrique.

« Le chauffage, dit-elle. Je suis gelée. »

Il était à peine conscient d'être lui-même trempé et d'avoir froid. Pour l'instant, sous le choc de la surprise, il n'était sensible qu'au mystère qui s'épaississait, aux formes et aux textures, aux bruits et aux odeurs de la chimérique Mustang.

La clé était sur le contact.

Il mit le moteur en marche. Celui-ci avait un son particulier, qui lui était aussi familier que sa propre voix. Sa musique douce et puissante à la fois possédait un tel pouvoir nostalgique qu'il en fut aussitôt ragaillardi. En dépit de la bizarrerie absolue de ce qui était en train de lui arriver, et malgré la peur qui le plombait depuis qu'il était entré dans Asherville, la veille, il se sentit soudain plein d'une formidable exaltation.

Le passé semblait l'avoir déserté. Tous les mauvais choix qu'il avait faits s'étaient détachés de lui. Pour l'instant, au moins, l'avenir était aussi prometteur qu'il l'avait été lorsqu'il avait dix-sept ans.

La fille tripota les manettes du chauffage, et un souffle d'air chaud jaillit sous le tableau de bord.

Il relâcha le frein à main et passa la première, mais, avant de s'engager sur la route, il se tourna vers elle et lui dit : « Montrez-moi vos mains. »

Visiblement gênée, le regardant avec une circonspection compréhensible, elle accéda à sa requête.

Les marques de clou étaient toujours au milieu de ses paumes, visibles à lui seul, mais il jugea qu'elles s'étaient quelque peu refermées. Le flot de sang avait diminué.

« En partant d'ici, nous sommes en train de faire ce qu'il faut », dit-il, tout en sachant qu'elle ne comprenait pas grand-chose – voire rien du tout – à ses paroles.

Il mit en marche les essuie-glaces et s'engagea sur la route à deux voies, en direction de Coal Valley. La voiture se comportait exactement comme le chef-d'œuvre bien réglé qu'il se rappelait, et sa jubilation s'intensifia.

Pendant une ou deux minutes, il fut entièrement possédé par le plaisir de la conduite – *conduire*, tout simplement – qu'il avait connu adolescent mais n'avait jamais retrouvé depuis. Abandonné à la puissance de la Mustang. Un garçon et sa voiture. Pris par l'aventure de la route.

Puis il se souvint de ce qu'elle avait dit quand il avait aperçu la Mustang et s'était arrêté, sous le choc de la surprise. *Joey* ? Elle l'avait appelé par son prénom. *Joey ? Qu'est-ce qui ne va pas ?* Pourtant, il était certain qu'il ne s'était pas présenté.

« Un peu de musique ? » demanda-t-elle, d'une voix que la nervosité faisait trembler, comme si la volupté silencieuse qui le liait à la route la dérangeait davantage que ce qu'il avait pu dire ou faire précédemment.

Elle se pencha en avant pour allumer la radio, et il jeta un coup d'œil vers elle. Elle avait repoussé le capuchon de son imperméable. Ses cheveux étaient plus épais, plus soyeux et plus noirs que la nuit elle-même.

Elle avait dit autre chose, qui l'avait frappé par son

aspect singulier, et qui lui revenait à présent en mémoire : *Vous ne correspondez vraiment pas du tout à l'idée que je me faisais de vous.* Et avant ça : *Vous ne m'avez jamais paru bizarre.*

La fille tourna le bouton jusqu'à ce qu'elle tombe sur une radio qui passait *Thunder Road*, de Bruce Springsteen.

« Comment vous appelez-vous ?

– Celeste. Celeste Baker.

– Comment connaissez-vous mon nom ? »

La question l'embarrassa, et elle fut incapable de soutenir son regard. Même dans la faible lueur que diffusaient les diodes du tableau de bord, il vit qu'elle rougissait.

« Vous ne m'avez jamais remarquée, je le sais. »

Il fronça les sourcils. « Vous remarquer ?

– Vous étiez deux classes au-dessus de la mienne, au lycée. »

Joey cessa de faire attention à la chaussée dangereusement glissante plus longtemps qu'il n'aurait dû, confondu par ce qu'elle venait de dire. « De quoi parlez-vous ? »

Les yeux fixés sur la radio, elle dit : « J'étais en deuxième année quand vous étiez en dernière. J'étais très amoureuse de vous. Quand vous avez eu votre diplôme et que vous êtes parti à l'université, j'étais désespérée. »

Il réussit à peine à détacher son regard de la jeune fille.

Décrivant une courbe, la route longea l'entrée d'une mine abandonnée, où un palan déglingué se dressait dans l'obscurité tels les restes du squelette d'un animal préhistorique. Des générations de mineurs avaient trimé pour sortir le charbon, mais tous étaient à présent retournés à la poussière, ou partis travailler à la ville. Tout en prenant le virage, Joey freina doucement, passant de quatre-vingts kilomètres à l'heure à soixante, tellement secoué par ce que la fille avait dit qu'il ne se sentait plus capable de conduire vite en toute sécurité.

« Nous ne nous sommes jamais parlés, dit-elle. Je n'ai jamais eu assez de culot. Je me contentais... vous savez... de vous admirer de loin. Mon Dieu. Ça a l'air tellement idiot. » Elle lui jeta un coup d'œil en coin, pour vérifier si, en fait, il n'était pas en train de s'amuser à ses dépens.

« Vous dites n'importe quoi, dit-il.

– *Moi ?*

– Quel âge avez-vous ? Seize ans ?

– Dix-sept, bientôt dix-huit. Carl Baker, c'est mon père, et le fait d'être la fille du principal aggrave encore les choses. Je suis une paria, finalement, et j'ai donc du mal à engager la conversation avec un garçon qui soit... enfin, qui soit même *à moitié* aussi beau de sa personne que vous. »

Il eut l'impression de se trouver dans une baraque foraine pleine de miroirs déformants, où tout, y compris les conversations, était déformé au point de ne plus ressembler à rien de connu. « Vous trouvez ça drôle ?

– Drôle ? »

Il ralentit, roulant à cinquante à l'heure, puis il diminua encore l'allure, jusqu'à avancer presque moins vite que les trombes d'eau qui menaçaient de faire déborder le profond fossé longeant la chaussée. À la lueur des phares, les remous torrentiels renvoyaient des reflets argentés.

« Celeste, bon sang, j'ai quarante ans ! Comment pourrais-je avoir été en avance sur vous de deux ans au lycée ? »

L'expression du visage de la jeune fille était quelque part entre l'étonnement et l'inquiétude, mais elle se changea vivement en colère. « Pourquoi vous comportez-vous ainsi ? Êtes-vous en train *d'essayer* de me faire peur ?

– Non, non. Seulement, je...

– On essaie de flanquer une bonne trouille à la fille du principal, de la ridiculiser ?

– Non, écoutez...

– Vous êtes à l'université depuis tout ce temps, et vous *persistez* à être aussi immature ? Peut-être devrais-je me féliciter de ne jamais avoir eu assez de cran pour vous adresser la parole plus tôt. »

Des larmes faisaient briller ses yeux.

Interloqué, il reporta son attention sur la chaussée devant la voiture – au moment précis où la chanson de Springsteen finissait.

L'animateur dit alors : « C'était *Thunder Road*, extrait de *Born to Run*, le nouvel album de Bruce Springsteen.

– Le *nouvel* album ? » répéta Joey.

L'animateur poursuivit : « Alors, c'est pas *chaud*, ça ? Les mecs, ce type va être *géant*.

– Ce n'est pas son nouvel album », dit Joey.

Celeste se tamponnait les yeux à l'aide d'un Kleenex.

« Envoyons-en un autre du Boss, dit l'animateur. Voici *She's the One*, tiré du même album. »

Une explosion de pur rock'n'roll, passionné et vivifiant, fit vibrer les haut-parleurs. *She's the One* était aussi neuf, aussi puissant, aussi jouissif que lorsque Joey l'avait entendu pour la première fois, vingt ans auparavant.

Il dit : « Qu'est-ce qu'il raconte, ce type ? Ce n'est pas nouveau. *Born to Run* est sorti il y a vingt ans.

– Arrêtez, dit-elle d'une voix altérée par un mélange de colère et de détresse. Arrêtez, maintenant, d'accord ?

– À l'époque, on n'entendait que ça, à la radio. Il a mis le monde entier sur le cul, avec ce morceau. Du vrai rock. *Born to Run*.

– Laissez tomber, dit-elle, farouche. Vous ne m'impressionnez plus. Vous ne réussirez pas à faire chialer la fille du principal, toute nulle soit-elle. »

Elle avait ravalé ses larmes. Ses mâchoires étaient serrées, et ses lèvres, fermement pincées.

« *Born to Run*, insista-t-il, est sorti il y a vingt ans.

– Crétin.

– Vingt ans. »

Celeste se recroquevilla contre la portière, s'éloignant de lui autant que cela lui était possible.

Springsteen gueulait son rock.

L'esprit de Joey s'activait à toute vitesse.

Des réponses se précisèrent. Il n'osait pas les prendre en considération, de peur qu'elles ne soient fausses, et que son soudain élan d'espoir ne se révèle vain.

Ils étaient en train d'emprunter un étroit passage creusé à même la montagne. Les parois rocheuses surplombaient le toit de la voiture et s'élevaient à plus de vingt mètres dans la nuit, réduisant à néant toute tentative de faire demi-tour.

La pluie glacée pilonnait la Mustang avec la férocité d'une arme à feu.

Les balais des essuie-glaces pompaient – *lubdub, lubdub* – comme si la voiture avait été un gros cœur battant non pas suivant la pression artérielle, mais au rythme du temps et du destin conjugués.

Il finit par oser jeter un coup d'œil dans le rétroviseur.

À la faible lueur du tableau de bord, il ne voyait pas grand-chose, mais le peu qu'il *vit* suffit à l'emplir d'étonnement, de crainte, de jubilation sauvage, de peur et de ravissement tout à la fois, de respect pour l'étrange façon dont la nuit et la route s'étaient transformées. Dans le miroir, ses yeux étaient limpides, d'un blanc *lumineux* : ils n'étaient plus voilés, ni injectés de sang à cause de ses vingt années passées à boire plus que de raison. Au-dessus de ses yeux, son front était lisse et sans la moindre ride, épargné par deux décennies de soucis et d'amertume et de mépris envers lui-même.

Il appuya sur la pédale de frein, les pneus crissèrent, et la Mustang fit un tête-à-queue.

Celeste gémit et tendit les bras afin de se protéger du tableau de bord. S'ils avaient roulé à vive allure, elle aurait été projetée hors de son siège.

La voiture franchit la double ligne jaune, et traversa l'autre voie, fonçant sur les rochers, avant de déraper à cent quatre-vingts degrés, pour revenir sur la voie de droite, et s'immobiliser enfin, dans le mauvais sens de circulation.

Joey agrippa le rétroviseur, l'orientant de façon à apercevoir la naissance de ses cheveux, qui avaient repoussé, l'orientant ensuite vers ses yeux, le gauche d'abord, puis le droit.

« Qu'est-ce que vous faites ? » lui demanda-t-elle.

Malgré le tremblement qui agitait sa main, il actionna le plafonnier.

« Joey, on va nous rentrer dedans ! » dit-elle au bord de la panique, bien qu'il n'y ait eu aucun phare en vue.

Il s'approcha du petit miroir, le fit pivoter en tous sens, se tordit le cou, tentant de capturer à l'intérieur de l'étroit rectangle le moindre reflet de son visage.

« Joey, bon sang, nous ne pouvons pas rester *plantés* ici !

– Oh mon Dieu, mon Dieu !

– *Mais vous êtes fou, ou quoi ?*

– Je suis fou ? demanda-t-il au reflet de sa jeunesse dans le petit miroir.

– *Garez la voiture au bord de la route !*

– En quelle année sommes-nous ?

– Laissez tomber votre petit numéro ridicule, espèce de crétin !

– En quelle année sommes-nous ?
– Ce n'est pas drôle.
– En quelle *année* sommes-nous ?« lui demanda-t-il.
Elle entreprit d'ouvrir la portière.
« Non, dit Joey, attendez, attendez, d'accord, vous avez raison, garons-nous sur le bas-côté, mais attendez. »
Il fit exécuter un demi-tour à la Mustang, qui se retrouva dans la direction qu'ils suivaient avant son coup de frein, et il gara la voiture au bord de la route.
Se tournant vers elle, la suppliant, il dit : « Celeste, ne te mets pas en colère, n'aie pas peur, sois patiente, et dis-moi simplement en quelle année nous sommes. S'il te plaît. S'il te plaît. Il faut que je t'entende me le dire, et je saurai alors que c'est bien vrai. Dis-moi en quelle année nous sommes, ensuite je t'expliquerai tout – tout ce que je *pourrai*, en tout cas. »
Le béguin de lycéenne que Celeste avait eu pour lui était encore assez puissant pour avoir raison de sa colère et de sa peur. Ses traits se radoucirent.
« Quelle année ? répéta-t-il.
– 1975 », dit-elle.
À la radio, on entendait les derniers glorieux accords de *She's the One*.
Springsteen fut suivi par une publicité pour le grand succès du moment dans les cinémas : Al Pacino dans *Un après-midi de chien*.
L'été dernier, *Les Dents de la mer* avaient triomphé.
Au cours du printemps précédent, le Viêt-nam du Sud s'était rendu.
Nixon avait quitté ses fonctions un an auparavant.
Ce brave Gerald Ford était à la Maison-Blanche, président intérimaire d'une nation en difficulté. Par deux fois, en septembre, on avait attenté à sa vie. Lynette Fromme lui avait tiré dessus à Sacramento. Sara Jane Moore s'en était prise à lui à San Francisco.
Élizabeth Seton était devenue la première américaine à être canonisée par l'Église catholique romaine.
Les Cincinnati Reds avaient remporté les championnats du monde de base-ball en sept jeux.
Jimmy Hoffa avait disparu.
Muhammad Ali était le champion du monde des poids lourds.
Le roman de Doctorow, *Ragtime. À la recherche de Mr. Goodbar*, par Judith Rossner.

Le disco. Donna Summers. Les Bee Gees.

Maintenant, bien qu'encore trempé, il s'aperçut qu'il ne portait plus le costume dans lequel il avait assisté à l'enterrement et qu'il avait porté lorsqu'il était parti en courant du bureau de Henry Kadinska. Il était en jeans et en bottes. Chemise écossaise en flanelle et blouson en jean doublé de mouton retourné.

« J'ai vingt ans », murmura Joey d'un ton révérencieux, comme il l'aurait fait à une époque en s'adressant à Dieu dans le silence d'une église.

Celeste tendit le bras et lui toucha le visage. Sa main était chaude contre la joue froide de Joey, et ce n'était pas la peur qui la faisait trembler, mais le plaisir de le toucher, une différence qu'il était capable de sentir seulement parce qu'il était redevenu jeune, et extrêmement sensible aux flux d'un cœur de jeune fille.

« Certainement pas quarante ans », dit-elle.

Sur l'autoradio, Linda Ronstadt entama la chanson qui portait le titre de son nouvel album : *Heart Like a Wheel*.

« Vingt ans », répéta-t-il, et sa vue se brouilla, sous l'effet de la gratitude qu'il ressentait à l'égard des puissances inconnues qui l'avaient amené dans cet endroit, à cet instant précis, dans ce miraculeux passage.

On n'était pas seulement en train de lui donner une deuxième chance. Ceci était carrément un nouveau départ.

« Tout ce que j'ai à faire, c'est prendre la bonne décision, dit-il. Mais comment vais-je faire ? »

La pluie ruisselait sur la voiture avec toute la fureur des tambours du Jugement dernier.

Otant sa main de la joue de Joey, lissant ses cheveux trempés qui collaient à son front, Celeste dit : « À ton tour.

– Quoi ?

– Je t'ai dit en quelle année nous sommes. Maintenant, c'est à toi de tout m'expliquer.

– Par où dois-je commencer ? Comment vais-je... te convaincre que c'est vrai ?

– Je te crois à l'avance, lui assura-t-elle d'une voix douce.

– Je suis sûr d'une chose : quelle que soit la raison de mon retour ici, quelle que soit la situation que je suis censé changer, tu en es le centre. Tu en es le cœur. Tu es la raison qui me donne l'espoir d'une vie nouvelle, et le meilleur avenir que j'aurai peut-être repose sur toi. »

La main consolatrice de Celeste s'était éloignée de lui pendant qu'il parlait, et elle la tenait maintenant sur son propre cœur.

L'espace d'un instant, elle parut incapable de respirer, puis elle soupira et dit : « Tu deviens de plus en plus étrange... mais je commence à aimer ça.

– Montre-moi ta main. »

Elle enleva la main qu'elle tenait plaquée sur sa poitrine et la lui présenta, la paume en avant.

Le plafonnier était toujours allumé, mais, même ainsi, la lumière n'était pas suffisante pour lui permettre de distinguer d'éventuels stigmates.

« Donne-moi la lampe électrique », dit-il.

Celeste la lui tendit.

Il actionna le commutateur et étudia la paume des deux mains de la jeune fille. La dernière fois qu'il les avait regardées, les plaies avaient paru se refermer. À présent, elles étaient à nouveau profondes, et elles saignaient.

Détectant sur son visage un nouvel accès de peur, elle dit : « Qu'est-ce que tu vois, Joey ?

– Des plaies, comme si on avait planté un clou.

– Il n'y a rien.

– Qui saignent.

– Il n'y a rien dans mes mains.

– Tu ne peux pas les voir, mais il faut me croire. »

Avec hésitation, il toucha la paume d'une des deux mains. Lorsqu'il retira ses doigts, le bout de l'un d'eux était humide du sang de Celeste.

« Je le vois. Je le sens, dit-il. Pour moi, c'est horriblement réel. »

Quand il la regarda, elle fixait son doigt écarlate, les yeux écarquillés. Sa bouche formait un ovale. « Tu... tu as dû te couper.

– Tu peux le voir ?

– Au bout de ton doigt, oui, confirma-t-elle d'une voix vibrante.

– Et dans ta main ? »

Elle secoua la tête. « Il n'y a rien dans mes mains. »

Il posa un autre doigt sur sa paume. Qui fut aussitôt couvert de sang.

« Je le vois, dit-elle en frémissant. Sur les deux doigts. »

La transsubstantiation. La vision prémonitoire des plaies dans la main de Celeste avait été transformée au contact de ses doigts – et par miracle – en véritable sang, celui de la jeune fille.

Du bout de l'index gauche, elle toucha vainement sa paume droite, mais rien ne se produisit.

À la radio, Jim Croce – qui ne s'était pas encore tué dans un accident d'avion – était en train de chanter *Time in a Bottle*.

« Peut-être qu'il est impossible que tu voies ton propre avenir en te regardant, dit Joey. Qui peut voir une chose pareille ? Mais, d'une façon ou d'une autre... grâce à moi... grâce à mon contact, on te donne... je ne sais pas... on t'avertit. »

Il posa doucement un troisième doigt sur la paume de Celeste, et celui-ci aussi se tacha de sang.

« C'est un signe », dit-elle, sans vraiment se rendre compte de ce qui se passait.

« Pour que tu croies ce que je te dis. Un signe qui te fasse croire en mes paroles. Parce que si tu ne me crois pas, il se peut que je ne puisse pas te venir en aide. Et si je ne peux pas t'aider, je ne peux rien faire pour moi non plus.

– Ton contact, murmura-t-elle en prenant la main de Joey entre les siennes. Ton contact. (Elle soutint son regard.) Joey... Que va-t-il m'arriver... que me *serait*-il arrivé si tu n'étais pas venu ?

– Tu aurais été violée, répondit-il, totalement convaincu, bien que ne comprenant pas comment il pouvait en être aussi sûr. Violée. Battue. Torturée. Assassinée.

– L'homme, dans l'autre voiture, dit-elle en portant le regard vers la route plongée dans l'obscurité, et le tremblement de sa voix se changea en un frisson qui parcourut tout son corps.

– Je pense que oui, dit Joey. Je crois que... il l'a déjà fait. La blonde, enroulée dans le plastique.

– J'ai peur.

– Nous avons une chance.

– Tu ne m'as toujours rien expliqué. Tu ne m'as pas raconté. Et la Chevrolet que tu pensais conduire... les quarante ans que tu croyais avoir ? »

Elle lâcha sa main, la laissant couverte de son sang. Il s'essuya sur son jeans. De sa main droite, il orienta la lampe électrique sur les paumes de Celeste. « Les plaies sont en train de s'aggraver. Le destin, ta destinée, peu importe la façon dont tu l'appelles... c'est en train de se confirmer.

– Il revient ?

– Je ne sais pas. Peut-être. On dirait que... on dirait que quand nous nous déplaçons, tu es plus en sécurité. Les plaies se referment et commencent à disparaître. Tant que nous roulons, les choses peuvent changer, il y a de l'espoir. »

Il éteignit la lampe électrique et la lui rendit. Il desserra le frein à main et s'engagea à nouveau sur la route de Coal Valley.

« Nous ne devrions peut-être pas suivre le même itinéraire que lui, dit-elle. Peut-être faudrait-il revenir sur la route d'Asherville, et aller ailleurs, n'importe où, loin de lui.

– Je crois que c'en serait fini de nous. Si nous fuyons... si nous prenons la mauvaise route, comme je l'ai fait autrefois... nous ne pourrons pas compter sur la miséricorde divine.

– Il faudrait peut-être aller chercher de l'aide.

– Qui va croire notre histoire ?

– Ils verront peut-être... mes mains. Le sang sur tes doigts quand tu me touches.

– Je ne crois pas. C'est toi et moi. Toi et moi, seuls contre tout le reste.

– Tout le reste, dit-elle, songeuse.

– Contre cet homme, contre le sort que tu aurais connu si je n'avais pas pris l'embranchement de la route de Coal Valley – le sort que tu *as* subi par le passé, au cours de cette nuit quand j'ai suivi l'autre route. Toi et moi contre le temps et l'avenir, et le poids de tout ça qui dévale vers nous comme une avalanche.

– Que pouvons-nous faire ?

– Je ne sais pas. Le retrouver ? L'affronter ? Il va nous falloir agir en fonction de ce qui se passe... et faire ce qui nous semble bien, une minute après l'autre, une heure après l'autre.

– Pendant combien de temps devons-nous... devons-nous faire ce qui est juste, quoi que ce soit, ce qui fera que le changement sera permanent ?

– Je ne sais pas. Peut-être jusqu'à l'aube. Ce qui s'est passé cette nuit-là s'est passé dans l'obscurité. Peut-être que la seule chose que j'aie à faire, c'est de rectifier ce qui t'est arrivé, et si nous réussissons à te garder en vie, si nous résistons jusqu'à l'aube, tout sera changé pour toujours. »

Les pneus traversèrent des flaques d'eau, et, de chaque côté de la voiture, des gerbes blanches s'élevèrent, telles des ailes d'anges.

« Quelle est cette autre nuit dont tu parles tout le temps ? » demanda-t-elle.

Des deux mains, elle agrippait la lampe électrique posée sur ses cuisses, comme si elle avait craint qu'un horrible monstre volant ne surgisse de l'obscurité, une abomination qu'elle serait capable de repousser et de bannir à jamais d'un coup de faisceau lumineux.

Tandis qu'ils roulaient au cœur de la nuit et des montagnes vers la ville presque abandonnée de Coal Valley, Joey Shannon dit : « Ce matin, quand je me suis levé, j'avais quarante ans, et j'étais un ivrogne doté d'un foie en décomposition et d'un avenir dont personne n'aurait voulu. Et cet après-midi, j'étais debout à côté de la tombe de mon père, après lui avoir brisé le cœur, comme j'ai brisé celui de ma mère aussi... »

Fascinée, Celeste écoutait attentivement, croyant ce qu'il disait parce qu'elle avait reçu un signe qui lui prouvait que l'univers comportait des dimensions autres que celles qu'elle pouvait voir et toucher.

IX

À la radio, retentirent successivement *One of These Nights*, des Eagles, *Pick Up the Pieces*, du Average White Band, *When I Will Be Loved*, chanté par Linda Ronstadt, *Rosalita*, gueulée par Springsteen, *Black Water* par les Doobie Brothers – et tous ces titres étaient récents, de gros succès qui venaient de sortir, bien que Joey les connût tous depuis vingt ans, pour les avoir souvent entendus ailleurs, sur d'autres radios, et dans des circonstances bien différentes.

Le temps pour lui de raconter ses expériences récentes, jusqu'au moment où il avait aperçu la Valiant en panne, et ils avaient atteint le point culminant de la route, qui, ensuite, redescendait vers Coal Valley. Il freina dans le gravier afin de se garer au bord de la route, à côté d'un luxuriant buisson de lauriers, bien qu'il sût qu'ils ne pouvaient guère s'attarder, sans risquer de voir s'affirmer de plus belle le destin aboutissant à la mort de Celeste et à son retour à la condition de damné vivant.

Coal Valley était plus un village qu'une véritable ville. Même avant que l'insatiable incendie allumé dans les profondeurs de la mine n'ait dévoré le labyrinthe de tunnels, Coal Valley n'avait jamais abrité qu'un peu moins de cinq cents personnes. Des habitations simples, coiffées de toits goudronnés. Des prés pleins de pivoines et de généreux plants d'airelles en été, qui se cachaient en hiver sous un épais manteau de neige. Des cornouillers qui viraient au blanc, au rose et au pourpre au printemps. Une petite agence de la County First

National Bank. Une équipe de pompiers volontaires qui ne comptait qu'un seul véhicule. La Polanski's Tavern, où l'on demandait rarement des cocktails, la plupart des commandes concernant la bière servie au verre, ou la bière servie avec une dose de whisky à côté, et où d'énormes bocaux d'œufs au vinaigre et de saucisses chaudes et piquantes, posés sur le bar, attendaient le client. Un magasin d'alimentation générale, une station-service, une petite école primaire.

Le village n'était pas assez important pour posséder des feux de circulation, mais avant que le gouvernement n'ait enfin commencé à exproprier et à offrir des compensations financières aux dépossédés, les lumières de Coal Valley, respectables et chaleureuses, avaient illuminé les montagnes environnantes plongées dans la nuit, au cœur desquelles elles étaient confortablement arrimées. À présent, tous les petits commerces étaient fermés, et définitivement éteints. Dans le beffroi de l'église, les cloches de la foi s'étaient tues. Seules trois maisons étaient éclairées, et celles-ci seraient à leur déconnectées, lorsque les derniers habitants partiraient, avant Thanksgiving.

De l'autre côté du village, une lueur orangée s'élevait d'un puits, là où le feu qui ravageait une galerie du réseau souterrain avait brûlé assez près de la surface pour provoquer un soudain effondrement du sol. À cet endroit, l'enfer souterrain était exposé à la vue, restant caché, ailleurs, sous les maisons inhabitées et les rues fissurées par la chaleur.

« Il est là-bas ? » demanda Celeste, comme si Joey avait été capable de pressentir la présence de leur ennemi sans visage.

Les capricieux éclairs prémonitoires qu'il avait expérimentés jusque-là échappaient à son contrôle, néanmoins, et ils étaient bien trop énigmatiques pour qu'il puisse s'en servir comme d'une carte révélant l'emplacement de la tanière du tueur. De plus, il se doutait que tout l'intérêt d'être ainsi autorisé à revivre cette nuit résidait dans le fait qu'on lui donnait la chance de gagner ou de perdre, d'agir bien ou mal, en ne comptant que sur les pouvoirs de sa propre sagesse, de son jugement personnel et de son courage. Coal Valley était l'endroit où il serait testé. Aucun ange gardien n'allait lui chuchoter à l'oreille les instructions nécessaires – ni s'interposer entre lui et la lame, coupante comme un rasoir, d'un couteau jaillissant des ténèbres.

« Il se peut qu'il ait traversé le village sans s'y arrêter, dit Joey. Il a pu aller jusqu'au Black Hollow Highway, et, de là, jusqu'au péage de l'autoroute. C'est le trajet que je suivais habituellement quand je rentrais à l'université. Mais... Je crois plutôt qu'il est là en bas, quelque part. Il attend.

– Il nous attend ?

– Il m'a attendu, après s'être engagé sur la route de Coal Valley. Il s'est arrêté au beau milieu de la route, et il a attendu de voir si je me décidais à le suivre.

– Pourquoi ferait-il une chose pareille ? »

Joey se doutait de la réponse. Il sentait au fond de lui une certitude refoulée et dangereuse, qui nageait tel un requin dans la mer obscure de son subconscient, mais il ne se résolvait pas à la ramener à la surface. Elle surgirait des profondeurs boueuses pour l'assaillir au moment où il s'y attendrait le moins.

« Tôt ou tard, nous le découvrirons », dit-il.

Il savait viscéralement que la confrontation était inévitable. Ils étaient tous deux capturés par la gravité féroce d'un trou noir, et attirés vers une vérité incontournable qui allait les broyer.

De l'autre côté de Coal Valley, la lueur émanant du puits béant brillait plus vivement qu'auparavant. Des jets d'étincelles blanches et rouges jaillirent de la terre, tels de gros essaims de papillons, expulsés avec tellement de force qu'ils s'élevèrent au moins à une trentaine de mètres, avant d'être éteints par la pluie serrée.

Craignant que la crampe dans son ventre ne devînt rapidement une faiblesse paralysante, Joey éteignit le plafonnier, remit la Mustang sur la chaussée, et commença à descendre en direction du village désolé.

« Nous allons aller directement chez moi, dit Celeste.

– Je ne sais pas si c'est ce que nous devrions faire.

– Pourquoi pas ?

– Ce n'est peut-être pas une bonne idée.

– Nous serons en sécurité, avec mes parents.

– Nous ne devons pas seulement nous préoccuper de notre sécurité.

– Que *faut*-il faire, alors ?

– Te garder en vie.

– C'est pareil.

– Et l'arrêter.
– L'arrêter ? Le tueur ?
– Ça paraît raisonnable. Je veux dire, où est la rédemption, si je tourne délibérément le dos au diable et si je m'en vais ? Te sauver la vie ne peut être que la moitié de ce que je dois accomplir. L'arrêter, c'est l'autre moitié.
– Ton histoire redevient trop mystique. Et quand appelons-nous l'exorciste ? Quand commençons-nous à répandre de l'eau bénite autour de nous ?
– Mon histoire est ce qu'elle est. Je n'y peux rien.
– Écoute, Joey, je vais te dire ce qu'il est raisonnable de faire. Mon père a une armurerie pleine de fusils de chasse, et une carabine. Voilà ce qu'il nous faut.
– Et si le fait d'aller chez toi l'attire là-bas ? Tes parents n'ont peut-être rien à craindre de lui, ils ne vont même jamais le rencontrer.
– Merde, c'est complètement fou, dit-elle. Et tu peux me croire, je ne prononce pas souvent, ni légèrement, le mot merde.
– La fille du principal, dit-il.
– Exactement.
– Au fait, tout à l'heure, ce que tu as dit en parlant de toi – ce n'est pas vrai.
– Hein ? Qu'est-ce que j'ai dit ?
– Tu n'es pas nulle.
– Bon.
– Tu es belle.
– Je suis le sosie d'Olivia Newton-John, dit-elle en se moquant d'elle-même.
– Et tu as bon cœur – trop bon cœur pour vouloir changer ton propre destin et te sauver la vie au prix de celle de tes parents. »

Un moment, elle resta silencieuse, sous le rugissement de la pluie purificatrice. Puis elle dit : « Non. Mon Dieu, non, ce n'est pas ce que je désire. Mais ça ne nous prendrait que très peu de temps de rentrer dans la maison, d'ouvrir le râtelier dans le cabinet de travail, et de charger les fusils.
– Tout ce que nous faisons cette nuit, toutes les décisions que nous prenons, tout a de lourdes conséquences. La même chose serait vraie si cette nuit était une nuit ordinaire, sans la moindre bizarrerie. C'est ce que j'ai oublié, une fois – qu'il y a toujours des conséquences

morales – et j'ai payé très cher pour mon oubli. Cette nuit, c'est plus vrai que jamais. »

Tandis qu'ils parcouraient la dernière partie de la longue descente, approchant des limites du village, Celeste dit : « Mais que sommes-nous censés faire – nous promener dans le coin, rester sur nos gardes, et attendre que l'avalanche dont tu parlais nous submerge ?

– Nous ferons ce qu'il faut faire.

– Mais que faut-il faire ? demanda-t-elle, considérablement frustrée.

– Nous verrons bien. Montre-moi tes mains. »

Elle alluma la lampe électrique et lui présenta une paume, puis l'autre.

« Les plaies ne sont plus que des hématomes, à présent, lui dit-il. Pas de sang. Nous sommes en train de faire ce qu'il faut. »

La voiture roula dans une ornière étroite, provoquée par un affaissement de la chaussée, pas une fosse profonde dont le fond flambait, seulement un trou large de quelques dizaines de centimètres, mais qui suffit à les faire rebondir. Les amortisseurs de la voiture grincèrent, le châssis racla le sol, et la boîte à gants, qui n'avait pas été correctement fermée, s'ouvrit brusquement.

En se libérant, le battant fit sursauter Celeste, et elle braqua sur lui le faisceau de la lampe électrique. Le rayon lumineux se refléta sur le verre d'un objet arrondi, tapi au fond du petit compartiment. Un bocal. Une douzaine de centimètres de haut, huit de diamètre. Autrefois, il avait dû contenir des cornichons, ou du beurre de cacahouète. L'étiquette avait disparu. Il était à présent rempli d'un liquide que le faisceau lumineux de la lampe électrique rendait opaque. Dans le liquide, quelque chose de bizarre flottait, difficilement identifiable, mais néanmoins inquiétant.

« Qu'est-ce que c'est ? » demanda-t-elle, mettant la main dans la boîte à gants sans la moindre hésitation, mais avec une crainte palpable, désireuse, en dépit du bon sens, et à l'instar de Joey, de jeter un coup d'œil d'un peu plus près.

Elle retira le bocal de la boîte à gants.

L'approcha de son visage.

Flottant dans le liquide rosâtre, deux yeux bleus.

X

Des graviers frottèrent contre le châssis, la Mustang franchit bruyamment un fossé, et Joey détacha son regard du bocal juste à temps pour voir une boîte aux lettres se désintégrer au contact du pare-chocs avant. La voiture fonça à travers la pelouse de la première maison de Coal Valley, et s'immobilisa à quelques centimètres du porche, qu'elle manqua de défoncer.

Instantanément, il fut plongé dans le souvenir de la première fois qu'il avait vécu cette nuit, la fois où il n'avait pas pris l'embranchement menant à Coal Valley :

... conduisant la Mustang témérairement vite, par une nuit pleine de pluie et de grêle, dans une fuite frénétique, comme si un démon le poursuivait, déchiré par quelque chose, maudissant Dieu et l'implorant en alternance. Son estomac brûle, des sucs acides le rongent. Il y a un rouleau de Tums dans la boîte à gants. Tenant le volant d'une seule main, il se penche vers la droite, libère le battant, qui s'ouvre. Il introduit la main dans le petit compartiment, cherchant des doigts le rouleau de comprimés antigastriques – et il trouve le bocal. Lisse et frais. Il ne sait pas ce que c'est. Il n'a jamais mis de bocal là-dedans. Il le sort de la boîte à gants. Les phares d'un gros camion, qui roule en sens inverse de l'autre côté de la glissière de sécurité, projettent suffisamment de lumière dans la voiture pour lui permettre de distinguer le contenu du bocal. Des yeux. Soit il a le réflexe de tourner le volant, soit les pneus dérapent sur la chaussée mouillée, parce que soudain, la Mustang échappe totalement à

son contrôle, et part en tête-à-queue. Le panneau. Un choc terrible. Sa tête heurte la vitre de la portière, le verre Sécurit explose en une masse gluante, mais qui le transperce quand même. Il rebondit sur le panneau métallique, et fonce sur la glissière au milieu de la route. La voiture s'immobilise. Il force la portière enfoncée et sort sous la pluie. Il faut qu'il se débarrasse du bocal, doux Jésus, qu'il s'en débarrasse avant que quelqu'un s'arrête pour lui porter secours. Pas beaucoup de circulation avec ce temps pourri, mais quelqu'un va sûrement vouloir jouer au bon samaritain, alors que c'est bien la dernière chose dont il a besoin. Il a perdu le bocal. Non. Il ne peut pas avoir perdu le bocal. Il cherche à tâtons dans la voiture, partout, frénétiquement : par terre, devant le siège du conducteur. Une sensation de verre froid. Intact. Le couvercle est toujours solidement vissé. Merci mon Dieu, merci mon Dieu. Il court avec le bocal jusqu'à la glissière de sécurité. Plus loin, c'est la pleine campagne, un champ d'herbes hautes. Avec toute la force qu'il est capable de rassembler, il lance le bocal loin dans la nuit. Et puis le temps passe, et il se retrouve encore debout au bord de la route, sans savoir ce qu'il fait là, en pleine confusion. La grêle frappe son visage et ses mains. Il a une migraine féroce. Il se touche le front, découvre la plaie. Il faut qu'il voie un docteur. Il a peut-être besoin de points de suture. Il y a une sortie un kilomètre plus loin. Il connaît la ville. Il saura trouver l'hôpital. Aucun samaritain n'a cru bon de s'arrêter. C'est ça, le monde d'aujourd'hui. Quand il rentre dans la Mustang endommagée, il est soulagé de constater que son moteur tourne encore, et que le pare-chocs avant, cabossé, ne bloque pas la roue. Il va s'en sortir. Il va s'en sortir. Tout ira bien.

Assis devant la maison, à Coal Valley, avec les débris de la boîte aux lettres fracassée éparpillée sur la pelouse derrière lui, Joey se rend compte que lorsqu'il a quitté le lieu de l'accident, vingt années auparavant, il avait oublié l'existence du bocal et les yeux à l'intérieur. Soit la blessure qu'il avait au front avait provoqué une amnésie sélective – soit il avait voulu oublier. Il fut submergé par le sentiment atroce que l'explication relevait davantage de la seconde hypothèse que du premier, et que son courage moral – pas son courage physique – l'avait trahi.

Dans cette nouvelle réalité, le bocal était caché sous

l'herbe, dans un champ, mais voilà qu'il se trouvait maintenant entre les mains de Celeste. Elle avait lâché la lampe électrique, et s'était agrippée au bocal des deux mains, peut-être parce qu'elle avait peur que le couvercle ne se dévisse et que le contenu ne se répande sur ses cuisses. Elle fourra le bocal dans la boîte à gants et claqua le battant.

Hoquetant, sanglotant presque, elle croisa les bras sur sa poitrine et se pencha en avant. « Oh, merde, oh, merde, oh, merde », psalmodiait-elle, prononçant le mot avec le même sérieux que précédemment.

Tenant le volant si fort qu'il n'aurait pas été surpris de le voir voler en éclats entre ses mains, Joey était en proie à un tourment intérieur plus violent que les rafales de pluie s'abattant sur la Mustang. Il était sur le point de comprendre l'origine du bocal : d'où il provenait, à qui appartenaient les yeux qu'il contenait, ce qu'ils impliquaient, et pour quelle raison il avait refoulé tout ça de sa mémoire pendant toutes ces années. Mais il ne parvenait pas encore tout à fait à franchir la distance qui le séparait du gouffre glacial de la vérité, peut-être parce qu'il savait qu'il ne possédait pas encore assez de force pour affronter ce qu'il découvrirait au fond de l'abîme.

« Ce n'est pas moi », dit-il, malheureux.

Celeste se balançait dans son siège, s'étreignant, se serrant dans ses propres bras, produisant un son rauque et torturé.

« Ce n'est pas moi », répéta-t-il.

Lentement, elle releva la tête.

Ses yeux, toujours aussi attirants, suggéraient une personnalité d'une profondeur peu commune et une sagesse sans rapport avec son jeune âge, mais ils possédaient à présent une nouvelle qualité, plus dérangeante. Peut-être était-ce la conscience, qu'elle n'avait ni recherchée ni désirée, de la capacité humaine à faire le mal. Elle ressemblait toujours à la fille qu'il avait fait monter dans sa voiture seulement dix ou douze kilomètres avant – mais, fondamentalement, elle n'était *plus* cette fille-là, et elle ne pourrait jamais plus revenir à cet état d'innocence qui était le sien en entrant dans la nuit. Ce n'était plus une lycéenne, à présent, ce n'était plus la biche timide qui avait rougi en lui confiant qu'elle était amoureuse de lui – et c'était indiciblement triste.

Il dit : « Ce n'est pas moi qui ai mis le bocal dans la boîte à gants. Je n'ai pas mis les yeux dans le bocal. Ce n'est pas moi.

– Je sais », répondit-elle simplement, et avec ce ton de ferme conviction pour lequel il l'aimait. Elle jeta un coup d'œil sur la boîte à gants, puis elle le regarda à nouveau. « Tu serais incapable de faire une chose pareille. Pas toi. Pas toi, Joey, jamais de la vie. Tu ne pourrais pas faire quelque chose comme ça. »

Une fois de plus, il vacilla au bord du précipice, frôlant la révélation, mais une vague d'angoisse l'en éloigna. « Ses yeux doivent être à elle.

– La blonde dans la bâche en plastique ?

– Oui. Et d'une certaine façon, je crois que... Je crois que je sais qui elle est, je sais comment elle s'est retrouvée morte, avec les yeux arrachés. Mais je n'arrive pas à m'en souvenir.

– Tout à l'heure, tu disais qu'elle était plus qu'une simple vision, plus qu'un délire éthylique.

– Oui. C'est certain. Elle représente un souvenir. Je l'ai vue, en vrai, quelque part, je ne sais plus quand. » Il porta une main à son front, enserrant son crâne de ses doigts avec tellement de force que l'effort fit trembler sa main et frémir les muscles de son bras, comme s'il avait voulu extraire de lui-même ce qu'il avait oublié.

« Qui aurait pu entrer dans ta voiture pour y déposer le bocal ? demanda-t-elle.

– Je n'en sais rien.

– Où as-tu passé la soirée, avant de te remettre en route pour l'université ?

– À la maison. À Asherville. Chez mes parents. Je ne me suis arrêté nulle part entre leur maison et ta Valiant.

– La Mustang était dans le garage ?

– Il n'y a pas de garage. Ce n'est pas le genre de la maison.

– Les portières étaient verrouillées ?

– Non.

– Dans ces conditions, n'importe qui aurait pu entrer dans ta voiture.

– Ouais. Peut-être. »

Personne n'était sorti de la maison qui se dressait devant eux, parce que c'était l'une des premières propriétés condamnées de Coal Valley, abandonnée depuis des mois. Sur l'aluminium blanc de la façade, on avait écrit à l'aide d'un aérosol de peinture un gros « 4 », entouré d'un cercle. À la lueur des phares de la Mustang, le chiffre paraissait plus rouge que du sang frais. Ce n'était pas un graffiti, mais un terme officiel : il signifiait que la maison serait le quatrième bâtiment à être démoli, après que les derniers citoyens de Coal Valley auraient déménagé, et une fois que l'équipe de démolition aurait apporté ses bulldozers.

Les administrations locales et fédérales avaient été si inefficaces, et si lentes à s'occuper de l'incendie dans les galeries de la mine, qu'elles lui avaient permis de s'étendre largement, jusqu'à ce que ses ramifications aient pris possession du sous-sol de la vallée tout entière, après quoi il était devenu impossible, vu l'ampleur du sinistre, de songer à l'éteindre autrement qu'en laissant faire le temps et la nature. Pourtant, avec la destruction du village, les autorités avaient clairement l'intention de se montrer aussi diligentes et disciplinées que lors de grandes manœuvres militaires.

« Ne restons pas là », dit-il.

Sans vérifier l'état des mains de Celeste, certain que de leur immobilité avait déjà résulté une résurgence des stigmates, il enclencha la marche arrière et fit reculer la Mustang à travers la pelouse, jusque dans la rue. Tant de pluie était tombée qu'il craignit de s'embourber dans le sol meuble, mais ils atteignirent la chaussée goudronnée sans encombres.

« Où allons-nous, maintenant ? demanda-t-elle.

– Nous allons chercher dans le village.

– Chercher quoi ?

– Tout ce qui sort de l'ordinaire.

– Mais *tout* sort de l'ordinaire.

– Quand nous le verrons, nous le saurons. »

Il remonta lentement le long de la route de Coal Valley, qui était l'axe principal du village.

Au premier croisement, Celeste montra du doigt une rue étroite sur la gauche. « Notre maison se trouve par là. »

Plus loin, à travers l'écran perlé que formaient les gouttes de pluie, derrière quelques sapins étalant leurs branches, on distinguait plusieurs fenêtres éclairées, dont la lumière ambrée était particulièrement accueillantes. Aucune autre maison du voisinage ne paraissait occupée.

« Tous nos voisins sont partis, ils ont déménagé, confirma Celeste. Mes parents sont les seuls à habiter dans le coin.

– Et c'est peut-être en étant seuls qu'ils sont le plus en sécurité », lui rappela-t-il, tout en traversant l'intersection. Ils passèrent lentement devant la rue où habitait Celeste, examinant soigneusement les deux côtés de la voie principale.

Bien que la route de Coal Valley ait desservi d'autres destinations, outre le village de Coal Valley lui-même, ils n'avaient rencontré aucun véhicule, et Joey se dit qu'ils avaient peu de chances d'en croiser. De nombreux experts et officiels avaient assuré au public que la route était fondamentalement sûre, et qu'il n'y avait aucun danger de voir de soudains affaissements de terrain engloutir d'imprudents automobilistes. Toutefois, après la démolition du village, il était quand même prévu que la route soit fermée à la circulation, puis rendue impraticable. Les habitants des villages alentour, depuis longtemps très sceptiques quant à la validité de n'importe quel avis rendu par les experts en ce qui concernait l'incendie des galeries, avaient opté pour des itinéraires de rechange.

Devant eux, sur la gauche, se dressait l'église catholique Saint-Thomas, où les services religieux avaient autrefois eu lieu tous les samedis et tous les dimanches, sous la conduite du recteur et du curé de Notre-Dame-des-Larmes, à Asherville, qui officiaient également dans deux autres petites églises locales. Ce n'était pas un grand lieu de culte, mais une simple construction en bois, dont les fenêtres étaient pourvues, non pas de vitraux, mais de simples carreaux.

L'attention de Joey fut attirée par une lumière qui vacillait derrière les fenêtres de l'église Saint-Thomas. Une lampe électrique. À l'intérieur, chaque fois que le faisceau bougeait, des ombres tournoyaient et bondissaient, telles des âmes tourmentées.

Il coupa droit à travers la rue, et se gara devant l'église. Il coupa le moteur et les phares.

En haut des marches en béton, les deux battants de la porte étaient ouverts.

« C'est une invitation, dit Joey.

– Tu crois qu'il est là-dedans ?

– Je suis prêt à le parier. »

Dans l'église, la lumière s'éteignit.

« Reste ici, dit Joey en ouvrant la portière.

– Sûrement pas.

– Je voudrais que tu ne viennes pas avec moi.

– Non, dit-elle d'un ton déterminé.

– Il peut se passer n'importe quoi, là-dedans.

– Il peut aussi se passer n'importe quoi *ici.* »

Une telle évidence ne se discutait pas.

Lorsqu'il sortit de la voiture et se dirigea vers le coffre arrière, Celeste le suivit, rabattant sur sa tête le capuchon de son imperméable.

La pluie se mêlait à présent à de la grêle, comme la première fois qu'il avait vécu cette même nuit, quand il avait eu l'accident. Le grésil martelait la Mustang en produisant un bruit de griffes en action.

Lorsqu'il ouvrit le coffre, il s'attendait presque à y trouver le corps de la blonde.

Elle n'était pas dans le coffre.

Il ôta le démonte-pneu du compartiment où il était rangé en compagnie du cric. En fonte, il pesait agréablement lourd dans sa main.

À la faible lueur de la loupiote du coffre, Celeste aperçut la boîte à outils et l'ouvrit, tandis que Joey soulevait le démonte-pneu. Elle en sortit un gros tournevis.

« Ce n'est pas un poignard, dit-elle, mais il fera l'affaire. »

Joey aurait préféré qu'elle restât dans la voiture, avec les portières verrouillées. Si quelqu'un se montrait, elle klaxonnerait, et il serait à ses côtés en une seconde.

Bien qu'il l'ait rencontrée à peine une heure auparavant, il la connaissait déjà suffisamment bien pour savoir qu'il était vain de chercher à la dissuader de l'accompagner. Malgré la beauté de ses traits délicats, elle était inhabituellement courageuse et entêtée. Tous les doutes de la jeunesse qui auraient pu l'inhiber avaient été détruits à jamais lorsqu'elle avait compris qu'elle risquait d'être violée et assassinée – et lorsqu'elle avait découvert les yeux dans le bocal. Le monde tel qu'elle le connaissait s'était brutalement transformé en un endroit bien plus sombre et bien plus inquiétant que ce qu'il était le matin même, mais elle avait intégré le changement, et s'y était adaptée avec un courage surprenant et admirable.

Joey ne prit pas la peine de refermer le coffre sans

bruit. Les portes ouvertes de l'église signifiaient clairement que l'homme qui l'avait entraîné le long de la route de Coal Valley s'attendait qu'il le suive ici aussi.

« Reste près de moi », dit-il.

Elle fit un bref hochement de tête. « Je te le garantis. »

Devant l'entrée de l'église Saint-Thomas, un tuyau de ventilation de trente centimètres de diamètre, entouré d'un grillage de protection en forme de sablier, s'élevait à deux mètres au-dessus du sol. Des jets de fumée provenant des galeries en feu montaient des profondeurs du sous-sol et s'échappaient de l'extrémité du tuyau, réduisant ainsi le risque de voir les émanations toxiques atteindre dans l'église et les maisons à proximité de dangereux niveaux de concentration. Au cours des vingt dernières années, comme tous les efforts pour éteindre – ou même circonscrire – l'incendie souterrain s'étaient révélés inadéquats, quelque deux mille tuyaux comme celui-ci avaient été installés partout dans le village.

Malgré le nettoyage permanent pratiqué par la pluie, l'air autour de l'entrée de l'église Saint-Thomas puait le soufre, comme si une vilaine bête, en route pour Bethlehem, avait fait un détour par Coal Valley.

Peint en rouge sur la façade de l'église, on distinguait un grand « 13 », dans un cercle de la même couleur.

Curieusement, Joey pensa à Judas. Le treizième apôtre. Celui qui avait trahi Jésus.

Le nombre sur le mur indiquait simplement que le bâtiment avait été le treizième du village à être désaffecté et inscrit sur la liste des démolisseurs, mais il ne pouvait se débarrasser de l'idée qu'il signifiait également autre chose. Au fond de lui, il savait qu'il s'agissait d'un avertissement, le mettant en garde contre la trahison. Mais une trahison venant de qui ?

Il n'était pas allé à la messe depuis vingt ans, jusqu'au service funéraire de ce matin. Il s'était qualifié d'agnostique – et parfois d'athée – pendant longtemps, pourtant, soudain, tout ce qu'il voyait et tout ce qui se passait lui semblait avoir une connotation religieuse. Bien sûr, en un sens, il n'était plus un quadragénaire cynique et un mécréant, mais un jeune homme de vingt ans qui, deux années auparavant, était encore un enfant de chœur. Peut-être que cet étrange retour en arrière dans le temps l'avait ramené plus près de la foi de sa jeunesse.

Treize.
Judas.
Trahison.
Plutôt que de mettre cet enchaînement de pensées sur le compte de la superstition, il le prit au sérieux, et décida de se montrer plus prudent que jamais.
Le grésil n'avait pas encore recouvert l'allée d'une couche de glace, et les grains gelés éparpillés craquèrent sous leurs pieds.
En haut des marches, devant les battants ouverts, Celeste alluma la petite lampe électrique qu'elle avait prise dans la voiture, et les ténèbres, à l'intérieur de l'église, se dissipèrent en partie.
Côte à côte, ils franchirent le seuil de la porte. Du faisceau lumineux, elle perça l'obscurité à gauche et à droite, démontrant promptement que nul ne les attendait, tapi dans l'ombre du narthex.
Un bénitier en marbre blanc se trouvait à l'entrée de la nef. Faisant courir ses doigts au fond, Joey découvrit qu'il était à sec, mais il se signa quand même.
Tenant fermement le démonte-pneu à deux mains, prêt à l'abattre, il avança dans l'église. Il n'avait pas la moindre intention de s'en remettre à la grâce de Dieu.
Celeste maniait la lampe électrique en experte, ne laissant aucun coin inexploré, comme si elle avait une grande habitude des fouilles policières destinées à retrouver un assassin.
Bien qu'aucune messe n'ait été dite à Saint-Thomas depuis cinq ou six mois, Joey se dit que l'alimentation électrique n'avait pas dû être déconnectée. Pour des raisons de sécurité, le courant était peut-être encore branché, car tous les dangers inhérents à un bâtiment désaffecté étaient aggravés par l'obscurité. Maintenant que l'indifférence et l'incompétence officielles avaient abouti à la perte d'un village entier, sacrifié aux appétits d'un invisible feu, les autorités étaient unanimement enthousiastes quant aux mesures de sécurité.
Un faible parfum d'encens persistait, en souvenir des messes d'antan, mais il était largement masqué par l'odeur du bois humide et de moisissure. Une traînée de vapeurs sulfureuses imprégnait également l'air, et la puanteur augmenta, jusqu'à noyer l'arôme épicé de toutes les cérémonies du vieil âge de l'innocence.
Malgré les volées de grésil qui martelaient le toit et

les fenêtres, la nef était pleine du silence familier des églises, auquel s'ajoutait un sentiment d'attente. Généralement, il s'agissait de l'attente d'une visite subtile de la présence divine, mais c'était à présent la crainte d'une détestable intrusion dans ce lieu autrefois consacré.

Tenant le démonte-pneu d'une main, Joey explora à tâtons le mur à sa gauche. Il ne localisa aucun commutateur.

Encourageant Celeste à se diriger vers la droite, il continua à chercher, jusqu'à ce qu'il trouve un groupe de quatre boutons. D'un revers de la main, il les actionna.

Au-dessus d'eux, des éléments en forme de cône diffusaient une faible lumière d'un jaune métallique sur les rangées de bancs. Le long des murs, les abat-jour des appliques dirigeaient une douce lumière vers les quatorze stations du Calvaire et le plancher poussiéreux.

La partie de l'église située au-delà de la rampe délimitant le sanctuaire restait plongée dans l'obscurité. Néanmoins, Joey constata que tous les objets du culte avaient été retirés, y compris les statues et le grand crucifix qui avait orné le mur derrière l'autel.

À plusieurs reprises, enfant, il avait accompagné le curé d'Asherville jusqu'à Coal Valley, afin dc servir la messe quand les enfants de chœur du village étaient malades, ou quand ils n'étaient pas disponibles, pour diverses raisons, et il était donc familier avec l'apparence de l'église Saint-Thomas avant sa désaffectation. Sculpté par un villageois à la fin du siècle précédent, le crucifix, haut de trois mètres cinquante, était une œuvre fruste, mais qui avait toujours fasciné Joey à cause de la puissance qu'elle dégageait, et qu'il n'avait jamais ressentie avec des productions exécutées de façon plus professionnelle, et mieux réalisées.

Lorsque son regard quitta le mur vide où avait été accroché le crucifix, il aperçut un tas informe et incolore gisant sur la plate-forme de l'autel. Il paraissait lumineux, mais il savait qu'il s'agissait d'une illusion d'optique – et du produit de son imagination.

Prudemment, ils avancèrent le long de l'allée centrale, inspectant les bancs de chaque côté, derrière lesquels quelqu'un aurait pu s'accroupir, dérobé à leur vue, en attendant de bondir sur eux. L'église était petite, susceptible d'accueillir environ deux cents personnes, mais il n'y avait, cette nuit-là, pas le moindre fidèle ni la moindre créature diabolique assis sur les bancs.

Quand Joey ouvrit le portillon permettant d'accéder au sanctuaire, les gonds grincèrent.

Celeste hésita un instant, puis elle passa devant lui. Elle avait le regard fixé sur le tas informe au sommet de l'autel, mais elle ne braqua pas le faisceau de la lampe électrique dans sa direction, préférant de toute évidence, comme Joey, retarder l'inévitable révélation.

Tandis que le portillon se remettait en place en grinçant, Joey jeta un coup d'œil derrière lui. La nef était vide. Personne ne les avait suivis.

Directement en face d'eux, le chœur. Les chaises, les pupitres, l'orgue, tout avait été enlevé.

Ils suivirent le déambulatoire, contournant le chœur par la gauche. Malgré leurs efforts pour marcher le plus légèrement possible, leurs pas résonnaient sur le plancher en chêne, réveillant un écho dans l'église vide tout entière.

D'autres commutateurs se trouvaient sur le mur à côté de la porte de la sacristie. Joey les actionna, et le sanctuaire s'emplit d'une lumière jaunâtre, aussi peu puissante que celle éclairant la nef.

Il s'écarta pour laisser passer Celeste, et, lorsqu'elle se fut éloignée de la porte fermée, il l'ouvrit d'un coup de pied, ainsi qu'il avait vu les flics le faire dans un nombre incalculable de films, fonça dans l'encadrement, et balança le démonte-pneu de toutes ses forces, de droite à gauche puis de gauche à droite, au cas où quelqu'un l'aurait guetté. Il espérait ainsi prendre le salopard par surprise, en lui assenant d'entrée un coup dévastateur, *whoosh*, mais la fonte ne cisailla que de l'air.

Suffisamment de lumière provenait du sanctuaire pour lui confirmer que la sacristie était déserte. La porte donnant sur l'extérieur était ouverte lorsqu'il était entré, mais un courant d'air glacé la fit claquer.

« Il est déjà parti », dit Joey en s'adressant à Celeste, qui se tenait dans l'encoignure de la porte, raidie par la peur.

Ils retournèrent dans le sanctuaire, empruntant le déambulatoire jusqu'à la table de communion, et s'immobilisèrent au pied des trois marches menant à l'autel.

Le cœur de Joey cognait dans sa poitrine.

À ses côtés, Celeste émit doucement un son plaintif – qui n'était pas un hoquet de terreur, mais plutôt un murmure de compassion, de regret, de désespoir. « Ah, non ! »

Le grand autel, avec son devant sculpté, n'était plus là.

Seule demeurait la plate-forme.

Le tas qu'ils avaient aperçu de la nef n'était ni aussi incolore ni aussi informe qu'il l'avait paru quand le sanctuaire était éteint. À travers l'épais plastique froissé, on distinguait des partie du cadavre recroquevillé en position fœtale. Le visage était dissimulé, mais une mèche de cheveux blonds sortait mollement d'une déchirure pratiquée entre les plis de la bâche.

Ceci n'était pas une vision prémonitoire.

Ni une hallucination.

Et pas simplement un souvenir.

Cette fois, le corps était réel.

Mais les événements des dernières vingt-quatre heures avaient fait douter Joey de sa capacité à juger de la réalité des choses. Il se méfiait suffisamment de ses propres sens pour chercher auprès de Celeste une confirmation. « Toi aussi, tu le vois, n'est-ce pas ?

– Oui.

– Le corps ?

– Oui. »

Il toucha le plastique épais. Celui-ci craqua sous ses doigts.

Un bras fin, blanc comme de l'albâtre, était visible. Les doigts de la main étaient légèrement pliés, et la marque d'un clou occupait le centre de la paume. Les ongles étaient arrachés, et couverts de sang solidifié.

Bien qu'il ait *su* que la blonde était morte, au fond de lui, Joey caressait l'espoir fragile et irrationnel que les yeux dans le bocal n'aient pas été les siens, qu'un fil ténu la reliait encore à la vie et au monde, et qu'elle pouvait encore être ressuscitée. Il tomba à genoux sur la dernière marche, et ses doigts se posèrent sur le poignet de la fille, cherchant au moins un faible pouls.

Il ne sentit pas le moindre pouls, mais le contact de la chair froide le fit sursauter comme s'il avait touché un câble électrique, et le choc lui rappela un autre souvenir qu'il refoulait depuis longtemps :

... seulement donner un coup de main, en portant les deux valises, sous la pluie glacée, jusqu'à l'arrière de la voiture, les posant sur le gravier de l'allée afin de déverrouiller le coffre. Il soulève le capot, et la petite ampoule à l'intérieur luit faiblement, à la façon d'une chandelle votive à demi fondue sous son globe de verre couleur rubis. En fait, la lumière est rouge, parce que l'ampoule est tachée de sang. L'odeur de cuivre chaud du sang monte de l'espace confiné, et il a un haut-le-cœur. Elle est là. Elle est là. Complètement et totalement – tellement inattendue qu'elle pourrait passer pour une hallucination, mais ce n'est pas le cas, elle est plus solide qu'un bloc de granit, plus réelle qu'un coup de poing en plein visage. Nue, mais emballée dans une bâche en plastique. Son visage est caché par ses longs cheveux blonds et les taches de sang à l'intérieur du plastique. Un bras nu est sorti du linceul, et la main délicate présente sa paume, révélant une cruelle blessure. On dirait qu'elle le supplie, l'implorant de lui accorder la pitié qu'elle n'a trouvée nulle part ailleurs, dans la nuit sombre. Le cœur de Joey enfle atrocement, un peu plus à chaque battement, apocalyptique, bloquant ses poumons et l'empêchant de respirer. Tandis que les roulements métalliques du tonnerre courent à travers les montagnes, il a envie que la foudre le frappe, il a envie de rejoindre la blonde dans la mort, parce que essayer de continuer à vivre après cette découverte sera trop difficile, trop douloureux, trop triste, et sans aucun intérêt. Puis quelqu'un parle, derrière lui, à peine plus fort que la chanson susurrée par la pluie et le vent : « Joey. » S'il n'a pas le droit de mourir ici, à l'instant même, dans la tempête, il prie Dieu de le rendre sourd, de lui ôter la vue, et de le libérer des devoirs du témoin. « Joey, Joey. » Il y a une telle tristesse dans cette voix. Il se détourne du cadavre mutilé. Dans la nébuleuse couleur de sang que diffuse la lumière du coffre, il affronte la tragédie, il affronte la ruine de quatre vies, en sus de celle de la femme dans la voiture – la sienne, celle de sa mère, celle de son père, celle de son frère. « Je voulais seulement te donner un coup de main, dit-il à P.J. Je voulais seulement t'aider. »

Bruyamment, Joey expulsa l'air de ses poumons, puis, tremblant, il prit une profonde inspiration. « C'est mon frère. Il l'a tuée. »

XI

Il y avait des rats dans l'église. Deux d'entre eux, énormes, se hâtèrent le long du mur, au fond du sanctuaire, en poussant de petits cris. Ils projetèrent furtivement leur ombre, démesurément allongée, sur le sol, avant de disparaître dans un trou.

« Ton frère ? P.J. ? » s'exclama Celeste, incrédule.

Bien qu'elle ait été *cinq* classes derrière P.J. au lycée, elle savait qui il était. À Asherville et dans les villages des environs, tout le monde connaissait P.J. Shannon, avant même qu'il ne soit devenu un auteur mondialement reconnu. Au cours de sa première année à County High School, c'était le plus jeune arrière de l'histoire de l'équipe de football, un joueur célèbre qui avait emmené ses équipiers jusqu'au championnat de division – exploit qu'il avait réitéré à deux reprises, en deuxième et troisième année. C'était un étudiant voué aux meilleures notes, major de sa promotion, modeste malgré ses dons naturels et ses succès, un gars qui aimait vraiment les gens, beau, charmant, drôle.

Et le plus difficile à concilier avec le corps dans le coffre : P.J. était gentil. Il consacrait beaucoup de temps aux activités caritatives de Notre-Dame-des-Larmes. Quand un ami était malade, P.J. était toujours le premier à lui rendre visite, avec des vœux de prompt rétablissement et un petit cadeau. Si un ami avait des ennuis, P.J. était à ses côtés, l'aidant du mieux qu'il le pouvait. À la différence de nombreux autres sportifs, il n'appartenait à aucune clique, et on avait autant de chance de le trouver en compagnie du président du club d'échecs, maigre et bigleux, qu'avec les autres membres de la glorieuse équipe de football du lycée. Il ne supportait pas qu'on fasse souffrir les plus faibles, ni aucun des jeux cruels auxquels se livraient parfois les petits coqs du lycée.

P.J. avait été le meilleur frère du monde.

Mais c'était aussi un tueur sans pitié.

Joey ne parvenait pas à concilier les deux faits. Cette tentative aurait aisément pu le rendre fou.

À genoux sur la dernière marche devant l'autel, Joey lâcha le poignet froid de la morte. Au contact de sa chair, d'une façon presque mystique, il avait reçu une révélation sinistre et dévastatrice. Il n'aurait pas été plus durement affecté si, au lieu de ça, il avait *vu* le pain azyme de l'hostie de l'Eucharistie se transformer en incarnation divine du Christ.

« Ce week-end-là, P.J. était venu de New York, raconta-t-il à Celeste. En sortant de l'université, il avait décroché un boulot d'assistant dans une grosse maison d'édition, où il pensait travailler jusqu'à ce qu'il réussisse à mettre un pied dans le milieu du cinéma. Le samedi, on s'était bien amusés, en famille, tous ensemble. Mais après la messe le dimanche matin, P.J. était sorti pour le restant de la journée, pour aller voir des copains de lycée, histoire de parler avec eux du bon vieux temps, et pour se balader en voiture et profiter des couleurs de l'automne. *Un grand bain de nostalgie*, avait-il dit. Du moins c'était ce qu'il avait prétendu. »

Celeste tourna le dos à la plate-forme et fit face à la nef, soit parce qu'elle ne pouvait supporter plus longtemps la vue de la femme, soit parce qu'elle craignait que P.J. ne s'introduise en douce dans l'église pour les surprendre.

« En général, le dimanche, nous dînions à cinq heures, mais Maman a décidé de l'attendre, et il n'est pas rentré à la maison avant six heures du soir, poursuivit Joey, bien après la tombée de la nuit. Honteux, il s'est excusé, il a dit qu'il prenait tellement de bon temps avec ses vieux copains qu'il n'avait pas vu passer le temps. Pendant tout le dîner, il pétait la forme, il plaisantait, débordant d'énergie, comme si le fait de retrouver son ancien terrain de jeux l'avait secoué, l'avait revitalisé. »

Joey rabattit la bâche en plastique sur le bras nu de la femme. Il y avait quelque chose d'obscène dans cette main perforée, ainsi exposée sur l'emplacement de l'autel, même si l'église de Saint-Thomas avait été désaffectée.

En silence, Celeste attendit qu'il continue son récit.

« Avec le recul, dit-il, c'est vrai qu'il avait un comportement bizarre, frénétique, ce soir-là... une énergie *suspecte.* Tout de suite après le dîner, il s'est précipité dans sa chambre au sous-sol pour finir de faire ses valises, qu'il a ensuite remontées au rez-de-chaussée, à côté de la porte de derrière. Il était impatient de partir, parce que le temps était mauvais et qu'il avait une longue route jusqu'à New York, où il n'arriverait pas avant deux heures du matin, au plus tôt. Mais mon père n'avait pas envie qu'il s'en aille. Seigneur, comme il aimait P.J. !... Mon père a donc sorti les albums où il consignait les triomphes de P.J. à l'époque où il jouait dans l'équipe de foot du lycée, puis celle de l'université. Il avait envie d'évoquer les vieux souvenirs. Alors P.J. m'a fait ce clin d'œil, l'air de dire, *bon sang, peu m'importe de perdre une demi-heure de plus, si ça le rend heureux !...* Mon père et lui se sont rendus dans le salon, ils se sont installés dans le sofa et ont commencé à regarder les photos et les coupures de journaux, et j'ai décidé de faire gagner du temps à P.J., en mettant ses valises dans le coffre de sa voiture. Les clés étaient justement dans la cuisine. »

Celeste murmura : « Je suis tellement désolée, Joey. Je suis tellement, tellement désolée. »

Il était encore sensible au spectacle de la femme assassinée dans la bâche en plastique ensanglantée. L'évocation des souffrances qu'elle avait endurées suffisait à lui donner envie de vomir, à emplir son cœur d'angoisse, et à rendre sa voix rauque de chagrin, bien qu'il n'ait pas su qui elle était. Mais il était incapable de se lever et de lui tourner le dos. Pour le moment, il avait l'impression qu'être à genoux à côté d'elle était la bonne attitude à adopter, et qu'elle ne méritait pas moins que son attention et ses larmes. Ce soir, il se devait d'être pour elle le témoin qu'il n'avait pas réussi à être, vingt ans auparavant.

Comme il était étrange qu'il ait refoulé hors de sa mémoire, pendant vingt années, le souvenir qu'il avait gardé d'elle – pourtant, à présent, dans cette réédition de la pire nuit de son existence, elle n'était morte que depuis quelques heures seulement.

Mais que ce fût de vingt ans ou de quelques heures, il était arrivé trop tard pour la sauver.

« La pluie s'était un peu calmée, poursuivit-il, et je n'ai même pas pris la peine de passer mon imperméable. J'ai attrapé les clés, j'ai pris les deux valises, et je les ai apportées à sa voiture. Elle était garée derrière la mienne, dans l'allée à l'arrière de la maison. J'imagine que ma mère a dû dire quelque chose à P.J., je n'en sais rien, mais il s'est rendu compte de ce qui se passait, de ce que j'étais en train de faire, et il a planté mon père sur le sofa pour me rattraper, pour m'arrêter. Mais il ne m'a pas rejoint à temps. »

... une pluie fine mais glacée, la lumière rougie de sang que diffuse l'ampoule dans le coffre, et P.J. qui se tient là comme si le monde entier ne venait pas de s'effondrer, et Joey qui répète : « Je voulais seulement te donner un coup de main. »

P.J. a les yeux écarquillés, et, pendant un instant, Joey veut désespérément croire que son frère est lui aussi en train de voir la femme dans le coffre pour la première fois, qu'il est choqué et qu'il n'a pas la moindre idée de la façon dont elle est arrivée là. Mais P.J. dit : « Joey, écoute, ce n'est pas ce que tu penses. Je sais que ça la fout mal, mais ce n'est pas ce que tu penses.

– Oh, mon Dieu, P.J. Seigneur ! »

P.J. jette un coup d'œil vers la maison, qui n'est qu'à une quinzaine de mètres, afin de s'assurer que ni leur père ni leur mère ne sont sortis sous le porche. « Je peux tout t'expliquer, Joey. Donne-moi une chance, ne fais pas la gueule, donne-moi une chance.

– Elle est morte, elle est morte.

– Je sais.

– Elle saigne de partout.

– Du calme, du calme. C'est bon.

– Qu'est-ce que tu as fait ? P.J., qu'est-ce que tu as fait ? »

P.J. se rapproche de lui, et le coince contre l'arrière de la voiture. « Je n'ai rien fait. Rien qui mérite que j'aille pourrir en prison.

– Pourquoi, P.J. ? Non. N'essaie même pas de répondre. Tu ne peux pas... Il ne peut y avoir aucune explication, il ne peut y avoir aucune raison qui tienne la route. Elle est morte, là, dans le coffre, morte et pleine de sang.

– Parle plus bas, petit. Tiens-toi. » P.J. attrape son frère par les épaules, et incroyablement, Joey n'est pas dégoûté par le contact de ses mains. « Ce n'est pas moi. Je ne l'ai pas touchée.

– Elle est dans le coffre de ta voiture, P.J., tu ne peux pas dire le contraire. »

Joey est en pleurs. La pluie glacée lui fouette le visage et camoufle ses larmes, et il pleure.

P.J. le secoue un peu. « Qui crois-tu donc que je sois, Joey ? Pour l'amour du Christ, qui crois-tu donc que je sois ? Je suis ton grand frère, pas vrai ? Je suis toujours ton grand frère, pas vrai ? Tu crois que je suis parti à New York et que je me suis transformé en quelqu'un d'autre, en quelque chose d'autre, en monstre ?

– Elle est dans le coffre de ta voiture. » C'est tout ce que Joey est capable d'articuler.

« Ouais, d'accord, elle est dans le coffre de ma voiture, et c'est moi qui l'y ait mise, mais je ne lui ai rien fait, je ne lui ai pas fait de mal. »

Joey essaie de se dégager.

P.J. l'agrippe plus fermement, le plaque contre le pare-chocs arrière, le poussant presque dans le coffre ouvert avec la morte. « Ne perds pas les pédales, petit. Ne gâche pas tout, ne ruine pas tout, pour nous tous. Je suis ton grand frère. Tu ne me reconnais plus ? Je n'ai pas toujours été là pour toi ? J'ai toujours été là quand il le fallait, et maintenant, j'ai besoin que tu sois là, pour moi, juste pour cette fois. »

Sanglotant presque, Joey dit : « Pas ça, P.J. Je ne peux pas être là pour ça. Tu es fou, ou quoi ? »

P.J. parle dans l'urgence, avec une passion qui cloue Joey sur place : « J'ai toujours pris soin de toi, je t'ai toujours aimé, mon petit frère, nous deux contre le reste du monde. Tu m'entends ? Je t'aime, Joey. Tu ne sais donc pas que je t'aime ? » Il lâche les épaules de Joey et lui prend la tête entre ses mains. Les mains de P.J. sont pareilles à un étau, pressées sur les tempes de Joey. Ses yeux semblent pleins de tristesse, plus que de peur. Il embrasse Joey sur le front. L'intensité féroce des paroles de P.J. et leur répétition sont hypnotiques, et Joey a l'impression d'être à moitié en transe, esclave de P.J. au point de ne plus pouvoir bouger. Il a du mal à penser clairement. « Joey, écoute, Joey, Joey, tu es mon frère – mon frère ! – et ça signifie tout, pour moi, tu es mon sang, tu fais partie de moi. Tu ne sais pas que je t'aime ? Tu ne le sais pas ? Tu ne sais pas que je t'aime ? Tu ne m'aimes donc pas ?

– Si, si.

– Nous nous aimons, nous sommes frères. »

Joey sanglote. « C'est pour ça que c'est si dur. »

P.J. a toujours la tête de son frère entre ses mains, il le regarde droit dans les yeux, leur deux nez se touchent presque. « Alors, si tu m'aimes, petit, si vraiment tu aimes ton grand frère, écoute, c'est tout ce que je te demande. Écoute-moi et tu vas comprendre ce qui s'est passé, Joey. D'accord ? D'accord ? Voilà comment ça s'est fait. Voilà ce qui s'est passé. J'étais sur Pine Ridge, tu sais, la vieille route, et je roulais comme on avait l'habitude de le faire quand on était au lycée, sans destination précise. Tu connais la vieille route, avec tous ces virages, ces foutues épingles à cheveux, l'une après l'autre. Je suis donc en train de sortir d'un virage, et voilà qu'elle apparaît, voilà qu'elle sort en courant du sous-bois, qu'elle traverse un petit pré en pente plein d'herbes hautes, et qu'elle est sur la route. Je freine à mort, mais c'est trop tard. Même s'il n'avait pas plu, je n'aurais pas eu le temps de freiner. Elle est carrément en face de moi, et je la heurte, et elle tombe, elle passe sous la voiture, et je lui roule dessus avant de pouvoir m'arrêter.

– Elle est nue, P.J. Je l'ai vue, en partie, dans le coffre, là, et elle est toute nue.

– C'est ce que je suis en train de te dire, si seulement tu voulais bien m'écouter. Elle est nue quand elle sort du bois en courant, nue comme au jour de sa naissance, et il y a un type qui lui court après.

– Quel type ?

– Je ne sais pas qui c'était. Je ne l'avais jamais vu avant aujourd'hui. Mais la raison pour laquelle elle ne voit pas ma voiture, Joey, la raison, c'est qu'elle regarde ce type, derrière elle, tout en courant le plus vite qu'elle peut, elle regarde derrière elle pour savoir si le type la suit de près, et elle fonce droit devant ma voiture, elle la voit à la dernière seconde et elle se met à hurler au moment où je la heurte. Seigneur, c'était horrible ! C'était le truc le pire que j'espère jamais voir, le pire qui me soit jamais arrivé dans toute mon existence. Je l'ai heurtée si violemment que j'ai su tout de suite que j'avais dû la tuer.

– Où est passé ce type qui la poursuivait ?

– Quand je lui rentre dedans, le type s'arrête, et il est sous le choc, au milieu du pré. Je sors de la voiture, et il repart en courant vers les arbres, sous les arbres, et je me rends compte qu'il faut que j'essaie de coincer ce salaud, alors je lui cours après, mais il connaît le coin, et moi pas. Le temps que je traverse le pré et que j'arrive près des arbres, et il est parti. Je pars à sa poursuite, dix mètres, peut-être vingt, le long d'une piste de daim, mais la piste se transforme en trois sentiers distincts, et le type a pu suivre n'importe lequel, impossible pour moi de savoir celui qu'il a pris. Avec l'orage, il n'y a pas beaucoup de lumière, et, dans le bois, on croirait qu'il va faire nuit. À cause de la pluie et du vent, je n'entends rien, je ne peux pas suivre à l'oreille le bruit de sa course. Je reviens donc sur mes pas, je retourne sur la route, et elle est morte, ce à quoi je m'attendais. » P.J. frémit à l'évocation du souvenir, et il ferme les yeux. Il appuie son front contre celui de Joey. « Oh, Seigneur, c'était horrible ! Joey, c'était horrible – ce que la voiture lui avait fait, et ce que le type lui avait fait avant que je m'amène. J'en étais malade, j'ai vomi sur la route, j'ai gerbé mes tripes.

– Qu'est-ce qu'elle fait dans le coffre ?

– J'avais une bâche en plastique dans ma voiture. Je ne pouvais pas la laisser sur place.

– Tu aurais dû aller chercher la police.

– Je ne pouvais pas l'abandonner, seule, au milieu de la chaussée. J'avais peur, Joey, j'étais affolé et terrifié. Même ton grand frère a le droit d'avoir peur. » P.J. relève la tête, il l'écarte de celle de Joey, il le lâche, il lui fait un peu de place, pour la première fois. Jetant un regard inquiet vers la maison, P.J. dit : « Papa est à la fenêtre, il nous regarde. Si on reste comme ça plus longtemps, il va sortir pour voir ce qui ne va pas.

– Peut-être que tu ne pouvais pas la laisser comme ça, au milieu de la route, mais après l'avoir mise dans le coffre et être rentré en ville, pourquoi n'es-tu pas allé voir le shérif ?

– Je vais tout t'expliquer, je vais te raconter toute l'affaire, promet P.J. Mais d'abord, rentrons dans la voiture. On a l'air bizarre, à rester sous la pluie pendant aussi longtemps. On rentre dans la voiture, on met le moteur en marche, la radio aussi, comme ça il pensera qu'on est en train de discuter en privé, un truc de frangins. »

Il dépose une valise dans le coffre, à côté de la femme. Puis l'autre. Il fait claquer le capot en le refermant.

Joey ne peut pas s'arrêter de trembler. Il a envie de partir en courant. Pas en direction de la maison. Dans la nuit noire. Il a envie de foncer à travers la nuit, à travers Asherville, à travers tout le pays, vers des lieux où il n'est jamais allé, vers des villes où personne ne le connaît, droit devant lui, au cœur de la nuit. Mais il aime P.J., et P.J. a toujours été là quand il avait besoin de lui, et il est donc forcé au moins de l'écouter. Et peut-être que tout va s'expliquer. Peut-être que c'est moins grave qu'il n'y paraît. Peut-être y a-t-il encore de l'espoir pour un gentil frère qui prend le temps d'écouter. On lui demande seulement un peu de temps, et d'écouter.

P.J. verrouille le coffre et enlève la clé de la serrure. Il pose la main sur la nuque de Joey et serre gentiment, en partie en signe d'affection, en partie pour le presser d'avancer. « Viens, petit. Laisse-moi te raconter, te raconter toute l'histoire, et ensuite nous essaierons de voir ce qu'il est bon de faire. Viens, monte dans la voiture. Ce n'est que moi, moi, ton frère, et j'ai besoin de toi, Joey. »

Et ils montent dans la voiture.

Joey prend la place du passager.

La voiture est froide, et l'air, humide.

P.J. met le contact. Il allume le chauffage.

La pluie se met à tomber plus fort qu'avant, un vrai déluge, et, de l'autre côté des vitres, le monde se dissout. Autour d'eux, l'intérieur de la voiture paraît rétrécir, soudain moite et intime. Ils sont dans un cocon de tôles métalliques, attendant de se métamorphoser en d'autres individus et de renaître à une vie future encore impossible à deviner.

P.J. allume la radio, et cherche une station, jusqu'à ce qu'il trouve une fréquence claire et puissante.

Bruce Springsteen. Qui chante la perte et la difficulté de la rédemption.

P.J. baisse le volume, mais la musique et les paroles demeurent aussi mélancoliques que lorsque le son était plus fort.

« J'imagine que le fils de pute l'aura kidnappée, dit P.J., et l'aura gardée prisonnière, quelque part dans les bois, dans un abri ou une grotte quelconque. Il a dû la violer, la torturer. On lit plein de trucs comme ça dans les jour-

naux. Tous les ans plus nombreux. Mais qui penserait jamais que ça puisse arriver ici, dans une ville comme Asherville ? Elle s'est probablement enfuie, d'une façon ou d'une autre, à un moment où la surveillance du type se relâchait.

– Il ressemblait à quoi ?

– Un dur.

– Qu'est-ce que ça veut dire ?

– Dangereux. Il avait l'air dangereux, un peu cinglé. C'était un grand costaud, plus de un mètre quatre-vingts, pesant bien ses cent vingt kilos. Peut-être qu'il vaut mieux que je ne l'ai pas rattrapé. Il m'aurait défoncé, Joey, tellement il était balèze. Si je l'avais retrouvé, je serais sûrement mort, à l'heure qu'il est. Mais il fallait que j'essaie de le choper, je ne pouvais quand même pas le laisser se tirer sans essayer de le coincer. Un grand type barbu, avec des cheveux longs, et gras, qui portait un jean sale, une chemise en flanelle bleue qui dépassait de son jean.

– Il faut que tu apportes le corps au shérif, P.J. Il faut que tu fasses ça immédiatement.

– Impossible, Joey. Tu ne comprends donc pas ? C'est trop tard, maintenant. Elle est dans mon coffre. On pourrait croire que je l'ai cachée dans ma voiture et que tu l'as trouvée accidentellement. Toutes sortes d'interprétations sont possibles – et toutes sont fausses. Et je ne peux pas prouver que j'ai bien vu le type qui la poursuivait.

– Ils la trouveront, la preuve. Ses empreintes, déjà. Ils fouilleront les bois, ils trouveront l'endroit où il la gardait prisonnière. »

P.J. secoua la tête. « Avec le temps qu'il fait, les empreintes auront été effacées. Et peut-être qu'ils ne découvriront pas non plus sa cachette. Il n'y a pas la moindre garantie. Je ne peux pas courir un tel risque, c'est tout. S'ils n'arrivent pas à dénicher de preuves, tout ce qu'ils auront, ce sera moi.

– Si tu ne l'as pas tuée, ils ne peuvent rien te faire.

– Réfléchis sérieusement, petit. Je ne serais pas le premier à finir en prison à cause d'un truc qu'il n'a pas fait.

– C'est ridicule ! P.J., ici, tout le monde te connaît, tout le monde t'aime. Ils savent quel genre de gars tu es. Tout le monde te donnera le bénéfice du doute.

– Les gens peuvent te lâcher sans aucune raison, même les gens que tu as bien traités pendant toute ta vie. Attends d'être à l'université depuis un peu plus long-

temps, Joey. Attends d'avoir vécu dans un endroit comme New York. Tu verras alors combien les gens peuvent se montrer détestables, et comment ils sont capables de te tourner le dos sans raison, ou presque.

– Tous les gens d'ici te donneront le bénéfice du doute, insista Joey.

– Tu ne me l'as pas donné, toi. »

Cette phrase le frappe comme un coup de poing, comme une vérité durement assenée qui laisse Joey profondément secoué et plus confus que jamais. « Seigneur, P.J., si seulement tu l'avais laissée là-bas, sur la route. »

P.J. s'enfonce dans son siège et enfouit son visage dans ses mains. Il pleure. Joey ne l'a jamais vu pleurer auparavant. Pendant un moment, ni P.J. ni Joey ne peuvent prononcer un mot. Quand, enfin, P.J. retrouve l'usage de la parole, il dit : « Je ne pouvais pas la laisser. C'était trop affreux – tu n'as rien vu, tu ne peux pas savoir comme c'était horrible. Ce n'est pas seulement un corps, Joey. C'est la fille de quelqu'un, la sœur de quelqu'un. J'ai pensé que... Et si un autre que moi l'avait renversée, et que je sois son frère, qu'est-ce que je voudrais qu'il fasse, à ma place ? J'aurais voulu qu'il s'occupe d'elle, qu'il couvre sa nudité. Je n'aurais pas voulu qu'il l'abandonne au milieu de la route comme un morceau de viande. À présent, j'y vois plus clair... C'était peut-être une erreur. Mais sur le moment, j'étais déboussolé. J'aurais dû m'y prendre différemment. Mais c'est trop tard, maintenant, Joey.

– Si tu ne l'apportes pas chez le shérif, si tu ne racontes pas à la police ce qui s'est passé, le type avec la barbe et les longs cheveux – il va s'échapper. Et ensuite, il fera à une autre fille ce qu'il a fait à celle-ci. »

P.J. ôte les mains de son visage. Ses yeux sont noyés de larmes. « De toute façon, ils ne l'attraperont jamais, Joey. Tu ne comprends pas ça ? Il a déjà quitté les environs. Il sait que je l'ai vu, que je peux le décrire. Il ne sera pas resté dans le coin plus de dix minutes. Maintenant, il est loin, il court le plus vite possible en direction de la frontière de l'État, pour partir le plus loin possible d'ici. Tu peux me croire. Il s'est sûrement déjà rasé la barbe, il a coupé ses cheveux, et il a une apparence complètement différente, à présent. Le peu que je dirais aux flics ne les aiderait pas à le retrouver, et je ne peux pas témoigner de quoi que soit qui inculperait le salopard à coup sûr.

– C'est quand même la meilleure chose à faire – aller à la police.

– Tu crois ? Tu ne penses pas à Maman et à Papa. Peut-être que si tu pensais à eux, ce ne serait plus une aussi bonne idée.

– Qu'est-ce que tu veux dire ?

– Ce que je suis en train de te dire, petit, c'est que les flics, quand ils n'auront personne à accuser, essaieront de m'accuser, moi. Ils feront de leur mieux. Imagine les articles dans le journal. La star de l'équipe de football, le gars du pays à qui tout réussit et qui a décroché une bourse d'études dans une grande université, est arrêté par la police avec le cadavre d'une femme nue, torturée à mort, dans le coffre de sa voiture. Au nom du Ciel, pense à ça ! Le procès, ce sera un véritable numéro de cirque. Le plus grand numéro de cirque de l'histoire locale, voire fédérale. »

Joey a l'impression qu'il ne cesse de se jeter dans la gueule d'un broyeur géant, qui tourne furieusement sur lui-même. La logique de son frère, sa force de caractère, ses larmes sont en train de l'user. Plus Joey lutte pour savoir la vérité, plus il s'embrouille et plus il s'angoisse.

P.J. éteint la radio, s'installe en travers sur son siège, se penche vers son frère, et ses yeux ne cillent pas. Ils sont tous les deux seuls, avec le bruit de la pluie, et rien ne distrait Joey des accents férocement persuasifs de la voix de P.J. « Je t'en prie, je t'en prie, écoute-moi, petit. Je t'en prie, pour l'amour de Maman, pour l'amour de Papa, réfléchis bien à tout ça, et ne détruis pas leur existence, simplement parce que tu es incapable de grandir et de te débarrasser de tes conceptions d'enfant de chœur en ce qui concerne le bien et le mal. Je n'ai pas fait de mal à cette fille dans le coffre, alors pourquoi devrais-je risquer mon avenir pour le prouver ? Et suppose que je m'en sorte, que les jurés prennent la bonne décision et me déclarent innocent. Même dans ces conditions, il y aura des gens dans le coin, beaucoup de gens, qui continueront à croire que c'est moi qui l'ai tuée. D'accord, je suis jeune, j'ai des diplômes, et je peux me tirer d'ici, et aller n'importe où, refaire ma vie là où personne ne saura que j'ai été jugé pour meurtre. Mais Maman et Papa commencent à se faire vieux, ils n'ont pas un sou en poche, et ils n'auront jamais plus que ce qu'ils ont maintenant. Ils n'ont pas les moyens de déménager et de se barrer ailleurs. Ils n'ont pas les choix dont nous disposons, toi et moi, et ils ne les auront jamais. Les quatre pièces de cette baraque, qu'ils appellent leur maison – ce n'est pas grand-chose, mais c'est au moins un toit au-dessus de leur tête. Ils ne possèdent quasiment pas le pot dans lequel ils pissent, mais en tout cas, ils ont toujours eu plein d'amis, et des voisins qui les estiment et réciproquement. Mais tout ça changera, même si le tribunal me juge innocent. » Les arguments jaillissaient hors de sa bouche, comme sous l'effet persuasif d'une marée verbale. « Le doute va s'installer entre eux et leurs amis. Ils se rendront compte qu'on chuchote dans leur dos... des commérages incessants. Ils ne pourront pas déménager, parce qu'ils n'arriveront pas à vendre ce taudis, et même s'ils le vendaient, ils n'ont, pour ainsi dire, pas de quoi refaire leur vie ailleurs. Ils resteront donc ici, piégés, se détachant progressivement de tous leurs amis, de leurs voisins, de plus en plus isolés. Comment pourrions-nous laisser se produire une chose pareille, Joey ? Comment pourrions-nous ruiner leur existence, alors que je suis précisément innocent ? Seigneur, petit, d'accord, j'ai commis une erreur en ne la laissant pas sur place et en n'emmenant pas le corps à la police, après l'avoir mise dans la bâche puis dans le coffre. Va donc chercher un flingue et tire-moi dessus, s'il le faut, mais ne tue pas nos parents. Parce que c'est ce que tu feras, Joey. Tu vas les tuer. À petit feu. »

Joey est incapable de parler.

« Il est si facile de les détruire, de me détruire. Mais il est encore plus facile de faire ce qui est juste, Joey, il est encore plus facile de me croire. »

La pression. Une pression écrasante. Joey pourrait tout aussi bien se trouver dans un sous-marin au lieu d'une voiture, au fond d'une fosse de plusieurs kilomètres de profondeur, au milieu de l'océan. Des milliers et des milliers de kilos de pression par centimètre carré. Eprouvant la résistance de la voiture. Pesant sur lui jusqu'à ce qu'il ait l'impression d'imploser.

Finalement, quand il retrouve sa voix, c'est celle de quelqu'un beaucoup plus jeune que lui, et elle est regrettablement équivoque : « Je ne sais pas, P.J. Je ne sais pas.

– Tu tiens ma vie entre tes mains, Joey.

– Je suis tout embrouillé.

– Maman et Papa. Entre tes mains.

– Mais elle est morte, P.J. Une fille est morte.
– C'est vrai. Morte. Et nous sommes vivants.
– Mais... que vas-tu faire du corps ? »

Quand il s'entend poser cette question, Joey sait que P.J. a gagné. Soudain, il se sent faible, comme s'il était redevenu un petit enfant, et il a honte de sa faiblesse. Des remords amers le submergent, aussi douloureusement corrosifs que de l'acide, et il n'est capable de faire face à cette souffrance qu'en fermant une partie de son esprit, et en déconnectant ses émotions. Un voile gris, telles les cendres d'un incendie, s'abat sur son âme.

P.J. dit : « Facile. Je vais balancer le corps là où personne ne le trouvera jamais.

– Tu ne peux pas faire ça à sa famille. Ils ne peuvent pas passer le reste de leur vie à se demander ce qui lui est arrivé. Ils ne connaîtront jamais le repos et la paix s'ils la croient... perdue quelque part, en train de souffrir.

– Tu as raison. D'accord, je dis n'importe quoi. Évidemment, je laisserai le corps dans un endroit où on la trouvera. »

Le gris intérieur qui l'envahit anesthésie graduellement Joey. Au fil des minutes, ses sensations s'amenuisent, ses pensées diminuent. Cet étrange détachement est vaguement inquiétant, mais c'est aussi une grande bénédiction, et il s'y réfugie.

Conscient d'une platitude nouvelle dans sa voix, Joey dit : « Mais les flics risquent de trouver tes empreintes sur la bâche. Ou autre chose, l'un de tes cheveux, par exemple. Ils ont des tas de façons d'établir le lien entre elle et toi.

– Ne te fais pas de souci pour les empreintes. Il n'y en a aucune, j'ai fait très attention. Il n'y a aucune preuve, aucune, aucune piste, sauf que... »

Tristement résigné, Joey attend que son frère – son unique frère bien-aimé – finisse sa phrase, parce qu'il sent que ce sera la pire des choses qu'il lui aura fallu accepter, la plus difficile à admettre, exception faite de la découverte du corps mutilé.

« ... sauf que je la connaissais, dit P.J.
– Tu la connaissais ?
– Je sortais avec elle.
– Quand ? » demande Joey, engourdi, mais il a presque dépassé le stade où il se préoccupe de la réponse. Bientôt, le gris croissant en lui adoucira les bords tranchants de sa curiosité et de sa conscience.

« Pendant ma dernière année au lycée.

– Comment s'appelle-t-elle ?

– C'est une fille de Coal Valley. Tu ne la connaissais pas. »

On dirait que la pluie n'en finira jamais de tomber, et Joey ne doute pas un seul instant que la nuit durera le reste de l'éternité.

P.J. dit : « Je suis sorti avec elle deux fois, seulement. Entre nous, ça n'avait pas marché. Mais tu vois bien, Joey, de quoi ça aurait eu l'air, devant les flics. J'apporte son corps à la police, ils découvrent que je la connaissais... Ils se seraient servis de ça contre moi. Il aurait été beaucoup plus difficile de prouver que je suis innocent. Et pire encore pour Maman et Papa, et pour nous tous. Je me trouve entre le marteau et l'enclume, Joey.

– Oui.

– Tu vois ce que je veux dire.

– Oui.

– Tu vois ce que c'est.

– Oui.

– Je t'aime, petit frère.

– Je sais.

– J'étais certain de pouvoir compter sur toi quand ce serait nécessaire.

– Bien. »

Un gris profond.

Un gris apaisant.

« Toi et moi, petit. Rien au monde n'est plus fort que toi et moi si nous nous serrons les coudes. Nous avons ce lien entre nous, nous sommes frères, et ça, c'est plus solide que l'acier. Tu comprends ? Plus solide que n'importe quoi. C'est la chose la plus importante du monde pour moi – ce que nous avons en commun, la façon dont nous sommes liés, le fait que nous soyons frères. »

Ils restèrent assis dans la voiture, en silence, pendant un moment.

Par-delà les vitres ruisselantes de pluie de la voiture, l'obscurité des montagnes est encore plus profonde qu'elle ne l'était jusque-là, comme si les plus hautes cimes s'étaient tournées l'une vers l'autre pour fusionner, bouchant l'étroite bande de ciel et tout espoir d'apercevoir les étoiles, comme si lui et P.J. et leurs parents existaient à présent dans un caveau en pierre sans portes ni fenêtres.

« Il va bientôt falloir que tu retournes à l'université, dit P.J. Tu as une longue route à faire, ce soir.

– Ouais.

– Pareil pour moi. »

Joey hoche la tête.

« Tu viendras me voir à New York. »

Joey hoche la tête.

« La Grosse Pomme, dit P.J.

– Ouais.

– On va rigoler.

– Ouais.

– Tiens, je veux que tu prennes ça », dit P.J. en s'emparant de la main de Joey, dans laquelle il tente de fourrer quelque chose.

« C'est quoi ?

– Un peu d'argent de poche.

– Je n'en veux pas », dit Joey en s'efforçant de retirer sa main.

P.J. ne lâche pas prise, et enfonce une liasse de billets entre ses doigts réticents. « Non, j'y tiens. Je sais comment ça se passe à l'université, on a toujours besoin d'un petit extra. »

Joey finit par dégager sa main, sans accepter les billets.

P.J. ne se le tient pas pour dit. Il essaie de mettre les billets dans la poche du manteau de Joey. « Allez, petit, il y a seulement trente dollars, ce n'est pas une fortune, ce n'est rien. Fais-moi plaisir, laisse-moi jouer au richard, je n'ai jamais l'occasion de te rendre service, ça me fait du bien. »

Il est si difficile de résister, et tellement inutile – seulement trente dollars, une somme insignifiante – que Joey finit par accepter que son frère dépose l'argent au fond de sa poche. Il est épuisé. Il n'a plus assez d'énergie pour résister.

P.J. lui tape sur l'épaule affectueusement. « Mieux vaut rentrer, préparer ton sac et filer. »

Ils retournent à l'intérieur.

Leurs parents sont intrigués.

Le père dit : « Hé, j'aurais donc élevé une paire de fils qui seraient trop bêtes pour s'abriter de la pluie ? »

Passant un bras autour des épaules de Joey, P.J. dit : « Une petite discussion entre frérots, Papa. Des histoires de grand et de petit frère. Le sens de la vie, tout ça. »

Souriante, Maman se moque d'eux : « De grands secrets mystérieux. »

Joey éprouve alors pour elle un amour si intense et si puissant qu'il manque tomber à genoux.

De désespoir, il se retire plus loin encore dans son gris intérieur, et les souffrances vives du monde s'assombrissent et polissent leurs angles.

Il se hâte de rassembler ses affaires et part quelques minutes avant P.J. De tous les baisers d'adieux qu'il reçoit, celui donné par son frère est le plus enveloppant, le plus farouche.

À deux ou trois kilomètres de la sortie d'Asherville, il s'aperçoit qu'une voiture se rapproche de lui à toute vitesse. Le temps d'atteindre le stop marquant l'intersection avec la route de Coal Valley, et l'autre véhicule l'a déjà rattrapé. Le conducteur ne s'arrête pas derrière Joey, mais le dépasse en projetant de grandes gerbes d'eau sale, et s'engage sur la route de Coal Valley à trop vive allure. Lorsque les essuie-glaces débarrassent le pare-brise des éclaboussures, Joey constate que l'autre voiture est immobile, une centaine de mètres plus loin.

Il sait qu'il s'agit de P.J.

Qui attend.

Il n'est pas trop tard.

Il reste encore suffisamment de temps, et d'espace.

La Mustang proteste en prenant le virage à gauche.

C'est la route qu'il avait l'intention de prendre, de toute façon.

Tourner à gauche, comme prévu, et faire ce qui doit être fait.

Le rouge des feux de position, telles des balises sous la pluie torrentielle. Qui attendent.

Joey traverse le carrefour, tout droit, et dépasse l'embranchement menant à Coal Valley.

Et tandis qu'il roule sur la nationale, bien qu'il appelle encore le détachement diabolique à prendre possession de son cœur, il ne peut pas s'empêcher de se remémorer certaines des choses que P.J. lui a dites, des déclarations dont la signification est maintenant plus profonde : « Il est si facile de me détruire, Joey... mais... encore plus facile de me croire. » Comme si la vérité n'était pas une vision objective des faits, comme si elle pouvait dépendre de ce qu'on choisissait de croire. Et aussi : « Ne te fais pas de souci pour les empreintes. Il n'y en a aucune, j'ai fait très attention. » Cette précaution impliquait la préméditation. Un homme innocent en proie à la panique n'est pas assez rationnel pour faire preuve de prudence; il n'agit pas de façon à s'assurer qu'il avait bien effacé toutes les preuves établissant un rapport entre lui et un crime.

Le barbu aux cheveux longs et gras avait-il seulement existé – ou n'était-ce qu'une invention commode à la Charles Manson? S'il avait renversé la femme sur Pine Ridge, la heurtant avec assez de violence pour la tuer sur le coup, pourquoi la voiture de P.J. n'était-elle pas endommagée?

Roulant de nuit vers le sud, Joey est de moins en moins concentré sur sa conduite nocturne, et il accélère de plus en plus, comme persuadé qu'il peut semer les faits et ce qu'ils impliquent. Puis il trouve le bocal, perd le contrôle de la Mustang, dérape, percute la glissière de sécurité...

... et se retrouve à côté du parapet, les yeux fixés sur un pré plein d'herbes hautes, sans vraiment savoir ce qu'il fait là. Autour de lui, le vent hurle, produisant autant de bruit que des légions de camions fantômes lourds d'un étrange fret.

Le grésil pique son visage et ses mains.

Du sang. Une profonde coupure sous son œil droit.

Une blessure à la tête. Il la touche du bout des doigts, et un éclair fulgurant illumine l'intérieur de sa tête, provoquant un bref feu d'artifice de douleur.

Un traumatisme crânien, même aussi minime que celui-ci, fournit d'infinies possibilités, et l'amnésie n'est pas la moindre d'entre elles. La mémoire peut être une malédiction et une garantie contre le bonheur. D'un autre côté, l'oubli est parfois une bénédiction, et on peut même se tromper et le prendre pour la plus admirable de toutes les vertus – le pardon.

Il revient à sa voiture. Il roule jusqu'à l'hôpital le plus proche, afin de faire recoudre sa plaie, qui saigne abondamment.

Il va s'en sortir.

Il va s'en sortir.

De retour à l'université, il suit les cours pendant deux jours, mais il ne voit pas l'intérêt de suivre l'étroit chemin d'un cursus universitaire classique. De toute façon, il se sent naturellement autodidacte, et il ne trouvera jamais de professeurs qui exigent de lui autant que lui-même. D'ailleurs, s'il veut vraiment devenir écrivain, romancier, il a besoin d'acquérir une expérience du vrai monde dont il fera son fonds de commerce, et d'où il puisera ses créations artistiques. L'atmosphère débilitante des salles de cours et la sagesse dépassée des livres du programme ne peuvent qu'inhiber le développement de son talent et étouffer sa créativité. Il faut qu'il parte à l'aventure, qu'il laisse tomber l'université, et qu'il se plonge dans le flot turbulent de la vie.

Il fait sa valise et quitte pour toujours l'université. Deux jours plus tard, quelque part dans l'Ohio, il négocie la Mustang accidentée avec un vendeur de voitures d'occasion, et part en stop pour la côte ouest.

Dix jours après avoir quitté l'université, du fond d'un restaurant de routiers désert de l'Utah, il envoie une carte postale à ses parents, leur expliquant sa décision d'entamer une série d'expériences vécues qui lui donnera le matériau dont il a besoin pour écrire. Il leur dit qu'il ne faut pas qu'ils s'inquiètent, qu'il sait ce qu'il fait, et qu'il leur écrira.

Il va s'en sortir. Il va s'en sortir.

Tout va s'arranger...

« Évidemment, dit Joey, toujours agenouillé à côté du cadavre de la fille gisant dans l'église désaffectée, ça ne s'est pas arrangé. »

La pluie tombant sur le toit produisait un son lugubre, un chant funèbre comme pour déplorer que la morte, doublement morte, soit si jeune.

Joey dit : « Je suis allé d'un endroit à l'autre, d'un boulot à l'autre. J'ai coupé les ponts avec tout le monde... et même avec mon rêve de devenir écrivain. J'avais trop à faire pour rêver. Trop occupé à jouer l'amnésique. Je n'osais pas revoir mon père et ma mère... et courir le risque de craquer, et d'avouer la vérité. »

Tournant le dos à la nef déserte qu'elle avait surveillée jusque-là, Celeste revint à côté de lui.

« Tu es peut-être trop dur avec toi-même, dit-elle. L'amnésie n'était peut-être pas simplement due à l'autosuggestion. Le traumatisme crânien *peut* expliquer ta perte de mémoire.

– J'aimerais être capable de te croire, dit Joey. Mais la vérité se doit d'être objective, ce n'est pas seulement ce que nous voudrions qu'elle soit.

– Il y a deux choses que je ne comprends pas.

– S'il n'y en a que deux, tu m'as largement dépassé.

– Dans la voiture, avec P.J., cette nuit-là...
– Cette nuit. ça remonte à vingt ans en arrière... mais c'est aussi cette nuit que ça se passe.
– ... il t'avait déjà convaincu de le croire, ou du moins de faire comme si tu le croyais. Ensuite, alors qu'il t'avait entortillé, il t'a dit qu'il connaissait la fille assassinée. Pourquoi une révélation comme celle-là, puisqu'il avait déjà gagné la partie ? Pourquoi a-t-il pris le risque d'éveiller tes soupçons et de perdre ainsi ta complicité ?
– Il faudrait que tu connaisses bien P.J. pour comprendre. Il a toujours eu ce côté... dangereux. Ce n'était pas de la témérité, ou quoi que ce soit qu'on aurait pu trouver vraiment effrayant. Exactement le contraire. ça ajoutait à son charme. C'était une sorte de danger romantique, merveilleux, quelque chose que les gens admiraient. Il aimait bien prendre des risques. Sur un terrain de football, c'était encore plus évident. Sa stratégie était souvent audacieuse et peu orthodoxe, mais ça marchait.
– On disait de lui qu'il aimait être limite.
– Ouais. Et il adorait conduire vite, très vite – mais il savait piloter une voiture aussi bien qu'un champion de l'Indy 500, et il n'avait jamais eu le moindre accident, ni même de contraventions. Au poker, il pariait tout ce qu'il avait sur une seule main, même mauvaise, à condition de sentir que c'était le bon moment – et il gagnait presque toujours. On peut vivre dangereusement, et pousser presque jusqu'à l'extrême limite, et aussi longtemps qu'on gagne, aussi longtemps que les risques qu'on prend sont payants, eh bien... les gens vous admirent de vivre ainsi. »

Debout à côté de Joey, Celeste posa la main sur son épaule. « Je suppose que ceci explique également l'autre chose que je n'avais pas comprise.
– Le bocal dans la boîte à gants, devina-t-il.
– Oui. J'imagine qu'il l'a mis à l'intérieur pendant que tu préparais tes affaires avant de repartir.
– Il avait probablement arraché les yeux de la fille au cours de l'après-midi, et il les avait gardés avec lui comme un souvenir. Seigneur !... Je suis sûr qu'il s'est dit que ce serait très drôle de les cacher dans ma voiture et de faire en sorte que je les trouve plus tard dans la soirée. Histoire de tester la solidité de nos liens fraternels.

– Après t'avoir convaincu qu'il était innocent, et persuadé de le laisser s'occuper du corps, il a été assez *fou* pour te montrer les yeux – et même pour te les donner ?

– Il n'a pas pu résister à la tentation. Son sens du danger. Toujours marcher sur un fil au bord du désastre. Et tu vois – il avait raison. Il s'en est tiré. Je l'ai laissé gagner.

– Il se conduit comme s'il se croyait béni.

– Il l'est peut-être, dit Joey.

– Mais par quel dieu ?

– Aucun dieu n'est impliqué là-dedans. »

Montant sur la plate-forme, Celeste contourna la femme, mit le tournevis et la lampe électrique dans sa poche, et s'agenouilla. De l'autre côté du cadavre, elle lança à Joey : « Il faut regarder son visage. »

Joey fit la grimace. « Pourquoi ?

– P.J. ne t'a pas dit son nom, mais il a précisé qu'elle était de Coal Valley. Je la connais sûrement.

– Cela va rendre les choses encore plus difficiles pour toi.

– Nous n'avons pas d'autres choix que celui-là, Joey, persista-t-elle. Si nous savons qui c'est, nous aurons peut-être une indication concernant ses intentions, et l'endroit où il se trouve. »

Il leur fallut faire rouler le corps sur le côté, afin de dégager le bord de la bâche. Puis ils replacèrent la femme sur le dos, avant de retirer le plastique qui lui cachait le visage.

Heureusement pour eux, une épaisse mèche de cheveux blonds voilait ses traits dévastés ;

D'une main, Celeste repoussa soigneusement les cheveux, avec une tendresse que Joey jugea profondément touchante. Simultanément, de l'autre main, elle se signa.

« Au nom du Père, du Fils, et du Saint-Esprit, amen. »

Joey renversa la tête en arrière et fixa le plafond du sanctuaire, non pas dans l'espoir d'apercevoir la Sainte-Trinité, dont Celeste avait invoqué les noms, mais parce qu'il ne supportait pas de devoir regarder les orbites vides.

« Elle a quelque chose dans la bouche, lui dit Celeste. Un des trucs avec lesquels on lave les voitures... Une peau de chamois. Et je crois que... oui, ses chevilles sont attachées avec du fil électrique. Elle n'était pas du tout en train de fuir un quelconque homme des bois pris de folie. »

Joey frémit.

« Elle s'appelle Beverly Korshak, poursuivit Celeste. Elle n'avait que quelques années de plus que moi. Une fille sympa. Gentille. Elle vivait encore chez ses parents, mais ils ont été expropriés par le gouvernement, et elle et sa famille ont déménagé pour s'installer à Asherville, le mois dernier. Beverly travaillait comme secrétaire dans une agence de la compagnie d'électricité. Ses parents sont de bons amis des miens. Ils se connaissent depuis très, très longtemps. Phil et Sylvie Korshak. ça va être très dur, pour eux. Très dur. »

Joey avait le regard fixé sur le plafond.

« P.J. l'aura probablement croisée à Asherville dans la journée. Il s'est arrêté pour lui parler. Elle n'a sans doute pas hésité à monter avec lui dans sa voiture, puisqu'elle le connaissait. Ce n'était pas un étranger. Enfin... pas en apparence.

– Couvrons-la, dit Celeste.

– Occupe-t'en, tu veux bien ? »

Ce n'était pas le visage aveugle qui le dégoûtait. Non, il avait peur qu'au fond des orbites vides, il puisse encore voir ses yeux bleus, intacts, ainsi qu'ils l'étaient encore pendant les derniers moments de son agonie, quand elle avait hurlé, malgré la peau de chamois qui l'étouffait, pour qu'on lui vienne en aide, tout en *sachant* que nul sauveur n'écouterait ses supplications.

Le plastique bruissa.

« Tu m'épates, dit-il.

– Pourquoi ?

– Ta force de caractère.

– Je suis ici pour t'aider, c'est tout.

– Je croyais que c'était à *moi* de t'aider.

– Ça marche peut-être dans les deux sens. »

Le bruissement cessa.

« C'est fait », l'informa Celeste.

Il baissa la tête et aperçut, sur le sol de la plate-forme, des traces qu'il prit tout d'abord pour du sang. Elles étaient apparues lorsqu'ils avaient changé la position du cadavre.

Toutefois, en regardant de plus près, Joey se rendit compte qu'il ne s'agissait pas de sang, mais de peinture, provenant vraisemblablement d'un aérosol. Quelqu'un avait écrit le chiffre 1, et l'avait entouré d'un cercle.

« Tu as vu ? » demanda-t-il à Celeste tandis qu'elle se relevait, de l'autre côté du corps.

« Ouais. Il doit y avoir un rapport avec les plans de démolition.

– Je ne crois pas.

– Mais si, obligatoirement. À moins que ce ne soit l'œuvre de petits vandales. Ils en ont peint d'autres, là-bas », dit-elle en montrant la nef.

Il se leva, se retourna, et s'efforça de percer du regard la pénombre qui régnait dans l'église.

« Où ça ?

– Les bancs du premier rang », répondit-elle.

Se détachant du bois sombre du dos des bancs, les marques rouges étaient, de loin, difficilement déchiffrables.

Après avoir récupéré le démonte-pneu, Joey enjamba la balustrade et passa dans le chœur, avant de rejoindre le sanctuaire, s'arrêtant devant la rampe.

Il entendit Celeste qui le suivait par le déambulatoire.

Sur la première rangée, à gauche de l'aile centrale, une série de chiffres formant une séquence et tous entourés d'un cercle rouge avaient été peints l'un à côté de l'autre. Ils étaient approximativement espacés comme l'auraient été des paroissiens assistant à la messe. À l'extrême gauche, on lisait le chiffre 2, et, en dernière position, près de l'aile centrale, le 6.

Joey eut l'impression qu'une araignée courait sur sa nuque, mais sa main ne trouva pas la moindre bestiole.

Sur le banc à droite de l'allée, les chiffres rouges continuaient : 7, 8, 9, 10, 11, 12.

« Douze », dit-il, songeur.

Celeste le rejoignit près de la rampe du sanctuaire, et elle dit, d'une voix douce : « Qu'est-ce qui ne va pas ?

– La fille sur l'autel...

– Beverly. »

Joey fixait intensément les chiffres rouges sur les bancs, qui paraissaient à présent rayonner comme autant de signes annonçant l'Apocalypse.

« Joey ? Que veux-tu dire à propos de Beverly ? Que se passe-t-il ? »

Joey était encore en train de rassembler les pièces du puzzle, approchant de la vérité sans être tout à fait capable de la discerner dans sa globalité.

« Il a peint le chiffre 1, et ensuite, il l'a déposée par-dessus.

– C'est P.J. qui a fait ça ?

– Ouais.

– Pourquoi ? »

Une forte bourrasque de vent secoua la vieille église, et un courant d'air parcourut la nef. Le vague parfum de vieil encens et l'odeur plus forte de moisissure furent aussitôt balayés, et une puanteur sulfureuse envahit l'église.

« Tu as des frères et des sœurs ? » demanda Joey.

La question l'étonnait, et Celeste secoua la tête.

« Non.

– Est-ce que quelqu'un d'autre vit avec toi et tes parents, ta grand-mère, par exemple ?

– Non. Il n'y a que nous trois.

– Beverly est l'une des douze.

– Des douze quoi ? »

Il pointa l'index sur Celeste, la main tremblante.

« Ensuite, ta famille – deux, trois, quatre. Qui d'autre habite encore à Coal Valley ?

– Les Dolan.

– Combien sont-ils ?

– La famille compte cinq personnes.

– Qui d'autre ?

– John et Beth Bimmer. La mère de John, Hannah, vit avec eux.

– Trois. Trois personnes chez les Bimmer, cinq chez les Dolan, plus tes parents et toi. Onze. Plus elle, là, sur l'autel. » D'un geste large, il montra les chiffres inscrits à l'arrière des bancs.

« Douze.

– Oh, mon Dieu !

– Je n'ai besoin d'aucune illumination mystique pour comprendre où il veut en venir avec ceci. Le nombre douze doit lui plaire, pour une raison évidente. Douze apôtres, tous morts et alignés dans une église désaffectée. Tous rendant un hommage silencieux non pas à Dieu, mais au *treizième* apôtre. C'est comme ça que P.J. se voit, je crois – comme Judas, le treizième apôtre. Celui qui a trahi. »

Sans lâcher le démonte-pneu, il ouvrit le portillon et repassa dans la nef.

Il toucha un chiffre inscrit sur le banc de gauche. Par endroits, la peinture était encore un peu gluante.

« Judas. Qui trahit sa propre famille, dit Joey, qui trahit la foi dans laquelle il a été élevé, ne respectant rien, ne faisant preuve d'aucune loyauté, par rapport à rien. Ne craignant personne, même pas Dieu. Dépassant la limite la plus dangereuse de toutes, prenant les risques les plus inimaginables afin de se procurer les frissons les plus excitants : risquant son âme pour une... pour la danse des damnés aux portes de l'enfer. »

Celeste se rapprocha de Joey, se serrant contre lui, cherchant à se rassurer à son contact.

« Il est en train de planter une sorte de décor symbolique ?

– Avec des cadavres, dit Joey. Il a l'intention de tuer tous ceux qui habitent encore à Coal Valley avant la fin de la nuit, et de rapporter leur dépouille ici. »

Elle pâlit.

« C'est ce qui s'est vraiment passé ? »

Il ne comprenait pas.

« Vraiment passé ?

– Dans le futur que tu as déjà expérimenté, est-ce que tous les gens de Coal Valley ont été tués ? »

Soudain choqué, Joey s'aperçut qu'il était incapable de répondre à sa question.

« Après *cette* nuit-là, j'ai quasiment cessé de lire les journaux et les magazines. J'évitais les informations à la télé. Je changeais de station chaque fois que j'entendais un bulletin d'actualités à la radio. Je me disais que j'en avais marre des informations, et qu'elles ne parlaient que de catastrophes aériennes et d'inondations, d'incendies et de tremblements de terre. Mais ce qu'il en était réellement... Je ne voulais surtout pas lire les faits divers, et entendre parler de femmes qu'on avait retrouvées mutilées, assassinées. Je ne voulais pas courir le risque d'apprendre certains détails – les victimes énucléées, ce genre de choses – susceptibles d'établir une connexion dans mon subconscient, et peut-être de faire voler en éclats ma soi-disant amnésie.

– Donc, d'après toi, ça a pu réellement se passer. Pour autant que tu peux en juger, on a trouvé douze cadavres dans cette église, alignés sur les bancs du premier rang, et un autre sur l'autel.

– Si c'est vraiment arrivé dans le passé, si c'est ce qu'on a trouvé, personne n'a jamais arrêté P.J. pour ces meurtres. Parce que, dans le futur que je connais, il est libre.

– Seigneur ! Mes parents. » Elle s'écarta et se précipita dans l'allée centrale en direction du fond de la nef.

Il s'élança à sa poursuite, traversant le narthex pour rejoindre le portail et foncer hors de l'église, dans le grésil la nuit.

Celeste glissa sur le trottoir verglacé, tomba sur un genou, se releva tant bien que mal et reprit sa course, contournant la voiture jusqu'à la portière du passager.

Tandis qu'il arrivait près de la Mustang, Joey entendit un grondement qu'il prit d'abord pour celui du tonnerre – avant de comprendre que le bruit provenait du sous-sol.

Par-dessus le toit de la voiture, Celeste lui lança un regard inquiet. « Un effondrement de terrain. »

Le grondement s'amplifia, la rue se mit à trembler sous leurs pieds, comme si un train de marchandises était en train de foncer sous un tunnel, puis les secousses et le sinistre bruit cessèrent.

Dans une galerie souterraine, le sol venait de s'affaisser.

Jetant un coup d'œil autour d'eux, et ne constatant aucun changement à la surface du sol, Joey s'étonna :

« D'où venait ce bruit ?

– Du village, quelque part. Viens, viens, dépêchons-nous », le pressa-t-elle en montant dans la voiture.

Assis au volant, Joey démarra. Il craignait qu'une fissure dans la chaussée n'avale soudain la Mustang, les précipitant dans les flammes.

« Un effondrement de terrain, hein ?

– C'est la première fois que j'entends un tel vacarme. Il est possible que ce soit sous nos pieds, mais très profondément, si loin sous la terre qu'en surface, ça ne change rien.

– Pour l'instant. »

XII

Bien que les roues aient été équipées de pneus spéciaux pour l'hiver, elles dérapèrent à deux reprises lors du court trajet menant chez Celeste, mais Joey les conduisit à destination sans heurter aucun obstacle. La maison des Baker était blanche, avec des volets verts, et deux fenêtres mansardées au premier étage.

Celeste et lui se précipitèrent aussi vite que possible vers le porche d'entrée, traversant tant bien que mal la pelouse sans passer par l'allée, plus dangereuse encore que l'herbe gelée.

Le rez-de-chaussée était éclairé, et la lumière se reflétait sur la dentelle de givre qui décorait certaines fenêtres. La lampe du porche était également allumée.

Ils auraient dû se montrer prudents en entrant dans la maison, P.J. ayant parfaitement pu les précéder. Ils n'avaient aucun moyen de savoir à laquelle des trois familles il avait l'intention de rendre visite en premier.

Mais Celeste paniquant à l'idée que ses parents puissent courir un danger, elle ouvrit la porte et, sans réfléchir, se précipita dans la petite entrée, tout en appelant ses parents à tue tête.

« Maman ! Papa ! Où êtes-vous ? *Maman ?* »

Personne ne répondit.

Sachant qu'il était vain de chercher à restreindre l'ardeur de la jeune fille, Joey brandissait le démonte-pneu en direction de tout ce qui faisait mine de présenter un risque potentiel, en escortant Celeste de très près, tandis qu'elle courait d'une pièce à l'autre et ouvrait les portes en appelant sa mère et son père avec une terreur croissante. Quatre pièces en bas, quatre en haut. Une salle de bains et demie. La maison n'était pas un manoir, loin s'en fallait, mais elle était mieux que tout ce que Joey connaissait, avec, dans tous les coins, des dizaines de livres.

Celeste inspecta sa propre chambre en dernier, mais ses parents n'étaient pas là non plus.

« Il les a eus, dit-elle, désespérée.

– Non, je ne pense pas. Regarde, il n'y a aucune trace de violence, rien qui indique qu'on s'est battu. Et je ne crois pas qu'ils seraient partis avec lui sans protester, surtout avec le temps qu'il fait dehors.

– Mais alors, *où* sont-ils ?

– S'ils avaient dû quitter la maison sans pouvoir te prévenir, ils t'auraient laissé un mot ? »

Sans répondre, elle fit volte-face, se rua dans le couloir, et dévala les marches de l'escalier deux par deux, en direction du rez-de-chaussée.

Joey la rattrapa dans la cuisine, où elle était en train de lire un message punaisé sur un tableau en liège, à côté du réfrigérateur.

Celeste,
Bev n'est pas rentrée de la messe, ce matin.
Personne ne s'est où elle est.
Le shérif est à sa recherche. Nous sommes allés à Asherville pour tenir compagnie à Phil et à Sylvie. Ils sont fous d'inquiétude. Je suis sûre que tout va finir par s'arranger. De toute façon, nous serons rentrés avant minuit. J'espère que tu t'es bien amusée chez Linda. Ferme bien les portes à clé. Ne te fais pas de souci. On va retrouver Bev. Dieu ne permettra pas qu'il lui arrive quelque chose.
Je t'embrasse, Maman.

S'éloignant du tableau en liège, Celeste jeta un coup d'œil à la pendule accrochée au mur – seulement 21 h 02 – et dit : « Dieu merci, il ne leur a pas mis la main dessus.

– Tes mains, se souvint soudain Joey. Fais-moi voir tes mains. »

Elle les lui tendit.

Les effrayants stigmates qu'il avait vus précédemment dans les paumes de Celeste étaient réduits à l'état de légères marques.

« Nous sommes sans doute en train de faire ce qu'il faut, dit-il en poussant un soupir de soulagement. Nous changeons le cours des choses – en ce qui te concerne, au moins. Il faut simplement continuer comme ça. »

Le regard de Joey passa des mains de Celeste à son visage, et il vit que ses yeux s'agrandissaient à la vue de quelque chose. Le cœur battant, il pivota sur lui-même pour faire face au danger, et leva le démonte-pneu.

« Non, dit-elle, c'est le téléphone. » Elle s'approcha du mur sur lequel était accroché l'appareil. « On pourrait appeler à l'aide. Le bureau du shérif. On leur dit où se trouve le corps de Beverly, et on leur dit de partir à la recherche de P.J. »

Le téléphone n'était pas un modèle récent, équipé d'un cadran, que Joey n'avait pas eu l'occasion de voir depuis longtemps. Curieusement, plus que tout le reste, l'appareil finit de le convaincre qu'il était effectivement revenu vingt ans en arrière.

Celeste composa le numéro de l'opératrice, puis elle actionna les touches qu'elle avait libérées en prenant le combiné.

« Pas de tonalité.

– Avec tout ce vent, et le gel par-dessus, il est possible que la ligne téléphonique soit en panne.

– Non. C'est lui. Il a coupé la ligne. »

Joey savait qu'elle avait raison.

Elle reposa violemment le combiné et sortit de la cuisine.

« Viens. J'ai mieux à te proposer que le démonte-pneu. »

Dans le bureau, elle se dirigea vers la table en chêne et prit dans le tiroir la clé de l'armoire où son père rangeait ses fusils.

Deux des murs étaient tapissés de livres. Faisant courir sa main le long des reliures de couleurs vives, Joey dit : « Ce soir, j'ai enfin compris... Quand P.J. m'a convaincu de le laisser... de le laisser échapper à la justice malgré le meurtre commis, il m'a dérobé mon propre avenir.

– Que veux-tu dire par là ? » demanda-t-elle en ouvrant la porte vitrée de l'armoire contenant les armes.

– Je voulais devenir écrivain. C'était ce dont j'avais toujours rêvé. Mais ce qu'un romancier essaie toujours de faire, s'il a du talent, bien sûr, c'est de toucher à la vérité des choses. Comment pouvais-je espérer traiter les choses dans leur vérité, et écrire, quand je n'étais même pas capable d'affronter la vérité concernant mon propre frère ? Il m'a laissé sans nulle part où aller, sans aucun futur possible. Et c'est lui qui est devenu écrivain.«

Elle prit une arme dans le râtelier et la déposa sur la table.

« Un Remington .20. Fusil à pompe. Une belle arme. Mais dis-moi, comment peut-il écrire, puisqu'un écrivain est censé s'occuper de la vérité. Lui, il n'est que mensonges et tromperies. C'est un bon écrivain ?

– Tout le monde le dit. »

Celeste prit un autre fusil au râtelier et le plaça sur la table, à côté de l'autre. « Encore un Remington, mais du .12, celui-ci. Mon père a un faible pour cette marque. La crosse est en noyer. Jolie, n'est-ce pas ? Je ne t'ai pas demandé l'avis des autres gens. Qu'en penses-tu, *toi* ? Est-ce qu'il a du talent, en tant que romancier – dans cette époque future qui est la tienne ?

– Il a du succès.

– Et alors ? Ça ne veut pas nécessairement dire qu'il est bon.

– Il a remporté pas mal de prix littéraires, et j'ai toujours prétendu que je le trouvais bon. Mais... je n'ai jamais eu le sentiment qu'il avait beaucoup de talent. »

Accroupie, elle ouvrit un tiroir au bas de l'armoire, et en fouilla rapidement le contenu, en disant : « Donc, ce soir, tu es en train de récupérer ton avenir – et tu *seras* un bon écrivain. »

Une boîte métallique grise, de la taille d'une valise, était posée dans un coin du bureau. La boîte cliquetait.

« C'est quoi, ce truc, là, dans le coin ? demanda Joey.

– C'est un appareil qui vérifie le taux du monoxyde de carbone et des autres gaz toxiques produits par l'incendie de la mine. Il y en a un autre au sous-sol. Comme cette pièce n'est pas située au-dessus, étant donné qu'elle a été rajoutée au reste de la maison, elle dispose de son propre capteur.

– Une alarme se met à sonner ?

– Oui, s'il y a trop d'émanations. » Dans le tiroir, elle

trouva deux boîtes de munitions, qu'elle posa sur la table.

« Toutes les maisons du village ont été équipées de capteurs comme celui-ci, il y a des années.

– C'est comme si vous habitiez au-dessus d'une bombe.

– Oui. Mais avec une mèche longue, très longue.

– Pourquoi n'avez-vous pas déménagé ?

– L'administration. La paperasserie. Les retards dans la procédure. Si on déménage avant que le gouvernement ait fini de préparer tous les documents à signer, il déclare que la maison est abandonnée et qu'elle représente un danger public, et il refuse de dédommager le propriétaire. Si on veux toucher une somme correcte, il faut continuer à habiter sur place, avec tous les risques que ça comporte, et laisser les autorités faire les choses à leur rythme. »

Tout en ouvrant l'une des boîtes de cartouches, Celeste s'occupant de l'autre, Joey lui dit : « Tu sais comment te servir de ces fusils ?

– Je tire et je chasse avec mon père depuis que j'ai treize ans.

– Je ne te trouve pas l'allure d'un chasseur, lui dit-il en chargeant le .20.

– Je n'ai jamais rien tué. Je vise toujours de façon à rater la cible.

– Ton père ne s'en est jamais rendu compte ?

– Ce qui est drôle, c'est que, qu'il ait un fusil à pompe ou une carabine, qu'il chasse le petit gibier ou le cerf, il se débrouille toujours pour rater son coup. Mais il ne sait pas que je suis au courant.

– Mais, alors, quel intérêt ? »

Tout en finissant de charger le .12, elle sourit affectueusement à l'évocation de son père.

« Il aime tout simplement se promener dans les bois, marcher sous les arbres tôt le matin, sentir la bonne odeur des sapins – et se retrouver seul avec moi. Il n'a jamais rien dit, mais j'ai toujours eu le sentiment qu'il aurait aimé avoir un fils. Quand je suis née, Maman a eu des problèmes à l'accouchement, et elle n'a pas pu avoir un deuxième bébé. J'ai donc toujours essayé de donner à mon père un peu de ce qu'il aurait pu faire avec un fils. Il trouve d'ailleurs que je suis un vrai garçon manqué.

– Tu m'épates », dit-il.

Répartissant à la hâte les cartouches supplémentaires dans les diverses poches de son imperméable, elle dit : « Je suis seulement ce pour quoi je suis ici. »

L'étrangeté de cette déclaration le renvoya aux autres phrases énigmatiques qu'elle avait prononcées au cours de la soirée. Il soutint son regard, et, à nouveau, il vit dans ses yeux une profondeur mystérieuse, qui semblait trop vaste pour son âge, trop insondable. C'était la fille la plus intéressante qu'il ait jamais rencontrée, et il espérait qu'elle aussi, elle voyait dans *ses* yeux à lui quelque chose d'également séduisant.

Joey finissait de répartir sa réserve de munitions dans les poches de sa veste en jean doublée de peau de mouton, et Celeste dit : « Tu crois que Beverly est la première ?

– La première quoi ?

– La première fille qu'il ait tuée.

– J'espère... Mais je n'en sais rien.

– Je crois qu'il y en a eu d'autres, dit-elle solennellement.

– Cette nuit-là, après Beverly, quand je l'ai laissé s'en tirer à si bon compte... il a dû y en avoir d'autres, je le sais. C'est pour ça qu'il vit comme un nomade. Le poète de la route, tu parles ! Il aime cette vie de zonard, parce qu'elle lui permet de passer d'une juridiction de police à l'autre. Bon sang ! je ne m'en étais pas rendu compte jusqu'à maintenant, je ne *voulais* pas m'en rendre compte, mais c'est le schéma classique du psychopathe – le solitaire qui taille la route, le marginal, un étranger perpétuel, où qu'il aille, pratiquement invisible. Un homme comme lui est plus facilement repérable s'il empile tous les cadavres au même endroit. Le coup de génie de P.J., c'est d'avoir fait de sa condition de nomade une véritable profession, et d'être devenu riche et célèbre grâce à ça, c'est d'avoir à la fois le mode de vie instable d'un assassin sans attaches et la couverture idéale – une occupation respectable et stable, et la réputation d'un romancier à succès qui écrit de merveilleuses histoires d'amour, de courage et de compassion.

– Mais tout ça, c'est dans l'avenir, en ce qui me concerne, dit Celeste. Mon avenir, peut-être le nôtre. Ou peut-être seulement une possibilité d'avenir. Je ne sais pas comment tout ça fonctionne – ou même s'il est utile de se creuser la tête. »

Joey avait dans la bouche un goût amer, comme si le fait d'avoir mordu dans cette dure vérité produisait une saveur aussi âcre que de mâcher un comprimé d'aspirine.

« Que ce soit une possibilité d'avenir, ou *l'unique* avenir possible, il faut quand même que j'endosse une partie de la responsabilité des meurtres qu'il a commis après celui de Beverly, parce que j'aurais pu y mettre un terme dès cette nuit-là.

– Ce qui est précisément la raison pour laquelle tu es ici maintenant, ce soir, avec moi. Afin de défaire tout ça. Pas seulement pour *me* sauver la vie, mais celle de toutes les victimes qui ont suivi... et aussi pour sauver ta propre vie. »

Elle saisit le .12 et glissa une cartouche dans la chambre.

« Mais ce que je voulais dire, c'était que je crois qu'il a déjà commis des meurtres *avant* de tuer Beverly. Il était trop à l'aise avec toi, Joey, et l'histoire qu'il t'a racontée, avec la fille qui se jette sous sa voiture alors qu'il passe dans Pine Ridge, cette histoire était trop bien rodée. Si Beverly avait été sa première victime, il se serait plus facilement démonté. Quand tu as ouvert le coffre et que tu as trouvé le cadavre, il aurait été beaucoup plus bouleversé. La façon dont il t'a embrouillé prouve qu'il avait l'habitude de trimballer des femmes mortes dans le coffre de sa voiture, tout en cherchant un endroit où les balancer qui ne présente aucun danger pour lui. Il avait largement eu le temps de réfléchir à ce qu'il ferait si quelqu'un venait à le surprendre avec un cadavre avant qu'il n'ait eu le temps de s'en débarrasser. »

Joey la soupçonnait d'avoir raison sur toute la ligne, exactement comme quand elle avait déclaré que ce n'était pas le mauvais temps qui était responsable de la ligne téléphonique coupée.

Pas étonnant qu'il ait paniqué, dans le bureau de Henry Kadinska, lorsque ce dernier lui avait révélé les termes du testament de son père, et ses dernières volontés. L'argent de la succession provenait, au départ, de P.J. C'était un argent taché de sang à bien des égards, un argent aussi sale que les trente pièces de Judas. Des billets reçus des mains du diable en personne n'auraient pas été plus malpropres.

Il engagea une cartouche dans la chambre de son fusil à pompe.

« Allons-y. »

XIII

Dehors, l'orage de grêle était terminé, et la pluie s'était remise à tomber. La couche cassante de verglas qui recouvrait les trottoirs et la chaussée était déjà en train de fondre, se changeant en gadoue.

Toute la soirée, Joey s'était senti humide, et avait eu froid. En fait, depuis vingt ans, il éprouvait une sensation de froid perpétuelle. Il avait l'habitude.

À mi-chemin dans l'allée, il vit que le capot de la Mustang était ouvert. Le temps d'arriver à la voiture, et Celeste était déjà en train de braquer le rayon de sa lampe électrique sur le moteur. La tête de distributeur avait disparu.

« P.J., dit Joey. Il s'amuse.

– Tu parles d'un jeu !

– Pour lui, tout est un jeu.

– Je crois qu'il est en train de nous surveiller. »

Joey observa les maisons voisines, désertes, séparées les unes des autres par des arbres dont le vent agitait les branches : au sud, la fin de la rue et le début des bois, au nord, le reste du village.

« Il est là, quelque part », dit-elle, pas tranquille.

Joey était d'accord avec elle, mais dans le vacarme que produisaient le vent et la pluie, la présence de son frère était encore moins facilement repérable que celle d'un esprit capricieux lors d'une séance de spiritisme.

« D'accord, dit-il, nous voilà donc à pied. La belle affaire ! Le village est tout petit, de toute façon. Qui habite le plus près d'ici ? La famille Dolan, ou les Bimmer ?

– John et Beth Bimmer.
– Et la mère de John. »
Elle hocha la tête.
« Hannah. Une charmante vieille dame.
– Espérons que nous n'arrivons pas trop tard, dit Joey.
– P.J. n'a pas pu avoir le temps de venir avant nous de l'église jusqu'à la voiture, de couper la ligne téléphonique, d'attendre le moment de mettre la Mustang en panne, et d'aller chez quelqu'un, en plus du reste. »
Pourtant, ils se mirent à marcher d'un bon pas dans la neige fondue. Mais les trottoirs étaient traîtres, et ils n'osaient pas accélérer l'allure autant qu'ils l'auraient souhaité.
Ils avaient parcouru seulement quelques dizaines de mètres quand le grondement souterrain retentit à nouveau, notablement plus fort que tout à l'heure, s'amplifiant rapidement jusqu'à ce que le sol se mette à trembler sous leurs pieds – comme si la barque du passeur avait cessé de traverser le Styx, abandonnant le transport des âmes à de bruyants chemins de fer desservant les entrailles de la terre. Comme la fois précédente, la rumeur ne dura pas plus d'une demi-minute, sans provoquer en surface l'éruption catastrophique du magma bouillonnant.
Les Bimmer habitaient sur North Avenue, qui était loin d'être assez large pour mériter son titre. Le trottoir était sévèrement fissuré et défoncé, sous l'effet des fortes pressions qui s'exerçaient sous terre en permanence. Même dans la pénombre, les maisons, jadis blanches, paraissaient beaucoup trop ternes – comme si elles n'avaient pas simplement eu besoin d'une couche de peinture fraîche, et que toutes eussent été abondamment marbrées par la suie. Certains sapins étaient tordus et déformés, plusieurs étaient morts. Du moins North Avenue se situait-elle au *nord* du village, traversant la route de Coal Valley, devant la maison des Baker, pour continuer plus loin vers l'est.
Des tuyaux de ventilation de deux mètres de haut, espacés les uns des autres d'une vingtaine de mètres et entourés de grillage, s'alignaient d'un côté de la rue. De ces conduits, surgissant de royaumes profondément enterrés, s'élevaient des panaches de fumée grise, comme autant de processions d'ectoplasmes fugitifs,

que le vent déchiquetait en lambeaux dissipés par la pluie, laissant seulement derrière eux une puanteur rappelant celle du goudron brûlant.

Les deux niveaux de la résidence des Bimmer étaient curieusement étroits, construits selon les dimensions comprimées des pavillons des villes industrielles comme Altoona ou Johnstown. La maison paraissait plus haute qu'elle ne l'était réellement – et fort peu accueillante.

Il y avait de la lumière au rez-de-chaussée.

Comme Joey et Celeste gravissaient les marches du porche, ils entendirent de la musique à l'intérieur de la maison, et des éclats de rire enregistrés. La télévision.

Joey ouvrit le premier battant en verre et en aluminium à l'épreuve des tempêtes et frappa à la porte en bois qui se trouvait derrière.

À l'intérieur, le public fantôme du studio de télé riait à gorge déployée, et quelques notes de piano tintèrent joyeusement, pour rappeler aux téléspectateurs qu'ils étaient censés bien s'amuser.

Après une très courte hésitation, Joey frappa à nouveau, plus fort, et plus longtemps.

« Y a pas le feu, j'arrive ! », cria quelqu'un à l'intérieur.

Soulagée, Celeste poussa un soupir sonore. « Ils vont bien. »

L'homme qui ouvrit la porte – John Bimmer, de toute évidence – avait cinquante-cinq ans environ, il était chauve au sommet du crâne, avec une frange à la Frère Tuck. Sa bedaine de buveur de bière débordait de sa ceinture. Les valises qu'il avait sous les yeux, ses joues grasses et ses traits mous lui donnaient l'apparence amicale et confortable d'un vieux chien de chasse.

Joey tenait le fusil à pompe contre sa hanche, le canon dirigé vers le sol, et Bimmer ne le vit pas tout de suite.

« Vous n'êtes pas très patient, jeune homme, on dirait ? » dit il, affable. Puis il reconnut Celeste et son visage se fendit en un large sourire. « Hé, mademoiselle Celeste, cette tarte au citron meringuée que vous nous avez apportée hier était de toute première qualité.

– Monsieur Bimmer, nous... commença Celeste.

– De première qualité », répéta-t-il en lui coupant la parole. Il portait une chemise de flanelle déboutonnée, un t-shirt blanc, et une paire de bretelles, qui soutenaient son pantalon beige, et il se frottait la panse, pour souligner à quel point la tarte était bonne. « Pour dire, j'ai même laissé Beth et Ma renifler un peu cette beauté avant de la dévorer entièrement, et tout seul ! »

La nuit renvoya alors l'écho d'un craquement sinistre, comme si le vent venait d'arracher une grosse branche à un arbre à côté de la maison, sauf que ce n'était pas une branche, et que le craquement ne devait rien au vent, parce que, simultanément, le sang circulant dans les artères de John Bimmer rougit soudain son t-shirt. Son sourire engageant devint bizarre, tandis qu'il était presque soulevé du sol, puis projeté en arrière par la puissance du coup de feu.

Joey poussa Celeste par la porte et la plaqua sur le sol du salon. Il s'élança derrière elle, atterrit à ses côtés, roula sur le dos, et balança un coup de pied dans la porte d'entrée, assez fort pour faire vibrer les deux photos encadrées – John Kennedy et le pape Jean XXIII – et le crucifix en bronze accrochés au mur, au-dessus du sofa.

Bimmer avait été projeté en arrière avec une telle violence qu'il gisait un peu plus loin, ce qui signifiait que le calibre de l'arme était gros, sacrément gros, une arme pour chasser le cerf, peut-être même plus gros que ça, avec une énorme puissance. Et sans doute des balles à pointes creuses.

Dans sa robe de chambre bleue, une couronne de rouleaux roses dans les cheveux, la femme de Bimmer se leva de son fauteuil devant la télévision, alors même que la porte claquait violemment, momentanément muette, mais pas pour longtemps. Quand elle vit le sang sur le torse de son mari, et les deux fusils, elle en tira une conclusion logique, mais incorrecte. En hurlant, elle leur tourna le dos.

« *Couchez-vous !* » lui cria Joey, et Celeste lui fit écho : « Beth, restez couchée ! »

Sans réfléchir, en proie à une panique aveugle, Beth Bimmer s'enfuit vers le fond de la maison et passa devant une fenêtre. Celle-ci vola alors en éclats avec un tintement de clochettes incongrûment joyeux, produit par les carreaux qui se brisaient. Elle reçut le coup en pleine tempe, et sa tête fut projetée si violemment sur le côté que son cou parut se rompre, et, tandis que le public fantôme de la télévision continuait à rire de bon cœur, elle s'écrasa sur le sol du salon, au pied d'une vieille dame, frêle comme un oiseau, qui était assise sur le sofa dans un ensemble jaune paille.

La vieille dame ne pouvait être qu'Hannah, la mère de John Bimmer, mais elle n'eut pas le temps de pleurer la perte de son fils et de sa belle-fille, parce que les trois coups de feu qui suivirent furent un don généreusement accordé par le sort, tirés par la même fenêtre, mais sans le tintement de clochette du verre brisé. Elle mourut là où elle était assise, tendant une main tremblante vers sa canne en noyer, avant même que Joey ou Celeste n'aient le temps de l'avertir du danger.

On était à la fin du mois d'octobre 1975, et la guerre au Viêt-nam avait pris fin en avril dernier, mais Joey avait l'impression de se trouver au milieu de l'une de ces zones de combat en Asie qui remplissaient les écrans de télé à l'heure des informations lorsqu'il était adolescent. Le choc de ces morts soudaines et absurdes aurait pu le précipiter dans une paralysie et une indécision fatales – sauf qu'il était en fait un homme de quarante ans disposant du corps d'un garçon de vingt ans, et que ces vingt années d'expérience supplémentaires s'étaient additionnées au fil d'une époque où la violence, brutale et aberrante, était devenue un lieu commun. En tant que produit significatif des dernières décades du millénaire, il était capable de réagir de façon raisonnablement efficace aux fusillades et aux massacres.

Les lumières du salon faisant de Celeste et lui des cibles faciles à atteindre, il roula sur le côté et pointa le canon du Remington sur l'abat-jour à franges d'un lampadaire en cuivre. La déflagration fut assourdissante dans l'espace confiné du salon, mais il arma à nouveau, et tira sur les lampes disposées de chaque côté du sofa, avant de recharger le Remington et de faire exploser celle qui était posée sur la table.

Comprenant l'intention de Joey, Celeste vida son chargeur dans l'écran de télévision, faisant taire définitivement le feuilleton. L'odeur de poudre fut aussitôt couverte par le puissant fumet astringent des composants électroniques détruits par les coups de feu.

« Reste baissée, au-dessous des fenêtres », lui ordonna Joey. Dans l'accalmie assourdissante qui succéda à la fusillade, la voix de Joey donnait l'impression qu'il était en train de parler à travers une écharpe en laine, mais, bien que ses paroles soient étouffées, il percevait quand même ses propres accents de peur. C'était un enfant de la folle fin de ce millénaire, blindé et à l'épreuve de la sauvagerie de ses congénères humains, mais il n'en avait pas moins le sentiment très net qu'il était sur le point de mouiller son pantalon.

« Rampe le long du mur jusqu'à une porte, n'importe laquelle, et sors de la pièce. »

À quatre pattes, avançant frénétiquement dans l'obscurité, et tirant le fusil à pompe par la sangle, Joey se demanda quel était le rôle qu'il était censé jouer dans cette représentation cauchemardesque donnée par son frère. Si les parents de Celeste rentraient chez eux et intervenaient à leur tour dans les plans meurtriers de P.J., les résidents locaux fourniraient à eux seuls les douze cadavres requis pour la création de ses ambitions théâtrales démentes. Mais P.J. devait avoir prévu une façon d'utiliser Joey également. Après tout, il avait foncé derrière la Mustang pour la rattraper sur la route d'Asherville, il avait pris la route de Coal Valley, puis il avait attendu, provoquant Joey, le mettant au défi de le suivre. Bien qu'il ait perpétré des atrocités que tout individu normalement constitué qualifierait d'actes commis sous l'emprise de la folie, P.J., à part ça, ne se comportait pas de façon irrationnelle. Même dans le cadre de ses caprices homicides, il opérait de manière structurée et en fonction des objectifs à atteindre, tout grotesques puissent-ils être.

Dans la cuisine des Bimmer, la lumière de la petite pendule encastrée dans le four diffusait une lueur verte qui ne réussissait pas à éclairer la pièce – mais qui suffisait à rendre visibles tous les détails de la cuisine et permettait à Joey de rester plaqué au sol.

Deux fenêtres. Une au-dessus de l'évier. L'autre, du côté de la table où les Bimmer devaient prendre leur petit déjeuner. Toutes deux étaient pourvues de rideaux, et, mieux encore, de stores, à moitié baissés.

Se levant prudemment près de la table, le dos au mur, il tendit la main vers le store le plus proche et l'abaissa, de façon à couvrir toute la surface de la vitre.

La respiration haletante, à cause de la fatigue et de la peur, il était bizarrement convaincu que P.J. avait fait le tour de la maison, et se trouvait à présent directement derrière lui, de l'autre côté du mur qui les séparait. Malgré le vent et la pluie, il était peut-être possible que P.J. arrive à le localiser grâce au bruit de sa respiration, et qu'il tire *à travers* le mur contre lequel il s'appuyait. Le coup de feu tiré dans son dos tardant à éclater, la terreur qui le tenaillait consentit à disparaître.

Bien qu'il eut préféré que Celeste reste plaquée au sol, au-dessous la ligne de tir, elle abaissa à son tour le store au-dessus de l'évier, risquant ainsi de recevoir une balle dans le bras.

« Ça va ? » lui demanda-t-il tandis qu'ils reprenaient leur position à ras du sol, se retrouvant l'un près de l'autre au milieu de la cuisine, préférant rester agenouillés en dépit des stores baissés.

« Ils sont tous morts, n'est-ce pas ? murmura-t-elle sombrement.

– Ouais.

– Tous les trois.

– Ouais.

– Aucune chance qu'ils soient...

– Non. Ils sont morts.

– Je les connais depuis ma naissance.

– Je suis désolé.

– Beth me gardait souvent, quand j'étais petite. »

La lueur verte surnaturelle provenant de la pendule du four conférait à la cuisine des Bimmer une apparence étrange, comme s'ils étaient sous l'eau, ou qu'ils fussent passés à travers un voile pour pénétrer dans un royaume inconnu, épargné par le temps réel et le cours ordinaire des choses. Mais la qualité de la lumière ne suffisait pas à donner à Joey le détachement serein nécessaire, et il avait les tripes nouées par l'angoisse ; sa gorge était tellement contractée qu'il avait du mal à déglutir.

Cherchant dans ses poches de nouvelles cartouches, d'une main tremblante et maladroite, il dit, dans un souffle : « C'est de ma faute.

– Non, certainement pas. Il savait où était la maison, et où les trouver. Il sait quelles personnes sont encore dans le village et où elles habitent. Ce n'est pas nous qui l'avons amené ici. Il serait venu, quoi qu'on fasse. »

Alors qu'il tentait de les ramasser, les cartouches qu'il avait fait tomber lui échappèrent encore une fois. Ses doigts étaient à moitié engourdis, et ses mains tremblaient si fort qu'il lui fallut abandonner l'idée de recharger le Remington tant qu'il ne se serait pas calmé.

Joey était sincèrement surpris que son cœur soit encore en train de battre. Il avait l'impression d'avoir un poids énorme dans la poitrine.

Ils tendirent l'oreille, écoutant tous les bruits de la nuit, guettant l'éventuel grincement des gonds d'une porte furtivement ouverte, ou le craquement révélateur des débris de verre sous des pas.

« Tout à l'heure, chez mes parents, quand j'ai trouvé le corps dans le coffre de sa voiture, si j'avais appelé le shérif immédiatement, aucune de ces personnes ne serait morte.

– Tu n'as pas de reproches à te faire, ce n'est pas de ta faute.

– Mais c'est la faute de *qui*, bon sang ? »

Instantanément honteux, il regretta de lui avoir parlé aussi durement. Quand il reprit la parole, son ton était plein d'amertume et de regrets, mais sa colère était dirigée vers lui, exclusivement.

« Je savais ce que j'avais à faire, et je ne l'ai pas fait.

– Écoute... dit-elle en cherchant sa main, puis en la serrant très fort dans la sienne. Ce n'est pas ce que je voulais dire quand je t'ai dit que ce n'était pas de ta faute. Réfléchis, Joey. Ne pas prévenir le shérif – tu as commis *cette* erreur il y a vingt ans, mais, ce soir, si tu ne l'as pas fait, c'est parce que cette seconde chance qui t'est accordée n'a pas commencé chez tes parents, avec P.J., ni au moment où tu découvrais le corps dans sa voiture. Elle a commencé seulement quand tu as atteint la route de Coal Valley. Tu comprends ?

– Eh bien...

– Ce n'est pas pour que tu avertisses le shérif qu'on te *donne* une deuxième chance.

– Mais, il y a vingt ans, j'aurais dû...

– Ça, c'est de l'histoire ancienne. Une histoire terrible, et il te faudra vivre avec elle, en partie. Mais pour l'instant, tout ce qui compte, c'est ce qui se passe à partir de maintenant. Rien d'autre n'a d'importance, à part la façon dont tu as choisi – et tu continues à avoir le choix – de réagir aux événements qui se sont produits ce soir, *après* que tu as eu pris la bonne route.

– On ne peut pas dire que j'ai bien réagi, jusqu'ici, non ? Trois personnes sont mortes.

– Trois personnes qui seraient mortes, de toute façon, affirma-t-elle, et qui *ont* probablement trouvé la mort la première fois que tu as vécu l'épisode de cette nuit. C'est horrible, c'est douloureux, mais on dirait que cette partie de l'histoire était destinée à se dérouler ainsi, et qu'il n'est pas possible d'y remédier. »

S'enfonçant plus profondément encore dans l'angoisse, Joey dit alors : « Mais quel est l'intérêt d'avoir une deuxième chance si elle ne me sert pas à sauver la vie de ces gens ?

– Il est tout à fait possible que tu en sauves d'autres avant la fin de la nuit.

– Mais pourquoi ne pas tous les sauver ? Non, je recommence à tout faire foirer.

– Arrête de te flageller. Ce n'est pas à toi de décider du nombre de personnes à qui tu peux sauver la vie, ni de ton influence sur le cours des choses, sur le destin. En fait, peut-être que le but de cette deuxième chance n'est pas de sauver qui que ce soit à Coal Valley.

– Toi exceptée.

– Même pas moi, qui sait ? Peut-être que, moi non plus, je ne peux pas avoir la vie sauve. »

Ce qu'elle venait de dire le laissa sans voix. Elle paraissait accepter l'éventualité de sa propre mort avec équanimité – alors que, pour Joey, l'idée de ne pas réussir à la sauver lui brisait littéralement le cœur.

« Il est concevable, poursuivit-elle, que l'unique chose que tu puisses réellement accomplir ce soir, c'est empêcher P.J. de continuer à nuire, *à l'avenir*. À partir d'aujourd'hui. L'empêcher de commettre des meurtres pendant *encore* vingt ans. C'est peut-être l'unique chose qu'on attende de toi, Joey. Rien à voir avec me sauver, moi. Ou sauver qui que ce soit. Mais faire en sorte que P.J. ne fasse pas pire que ce qu'il va faire cette nuit. Peut-être que c'est tout ce que Dieu veut de toi.

– Il n'y a pas de Dieu qui tienne, ici. Pas de Dieu, ce soir, à Coal Valley. »

Plantant ses ongles dans la chair de Joey, elle serra très fort sa main.

« Comment peux-tu dire une chose pareille ?

– Va donc jeter un coup d'œil aux gens dans le salon.

– C'est idiot.

– Comment un dieu de miséricorde peut-il laisser des gens mourir ainsi ?

– Certains, qui étaient beaucoup plus malins que nous, ont déjà essayé de répondre à cette question.

– Et ils n'y sont pas arrivés.

– Mais ça ne signifie pas qu'il n'y ait pas de réponses, dit-elle d'un ton où montaient l'impatience et la colère. Joey, si ce n'est pas Dieu qui t'a offert la chance de vivre cette nuit pour la deuxième fois, qui donc te l'a donnée ?

– Je n'en sais rien, dit-il, malheureux.

– Tu crois peut-être que c'est Rod Serling, et que tu es maintenant coincé dans la Quatrième Dimension ? répliqua-t-elle avec dédain.

– Non, bien sûr que non.

– Qui, alors ?

– C'est peut-être seulement une... une anomalie du domaine de la physique. Un retour en arrière dans le temps accidentel, un aléa temporel. Une onde énergétique. Un truc inexplicable et sans aucune signification. Je n'en sais rien. Bon sang, comment pourrais-je le savoir ?

– Oh. Je vois. Une espèce de panne mécanique dans la grande machine cosmique, dit-elle d'un ton sarcastique en lâchant la main de Joey.

– Ça paraît plus plausible qu'une intervention divine.

– Nous ne sommes donc pas dans la Quatrième Dimension, hein ? Maintenant, on est à bord de l'*Entreprise*, le vaisseau spatial du Captain Kirk, et voilà qu'on est assaillis par les ondes énergétiques et catapultés dans un trou noir. »

Il s'abstint de tout commentaire.

« Tu te souviens de *Star Trek* ? On s'en souvient encore en 1995 ?

– Si on s'en souvient ? Bon sang ! je crois même que c'est devenu une industrie plus rentable que la General Motors.

– Appliquons un peu de cette excellente logique de Vulcain à notre problème, d'accord ? Si ce truc incroyable qui t'est arrivé n'a aucun sens, et si c'est uniquement dû au hasard, pourquoi, dans ces conditions, ton retour en arrière dans le temps ne t'a-t-il pas ramené au jour où, âgé de huit ans, tu avais la coqueluche ? Ou à la nuit où, il y a un mois de ça, tu étais planté dans ta caravane, à

Las Vegas, à moitié bourré, en train de regarder un vieux dessin animé de Tex Avery à la télé, un truc dans ce genre ? Tu crois qu'une anomalie relevant du domaine de la physique t'aurait ramené, complètement par hasard, dans la nuit la plus importante de ta vie, celle-ci entre toutes, au moment précis où, justement, tout a mal tourné, sans aucun espoir pour toi de redresser la situation ? »

Ecouter Celeste avait calmé Joey, bien que son moral soit toujours aussi bas. À présent, il était au moins capable de ramasser les cartouches éparpillées par terre et de recharger son arme.

« Peut-être, dit-elle, n'es-tu pas en train de revivre cette nuit parce qu'il y a quelque chose que tu dois *faire*, comme sauver des vies et arrêter P.J. et te conduire globalement en héros. Peut-être que tu vis de nouveau cette nuit seulement pour avoir une dernière chance de croire.

– En quoi ?

– En un monde qui ait un sens, en une vie ayant une plus grande finalité. »

Parfois, elle lui semblait capable de lire dans ses pensées. Plus que tout, Joey voulait recommencer à croire en quelque chose – comme quand il était enfant de chœur, tant d'années auparavant. Mais il vacillait entre l'espoir et le désespoir. Il se souvenait de l'émerveillement qu'il avait ressenti, un peu plus tôt dans la soirée, lorsqu'il s'était rendu compte qu'il avait à nouveau vingt ans, et de la gratitude qu'il avait ressentie à l'égard de ce, ou celui, qui lui accordait ainsi cette deuxième chance. Mais déjà, il lui était redevenu plus facile de croire en une Quatrième Dimension, ou en un hasard de mécanique quantique, qu'en Dieu.

« Croire, dit-il. C'est exactement ce que P.J. voulait que je fasse. Croire en lui, croire en son innocence, sans l'ombre d'une preuve. Et c'est ce que j'ai fait. J'ai cru en lui. Et regarde où ça m'a mené.

– Peut-être que ce n'est pas le fait de croire en P.J. qui a ruiné ta vie.

– Ça ne m'a pas aidé, en tout cas, dit-il, amer.

– Peut-être que le principal problème, c'était que tu ne croyais en rien d'autre.

– J'ai été enfant de chœur, dit-il. Mais j'ai grandi. J'ai fait des études.

– Puisque tu es allé à l'université, même peu de

temps, tu as sûrement entendu le mot « sophomore [1] », lui suggéra Celeste. Ça qualifie le genre de pensées dans lesquelles tu te complais encore.

– Tu es vraiment savante, hein ? Tu sais tout, c'est ça ?

– Pas le moins du monde. Je ne suis pas savante du tout, mais mon père dit toujours qu'admettre qu'on ne sait pas tout, c'est déjà le *commencement* de la sagesse.

– Ton père, cet obscur principal du lycée, un célèbre philosophe ?

– Là, tu deviens carrément méchant », dit-elle.

Il attendit un instant, puis il s'excusa.

« Désolé.

– N'oublie pas qu'on m'a donné un signe. Un avertissement. Mon sang sur le bout de tes doigts. Comment pourrais-je ne pas croire ? Plus important encore, comment pourrais-tu ne pas croire, après ça ? C'est toi-même qui as dit que c'était un signe.

– J'ai dit ça sans réfléchir. J'étais tout... j'étais bouleversé. Quand on prend le temps de réfléchir, et qu'on applique un peu de cette froide logique de Vulcain que tu as mentionnée...

– Si on réfléchit trop, on est incapable de croire en *quoi que ce soit*. Quand on voit un oiseau voler dans le ciel, eh bien, dès qu'il n'est plus en vue, il devient impossible de prouver qu'il existe. Comment sais-tu seulement que Paris existe ? Tu y es déjà allé ?

– D'autres que moi ont vu Paris. Je les crois.

– D'autres que toi ont vu Dieu.

– Pas comme ils ont vu Paris.

– Il existe des tas de façons de voir, dit-elle. Et il se peut que ni tes yeux ni un Kodak ne soient le *meilleur* moyen de regarder les choses.

– Comment peut-on croire en un dieu aussi cruel, qui laisse trois personnes mourir de la sorte, trois innocents ?

– Si la mort n'est pas permanente, dit-elle sans aucune hésitation, s'il s'agit seulement d'une transition entre un monde et un autre, alors, elle n'est pas nécessairement cruelle.

– C'est tellement facile, pour toi, dit-il, envieux. Tellement facile de simplement croire.

1. Jeu de mots sur *sophomore*, étudiant en deuxième année dans un *college*, et *sophomoric*, prétentieux, suffisant.

– Pour toi aussi, ça peut être facile.
– Non.
– Accepte de croire, c'est tout.
– Pour moi, ce n'est pas facile, insista-t-il.
– Mais alors, pourquoi prendre même la peine de croire que tu es bien en train de vivre cette nuit pour la deuxième fois de ton existence ? Pourquoi ne pas mettre ça sur le compte d'un rêve idiot, et puis te rendormir et attendre de te réveiller demain matin ? »

Il ne répondit pas. Il en était incapable.

Bien qu'il ait su qu'il était inutile d'essayer, il rampa jusqu'au-dessous du téléphone, tendit le bras vers le mur et décrocha le combiné. Pas de tonalité.

« Il est impossible que le téléphone fonctionne, dit Celeste, assez sarcastique.
– Hein ?
– Ça ne peut pas marcher, parce que tu as eu le temps de réfléchir, et tu comprends maintenant qu'il n'y a aucun moyen de prouver qu'il existe quelque part dans le monde une personne à qui téléphoner. Et s'il n'y a aucun moyen de prouver de façon indubitable, ici et tout de suite, qu'il existe d'autres gens que nous, eh bien, *c'est qu'ils n'existent pas*. On a dû t'apprendre le mot pour ça, à l'université. On appelle ça un solipsisme. C'est un terme philosophique qui veut dire qu'on ne peut rien prouver, à part la conscience qu'on a de soi-même. Et que rien n'est réel, excepté soi-même. »

Laissant le combiné du téléphone pendre au bout de son fil, Joey se rassit et écouta le bruit des rafales de vent, le bruit de la pluie, et ce bruit spécial que ne font plus les morts.

Puis, enfin, Celeste se décida à parler.

« Je ne crois pas que P.J. ait l'intention de nous attaquer ici. »

Joey était parvenu à la même conclusion. P.J. n'allait pas les tuer. Pas tout de suite. Plus tard. Si P.J. avait voulu les liquider, il les aurait chopés sans la moindre difficulté lorsqu'ils se tenaient sous le porche, en pleine lumière, en lui tournant le dos. Au lieu de ça, il avait soigneusement placé son premier coup de fusil dans l'intervalle étroit entre leurs deux têtes, tuant John Bimmer d'une balle parfaitement placé en plein cœur.

Pour des raisons tordues qui n'appartenaient qu'à lui, P.J. voulait, de toute évidence, qu'ils soient témoins de tous les meurtres qu'il commettrait dans le village. *Ensuite*, il leur ferait leur affaire. Apparemment, dans le tableau de la tragédie qu'il était en train de mettre en scène dans l'église, il avait l'intention que Celeste soit le douzième apôtre, et le dernier.

Et moi? se demandait Joey. *Qu'est-ce que tu me réserves, grand frère?*

XIV

La cuisine des Bimmer était un purgatoire avec du linoléum par terre et des meubles en Formica. Joey attendait, pour en sortir, une nouvelle tournure des événements ou une soudaine inspiration. Il devait bien y avoir quelque chose à *faire* pour arrêter P.J.

Mais se contenter de se rendre chez les Dolan avec l'intention d'empêcher cinq meurtres imminents serait une pure folie. Celeste et lui ne pourraient qu'assister, en témoins impuissants, à la mort des membres de la famille.

Peut-être pourraient-ils se glisser dans la maison sans que quelqu'un ne se fasse tuer en les accueillant à la porte d'entrée ou en passant devant une fenêtre. Ils pourraient même, peut-être, convaincre les Dolan du danger qui les guettait et élaborer avec eux un plan destiné à transformer leur maison en forteresse. Mais P.J. pourrait alors mettre le feu à leur cachette ou les attirer dehors, pour les tuer à la faveur de l'obscurité.

Si les Dolan disposaient d'un garage communiquant avec le reste de la maison, et s'ils parvenaient à monter dans leur voiture pour prendre la fuite, P.J. tirerait dans les pneus pendant qu'ils essaieraient de lui échapper. Et ensuite, il abattrait la famille Dolan, à sa merci dans le véhicule immobilisé, à coups de fusil.

Joey n'avait jamais rencontré les membres de la famille Dolan. Pour l'heure, se convaincre de leur existence réelle était, en fait, plus difficile qu'il ne se l'était imaginé. Comme il serait aisé de rester assis dans la cuisine et de ne rien faire, et laisser les Dolan – à supposer qu'ils existent vraiment – prendre soin d'eux-mêmes, tandis qu'il se contenterait de croire aux ombres verdâtres qu'il voyait tout autour de lui, au léger parfum de cannelle, à l'odeur plus forte du café qui réchauffait dans la casserole, à la cloison de bois dans son dos, au sol sous ses pieds, et au ronron du moteur du réfrigérateur.

Vingt ans auparavant, lorsqu'il s'était détourné de la preuve atroce du crime de son frère, il avait été pareillement incapable de croire en l'existence des victimes qui allaient suivre. Sans leurs visages ensanglantés devant lui, sans le tas formé par leurs corps mutilés, elles avaient été aussi irréelles pour lui que les citoyens parisiens pour un homme convaincu de la sagesse du solipsisme. Combien de personnes P.J. avait-il tuées au cours des vingt ans qui avaient suivi ? Deux par an, quarante en tout ? Non ? Trop peu. Tuer aussi peu souvent aurait été une piètre gageure, un bien faible frisson. Plus d'une par mois pendant vingt ans ? Deux cent cinquante victimes : torturées, mutilées, abandonnées le long de chemins creux d'un bout à l'autre du pays, enterrées dans quelque charnier secret ? P.J. semblait disposer de suffisamment d'énergie pour tout ça. En refusant de croire aux horreurs à venir, Joey avait fait en sorte qu'elles adviennent.

Pour la première fois, il était conscient de la véritable taille du fardeau de responsabilité qu'il portait, qui était bien plus lourd qu'il n'avait voulu le croire. L'accord tacite qu'il avait passé avec P.J. cette nuit-là avait résulté en un triomphe maléfique si énorme que Joey était maintenant à moitié écrasé par la tardive reconnaissance de son poids, sous lequel son âme agonisait.

Les conséquences ultimes de l'inaction étaient parfois plus graves que les conséquences de l'action.

« Il veut que nous allions chez les Dolan, pour que j'assiste à la tuerie, dit Joey d'une voix empâtée. Si nous n'y allons pas tout de suite... nous retardons d'autant leur mort, c'est déjà ça.

– On ne peut pas rester assis ici, dit-elle.

– Non. Parce que tôt ou tard, il va les tuer, de toute façon.

– À mon avis, ce sera tôt, prédit Celeste.

– Pendant qu'il est encore en train de nous surveiller, et d'attendre que nous sortions, il faut que nous fassions un truc auquel il ne s'attend pas, quelque chose qui excite sa curiosité et qui le garde à proximité, et loin des Dolan. Quelque chose qui le surprenne, et qui le déstabilise.

– Comme quoi ? »

Le moteur du réfrigérateur.

La pluie.

Le café, la cannelle.

La pendule du four : *tic-tac, tic-tac.*

« Joey ? dit Celeste, pour le stimuler.

– C'est tellement dur de trouver quelque chose qui soit susceptible de le surprendre, dit-il, malheureux. Il est si sûr de ce qu'il fait. Et si téméraire.

– C'est parce qu'il croit en quelque chose.

– P.J. ? Croire en quelque chose ?

– En lui-même. Ce taré croit en lui-même, en son charme, son intelligence. Il croit en son destin. Ce n'est pas vraiment une religion, mais il croit en lui-même avec une véritable *passion*, ce qui lui donne beaucoup plus d'assurance. Ça lui donne du pouvoir. »

Les mots de Celeste électrifièrent Joey, mais il ne comprit pas tout de suite pourquoi.

Puis, avec une excitation soudaine, il s'exclama : « Tu as raison ! Il croit en quelque chose. Mais il ne croit pas *seulement* en lui-même. Il croit également en quelque chose d'autre, c'est certain. Évident, non ? Tout est là, c'est clair, et facile à voir, mais je ne voulais pas l'admettre. Il croit, c'est un authentique croyant, et si nous jouons sur cette croyance, nous pouvons peut-être le déstabiliser et prendre l'avantage.

– Je ne te suis pas du tout, dit Celeste, inquiète.

– Je t'expliquerai plus tard. Pour l'instant, le temps nous est compté. Tu vas fouiller la cuisine, et essayer de trouver des bougies et des allumettes. Prends aussi une bouteille vide, ou un pot, et remplis-la d'eau.

– Pourquoi ? »

Joey s'accroupit, et dit : « Essaie de trouver tout ça. Je vais prendre la lampe électrique, tu n'auras qu'à ouvrir la porte du réfrigérateur si tu as besoin de lumière. Mais n'allume surtout pas le plafonnier. Le néon est trop lumineux, et ton ombre se projetterait sur l'un des deux stores. Comme il doit commencer à en avoir marre d'attendre, il risquerait de te tirer dessus. »

Tandis que Joey se dirigeait vers la porte donnant sur

la salle à manger, laissant Celeste seule avec la petite lueur verte, elle dit : « Où vas-tu ?

– Dans le salon. Et à l'étage. J'ai besoin de certains trucs.

– Quels trucs ?

– Tu verras. »

Dans le salon, il se servit judicieusement de la lampe électrique, l'allumant à deux reprises, pour l'éteindre aussitôt, le temps de s'orienter de façon à éviter les trois cadavres. Le second éclair de lumière révéla les yeux grands ouverts de Beth Bimmer, qui fixaient un point bien au-delà du plafond, au-delà même du toit de la maison, loin au-dessus de l'orage et des nuages, quelque part vers l'étoile polaire.

Pour récupérer le crucifix, il lui fallut escalader le sofa, tout à côté du corps de la vieille dame. Le long clou auquel il était fixé n'était pas seulement planté dans le plâtre de la cloison, mais dans une cheville, et la tête du clou était plus grosse que l'attache en cuivre qu'il soutenait, et Joey eut donc pas mal de difficulté à retirer l'entêté du mur. Tandis qu'il luttait dans le noir, il eut peur que le corps de la vieille Hannah ne bascule subitement et ne lui tombe sur les jambes, mais il réussit à dégager l'objet de sa convoitise et à regagner le sol sans entrer en contact avec elle.

Un troisième coup de lampe électrique, très bref, un quatrième, et il fut au pied de l'escalier.

Le deuxième étage comprenait trois petites chambres et une salle de bains, chacune brièvement balayée par la lampe.

Si P.J. était en train de surveiller la maison, sa curiosité avait peut-être été éveillée par l'exploration de Joey.

Malgré son âge avancé et sa canne, Hannah avait occupé l'une des chambres du premier étage, et ce fut chez elle que Joey trouva ce dont il avait besoin. Un petit autel consacré à la Sainte Vierge était posé sur une table basse triangulaire à trois pieds : une statuette en céramique de vingt-cinq centimètres de haut, équipée d'une ampoule de trois watts encastrée à la base, qui projetait sur la Vierge un rayon de lumière. À côté se trouvaient aussi trois petits récipients en verre rouge, contenant des chandelles votives – toutes éteintes.

En se servant à nouveau de la lampe électrique, Joey vérifia que les draps du lit étaient blancs, puis il les enleva, avant d'en envelopper soigneusement la statuette et les autres objets.

Ensuite, il redescendit au salon.

Le vent qui soufflait par les carreaux cassés agitait les rideaux. Tendu, il attendit un moment au pied de l'escalier, jusqu'à ce qu'il soit certain que rien d'autre ne bougeait du côté de la fenêtre, hormis le tissu ondulant.

Les morts, eux, ne bougeaient pas, et, en dépit de l'air nocturne qui s'engouffrait par l'ouverture béante, le salon puait comme le coffre où avait été enfermée la blonde enroulée dans la bâche.

Dans la cuisine, la porte du réfrigérateur était entrebâillée de quelques centimètres, et, à la lueur de la veilleuse, Celeste était encore en train de fouiller les placards.

« J'ai trouvé un pot en plastique qui doit contenir à peu près deux litres, et je l'ai rempli d'eau, annonça-t-elle. J'ai aussi déniché les allumettes, mais pas de bougies.

– Continue à chercher », lui dit Joey tout en déposant les objets qu'il avait rapportés de la chambre d'Hannah.

En plus de la porte donnant sur la salle à manger et de celle accédant au porche à l'arrière de la maison, la cuisine en comptait une troisième. Joey l'entrouvrit. Une bouffée d'air glacé, chargé d'un faible relent d'essence et de cambouis, lui apprit qu'il venait de localiser le garage.

« Je reviens tout de suite », dit-il.

La lampe électrique lui permit de constater que l'unique ouverture dans le garage était située dans le mur du fond et recouverte par un rectangle de tissu huilé.

Une Pontiac, d'un modèle ancien, mais en bon état, se tenait dans l'unique box, souriant de toutes les dents chromées de sa calandre.

À côté d'un établi rudimentaire, un placard, qui n'était pas fermé à clé, se révéla contenir plein d'outils. Après avoir choisi le plus lourd des trois marteaux disponibles, il fouilla dans des petites boîtes remplies de clous, où il finit par en trouver un de la taille qu'il lui fallait.

Quand Joey s'en revint à la cuisine, Celeste avait trouvé six bougies. Beth Bimmer, de toute évidence, les avait achetées pour décorer la maison ou la table à

Noël. Elles mesuraient une quinzaine de centimètres de haut, pour un diamètre de dix. Il y en avait trois rouges et trois vertes, et toutes étaient parfumées au cassis.

Joey aurait préféré des chandelles toutes simples, longues et blanches, mais il s'en contenterait, dit-il à Celeste.

Il ouvrit le baluchon qu'il avait confectionné à l'aide des draps du lit de Hannah, et il ajouta les bougies, les allumettes, le marteau, et les clous à sa précédente collecte.

« Qu'est-ce que c'est que tout ça ? lui demanda Celeste.

– Nous allons participer à son petit caprice.

– Quel caprice ?

– Pas le temps de t'expliquer, tu verras. Allons-y. »

Elle portait son fusil à pompe et le pot rempli d'eau, et lui, le baluchon improvisé dans une main et son arme dans l'autre. Ainsi chargés, s'ils se trouvaient menacés, ni l'un ni l'autre n'auraient le temps de viser leur agresseur ou de tirer assez rapidement pour se défendre.

Joey comptait sur le désir de son frère de jouer avec eux un peu plus longtemps. P.J. était en train de savourer la peur qu'ils ressentaient, il s'en nourrissait.

Ils sortirent par la porte d'entrée – courageusement, sans aucune hésitation. L'idée de Joey, ce n'était pas de se débarrasser de P.J., mais, au contraire, d'attirer son attention et d'éveiller sa curiosité. Appréhendant une salve meurtrière, les tripes de Joey étaient nouées – pas tant parce qu'il craignait pour sa propre vie que parce qu'il avait peur d'un coup de feu dévastant le beau visage de porcelaine de Celeste.

Ils descendirent les quelques marches du porche sous une pluie battante, longèrent l'allée, et prirent à gauche, retournant vers la route de Coal Valley.

La série de tuyaux de ventilation disposés sur North Avenue, espacés les uns des autres d'une vingtaine de mètres, se mit soudain à chuinter comme si la rampe d'un four à gaz venait d'un seul coup de s'allumer. Des flammes jaunes à l'aspect sinistre, propulsées par des langues de feu bleutées, firent irruption à l'extrémité de chacun des tuyaux de la rue.

Celeste poussa un cri de surprise.

Joey lâcha son baluchon, saisit le fusil à pompe des deux mains, pivota à gauche, bondit à droite. Il était tellement à cran qu'il se demanda presque si P.J. n'était pas, d'une façon ou d'une autre, responsable de ces éruptions spontanées de l'incendie qui ravageait le sous-sol du village.

En tout cas, s'il était dans le coin, P.J. ne se manifesta pas.

Les flammes ne se contentaient pas de flotter au bout des tuyaux comme des drapeaux que les rafales de pluie se hâtaient de dissoudre. Au contraire, dues à une pression considérable, elles jaillissaient à plus de un mètre au-dessus de l'acier, comme si elles avaient été crachées par des lance-flammes.

Le sol ne se mit pas à gronder, comme la fois précédente, mais la poussée féroce des gaz qui s'échappaient des conduits métalliques produisait un énorme rugissement qui vibrait jusque dans les os de Joey. Étrangement, le bruit possédait une espèce de rage, particulièrement dérangeante, comme s'il n'avait pas été produit par des forces naturelles mais par quelque colosse piégé dans l'enfer souterrain, que sa condition rendait furieux bien plus que déprimé.

« Que se passe-t-il ? » demanda-t-il en haussant la voix, bien que Celeste fût à côté de lui.

« Je ne sais pas.

– Tu as déjà vu un truc pareil ?

– Non ! » répondit-elle, étonnée, en jetant autour d'elle un regard apeuré.

Comme s'ils appartenaient à quelque gargantuesque orgue de carnaval, les tuyaux pompaient un air de musique à base de grondements, de rugissements, de sifflements et de chuintements, auxquels s'ajoutaient des cris perçants. Les murs salis par la suie des maisons abandonnées, aux fenêtres aveugles, renvoyaient l'écho du vacarme.

Dans les remous de lumière fantasmagorique que projetaient les flots féroces du feu, des silhouettes de ptérodactyles fonçaient dans la nuit noyée de pluie. Des ombres éléphantesques titubaient à travers North Avenue comme si une armée de géants paradait vers l'orient.

Joey ramassa le baluchon qu'il avait laissé choir. Sentant que le temps allait leur manquer, il dit : « Allons-y. Dépêchons-nous. »

Tandis que Celeste et lui fonçaient à travers les

flaques d'eau en direction de la route de Coal Valley, l'éruption de gaz souterrains cessa aussi brusquement qu'elle avait commencé. L'étrange lueur palpita encore une fois, puis une autre, et s'éteignit. Et les ténèbres immobilisantes absorbèrent les ombres mouvantes.

La pluie, en tombant sur les tuyaux métalliques brûlants, se transformait aussitôt en vapeur d'eau, et, malgré le fracas de l'orage, on entendit bientôt des sifflements puissants, comme si des milliers et des milliers de serpents venaient d'envahir Coal Valley.

XV

Le portail de l'église était toujours ouvert. À l'intérieur, les lumières tamisées étaient restées telles que Joey les avait laissées.

Il suivit Celeste dans le narthex, puis il referma les deux battants derrière eux. Les gros gonds grincèrent bruyamment – comme il s'y attendait. Ainsi, si P.J. avait l'intention de les suivre en empruntant le même chemin, il lui serait impossible d'entrer silencieusement.

Sous l'arche séparant le narthex de la nef, Joey montra à Celeste le bénitier en marbre, aussi blanc qu'un crâne antique et tout aussi sec.

« Vide le pot.

– Pourquoi ?

– Fais ce que je te dis », la pressa-t-il.

Celeste posa son fusil à pompe debout contre le mur et dévissa le bouchon du pot, qu'elle vida dans le marbre. L'eau gargouilla.

« Prends le pot vide avec toi, dit Joey. Il ne faut pas le laisser dans un endroit où il puisse le voir. »

Il la précéda le long de l'allée centrale, puis ils franchirent le portillon du sanctuaire, avant d'emprunter le déambulatoire qui contournait le chœur.

Le corps de Beverly Korshak, enveloppé de sa bâche en plastique, gisait toujours sur l'autel. Un tas incolore.

« Et maintenant ? » demanda Celeste en le suivant devant la table de communion, jusqu'à l'autel.

Joey posa son baluchon blanc derrière le cadavre de la fille.

« Aide-moi à la déplacer. »

Avec un grimace de dégoût à l'idée d'une telle corvée, Celeste dit : « La déplacer pour la mettre où ?

– Hors du sanctuaire, et dans la sacristie. Il ne faut pas qu'elle soit ici. C'est une profanation.

– L'église n'est plus un lieu consacré, lui rappela-t-elle.

– Elle va bientôt le redevenir.

– De quoi parles-tu ?

– Dès que nous aurons fait le nécessaire.

– Nous ne sommes pas compétents en la matière. Pour faire de cet endroit une église, il faut un évêque, un truc comme ça, non ?

– Officiellement, il ne nous appartient pas de faire une chose pareille, non, mais peut-être que nous n'avons pas besoin de ça pour jouer un rôle dans les fantasmes pervers de P.J. Peut-être que tout ce dont nous avons besoin, c'est de planter le décor. Celeste, je t'en prie, *aide-moi.* »

À contrecœur, elle s'exécuta, et ils déplacèrent ensemble le cadavre, le transportant du sanctuaire jusqu'à un coin de la sacristie, cette petite pièce où le curé se préparait autrefois avant de dire la messe, où ils le déposèrent doucement.

Lors de leur première visite à l'église Saint-Thomas, la porte de la sacristie donnant sur l'extérieur était ouverte. Joey l'avait donc refermée, puis verrouillée. Il actionna la poignée, et constata qu'elle était toujours bloquée.

Une autre porte donnait sur une volée de marches qui s'enfonçaient dans l'obscurité. Le regard fixé sur l'escalier, Joey dit : « Tu viens dans cette église depuis que tu es petite, pas vrai ? Sais-tu si, par l'extérieur, on peut accéder au sous-sol ?

– Il n'y a pas de porte. Pas même des fenêtres. Tout est au-dessous du niveau du sol. »

P.J. ne pourrait donc pas pénétrer dans l'église par là. Ne lui restait plus que le portail.

Ils retournèrent dans le sanctuaire, et Joey regretta de ne pas avoir pu apporter une table, ou tout autre meuble de petites dimensions susceptible de faire office d'autel. Mais il leur faudrait se contenter de la plate-forme nue.

Il dénoua les coins des draps dont il avait fait son baluchon, et il aligna tous les objets : le marteau, la boîte de clous, les bougies rouges et vertes, les chandelles votives, les allumettes, le crucifix, et la statuette de la Vierge.

Suivant les instructions de Joey, Celeste l'aida à étendre sur la plate-forme les deux draps blancs.

« Peut-être qu'il l'a clouée par terre pendant qu'il... pendant qu'il faisait d'elle ce qu'il voulait, dit-il tandis qu'ils s'activaient. Mais il ne l'a pas simplement torturée. Pour lui, ça signifiait aussi autre chose : c'était un acte sacrilège, un blasphème. Très vraisemblablement, le viol et le meurtre ne constituaient qu'une partie de la cérémonie.

– La cérémonie ? répéta-t-elle, prise d'un soudain frisson.

– Tu disais qu'il se sent fort et qu'il ne se laisse pas déstabiliser justement parce qu'il croit en quelque chose. En lui-même, disais-tu. Mais je pense qu'il croit en autre chose, à part sa propre personne. Il croit en le monde des ténèbres.

– Le satanisme ? demanda-t-elle, dubitative. P.J. Shannon, le héros de foot, le gentil garçon par excellence ?

– Nous savons tous les deux que cette personne n'existe plus – à supposer qu'elle ait jamais existé. Le cadavre de Beverly Korshak est là pour le confirmer.

– Mais il a obtenu une bourse d'études à Notre-Dame, Joey, et je ne crois pas qu'ils soient du genre à encourager les messes noires, à South Bend.

– Peut-être que tout a commencé là-bas, avant même qu'il aille à l'université, et ensuite à New York.

– Tout ça me paraît hautement improbable, dit-elle.

– En 1975, je te l'accorde, ça paraît insensé », approuva Joey en finissant d'étaler les draps. Mais en 1995, un lycéen qui se branche sur le satanisme, ça n'a rien d'extraordinaire, tu peux me croire. Et d'ailleurs, ça n'était pas inhabituel non plus dans les années soixante et soixante-dix, seulement un peu moins fréquent.

– Je crois que je n'aime pas trop cette année 1995 d'où tu viens.

– Tu n'es pas la seule.

– P.J. était donc un de ces lycéens perturbés ?

– Non. Mais parfois, les gamins les plus profondément dérangés ne montrent pas grand-chose. »

Le drap était à présent étendu sur la plate-forme. La

plupart des plis avaient été lissés, et le coton blanc semblait maintenant être plus blanc que lorsqu'ils l'avaient déplié – il brillait.

« Tout à l'heure, Celeste, lui rappela Joey, tu disais qu'il se comporte de façon téméraire, et si arrogante qu'on dirait qu'il se considère comme étant béni. Eh bien, c'est peut-être *exactement* ce qu'il pense. Il pense peut-être qu'il a fait un marché qui lui assure une protection, et que, par conséquent, il est capable de se tirer de n'importe quelle situation.

– Tu veux dire qu'il a vendu son âme ?

– Non. Je ne suis pas en train de dire que l'âme *existe*, ni qu'elle pourrait être vendue, en supposant qu'elle existe. Tout ce que je dis, c'est qu'il *pense* peut-être l'avoir fait, et que c'est à cause de cette horrible petite idée qu'il possède cette extraordinaire assurance.

– Nous avons vraiment une âme, tu sais, dit Celeste calmement, d'une ton ferme.

– Passe-moi le crucifix », répliqua Joey en ramassant le marteau et la boîte de clous.

Il se dirigea vers le fond du sanctuaire, devant le mur où le corps du Christ agonisant, sculpté dans le bois, s'était dressé de toute la hauteur de ses trois mètres cinquante. Aucun des spots du plafond n'était dirigé vers le mur, et le plâtre était simplement éclairé par deux lampes encastrées dans le plancher. Cette configuration était destinée à attirer les regards vers le haut, la lumière indiquant ainsi la voie de la contemplation du divin. Joey planta un clou dans le mur à hauteur d'œil, légèrement au-dessus.

Celeste fit glisser la boucle en cuivre sur le clou, et l'église Saint-Thomas eut à nouveau un crucifix dominant la plate-forme de son autel.

Jetant un coup d'œil vers les fenêtres ruisselantes de pluie et les ténèbres qui régnaient à l'extérieur, Joey se demanda si P.J. était en train de les espionner. Comment interprétait-il leurs gestes ? Trouvait-il leurs actes risibles, ou s'en inquiétait-il ?

« L'espèce de tableau qu'il semble vouloir créer ici, dit Joey, cette satire des douze apôtres, mise en scène dans une église désaffectée, et basée sur le sacrifice de douze vies humaines – ce n'est pas simplement un acte exprimant sa folie. C'est presque... c'est presque une offrande.

– Tout à l'heure, tu disais qu'il se prenait pour Judas.
– Le traître. Qui trahit sa communauté, sa famille, sa foi, et même Dieu. Et qui cherche à corrompre tout ce qu'il approche. Mettant de force trente dollars dans ma poche, quand nous étions tous les deux dans sa voiture, cette nuit-là, avant de me renvoyer à l'université.
– Trente dollars – les trente pièces d'argent. »
De retour à la plate-forme, Joey posa le marteau et rassembla les six bougies de Noël à l'une des extrémités du drap blanc.
« Trente dollars. Un petit geste symbolique, histoire de s'amuser un peu. Le salaire en échange de ma coopération, pour lui avoir permis d'échapper à l'inculpation du meurtre de Beverly Korshak, en faisant de moi un autre Judas. »
Les sourcils froncés, Celeste prit la boîte d'allumettes et commença à allumer les bougies, en disant : « Il voit donc Judas comme étant son... son quoi ? son saint patron au royaume des ténèbres ?
– Je crois, oui, quelque chose comme ça.
– Est-ce que Judas est allé en enfer, pour avoir trahi le Christ ? voulut savoir Celeste.
– Si on admet que l'enfer existe, alors, je pense en effet qu'il se trouve au niveau le plus bas, dit Joey.
– Toi, évidemment, tu ne crois pas en l'existence de l'enfer.
– Écoute, ce que *je* crois n'a aucune importance. Ce qui compte, c'est ce que P.J. croit.
– Eh bien, tu te trompes. »
Ignorant le commentaire de Celeste, Joey dit : « Je ne prétends pas connaître toutes les circonvolutions de son délire, mais peut-être seulement le contour global. À mon avis, même un psychiatre de toute première qualité aurait du mal à se figurer l'étrange comportement des neurones de mon grand frère. »
Comme elle finissait d'allumer les six bougies, Celeste reprit : « Donc, P.J. arrive de New York pour passer un week-end chez ses parents, il se promène un peu dans la région, et il se rend compte de la bizarrerie de la situation dans laquelle est maintenant Coal Valley. Toutes les maisons abandonnées. Le sol qui s'affaisse, partout. Plus de tuyaux de ventilation que jamais. La galerie effondrée qui brûle à ciel ouvert tout près du village. L'église désaffectée. Comme si l'enfer était en train

d'engloutir Coal Valley tout entier. Et de l'engloutir à toute vitesse, en fait, et sous ses yeux. Et ça l'excite. C'est ce que tu penses ?

– Ouais. Beaucoup de psychotiques sont très sensibles aux symboles. Ils vivent dans une réalité qui est différente de la nôtre. Dans leur monde, tout, y compris les gens, a une signification secrète. Il n'y a aucune coïncidence fortuite.

– On dirait que tu as bossé le sujet comme pour un examen, dis donc.

– Au fil des années, j'ai lu pas mal de bouquins sur la psychologie des déviants. D'abord, je me disais que je cherchais des trucs pour les romans que j'allais écrire, et puis, quand j'ai finalement admis que je ne serais jamais un écrivain, j'ai continué à lire – ça me plaisait.

– Mais inconsciemment, tu essayais de comprendre P.J. ?

– Un psychopathe à tendances homicides, avec des délires religieux tels que P.J. semble en avoir, peut voir des démons et des anges déguisés en gens ordinaires. Il est persuadé que les forces cosmiques agissent même à travers les événements les plus simples. Son monde est le théâtre d'un drame permanent où se jouent d'intenses conspirations. »

Celeste hocha la tête. C'était la fille du principal du lycée, après tout, et elle avait grandi dans une maison bourrée de livres. « Il vit au pays de la paranoïa, quoi. Oui, d'accord, admettons qu'il tue depuis des années, depuis qu'il est parti à l'université, voire même avant cette date, une fille par-ci, une fille par-là, des petits sacrifices humains de temps en temps. Mais la situation particulière de Coal Valley le motive *vraiment*, et ça lui donne envie de faire un truc spécial, un gros truc, quoi. »

Joey plaça la statuette en céramique de la Sainte Vierge à l'autre extrémité du drap, face aux bougies, puis il brancha le cordon dans la prise qui se trouvait à l'arrière de la plate-forme.

« Et maintenant, nous allons foutre en l'air tous ses plans, en ouvrant le portail de l'église et en invitant Dieu à revenir dans Sa maison. Ainsi, nous pénétrons directement dans le fantasme de P.J. et nous combattons son symbolisme avec le nôtre, nous controns la superstition par la superstition.

– Et comment cela va-t-il l'arrêter ? » demanda-t-elle en s'approchant de Joey, de l'autre côté de la plate-forme, pour allumer les trois petites chandelles votives, qu'il avait soigneusement disposées, dans leur pots en verre rouge, aux pieds de la statuette de la Vierge.

« À mon avis, ça va lui filer un choc. C'est la première chose à faire : le secouer, ébranler la confiance qu'il a en lui-même, et le forcer à sortir en pleine lumière, où nous aurons une chance de le coincer.

– Il est comme un loup, là, dehors, approuva Celeste, et il tourne en rond autour du feu de camp.

– Il a promis cette offrande – les douze sacrifices, les douze innocents – et il se sent obligé de tenir sa promesse, à présent. Mais il tient à mettre en scène ses cadavres dans une église dont Dieu a été chassé.

– Tu parais si sûr de ce que tu avances... comme si tu étais sur la même longueur d'onde que lui.

– C'est mon frère.

– Je trouve ça un peu effrayant, dit-elle.

– Moi aussi. Mais je pressens qu'il a besoin de l'église Saint-Thomas. Impossible pour lui de trouver un endroit équivalent, pas cette nuit. Et maintenant qu'il a commencé, il se sent tenu de finir. Cette nuit. S'il nous espionne actuellement, il va voir ce que nous sommes en train de préparer, et ça va lui déplaire, et il va venir nous obliger à tout défaire.

– Pourquoi ne tirerait-il pas sur nous par l'une des fenêtres, pour venir ensuite dans l'église et tout défaire lui-même ?

– Il aurait pu agir ainsi, s'il avait compris plus tôt ce que nous sommes en train de lui préparer. Mais à partir du moment où nous avons accroché le crucifix, c'était trop tard. Même si je me trompe en partie sur la nature de sa démence, même s'il n'est pas aussi profondément impliqué dans son délire que je le crois, je ne pense pas qu'il soit plus capable qu'un vampire de toucher un crucifix accroché dans un sanctuaire. »

Celeste alluma la dernière des trois chandelles.

L'autel aurait dû paraître totalement absurde, évoquant plutôt les préparatifs d'une saynète écrite par des enfants en train de jouer à la messe. Pourtant, même avec les expédients composant le décor de la scène, ils avaient réussi à créer une illusion de lieu sacré étonnamment convaincante. Due à la disposition des lumières, ou provoquée par le contraste avec la nudité de l'église vide et poussiéreuse, une sorte de luminescence surnaturelle semblait émaner des draps étendus sur la plate-forme, comme s'ils avaient subi une teinture les ayant rendus phosphorescents ; ils étaient plus blancs que le plus blanc des linges que Joey ait jamais vus. Le crucifix, éclairé par en dessous, projetait sur le mur au fond du sanctuaire une ombre absurdement longue, qui donnait presque l'impression que la sculpture massive, retirée lors de la désaffectation de l'église, était de retour, rendue avec dévotion à son ancienne place. Les flammes des grosses bougies de Noël étaient fortes et droites, malgré les innombrables courants d'air à l'intérieur du bâtiment, sans qu'aucune n'ait fait mine de vouloir s'éteindre ; curieusement, la cire parfumée au cassis ne sentait pas du tout le cassis, mais l'encens. Par chance, à cause de sa position et d'un jeu de lumière, l'une des petites chandelles brûlant dans les verres couleur rubis reflétait une lueur écarlate qui tremblait exactement sur le torse du petit crucifix en bronze.

« Nous sommes prêts », dit enfin Joey.

Il déposa les deux fusils sur le sol de l'étroit déambulatoire, les dissimulant ainsi à la vue tout en les gardant à portée de main.

« Il nous a vus tout à l'heure avec les fusils, dit Celeste. Il sait que nous sommes armés, et il ne s'approchera pas assez près de nous pour que nous puissions nous en servir.

– Peut-être pas. Ça dépend de l'intensité avec laquelle il croit en son délire, et de l'invincibilité qu'il pense détenir. »

Tournant le dos à la plate-forme, Joey mit un genou en terre derrière la balustrade du déambulatoire qui délimitait le chœur. La rampe épaisse et le renflement des balustres offraient une relative protection, mais il se doutait qu'ils ne constituaient pas, loin s'en fallait, le bouclier idéal en cas de fusillade. Les balustres étaient séparés l'un de l'autre d'environ huit centimètres. De plus, le bois en était vieux, et sec, et des balles à pointe creuse tirées à l'aide d'une arme de gros calibre en feraient de la sciure assez rapidement, sans compter que les échardes risquaient de se transformer en autant de projectiles fatals.

S'agenouillant à côté de lui, Celeste dit alors, comme

si elle lisait dans ses pensées : « La partie ne se jouera pas à coups de fusil, de toute façon.

– Ah non ?

– Ce n'est pas une question de force, c'est une question de foi. »

Ainsi qu'il l'avait constaté à plusieurs reprises, Joey lut dans les yeux sombres de la jeune fille un insondable mystère. L'expression de son visage était indéchiffrable – et étrangement sereine, étant donné les circonstances.

« Qu'est-ce que tu sais donc, que je ne sache pas ? »

Après avoir soutenu le regard de Joey pendant un long moment, elle détourna les yeux vers la nef, et dit : « Beaucoup de choses.

– Parfois, tu sembles...

– Je semble quoi ?

– Différente.

– De quoi ?

– De tout le monde. »

L'esquisse d'un sourire étira les lèvres de Celeste. « Je ne suis pas seulement la fille du principal.

– Oh ? Et quoi d'autre ?

– Je suis une femme.

– Il n'y a pas que ça.

– Que peut-il y avoir d'autre ?

– Tu sembles parfois être... beaucoup plus âgée que tu ne l'es en réalité.

– Je sais des choses.

– Dis-moi.

– Certaines choses.

– Il faut que je les sache, moi aussi.

– Elles doivent rester secrètes », dit-elle énigmatiquement, tandis que son pâle sourire s'évanouissait.

« Ne sommes-nous pas embarqués ensemble dans cette histoire ? » lui demanda-t-il brutalement.

Elle le regarda, écarquillant les yeux.

« Oh, si, bien sûr.

– Alors, si tu sais quelque chose qui soit susceptible d'aider...

– Plus que tu ne le crois, murmura-t-elle.

– Quoi ?

– Nous sommes ensemble encore plus que tu ne le crois. »

Elle avait décidé de garder son secret, ou bien le moment n'était pas aussi mystérieux que Joey se l'imaginait.

Elle reporta toute son attention sur la nef.

Aucun des deux ne parlait.

Tels des oiseaux battant frénétiquement des ailes pour s'échapper de leur cage, les rafales de pluie et les bourrasques de vent assaillaient l'église.

Au bout d'un moment, il dit : « Je sens quelque chose de chaud.

– J'ai l'impression que ça se réchauffe depuis déjà quelque temps, lui confirma Celeste.

– Comment ça se fait ? Nous n'avons pas mis le chauffage, que je sache.

– Ça vient d'en dessous. Tu le sens ? La chaleur passe par les interstices entre les lattes du plancher. »

Il posa les mains par terre et constata que le bois était chaud.

« Ça vient du sol sous l'église, de l'incendie souterrain.

– Peut-être plus aussi souterrain, apparemment. » Se souvenant de la boîte métallique qui cliquetait dans un coin du bureau, chez les parents de Celeste, Joey dit : « Faut-il s'inquiéter d'éventuels gaz toxiques ?

– Non.

– Pourquoi pas ?

– Il y a pire que ça, cette nuit. »

Une ou deux minutes plus tard, de fines gouttelettes de sueur apparurent sur le front de Joey.

Fouillant dans les poches de sa veste à la recherche d'un mouchoir, Joey sentit sous ses doigts une liasse de billets. Deux billets de dix dollars. Deux de cinq. Trente dollars en tout.

Il persistait à oublier que ce qui s'était passé vingt ans auparavant s'était aussi produit, d'une autre façon, seulement quelques heures plus tôt.

Horrifié, fixant les billets dans sa main, Joey se souvint alors de l'insistance avec laquelle P.J. l'avait forcé à accepter cet argent, dans la moiteur confinée de la voiture garée dans l'allée. Le corps caché dans le coffre. L'odeur de la pluie qui noyait l'air nocturne. L'odeur du sang, plus forte encore, gravée dans sa mémoire.

Il se mit à trembler violemment et lâcha les billets.

Tandis qu'ils s'échappaient de sa main, les billets froissés se changèrent en pièces de monnaie, qui cliquetèrent sur le plancher, comme la clochette pendant la messe. Elles roulèrent sur le sol avec un tintement métallique, avant de former un petit tas à côté de lui.

« Qu'est-ce que c'est ? » lui demanda Celeste.

Il la regarda. Celeste n'avait rien vu, Joey étant placé entre elle et les pièces.

« Des pièces en argent », répondit-il.

Mais quand il voulut les examiner, elles n'étaient plus là. Seul un billet traînait encore sur le plancher.

Il faisait très chaud dans l'église. Les carreaux des fenêtres, ruisselant de pluie, semblaient être en train de fondre.

Le cœur de Joey s'emballa soudain. Cognant entre ses côtes comme le poing d'un pénitent, mais du mauvais côté de sa poitrine.

« Il arrive, dit Joey.

– Où est-il ? »

Se redressant un peu, Joey passa le bras entre les balustres et montra du doigt l'allée centrale, remontant jusqu'au fond de la nef, vers le narthex faiblement éclairé qu'on distinguait après l'arche, et le portail de l'église, à peine visible dans la pénombre.

« Il arrive. »

XVI

Avec un grincement caractéristique de gonds trop peu huilés, le portail de l'église s'ouvrit sur l'obscurité qui régnait dehors, sur le froid de la nuit et la tempête qui rageait, donnant ainsi accès à la pénombre de l'église, à son étrange chaleur et à son silence, et un homme pénétra dans le narthex. Il s'y avança sans hésiter, sans même faire preuve de précautions particulières, et avec lui s'introduisit l'odeur d'œuf pourri qui empuantissait la fumée crachée par les tuyaux d'évacuation devant le parvis.

C'était P.J. Il portait les mêmes bottes noires, le même pantalon de velours beige, et le même pull en laine rouge que plus tôt dans la soirée, pendant le dîner à la maison, et ensuite, dans la voiture, quand il avait évoqué les mérites du pardon et les liens fraternels. Entre-temps, il avait enfilé un blouson de ski noir.

Ce n'était pas le P.J. Shannon dont les romans apparaissaient en bonne place sur les listes de best-sellers, ce n'était pas le Kerouac new-age qui avait traversé le pays un nombre incalculable de fois, au volant de camping-cars, de bus aménagés et de voitures. Ce P.J.-là était encore un jeune homme de vingt-quatre ans, qui venait de finir ses études à Notre-Dame, arrivant de son nouveau boulot dans une maison d'édition à New York.

Il n'avait pas avec lui le fusil avec lequel il avait descendu les Bimmer, et il ne donnait pas l'impression de penser qu'il en avait besoin. Debout sous l'arche, les pieds bien écartés, les bras le long du corps, les mains vides, il souriait.

Jusqu'à cet instant précis, Joey avait oublié l'extrême assurance que P.J. avait à cet âge, la puissance incroyable qui irradiait de lui, la pure *intensité* de sa présence. Le mot charismatique, même en 1975, était galvaudé ; en 1995, il était employé par les journalistes et les critiques pour décrire tout nouveau politicien n'ayant pas encore été accusé de détournement de biens sociaux, tout nouveau chanteur de rap pensant que « haine » rimait avec « viol [1] », tout nouvel acteur doté d'yeux plus brillants que son intelligence. Mais que ce fût en 1995 ou en 1975, le terme semblait avoir été inventé pour P.J. Shannon. Il possédait le charisme d'un prophète de l'Ancien Testament sans en avoir la barbe et la tunique, captivant l'attention par sa seule présence, si magnétique qu'il paraissait exercer son influence même sur les objets inanimés, remettant autour de lui les choses en perspective jusqu'à ce que même les lignes de l'architecture de l'église orientent subtilement l'attention sur lui.

Croisant le regard de Joey, qui se trouvait de l'autre côté de la nef, en face de lui, P.J. dit : « Joey, tu me surprends. »

D'une manche, Joey essuya la sueur de son front, mais il se garda de répondre.

« Je croyais que nous avions conclu un marché », dit P.J.

Joey mit la main sur le fusil, posé par terre à côté de lui. Toutefois, il ne s'en saisit pas. P.J. risquait de bondir en arrière et de retourner dans le narthex avant que Joey puisse lever son arme et tirer. De plus, à cette distance, même si P.J. ne réussissait pas à sortir du champ assez vite, un fusil à pompe ne lui causerait probablement aucune blessure mortelle.

« Tout ce que tu avais à faire, c'était rentrer à l'université, comme un gentil garçon, et reprendre ton boulot au supermarché, te perdre dans cette lutte quotidienne qu'est la vie et cet ennui uniformément pesant auquel tu es destiné depuis ta naissance. Mais il a fallu que tu fourres ton nez dans cette affaire.

– C'est toi qui as voulu que je te suive ici, dit Joey.

– Eh bien, ce n'est pas faux, petit frère. Mais je n'étais pas certain que tu le *ferais* réellement. Tu es un petit enfant de chœur qui ne jure que par son curé et

1. En anglais, *hate* et *rape* *(N.d.T.)*

son chapelet. Pourquoi aurais-je dû m'attendre à ce que tu aies des tripes ? Je pensais que tu rentrerais à l'université et que tu te forcerais à accepter mon histoire à dormir debout sur ce type surgissant des bois dans Pine Ridge.

– C'est ce que j'ai fait.

– Quoi ?

– Je l'ai fait, précisa Joey. Mais pas cette fois. »

Visiblement, P.J. n'en revenait pas. Cette nuit était la première et unique fois qu'il vivait ces étranges moments. Joey en avait déjà expérimenté une version, et lui seul bénéficiait d'une seconde chance.

Joey ramassa le billet devant lui, sur le plancher, et, toujours à moitié protégé par la balustrade, il le lança à P.J. Bien que froissé en boule, le billet n'alla pas plus loin que l'autre côté du chœur, terminant sa course au pied de la rampe du sanctuaire.

« Reprends ton argent. »

Un instant, P.J. fut stupéfait.

« Comme c'est bizarre, ce que tu dis, petit frère ! s'exclama-t-il.

– Quand as-tu conclu le marché ? » lui demanda Joey, en espérant qu'il ne se trompait pas au sujet des délires psychotiques de P.J., et qu'il agissait bien de façon à le sortir de sa complaisance satisfaite.

« Un marché ? répéta P.J.

– Quand as-tu vendu ton âme ? »

Reportant son attention sur Celeste, P.J. dit alors : « Tu as certainement dû l'aider à comprendre tout ça. Son esprit ne possède pas le moindre vice lui permettant de discerner la vérité tout seul. En tout cas, certainement pas durant les deux heures qui se sont écoulées depuis qu'il a ouvert le coffre de ma voiture. Tu m'as l'air d'une demoiselle tout à fait intéressante. Qui es-tu ? »

Celeste ne lui répondit pas.

« La fille au bord de la route, dit P.J. C'est tout ce que je sais. Si Joey n'avait pas interféré avec mes plans, je t'aurais eue, à l'heure qu'il est. Mais qui *d'autre* es-tu donc ? »

Identités secrètes. Doubles identités. Conspirations. P.J. opérait en effet dans le monde complexe et mélodramatique d'un psychopathe paranoïaque atteint de délire religieux, et il croyait repérer en Celeste, de toute évidence, quelque présence venue d'ailleurs.

Elle resta muette. Accroupie près de la balustrade. Une main posée sur le fusil, par terre.

Joey espérait qu'elle ne ferait pas usage de son arme. Il leur fallait convaincre P.J. d'avancer un peu plus, jusqu'à ce qu'il soit à portée de fusils – ou le persuader qu'ils n'avaient absolument pas besoin d'être armés, et qu'ils faisaient une entière confiance au pouvoir protecteur du lieu sacré où ils se trouvaient.

« Tu sais d'où venaient les trente dollars, Joey ? lança P.J. De la bourse de Beverly Korshak. A présent, il va falloir que je les mette à nouveau dans ta poche, tout à l'heure. Il faut préserver les preuves. »

Joey comprit enfin quel était le rôle que P.J. entendait lui faire jouer. Il devait endosser la responsabilité de tout ce que son frère avait fait – et ferait – cette nuit. Aucun doute n'était possible, son propre assassinat aurait été maquillé en suicide : un enfant de chœur dévoué à son curé et à sa foi pique une crise, tue douze personnes au cours d'un rituel satanique, et se suicide. Début du film : onze heures.

Vingt ans auparavant, il avait échappé à ce sort en ne suivant pas P.J. sur la route de Coal Valley – mais sa vie avait pris un autre virage, presque pire. Cette fois, il fallait qu'il évite les deux options.

« Tu veux savoir quand j'ai vendu mon âme, dit P.J., qui se tenait toujours sous l'arche de la nef. J'avais treize ans, et toi, dix. Je m'étais procuré ces livres sur le satanisme, les messes noires – excellents. J'étais *mûr* pour ce genre de lecture, Joey. J'accomplissais mes petites cérémonies dans les bois, avec de petits animaux, et mon autel miniature. J'étais prêt à te trancher la gorge, petit, et à t'arracher le cœur si rien d'autre n'avait marché. Mais je n'ai pas eu besoin d'en venir à ces extrémités. C'était beaucoup plus facile que ça. Je ne suis même pas certain que les cérémonies étaient nécessaires, tu sais ? Je crois que tout ce qui était nécessaire, c'était suffisamment de *volonté*. Je le voulais de toutes les fibres de mon être, de tout mon cœur, je le voulais si fort que j'en avais mal, à force – et c'est ce qui a ouvert la porte et l'a fait entrer.

– Lui ? dit Joey.

– Satan, Scratch, le diable, cet horrible vieux Belzébuth, dit P.J. d'un ton dramatique, pour accentuer son effet. Mais il n'est pas du tout comme ça, Joey. En fait, c'est plutôt un vieux démon tout à fait adorable, du moins pour ceux qui se donnent à lui. »

Celeste resta accroupie derrière la balustrade, mais Joey se dressa de toute sa taille.

« C'est ça, petit, l'encouragea P.J. N'aie pas peur. Ton grand frère ne va pas se mettre à cracher des flammes vertes par les narines, et des ailes de chauve-souris ne vont pas non plus lui pousser dans le dos. »

Une chaleur saharienne continuait à émaner du plancher.

Dessinant sur les carreaux des fenêtres des visages ectoplasmiques, de la buée commençait à se former.

« Pourquoi as-tu fait ça, P.J. ? » demanda Joey, faisant semblant d'accorder du crédit à cette histoire d'âme négociée avec le diable.

« Oh, petit, même à l'époque, j'étais malade à crever à l'idée d'être pauvre, et j'avais peur de grandir et de devenir une pauvre merde comme notre vieux. Moi, je voulais de l'argent dans ma poche, de belles bagnoles dès que j'aurais l'âge de conduire, et des filles à la pelle. Et il n'y avait aucune raison pour que ça marche, si je restais tel que j'étais, c'est-à-dire l'un des fils Shannon, qui dort dans une pièce à côté de la chaudière. Mais *après* avoir conclu le marché, eh bien, regarde ce qui s'est passé. La star de l'équipe de foot. Les meilleures notes de ma classe. Le garçon le plus populaire de tout le lycée. Les filles n'avaient qu'une envie, c'était d'écarter les jambes pour moi, et même quand j'en larguais une, elle continuait à m'aimer, à rêver de moi, sans jamais dire un mot contre moi. Ensuite, une bourse d'études pour une université *catholique*, c'est pas ironique, ça ? »

Joey secoua la tête, exprimant son désaccord. « Tu as toujours été un bon athlète, même enfant. Et vraiment malin. Et tout le monde t'a toujours aimé. Tu as *toujours* eu ces qualités, P.J.

– *Tu parles !* dit P.J. en haussant la voix pour la première fois. Dieu ne m'a rien donné quand je suis venu dans ce monde, rien, rien, rien, à part des croix à porter. C'est un grand défenseur de la souffrance, Dieu. Un vrai sadique. Je n'avais *rien*, jusqu'à ce que je me débrouille pour faire un pacte. »

La raison et la logique n'auraient aucun effet sur lui, surtout si sa psychose remontait à l'enfance. Il était fou depuis longtemps. Le seul espoir de le manipuler à son désavantage, c'était de rentrer dans son délire, et de l'encourager.

« Pourquoi tu n'essaierais pas, Joey ? dit P.J. Tu n'auras pas besoin d'apprendre tout un tas de cantiques, ni de te taper des cérémonies au fond des bois, rien de tout ça. Il suffit que tu le veuilles, que tu lui ouvres ton cœur, et tu auras ton propre compagnon.

– Un compagnon ?

– Comme le mien, Judas. Un pilote pour l'âme. Je l'ai invité en moi. Je l'ai laissé sortir de l'enfer, et, en échange, il prend soin de moi. Il a de grands projets pour moi, Joey. La richesse, la célébrité. Il veut que je satisfasse tous mes désirs, parce que, à travers moi, il expérimente tout – il sent les filles à travers moi, il goûte le champagne, il partage le goût du pouvoir, ce glorieux pouvoir, quand vient l'heure de tuer. Il veut pour moi ce qu'il y a de meilleur, Joey, et il fait tout pour que je l'obtienne. Toi aussi, petit, tu pourrais avoir ton propre compagnon. Je peux faire en sorte que tu aies ton compagnon, je t'assure que je peux. »

Devant la complexité étonnante du délire tordu de P.J. sur ce thème faustien de la damnation marchandée et de la possession, Joey était sans voix. S'il n'avait pas passé vingt ans à lire les cas les plus exotiques d'aberrante psychologie jamais publiés, il n'aurait même pas pu commencer à saisir la nature du monstre humain à qui il était en train de parler. La première fois qu'il avait vécu la nuit actuelle, il n'aurait certainement pas été capable de comprendre P.J., parce que, à l'époque, il ne possédait pas la moindre connaissance en la matière, susceptible de lui permettre d'appréhender le problème de son frère.

« Il suffit que tu le *veuilles*, Joey, c'est tout. Ensuite, nous tuerons cette chienne qui est avec toi. L'un des fils Dolan a seize ans. C'est un grand garçon. On fait en sorte que la police croie que c'est lui qui l'a tuée, avant de se suicider. Toi et moi, on se tire d'ici, et, à partir de là, on ne se quitte plus, on est plus proches l'un de l'autre que des frères, on est ensemble comme on ne l'a encore *jamais* été.

– Pourquoi as-tu réellement besoin de moi, P.J. ?

– Hé, je n'ai pas besoin de toi, Joey. Je n'ai pas l'intention de me *servir* de toi, il n'y a pas de raison que je fasse ça. Je t'aime, c'est tout. Tu ne crois pas que je t'aime ? Tu es mon petit frère. Tu es mon seul et unique petit frérot, pas vrai ? Pourquoi ne devrais-je pas avoir envie que tu sois à mes côtés, histoire que tu profites un peu de ma chance ? »

La bouche de Joey était desséchée, et pas seulement à cause de la chaleur soudaine. Pour la première fois depuis qu'il avait pris l'embranchement de la route de Coal Valley, il brûlait d'envie d'avaler un double Jack Daniel's.

« Je crois que tu as simplement besoin que j'enlève le crucifix à ta place. Ou peut-être que je l'accroche à l'envers. »

P.J. ne répondit pas.

« Je crois que tu veux désespérément finir la scène que tu as commencé à mettre en place ici, mais comme nous avons tout remis en ordre, tu as peur de rentrer dans l'église.

– Vous n'avez rien remis en ordre, dit P.J., méprisant.

– Je parie que si j'enlève le crucifix, si j'éteins les bougies, si je défais l'autel, et si je redonne à l'endroit un aspect ne présentant aucun danger pour toi, tu nous tueras tous les deux, exactement comme tu as prévu de le faire depuis longtemps.

– Hé, petit, tu ne vois donc pas à qui tu parles ? C'est ton frère qui est là. Qu'est-ce qui ne va pas ? Je suis ton frère, celui qui s'est toujours battu à tes côtés, et qui a toujours pris soin de toi, pas vrai ? Tu crois que je vais te faire du mal ? Te faire du mal, à toi ? Mais qu'est-ce que ça veut dire ? »

Celeste se releva alors pour se rapprocher de Joey, comme si elle sentait que toute démonstration de courage de sa part, même minime, contribuerait à convaincre P.J. qu'elle et Joey avaient totalement confiance dans la protection qu'assuraient les symboles dont ils s'étaient entourés. Leur assurance accentuerait peut-être son appréhension.

« Si tu n'as pas peur de l'église, pourquoi n'approches-tu pas ? demanda Joey.

– Pourquoi fait-il si chaud, là-dedans ? » P.J. s'efforçait de paraître sûr de lui, comme d'habitude, mais le doute altérait sa voix. « Qu'y a-t-il dont je puisse avoir peur ? Rien.

– Dans ces conditions, approche.

– Il n'y a rien de sacré là-dedans.

– Prouve-le. Mets tes doigts dans l'eau bénite. »

P.J. posa le regard sur le bénitier en marbre qui se trouvait sur sa droite.

« Il était à sec, tout à l'heure. C'est vous qui avez ajouté de l'eau.

– Tu en es sûr ?

– Elle n'a pas été bénite, dit P.J. Tu n'es pas un foutu curé. C'est de l'eau ordinaire, c'est tout.

– Trempe donc tes doigts dedans. »

Joey avait lu quelque part que certains psychotiques, emportés par leur conviction de posséder des pouvoirs sataniques, étaient capables de se couvrir de cloques, littéralement, quand leurs doigts touchaient de l'eau bénite ou un crucifix. Les blessures dont ils souffraient alors étaient réelles, bien qu'entièrement induites par leurs propres capacités à l'auto-suggestion, et par la profonde croyance qu'ils manifestaient à l'égard de leurs propres délires.

Comme P.J. continuait à regarder nerveusement l'eau au fond du bénitier, Joey dit : « Vas-y, touche-la, vas-y – à moins que tu n'aies peur qu'elle ne te ronge la main, et qu'elle ne te brûle comme de l'acide ? »

Hésitant, P.J. tendit le bras vers le bénitier. Ses doigts papillonnèrent nerveusement au-dessus de l'eau. Puis il retira sa main.

« Seigneur », dit Celeste à voix basse.

Ils venaient de trouver le moyen de se servir de la folie de P.J. pour se protéger de lui.

La première fois qu'il avait vécu cette même nuit, Joey était à peine plus qu'un petit garçon, tout juste sorti de l'adolescence, confronté non seulement à son grand frère, mais à un psychopathe extrêmement retors et supérieurement intelligent. À présent, il avait vingt ans d'expérience de plus que P.J., ce qui, cette fois, lui donnait l'avantage psychologique.

« Tu ne peux rien contre nous, dit Joey. Pas ici, dans ce lieu sacré. Tu ne peux rien faire de ce que tu avais prévu, P.J. Plus maintenant, plus depuis que nous avons laissé Dieu reprendre possession de ces murs. Tout ce que tu peux faire, c'est t'enfuir. Le matin finira bien par arriver, et nous allons attendre dans l'église que quelqu'un vienne nous chercher, ou qu'on trouve les corps de la famille Bimmer. »

À nouveau, P.J. voulut essayer de mettre sa main dans l'eau, mais il ne put s'y résoudre. Criant silencieusement sa peur et sa frustration, il balança un coup de pied dans le bénitier.

Le large récipient en marbre commença à tomber du pied fin qui le soutenait, et P.J. trouva suffisamment de courage dans son acte destructeur pour se décider à avancer dans la nef, le bénitier finissant bruyamment sa course par terre.

Joey saisit le .20.

Le contenu du bénitier s'étant répandu sur le sol, P.J. posa le pied dans l'eau, et un jet de vapeur sulfureuse jaillit sous ses chaussures, comme si le liquide avait été effectivement bénit, et qu'il réagît férocement de tous ses pouvoirs corrosifs à sa rencontre avec le corps d'un homme possédé par le démon.

Joey comprit alors qu'au fond de la nef, le sol devait être encore plus chaud que dans le sanctuaire, voire brûlant.

Ayant lui-même remarqué la chaleur croissante qui régnait dans l'église, P.J. aurait dû le comprendre aussi, mais, dans sa démence, il réagit sans réfléchir, cédant à une panique superstitieuse. Le jet de vapeur produit par l'eau « bénite » renforça son délire, et il se mit à hurler comme s'il s'était réellement brûlé. En fait, sa souffrance était certainement réelle, une douleur psychosomatique faisant à celui qu'elle afflige aussi mal qu'une douleur réelle. P.J. laissa échapper un cri de détresse abjecte, et glissa, tombant dans l'eau en provoquant autour de lui de nouveaux jets de vapeur. À quatre pattes, il se mit à gémir d'une voix suraiguë. Levant des mains dont les doigts fumaient, il les plaqua sur son visage, pour les ôter aussitôt, comme si les gouttes d'eau sur sa peau étaient les larmes du Christ brûlant ses lèvres et ses joues, et l'aveuglant à moitié. Il bondit, se précipita hors de la nef pour traverser le narthex en courant, et disparaître dans la nuit par le portail ouvert, faisant alterner les hurlements de rage et les chevrotements purement angoissés, ne ressemblant plus ni à un homme ni à un possédé du démon, mais à une bête sauvage en proie aux tourments les plus insupportables.

Joey n'avait pas levé complètement le Remington. P.J. ne s'était jamais approché suffisamment près pour lui permettre d'utiliser son arme.

« Mon Dieu, dit Celeste en tremblant.

– Quelle chance incroyable ! » convint Joey.

Mais ils ne parlaient pas de la même chose.

« Quelle chance ? lui demanda Celeste.

– Le sol chaud.

– Il n'est pas chaud à ce point », dit-elle.

Il fronça les sourcils. « Eh bien, il doit être beaucoup plus chaud là-bas que de ce côté-ci du bâtiment. En fait, je me demande encore combien de temps nous allons être en sécurité dans cette église.

– Ce n'était pas le sol.

– Tu as vu...

– C'était *lui*.

– Lui ? »

Celeste était mortellement pâle, aussi livide que l'un des visages de fantômes déformés que la condensation dessinait sur les vitres. Le regard rivé sur la flaque qui fumait encore à l'autre bout de l'allée centrale, elle dit : « Il n'a pas pu toucher l'eau bénite. Parce qu'il n'en était pas digne.

– Non. N'importe quoi. C'était simplement le sol brûlant en contact avec l'eau fraîche, et la vap... »

Vigoureusement, elle secoua la tête. « Corrompu. Il n'a pas pu toucher une chose sacrée.

– Celeste...

– Corrompu, méphitique, souillé. »

Craignant qu'elle ne soit au bord de l'hystérie, il dit : « Tu ne te souviens pas ? »

Celeste soutint son regard, et il lut dans ses yeux une conscience si éveillée qu'il chassa aussitôt de son esprit toute inquiétude concernant une éventuelle crise de panique ou d'hystérie. En fait, curieusement, le regard perçant de la jeune fille était intimidant. Elle n'avait rien oublié. Rien du tout. Et il sentit que la perception de Celeste était, en fait, plus claire que la sienne.

Mais, quand même, il dit : « Nous avons nous-mêmes mis l'eau dans le bénitier.

– Et alors ?

– Et pas un prêtre.

– Et alors ?

– *Nous* l'avons mise dans le bénitier, et il s'agit d'eau tout à fait ordinaire.

– J'ai vu ce qu'elle lui a fait.

– De la vapeur...

– Non, Joey, non. Non. » Elle parlait vite, enchaînant les phrases, cherchant frénétiquement à le convaincre : « J'ai pu apercevoir ses mains, une partie de son visage, et sa peau était boursouflée, et rouge, et elle pelait. Il est impossible qu'il y ait eu *autant* de vapeur, pas sur du plancher.

– Brûlures psychosomatiques, lui assura-t-il.

– Non.

– La puissance de l'esprit, l'auto-hypnose.

– Il ne reste pas beaucoup de temps, le pressa-t-elle, en regardant le crucifix, puis les chandelles, comme pour vérifier que le décor de la scène était toujours en ordre.

– Je ne crois pas qu'il revienne, dit Joey.

– Il va revenir.

– Mais quand nous sommes entrés dans son jeu, nous lui avons fait peur et...

– Non. Il n'a pas eu peur. Il n'a peur de rien. »

Même dans l'état d'urgence où elle se trouvait, elle paraissait quelque peu étourdie, sous le choc. Mais Joey fut soudain la proie d'une certitude étrange : elle n'était pas le moins du monde distraite, comme on aurait pu le croire en la regardant, au contraire. Elle fonctionnait à un niveau de conscience et avec une capacité de pénétration comme il n'en avait encore jamais rencontré. Des perceptions accrues.

Elle se signa. « ... *in nomine Patris, et Filii, et Spiritus Sancti...* » Elle provoquait chez Joey un malaise que P.J. lui-même n'avait pas suscité.

« Un psychotique à tendances homicides, dit Joey nerveusement, est habité par la rage, bien sûr, mais il est sujet à la peur autant que n'importe quelle personne saine d'esprit. De nombreux psychoti...

– Non. Il commande à la peur...

– ... de nombreux psychotiques vivent dans une terreur permanente...

– ... aux mensonges, une fureur si inhumaine...

– ... même lorsqu'ils ont des délires de pouvoir, comme lui, ils ont peur de...

– ... fureur si inhumaine qui le guide pour l'éternité. » Les yeux expressifs de Celeste étaient voilés, hantés. « Il n'abandonne jamais, il n'abandonnera jamais, rien à perdre, dans un perpétuel état de haine et de rage qui dure depuis la Chute... »

Joey jeta un coup d'œil en direction de la flaque sur laquelle P.J. avait glissé. Dans l'église, il faisait plus chaud que jamais, on suffoquait, mais plus aucune vapeur ne montait de l'eau répandue sur le sol. De toute façon, ce n'était pas de cette chute-là qu'elle parlait.

Il hésita, puis il se décida à lui poser la question : « De qui sommes-nous en train de parler, Celeste ? »

Elle parut écouter des voix qu'elle était la seule à pouvoir entendre.

« Il arrive, murmura-t-elle en frémissant de tout son corps.

– Tu n'es pas en train de parler de P.J., n'est-ce pas ?

– Il arrive.

– Quoi ? Qui ?

– Le compagnon.

– Judas ? Il n'y a pas de Judas, c'est une pure invention.

– Au-delà de Judas.

– Celeste, un peu de sérieux, le diable lui-même n'a pas *réellement* pris possession de P.J. »

Qu'il insiste ainsi pour la raisonner l'inquiétait autant que son accès soudain de mysticisme farouche lui faisait peur, et elle l'agrippa par le revers du col de sa veste en jeans.

« Tu n'as presque plus le temps, Joey. Il ne te reste plus beaucoup de temps pour croire.

– Je crois...

– Tu ne crois pas en ce qu'il importe de croire. »

Elle le lâcha, bondit par-dessus la balustrade de la table de communion jusque dans le chœur, atterrissant prestement sur ses pieds.

« Celeste ! »

Fonçant vers le portillon du sanctuaire, elle lui cria : « Viens toucher le sol, Joey, touche l'endroit où l'eau est tombée, et décide s'il y fait assez chaud pour déclencher des jets de vapeur, dépêche-toi ! »

Ayant peur pour elle, et aussi peur pour lui, Joey l'imita, et sauta à son tour par-dessus la balustrade. « Attends-moi ! »

Elle ouvrit le portillon à toute volée.

Couvrant le bruit incessant de la pluie qui martelait le toit, une autre rumeur s'éleva. Un rugissement croissant, qui ne venait pas du sous-sol, mais de l'extérieur.

Elle se hâta en direction de l'allée centrale.

Joey regarda les fenêtres qui se trouvaient sur la gauche. Puis celles de droite. De chaque côté, les ténèbres.

« Celeste ! hurla-t-il en poussant le battant du portillon. Montre-moi tes mains ! »

Elle avait parcouru la moitié de l'allée. Elle se tourna vers lui, le visage luisant de sueur. Comme une céramique vernie, brillant à la lueur des bougies. Le visage d'une sainte. D'une martyre.

Le rugissement s'amplifia. Un moteur en pleine accélération.

« Tes mains ! » hurla désespérément Joey.

Elle tourna ses paumes vers lui.

Dans sa chair délicate, deux plaies hideuses. Des trous noirs qui saignaient abondamment.

Venue de l'ouest, fracassant les fenêtres, réduisant en miettes le revêtement extérieur en planches, les piliers et le bois des vieux panneaux, ainsi que les stations du Calvaire, la Mustang surgit dans l'église, phares éteints mais moteur hurlant, l'avertisseur à fond, les pneus éclatant comme des baudruches sur les éclats de bois qui les perforaient, fonçant de toute son énorme puissance, labourant les rangées de bancs, invincible. Les bancs s'arrachèrent de leurs fixations, se renversèrent, se percutèrent les uns les autres – les bancs et les prie-Dieu jaillissant en l'air pour s'entasser tous ensemble en un raz de marée de bois, selon une géométrie de pénitence – et la Mustang chargea, le moteur emballé, claironnant son entrée.

Dans l'allée centrale, Joey se jeta par terre et abrita sa tête dans ses bras croisés, certain qu'il allait mourir dans le cataclysme qui ravageait les bancs. Il était encore plus sûr que Celeste allait mourir aussi, écrasée maintenant, ou, plus tard, clouée au mur ou au plancher par P.J. Joey l'avait trompée, il s'était trompé lui-même. Après le cyclone de verre brisé, l'averse de plâtre et l'avalanche de bois, il y aurait immanquablement un déluge de sang. Par-dessus le rugissement de la Mustang, par-dessus le klaxon des harpies, par-dessus le glas des carreaux cassés, par-dessus les craquements sinistres des poutres du plafond qui ployaient, il distingua un son spécial, qui se détachait des autres, incroyablement distinct ; et il sut immédiatement ce que c'était : un bruit métallique de bronze qui tombe, et le choc sourd du crucifix se détachant du mur au fond du sanctuaire.

XVII

Le vent froid était dans l'église à présent, reniflant et soufflant dans les ruines comme une meute de chiens.

Allongé sur le ventre, Joey gisait sous une pile chaotique de bancs et de poutres, et, bien qu'il n'ait ressenti aucune douleur, il avait peur que ses jambes ne soient broyées. Lorsqu'il osa enfin bouger, pourtant, il découvrit qu'il ne s'était ni blessé ni empalé nulle part.

Les débris formaient un véritable labyrinthe. Joey fut obligé de ramper, de se tortiller et de se faufiler à travers l'amoncellement, tel un furet mangeur de rats parti en exploration dans les profondeurs d'une ancienne scierie.

Bardeaux, solives et madriers continuaient à choir des murs et du plafond, s'ajoutant bruyamment à l'épave centrale. Le vent jouait des étroits espaces subsistant dans la construction en ruine comme de flûtes surnaturelles produisant une musique monocorde. Mais le moteur de la voiture s'était tu.

Après s'être extrait d'un interstice particulièrement réduit entre des planches de chêne polies par les fidèles en prière, Joey parvint enfin à la roue avant de la Mustang. Le pneu était à plat, et l'aile s'était enroulée autour de lui comme une feuille de papier.

Sous le châssis, de l'antigel verdâtre s'égouttait tranquillement, évoquant le sang d'un dragon mort. Le radiateur avait explosé.

Il poussa plus loin, le long du flanc de la voiture. Juste après la portière du conducteur, il atteignit un endroit où il put se tenir debout entre le véhicule et les ruines environnantes.

Il avait espéré trouver son frère mort au volant de la Mustang, l'axe du volant planté dans le thorax sous l'impact du choc, ou affalé sur les restes du pare-brise. Mais la portière du conducteur était ouverte, juste assez pour permettre de passer, et P.J. n'était plus là.

« Celeste ! » hurla Joey.

Pas de réponses.

P.J. devait être en train de la chercher.

« Celeste ! »

Il sentit une odeur d'essence. Le réservoir avait explosé.

Tout autour, les bancs, les lattes du plancher, les panneaux de bois et autres chevrons s'étaient soulevés plus haut que la voiture. Il ne voyait pas grand-chose du reste de l'église.

Joey se hissa sur le toit de la Mustang. Tournant le dos au mur défoncé et aux rafales de pluie qui se succédaient dans la nuit, il se redressa.

Saint-Thomas était pleine de lumière étrange et d'ombres grouillantes. Certaines ampoules étaient encore allumées, mais d'autres ne fonctionnaient plus. Vers le fond de l'église, des cascades d'étincelles blanches, dorées, bleues jaillissaient de ce qui restait d'une applique arrachée.

Dans le sanctuaire, les bougies s'étaient renversées lorsque le bâtiment avait été secoué sous l'impact de la voiture défonçant le mur. Les draps posés sur la plate-forme étaient en flammes.

Des va-et-vient d'ombres ondulantes tissaient un réseau confus, mais l'une d'entre elles se déplaçait selon une trajectoire linéaire qui capta aussitôt l'attention de Joey. Sortant du déambulatoire pour s'approcher de la table de communion, P.J. était là, avec Celeste dans ses bras. Inconsciente, elle reposait contre lui, la tête renversée en arrière, son cou tendre offert, ses cheveux noirs traînant presque par terre.

Seigneur, non !

Un instant, Joey fut incapable de respirer.

Puis il hoqueta.

Du toit de la Mustang, il plongea sur le capot avant, complètement enfoncé, et passa de la voiture au fouillis de bancs, de poutres et de planches. Les ruines s'agitèrent sous ses pieds, menaçant de s'ouvrir et de l'engloutir dans la panse vorace pleine d'éclats de planches et de clous tordus, mais il continua sa progression, titubant et vacillant tant bien que mal, les bras tendus comme ceux d'un bûcheron tentant de garder l'équilibre sur une bille de bois flottant sur l'eau d'une rivière.

Arrivé devant les trois marches de la plate-forme, P.J. entreprit de les gravir.

Le mur du fond du sanctuaire, sans crucifix, ondulait sous les ombres des flammes.

Joey sauta du haut des décombres dans un espace dégagé devant la rampe du sanctuaire.

Sur la plate-forme, P.J. lâcha Celeste, qui tomba sur les draps en feu, comme s'il ne s'agissait pas d'un être humain – un être spécial et indispensable – mais d'un vulgaire déchet.

« Non ! » hurla Joey, bondissant par-dessus la rampe, se ruant le long de la courbe décrite par le déambulatoire qui contournait le chœur et débouchait sur le grand autel.

L'imperméable de Celeste s'embrasa. Joey vit les flammes affamées se jeter sur ce nouveau carburant.

Les cheveux de Celeste. *Ses cheveux !*

Mordue par les flammes, elle reprit conscience et se mit à hurler.

Quittant le déambulatoire pour s'élancer sur l'allée de la table de communion, Joey vit que P.J., debout au-dessus de Celeste sur les draps en feu, oublieux des flammes tout autour de ses pieds, voûté comme un monstre bossu, levait le marteau au-dessus de sa tête et se préparait à l'abattre.

Le cœur battant aussi fort que le poing de la Mort frappant à la porte, Joey fonça vers les marches de la plate-forme.

Le marteau amorça sa descente.

Le cri de terreur de Celeste. À vous briser le cœur. Interrompu par le bruit du marteau écrasant son crâne.

Un gémissement désespéré s'échappa de Joey tandis qu'il atteignait la première marche.

P.J. pivota sur lui-même. « Frérot. » Il souriait sauvagement. Le reflet des flammes dansait dans ses yeux. Son visage couvert de cloques. Il leva triomphalement le marteau ensanglanté.

« Et maintenant, nous allons la clouer au sol. »
Nooooon !

Quelque chose voleta à travers le champ de vision de Joey. Non. Pas à travers. Ce qui venait de voleter ne se trouvait pas dans l'église, et n'avait rien de réel. C'était derrière ses yeux qu'avait voleté quelque chose. Quelque chose comme l'ombre furtive d'une paire d'ailes sur le frémissement d'une onde étincelant au soleil.

Tout avait changé.

L'incendie avait disparu.

P.J. aussi.

Le crucifix était retourné sur son clou au fond du sanctuaire. Les six bougies étaient droites, la fausse nappe d'autel, intacte.

Celeste l'attrapa par l'épaule, le fit pivoter et l'attrapa par les revers de sa veste en jeans.

Surpris, il en resta bouche-bée.

« Il ne reste plus beaucoup de temps, Joey, dit-elle. Plus beaucoup de temps pour croire.

– Je crois... s'entendit-il lui répondre.

– Pas en ce qui compte », l'interrompit-elle.

Elle le lâcha et bondit par-dessus la balustrade, atterrissant dans le chœur, solidement campée sur ses deux pieds.

Il n'y avait pas encore de brèche béante dans le mur. La Mustang n'avait pas encore fait irruption dans l'église.

Répétition.

Encore une fois, Joey venait d'être ramené en arrière dans le temps. Pas vingt ans en arrière, comme précédemment. Une minute seulement. Deux, au maximum.

Une chance de sauver la vie de Celeste.

Il arrive.

« Celeste ! »

Courant vers le portillon du sanctuaire, elle cria : « Viens toucher le sol, Joey, touche l'endroit où l'eau est tombée, et décide s'il y fait assez chaud pour déclencher des jets de vapeur, dépêche-toi ! »

Joey posa une main sur la balustrade, prêt à bondir à sa poursuite.

Non. Cette fois, fais-le bien. La dernière chance. Ne te trompe pas.

Celeste se précipita par le portillon ouvert.

Couvrant le vacarme incessant de la pluie sur le toit, un autre bruit s'éleva. Un rugissement croissant. La Mustang.

Il arrive.

Avec la certitude terrifiante qu'il était en train de gaspiller de précieuses secondes et que cette répétition se déroulait plus vite que l'événement originel, Joey saisit le .20 posé sur le plancher.

Celeste s'élança dans l'allée.

Frénétique, il se mit à crier : « Écarte-toi ! La voiture ! », tout en sautant par-dessus la balustrade, le fusil à la main.

Comme la fois précédente, elle avait parcouru la moitié de l'allée. Comme précédemment, elle se retourna. Son visage était luisant de sueur. Comme une céramique vernie, brillant à la lueur des bougies. Le visage d'une sainte. D'une martyre.

Le rugissement de la Mustang s'amplifia.

Intriguée, elle fit mine de se tourner vers la fenêtre, les mains levées.

Dans la chair délicate de ses paumes, deux plaies hideuses. Des trous noirs suintait un sang épais.

« Cours ! » lui hurla-t-il, mais elle se figea sur place.

Cette fois, il n'eut même pas le temps d'atteindre la rampe du sanctuaire avant que la Mustang fasse voler en éclats le mur de l'église. Une lame de fond de verre, de bois, de plâtre et de bancs brisés se dressa devant le cheval cabré de la calandre, s'écartant sous la poussée des ailes, jusqu'à ce que la voiture soit recouverte par les débris.

Un morceau de bois, tournoyant en l'air telle une arme d'art martial, frappa Celeste, la projetant sur le sol à l'autre bout de l'allée ce que Joey n'avait pas pu voir de l'endroit où il se trouvait précédemment, lors de la première arrivée fracassante de la Mustang.

Avec un double *bang !* de pneus éclatés, la voiture s'immobilisa sous les ruines, et, malgré le raffut provoqué par la chute des derniers bancs, Joey perçut distinctement le *clank* très net du crucifix en bronze tombant de son clou au fond du sanctuaire.

Au lieu d'être étendu sous les décombres de la nef, comme auparavant, il se trouvait encore dans le sanctuaire, recouvert seulement par le nuage de poussière blanche que le vent souleva en s'engouffrant dans les ruines de l'église. Et, cette fois-ci, il était armé.

Armant le Remington, il ouvrit d'un coup de pied le portillon.

La destruction de cette partie du bâtiment n'était pas tout à fait achevée, et des débris divers continuaient à tomber du toit, qui s'était affaissé après que les poutres le soutenant eurent été fauchées. Joey estima que le bruit résiduel était plus fort que lorsqu'il était coincé sous les décombres, mais, à ce moment-là, il était à moitié étourdi par le choc.

Autant qu'il pouvait en juger, les débris avaient repris précisément la même disposition que précédemment. Il était encore impossible d'accéder facilement à la Mustang, qu'il ne distinguait qu'en partie à travers l'amoncellement de matériaux divers qui la recouvrait.

Cette fois, il n'était pas question de se tromper. Aucune erreur n'était permise. Il fallait en finir avec P.J.

Le fusil à la main, Joey escalada les bancs précairement empilés les uns sur les autres. Ses pieds faisaient craquer le tas instable qui protestait, menaçant de s'effondrer. Soucieux d'éviter les clous qui dépassaient et les éclats de verre pointus comme des poignards, il progressa néanmoins rapidement, passant d'un banc retourné à des cadres de fenêtres démantibulés, des planches éclatées et des morceaux de cloisons, atteignant la Mustang beaucoup plus vite que lorsqu'il lui avait fallu se dégager de l'amas sous lequel il était coincé.

Tout en sautant d'un banc sur le capot de la Mustang, il tira dans l'habitacle du véhicule, où il faisait noir comme dans un four. En équilibre instable, il faillit être renversé par le recul de l'arme, mais il parvint à rester debout, arma à nouveau le Remington, tira une deuxième, puis une troisième fois, empli d'une jubilation sauvage, et fermement convaincu que P.J. ne survivrait pas à la fusillade.

Les trois coups de feu claquèrent comme le tonnerre, et en même temps que l'écho du dernier, il perçut derrière lui un mouvement qui ne lui parut pas faire partie du contexte, et qui semblait plus prémédité. Il était impossible, cette fois, que P.J. ait pu sortir de la voiture avant l'arrivée de Joey. Impossible qu'il ait pu à la fois sortir et faire le tour par-derrière. Joey se mit à courir, regardant alternativement par-dessus son épaule et droit devant lui – et il eut soudain l'impossible dans son champ de vision. P.J. était là, il avançait vers lui, descendant de la précaire pile de bois avec une agilité confondante, et il tenait à bout de bras une planche épaisse, qu'il faisait tournoyer au-dessus de sa tête.

Le plat du lourd morceau de bois frappa violemment Joey à la tempe droite. Il s'écroula sur le capot de la voiture, lâchant le fusil, et roula instinctivement sur le côté pour s'éloigner de son adversaire, les genoux relevés et la tête baissée, en position fœtale. Le deuxième coup lui fracassa les côtes du flanc gauche, lui coupant la respiration. Cherchant son souffle, et ne le trouvant pas, il roula plus loin. Le troisième coup le toucha dans le dos, et une douleur scintillante cascada le long de sa colonne vertébrale. Il roula à travers le pare-brise éclaté, passa par-dessus le tableau de bord jusque sur le siège avant de la Mustang obscure, avant de choir dans des ténèbres bien plus profondes, et bien plus noires.

En revenant à lui, sortant du confinement d'un espace intérieur où s'agitaient lentement des insectes nocturnes inconnus, il était convaincu que son inconscience avait duré quelques secondes seulement, en tout cas, moins d'une minute. Il avait encore beaucoup de difficulté à respirer. Une douleur aiguë enserrait sa cage thoracique. Dans sa bouche, le goût de son propre sang.

Celeste.

Malgré les éclats de verre poisseux mêlés de plombs, Joey se hissa derrière le volant. Il ouvrit la portière autant que le lui permettaient les décombres cernant la voiture, ce qui lui suffit à rejoindre l'air libre et le vent d'octobre soufflant dans l'église.

Près du narthex et du bénitier renversé, l'une des appliques du plafond crachait une cascade d'étincelles. Le premier coup de planche l'ayant atteint à la tempe droite, il ne voyait plus grand-chose de l'œil droit, et des formes floues pulsaient et ondoyaient parmi le clignotement de lueurs fantomatiques.

Il respira soudain une odeur d'essence.

Il se traîna, se hissa sur le toit de la Mustang. Trop sonné pour se remettre debout, il resta à quatre pattes, et inspecta l'église.

De son œil gauche, il vit P.J. qui gravissait les marches de la plate-forme avec Celeste, évanouie, dans ses bras.

Les bougies s'étaient renversées, les draps étaient en feu.

Joey entendit quelqu'un qui jurait, puis il comprit qu'il était en train d'écouter le son de sa propre voix. Il s'insultait lui-même.

Laissant cruellement tomber Celeste sur la plate-forme en flammes, P.J. saisit le marteau.

Un sanglot remplaça les insultes que Joey s'entendait prononcer, et une douleur dévastatrice explosa dans son flanc gauche, sous ses côtes brisées.

Le marteau. Levé haut.

De la plate-forme, P.J. fouilla du regard le reste de l'église, avant de s'arrêter à la Mustang et à Joey, et ses yeux brillaient d'une lueur démente.

Le marteau s'abattit.

Un battement. Derrière les yeux de Joey. Comme l'ombre furtive d'une paire d'ailes sur le frémissement d'une onde étincelant au soleil. Comme le vol d'un ange entrevu du coin de l'œil.

Tout avait changé.

Ses côtes n'étaient plus cassées.

Sa vision s'était éclaircie.

Il n'avait pas encore été roué de coups par son frère.

Retour. Répétition.

Oh, Seigneur !

Une autre répétition.

Une chance de plus.

Ce serait sûrement la dernière.

Et il n'avait pas été renvoyé dans le temps aussi loin en arrière que la fois précédente. Son champ d'action était plus étroit que jamais, lui accordant moins de temps pour réfléchir ; ses chances de modifier leur sort étaient minimes, parce qu'il n'avait plus la moindre marge d'erreur. La Mustang avait *déjà* surgi dans l'église, la plate-forme autel était en train de brûler, et Joey franchissait le tas de décombres, sautait sur le capot de la voiture, et pressait la détente du Remington.

Il n'eut que le temps d'éviter de reproduire l'erreur commise un peu plus tôt et fit volte-face, tirant cette fois sur les bancs enchevêtrés qui se trouvaient derrière lui, d'où P.J. l'avait attaqué à coups de planche. Le coup partit, retentissant. Mais P.J. n'était pas là.

Déconcerté, Joey se tourna vers la voiture et tira dans le pare-brise, comme il l'avait déjà fait, mais aucun hurlement ne lui parvint, et il pivota sur lui-même pour assurer ses arrières. P.J. n'était toujours pas en train de foncer sur lui, la planche à la main.

Seigneur ! Tu fais tout foirer, tu fais tout foirer, tu te plantes encore une fois. Réfléchis ! Mais réfléchis donc !

Celeste. C'était tout ce qui comptait.

Oublie P.J. Trouve Celeste avant qu'il ne s'en charge.

Emportant le fusil avec lui, bien qu'il le gênât dans ses mouvements, Joey gravit le tas de bancs et de prie-Dieu, en direction de l'arrière de la nef, puis il redescendit dans l'allée centrale, où il avait vu tomber Celeste, quand elle s'était fait assommer par le morceau de poutre tombé du plafond. Elle n'était pas là.

« Celeste ! »

Dans le sanctuaire, une silhouette voûtée traînait la jambe le long du déambulatoire, éclairée par les reflets mouvants de la plate-forme en flammes. C'était P.J. qui emportait Celeste.

L'allée centrale était bloquée. Joey courut entre deux rangées de bancs vers l'allée longeant le côté de l'église encore intact, puis il se rua en direction du sanctuaire, passant sous les fenêtres dont la pluie fouettait les carreaux intacts.

Au lieu de se diriger vers l'autel, comme la fois précédente, P.J. disparut avec Celeste dans la sacristie.

Joey sauta par-dessus la rampe du sanctuaire, comme incapable de résister au sacrement qu'on lui proposait, et longea le mur attenant à la sacristie, vif, mais prudent.

Arrivé à la porte, il hésita, craignant de recevoir un grand coup de planche sur la tête, ou une balle, puis se résolut à faire ce qu'il fallait – son devoir – et s'avança.

La porte de la sacristie était fermée à clé.

Levant le fusil, il recula d'un pas. Un coup de feu suffit à faire exploser la serrure, et le battant s'ouvrit.

La sacristie était déserte, exception faite du corps de Beverly Korshak, qui gisait dans un coin, forme incolore dans son linceul en plastique.

Joey alla à la porte donnant sur l'extérieur. Elle était toujours fermée par un verrou intérieur, telle qu'il l'avait laissée.

La porte du sous-sol. Il actionna la poignée.

Dans la lumière lunaire au-dessous de lui, une ombre ondulante s'esquiva discrètement et disparut de sa vue derrière l'angle d'un mur.

Les marches étaient en bois brut, et, malgré tous ses efforts pour les descendre sans bruit, ses bottes se posaient sur chaque degré en produisant un choc sourd, qui résonnait comme le compte à rebours précédant le Jugement dernier.

Des courants de chaleur montaient vers lui en vagues torrides, telle une marée brûlante, et, lorsqu'il atteignit le sous-sol, il eut l'impression d'arriver dans le brasier originel. L'air était imprégné des odeurs mêlées du bois surchauffé des poutres sur le point de se carboniser, de la pierre ardente des fondations du sol en béton – auxquelles s'ajoutait les relents sulfureux des galeries en flammes.

Quittant l'escalier en bois, Joey n'aurait pas été surpris si la semelle de ses bottes avait fondu au contact du sol en béton. Il ruisselait de sueur, et ses cheveux étaient plaqués sur son visage, trempés.

Le sous-sol paraissait divisé en plusieurs pièces, séparées les unes des autres par des arches si épaisses que la visibilité était nulle. La première pièce était éclairée par une unique ampoule, recouverte de poussière et encastrée au plafond entre deux poutres, ce qui limitait sévèrement la portée de la lumière.

Une grosse araignée noire, qui semblait être devenue folle à cause de la chaleur et des vapeurs de soufre, tournait sur les fils cristallins de son énorme toile, qu'elle avait tissée juste au-dessous de l'ampoule. Son ombre agrandie sur le sol suivait en sautillant un trajet en forme de spirale, et Joey, lorsqu'il marcha dessus, l'estomac retourné, en passant sous l'arche pour se rendre dans la salle suivante, éprouva une très forte envie de vomir.

Au-dessus du niveau du sol, le bâtiment offrait l'apparence d'une église de campagne toute simple, mais les formidables fondations semblaient encore plus anciennes que l'Etat de Pennsylvanie lui-même, dotées d'une puissance gothique qui le troubla. Joey eut l'impression d'être descendu non seulement dans le sous-sol de l'église Saint-Thomas, mais dans des catacombes hantées des profondeurs de Rome – distantes d'un océan, d'un continent, d'un millénaire de Coal Valley.

Il s'arrêta, le temps de recharger le Remington à l'aide des cartouches prises dans les poches de sa veste.

Tandis que Joey entrait dans la seconde salle, l'ombre mouvante apparut soudain un peu plus loin devant lui, luisante, comme si elle était faite de mercure noir. Semblant se matérialiser hors de la lumière d'un jaune bilieux, elle disparut derrière l'arche de la crypte suivante.

Parce que la forme glissante était celle de P.J. emportant avec lui l'ombre précieuse de Celeste, Joey ravala sa peur et les suivit sous une troisième voûte, puis une quatrième. Bien qu'aucune des salles, basses de plafond, n'ait été immense, la partie souterraine de l'église commençait à paraître très vaste, incommensurablement plus étendue que l'humble royaume au-dessus du sol. Pourtant, même si l'architecture du sous-sol se révélait d'une taille surnaturellement grande, il finirait par arriver dans une ultime salle, où le frère serait face à son frère, et où justice serait enfin rendue.

Le sous-sol ne disposait d'aucune fenêtre.

Aucune porte.

La confrontation était inévitable.

Le plus tôt étant le mieux, se tenant prêt à user de son arme, Joey franchit prudemment une dernière arche, dont la clé de voûte sculptée était ornée de volutes, et entra dans une sorte de cale, sinistre, mesurant approximativement douze mètres d'un côté à l'autre, et quatre, de l'arche d'entrée au mur du fond. Il se dit qu'il devait se trouver sous le narthex. Ici, le sol n'était plus en béton, mais en pierre, comme les murs, une pierre noire qui devait sa couleur à sa composition géologique, ou à son grand âge.

Celeste gisait au milieu de la pièce, éclairée parcimonieusement par l'unique ampoule du plafonnier, d'où pendaient des fils de poussière et de toiles d'araignées qui dessinaient délicatement sur son visage blême un semblant de dentelle. Son imperméable était étalé autour d'elle comme une cape, et sa chevelure soyeuse s'éparpillait sur la pierre, noir contre noir. Elle était inconsciente, mais, à en juger par les apparences, elle ne souffrait d'aucune blessure.

P.J. avait disparu.

Du fond de son logement, entre deux poutres massives, l'unique source lumineuse n'atteignait pas les coins les plus reculés de la salle, mais l'obscurité n'était pas assez dense pour dissimuler une éventuelle porte. À part l'arche d'entrée, les murs en pierre ne comportaient aucune ouverture.

La chaleur était si intense que Joey avait l'impression que ses vêtements – et peut-être même son corps – allaient spontanément s'embraser, et il se demanda, inquiet, si son esprit surchauffé n'était pas en train de lui mijoter quelques hallucinations. Personne, pas même le compagnon de Judas qui lui avait hypothéqué son âme, n'aurait pu passer à travers de tels murs.

Il se demanda si, en fait, ceux-ci étaient aussi pleins qu'ils en avaient l'air, et si une exploration un peu plus soigneuse ne révélerait pas l'existence d'un panneau intelligemment conçu de façon à s'ouvrir dans une continuation du sous-sol. Mais même à demi rôti dans ce four minéral, l'esprit confus, commençant à se sentir désorienté, il n'arrivait pas à admettre qu'il puisse exister des passages secrets, des souterrains et des geôles sous la vieille église délabrée. Qui aurait pu les construire – les légions de moines fous de quelque ordre diabolique et clandestin ?

Absurde.

Pourtant, P.J. avait bel et bien disparu.

Le cœur cognant dans sa poitrine tel le marteau d'un forgeron, les tympans résonnant de son écho d'enclume, Joey s'approcha de Celeste. Elle semblait paisiblement endormie.

Pivotant sur lui-même, il se baissa promptement et braqua son arme, le doigt sur la détente, certain que P.J. s'était subitement matérialisé derrière lui.

Rien.

Il fallait qu'il réveille Celeste, s'il le pouvait, et qu'il la fasse rapidement sortir d'ici – ou qu'il l'emporte dans ses bras, ainsi qu'elle avait été apportée. Mais s'il lui fallait la porter, il serait forcé d'abandonner son Remington, ce qui lui déplaisait fortement.

Baissant les yeux sur elle, et sur l'ombre tremblante que les toiles d'araignées poussiéreuses projetaient en filigrane sur son visage, tel un voile, Joey se remémora l'araignée folle, dans la première salle au pied de l'escalier, qui tournait vainement en rond sur sa toile.

Soudain sous le choc d'une pensée atroce, il inspira une bouffée d'air brûlant entre ses mâchoires crispées, produisant un bref sifflement d'inquiétude.

Il recula d'un pas, et sortit du cône de lumière que projetait l'ampoule du plafonnier. Il leva les yeux vers l'espace obscur entre les deux poutres au-dessus de lui, large de quatre-vingt-dix centimètres, et profond de trente.

P.J. était *là-haut*, une ombre malfaisante parmi les autres, qui n'était pas simplement soudée sur place en attendant de fondre sur sa proie, mais qui fonçait droit sur Joey, se déplaçant avec toute l'horrible grâce d'une araignée, diaboliquement agile et absurdement silencieuse, la tête en bas, accrochée au plafond par d'indicibles moyens, ricochant lestement d'avant en arrière entre les poutres, défiant la gravité, défiant la raison, les yeux brillants comme des braises, montrant les dents – et il n'était plus possible de douter qu'il soit autre chose qu'un simple être humain.

Joey commença à lever le Remington, qui lui parut peser une tonne. Trop tard, bien trop lentement, et il sentit le désespoir de la défaite l'envahir, alors même qu'il réagissait, ressentant la froideur et l'emprise paralysante des cauchemars tout en étant parfaitement éveillé.

Telle une chauve-souris, P.J. surgit d'entre les deux poutres grossièrement équarries, s'abattit sur Joey et le plaqua au sol. Le fusil rebondit un peu plus loin, hors de portée.

Enfants, ils s'étaient quelquefois battus, ils avaient chahuté, mais jamais ils n'avaient lutté l'un contre l'autre pour un motif sérieux. Ils avaient toujours été trop proches pour ça – les frères Shannon contre le reste du monde. Mais vingt ans de rage refoulée flambèrent soudain à l'intérieur de Joey, libérant une force atomique, le purgeant instantanément de tout ce qui subsistait encore de l'affection et de la compassion ressenties pour P.J. par le passé, ne laissant plus que des remords, des regrets et du ressentiment. Il était résolu à ne plus être une victime. Il voulait *passionnément* que justice soit faite. Il se battit de toutes ses forces, frappant, griffant, donnant des coups de pied, défendant sa propre vie et celle de Celeste, laissant libre cours à une ire biblique dans sa puissance, une furie légitime et effrayante qui libéra le vengeur sauvage tapi au fond de lui.

Mais même ainsi motivé par la rage et le désespoir, Joey ne pouvait se comparer à son frère et à ce qu'il était devenu. Les poings durs comme du roc de P.J. déclenchèrent une avalanche de coups, et aucune garde ni aucune esquive ne semblaient capables de dévier la puissance de ses attaques. La *furie* de P.J. était inhumaine, sa force, surhumaine. Tandis que la résistance de Joey s'effondrait, P.J. l'attrapa, le souleva, puis le plaqua sur le sol, cherchant à fracasser son crâne contre la pierre.

P.J. se releva, dominant Joey de toute sa stature, et il lui jeta un regard brûlant de mépris. *« Putain d'enfant de chœur ! »* La voix rageuse et méprisante appartenait bien à P.J., mais elle avait *changé*, à présent plus rauque que jamais, féroce et sonore, comme enragée, comme issue d'un abîme minéral, d'une tour en acier ou d'une geôle dont on ne s'échappe pas. Elle vibrait d'une haine glacée, et chaque mot résonnait comme une pierre tombant dans l'impossible fond de l'éternité. *« Putain d'enfant de chœur ! »* Avec ces mots dits pour la seconde fois, vint le premier coup de pied, donné avec une force incroyablement vicieuse, qui aboutit dans le flanc droit de Joey, fêlant ses côtes comme s'il avait porté des Doc Martin's. *« Petit salopard qui baise son chapelet ! »* Un autre coup de pied, puis un autre, et Joey qui essayait de se rouler en boule pour se protéger, tel un hérisson à l'abri sous son armure. Mais chacun des coups furieusement portés trouvait un point vulnérable – côtes, reins, coccyx – et semblait être administré, non par un homme, mais par un marteau-piqueur, ou un bourreau parfaitement robotisé.

Puis les coups cessèrent.

Serrant d'une main la gorge de Joey, et, de l'autre, agrippant la ceinture de son jeans, P.J. le décolla du sol à la façon dont un haltérophile se débarrasse d'un gigolo fraîchement inscrit à la salle de musculation. Il le souleva au-dessus de sa tête, se tourna de l'autre côté, et le jeta.

Joey rebondit contre le mur près de l'arche, et s'écrasa sur le sol, tel un pantin désarticulé. La bouche pleine de dents arrachées. Crachant du sang. Les poumons douloureusement comprimés, voire perforés par une côte fracturée. Inspirant avec un sifflement digne d'un phtisique, expirant dans un ronflement glaireux. Son cœur battait arythmiquement. En équilibre précaire sur le fil de la conscience au-dessus de ténèbres infinies, il cligna des yeux, et, malgré ses larmes brûlantes, il vit que P.J. se détournait de lui, pour s'approcher de Celeste.

Il vit aussi le Remington. À portée de main.

Il n'arrivait pas à contrôler ses membres. Résolu, il s'efforça de tendre le bras vers l'arme, mais ses muscles n'obéissaient plus. Son bras se contenta de se raidir, et sa main droite retomba sur le sol, inerte.

Un grondement menaçant s'éleva au-dessous de lui. Des vibrations parcoururent la pierre brûlante.

P.J. s'accroupit à côté de Celeste, tournant le dos à Joey, qu'il tenait pour mort.

Le Remington.

Si proche. Cruellement proche.

Joey concentra toute sa volonté sur le fusil, rassemblant tout ce qu'il lui restait de force dans le but de s'en saisir, mit toute sa foi dans le pouvoir de cette arme, et s'intima l'ordre d'ignorer l'atroce douleur qui l'assaillait, et de surmonter le choc paralysant de la brutale raclée qu'il venait de subir. *Vas-y, vas-y, espèce de putain d'enfant de chœur, vas-y, fais-le, fais-le, fais ce que tu dois faire pour une fois dans ta putain de vie!*

Son bras réagit, et se mit à trembler. Il serra le poing, puis il ouvrit les doigts et tendit la main. Ses doigts mal assurés touchèrent la crosse en noyer du Remington.

Penché au-dessus de Celeste, P.J. mit la main dans la poche de son blouson de ski et en retira un couteau. Il pressa un bouton, et du manche jaillit une lame de quinze centimètres, aiguisée comme un rasoir, que la lumière jaune vint amoureusement caresser.

Le contact lisse du noyer. L'acier chaud et lisse. Joey referma les doigts. Ils tremblaient faiblement. Pas bon du tout. Il fallait que sa main soit ferme. Qu'elle puisse serrer fermement. Serrer plus fort. Tenter de soulever. Doucement, sans bruit.

P.J. était en train de parler – pas à Joey, pas à Celeste, ni à lui-même ni à quelqu'un dont il aurait imaginé la présence à ses côtés. Sa voix était basse et gutturale, toujours aussi inquiétante et bizarre, et il semblait à présent parler une langue étrangère. Ou un quelconque baragouin. Grossier, rythmique, plein de rudes accentuations et de sons rauques et bestiaux.

Le grondement s'intensifia.

Bien. Une bénédiction, ce grondement – effrayant, certes, mais bienvenu. Ensemble, la perturbation souterraine et les étranges grommellements de P.J. couvriraient tous les bruits que Joey risquait de faire.

Il avait une chance, et il fallait qu'il exécute son plan – son plan faible et pathétique – sans accrocs, et vite, avec assurance, avant que P.J. s'aperçoive de ce qui se passait.

Il hésita. Pas question d'agir précipitamment, avant d'être certain qu'il avait bien rassemblé toutes ses maigres ressources. *Attends. Attends. Sois sûr de toi.* Attendre éternellement ? Les conséquences finales de ce qu'on n'a pas fait sont parfois plus graves que les conséquences de ce qu'on a fait. *Maintenant ou jamais. Marche, ou crève. Marche* et *crève, mais au moins, pour l'amour de Dieu,* fais *quelque chose !*

En un geste fluide, serrant ses dents cassés en prévision de l'explosion de douleur qui allait suivre – qui suivit –, Joey roula sur le côté et passa en position assise, saisissant le fusil au passage, et se cala le dos au mur.

Malgré le son de sa voix et le grondement persistant dans la terre au-dessous de l'église, P.J. l'entendit et réagit aussitôt, se redressant et se retournant simultanément.

Joey tenait le Remington à deux mains. La crosse était appuyée contre son épaule.

La lueur maléfique qui avait fait étinceler la lame du couteau à cran d'arrêt se reflétait aussi dans les yeux de P.J.

À bout portant. Joey pressa la détente.

Le *boom* parut assez fort pour fissurer les pierres des murs autour d'eux, et l'écho du coup de feu rebondit d'une paroi à l'autre et du sol au plafond, semblant s'amplifier plutôt que diminuer.

Le recul du Remington déclencha des éclairs de douleur dans tout le corps de Joey, et le fusil lui tomba des mains à grand fracas.

Le coup puissant atteignit P.J. au ventre et dans la poitrine, le soulevant du sol et le projetant en arrière. Il réussit à se mettre à genoux, face à Joey, les bras croisés sur son torse, penché en avant, s'étreignant comme pour retenir ses intestins criblés de plomb.

Si Joey avait pu bouger les bras, il aurait ramassé le fusil et tiré à nouveau. Il aurait vidé le magasin du Remington. Mais ses muscles ne pouvaient même plus frémir. Ses mains ne tremblaient même plus convulsivement. Il se dit que son corps était paralysé à partir du cou.

Au-dessous de l'église, le grondement s'amplifia.

De fines émanations de vapeur sulfureuse s'infiltrèrent par les fissures du ciment entre les pierres du sol.

Lentement, P.J. releva la tête, révélant un visage hideusement déformé par l'agonie, des yeux agrandis par le choc, une bouche ouverte sur un cri silencieux. Il eut un violent haut-le-cœur, fit mine de vomir, s'étouffa, souffrant visiblement le martyre. Le gargouillis au fond de sa gorge encombrée de glaires se transforma soudain en une série de violentes éructations. De sa bouche jaillit alors, non pas un jet de sang artériel, mais une grotesque vomissure d'argent, un flot de petites pièces brillantes qui tombèrent en tintant sur le sol, comme si P.J. était une machine à sous humaine.

Dégoûté, incrédule, terrifié, Joey fixa ce trésor, tandis que P.J. crachait une dernière pièce, avant d'arborer un sourire qui n'aurait pas été plus malfaisant si la Mort elle-même l'avait affiché. Il décroisa les bras, dévoilant son torse, ses mains blanches tendues à la façon d'un magicien à la fin d'un tour particulièrement réussi, et, bien que ses vêtements aient été déchirés par le coup de feu, il ne paraissait pas souffrir de la moindre blessure.

Joey savait qu'il devait être en train de mourir, d'halluciner, étant déjà presque de l'Autre Côté, fou de douleur. Le delirium tremens de la mort rendait en comparaison les murs tapissés d'insectes des cauchemars des alcooliques presque amusants.

Il hurla à Celeste de se réveiller et de s'enfuir, mais ses avertissements ne produisirent qu'un murmure qu'il entendit à peine.

Soudain, les pierres brûlantes du sol vibrant se fissurèrent sur toute la largeur de la pièce. Le long de cette crevasse, de fines langues de feu orangées jaillirent des profondeurs du sous-sol. Le ciment s'effritait et des dalles se détachèrent, disparaissant au fond de la galerie en feu. Les poutres se fendirent, et les murs tremblèrent. Très vite, la fente dans le sol s'élargit, passant de quelques centimètres à un bon demi-mètre, emplissant la salle d'une lueur aveuglante, et l'on entrevit plus bas les parois chauffées à blanc de la galerie, qui séparait maintenant Joey de P.J. et Celeste.

Par-dessus les craquements et les grincements de l'église ainsi mise à mal, par-dessus le grondement de l'incendie et le fracas de l'éboulement, P.J. dit : « Tu ferais mieux de dire au-revoir à cette chienne, l'enfant de chœur. » Et il poussa Celeste dans le brasier souterrain, dans la chaleur volcanique et le charbon en fusion, vers une mort instantanée.

Ah, non! Non! Je t'en prie, mon Dieu, non, non, je t'en prie, pas elle, pas elle! Moi, mais pas elle. Je m'apitoie sur mon sort, je suis orgueilleux, faible, incapable de voir la vérité, trop ignare pour savoir ce que représente une deuxième chance, et je mérite tout ce qui m'arrive, mais pas elle, pas elle, avec toute la beauté qui est la sienne, toute sa bonté, pas elle!

Un battement. Derrière les yeux de Joey.

Un battement, comme l'ombre du plumage de centaines d'ailes s'envolant au cœur d'une grande et mystérieuse sphère lumineuse.

Tout avait changé.

Il n'était plus blessé. Il ne souffrait plus. Il était debout.

Il se trouvait à l'intérieur de l'église.

Répétition.

La Mustang avait déjà défoncé le mur. P.J. s'était déjà emparé de Celeste.

Le temps était retourné en arrière, mais pas suffisamment pour lui donner la possibilité de réfléchir aux moyens de mettre un terme à son calvaire. Il ne lui restait que deux minutes avant l'effondrement de la galerie souterraine, et il n'avait pas une seule seconde à perdre.

Joey ne doutait pas que c'était sa dernière chance, et que ce qui allait suivre ne connaîtrait pas de retour en arrière destiné à le ramener au moment précis où il avait commis une erreur fatale. S'il se trompait cette fois encore, ce serait pour toujours. Dorénavant, aucune erreur n'était admise, aucune faiblesse, aucun manquement à la foi.

Il était en train de courir entre deux rangées de bancs en direction de l'allée latérale qui longeait le côté de l'église encore intact.

Dans le sanctuaire, une silhouette voûtée traînait la jambe le long du déambulatoire, éclairée par les reflets mouvants de la plate-forme en flammes. C'était P.J. qui emportait Celeste.

Joey arriva dans l'allée et fonça vers le sanctuaire, longeant les fenêtres dont la pluie fouettait les carreaux.

Il se débarrassa du Remington. Il ne croyait plus en son pouvoir.

P.J. disparut avec Celeste dans la sacristie, claquant violemment la porte derrière lui.

Joey bondit par-dessus la rampe, suivit le déambulatoire jusqu'à la porte de la sacristie, mais ne s'y arrêta pas. Il continua jusqu'à la table de communion, grimpa les quelques marches permettant d'accéder à la plateforme, passa à côté des bougies renversées et des flammes ravageant les draps, et s'approcha du mur au fond du sanctuaire.

Quand la Mustang avait foncé dans l'église, le crucifix était tombé de son clou, et il gisait maintenant par terre, à l'envers.

Joey saisit la statuette en bronze clouée à la croix en bois et se précipita vers la porte de la sacristie. Fermée.

La fois précédente, il avait tiré dans la serrure avec le Remington, et il songea à retourner dans la nef pour y récupérer le fusil.

Se ravisant, il recula d'un pas et donna un coup de pied dans la porte, de toutes ses forces, puis un autre, et un autre, et un autre encore. De l'autre côté, un craquement se fit entendre, et le battant parut jouer un petit peu. Il donna un autre coup de pied, un deuxième, et il fut récompensé par un bruit métallique, et l'apparition d'une profonde fissure dans le bois. Il lança son pied encore une fois. Le verrou céda en libérant le pêne, la porte s'ouvrit à toute volée, et il entra dans la sacristie.

La porte du sous-sol.

L'escalier en bois.

À cause du combat qu'il avait livré avec la porte de la sacristie, Joey avait pris du retard. Par rapport à la fois précédente, il arriva à l'escalier un peu plus tard. La forme ondulante de son frère s'était déjà glissée hors de la zone de lumière jaunâtre au pied des marches, et il n'était visible nulle part. P.J. était plus loin dans le dédale des salles du sous-sol que précédemment. Avec Celeste.

Joey commença à descendre les marches deux par deux, avant de réaliser que des précautions élémentaires étaient requises. En se débarrassant du Remington et en prenant le crucifix avec lui, il avait modifié les événements futurs qui se produiraient à partir de cet instant. Auparavant, il avait atteint la dernière salle du sous-sol avant de rencontrer P.J., mais il se pouvait que son frère soit à présent en train de le guetter, tapi dans l'ombre. Il agrippa la rampe de l'escalier d'une main, et continua la descente avec plus de circonspection.

Quelle chaleur ! Un four.

L'odeur émanant du béton chaud. Les pierres brûlantes des murs.

Dans la première salle, l'ombre sautillante de l'araignée folle tournait en rond sur le sol.

S'approchant prudemment de l'arche, Joey fouilla du regard les encaissements longs et profonds entre les poutres du plafond, y cherchant autre chose que d'inoffensives araignées.

Lorsqu'il arriva dans la seconde pièce, le grondement sinistre enfla, accompagné par des tremblements dans le sol.

L'heure n'était plus à la prudence.

L'heure n'était plus aux erreurs, non plus.

Il agrippa le crucifix de la main droite, et le brandit devant lui, tel le professeur Van Helsing dans le château du comte.

Au-dessus de lui, l'obscurité. Seulement l'obscurité.

Une salle après l'autre, jusqu'à l'ultime arche.

Sous l'unique ampoule, Celeste était étendue par terre, inconsciente.

Sous Coal Valley, la terre s'effondra, l'église trembla, et Joey fut projeté de l'autre côté de l'arche, dans la dernière salle, juste au moment où les dalles du sol s'entrouvraient. Des flammes orange jaillirent de la galerie souterraine. Tandis que le ciment se désintégrait et que les pierres se détachaient des murs, la fissure s'élargit, créant entre Celeste et lui un véritable précipice.

P.J. semblait avoir disparu.

Avançant au bord de la crevasse, se tenant juste à côté du feu qui ravageait la galerie en contrebas, Joey leva les yeux vers le plafond, s'attendant à découvrir quelqu'un entre les poutres. Comme la fois précédente, P.J. était là-haut, s'approchant de lui telle une araignée vive et agile, défiant la gravité, plus étrange que jamais dans la lueur ardente de l'incendie. Il poussa un cri perçant, un tressaillement digne des pires arachnides le parcourut, et il fondit sur sa proie.

Joey n'avait plus d'arguments tirés de la Quatrième

Dimension à avancer, ni d'exemples fournis par la physique quantique, ni de voyages spatio-temporels ou d'ondes énergétiques dignes de *Star Trek*, ni même de monstres relativement bien élevés, sortis d'*Au-delà du réel* et susceptibles d'être abattus d'un coup de fusil, et plus aucune analyse freudienne complexe. Il n'y avait plus qu'une seule chose qui existât à présent, l'antique chose immonde, purement diabolique, la source de la plus grande peur depuis tant de siècles, de millénaires, qui était maintenant en train de bondir sur lui, hurlant de haine, puant le soufre, le noir dévoreur d'âmes, le prédateur de l'espérance : il n'y avait plus que ces notions fondamentales, à présent, seule comptait une bête si primitive qu'il était difficile de croire en son existence, même face à face avec elle. Mais Joey rejeta tous ses doutes, surmonta son cynisme, se débarrassa de la prétendue sophistication de l'âge post-moderne, leva le crucifix qu'il tenait des deux mains, et le brandit devant lui.

Le haut du crucifix n'était pas pointu, mais P.J. s'y empala quand même en fonçant droit dessus. Pourtant, même ainsi embroché, il ne s'arrêta pas pour autant. Il tomba sur Joey, et le fit reculer. Ils titubèrent et vacillèrent, restant debout, mais ils se rapprochèrent du bord du gouffre en flammes.

P.J. avait une main autour de la gorge de Joey. Ses doigts étaient plus puissants que les mâchoires d'un étau, et plus résistants que la carapace d'un scarabée. Ses yeux jaunes rappelaient à Joey le chien errant qu'il avait vu, le matin même, devant la maison de son père.

Lorsque P.J. ouvrit la bouche pour parler, un sang noir se mit à bouillonner sur ses lèvres : *« Espèce d'enfant de chœur. »*

Dans le brasier infernal en contrebas, une énorme poche de gaz toxique creva sous la pression, provoquant une explosion incandescente. Une boule de feu éclatante jaillit des entrailles de la terre et les engloutit, enflammant aussitôt les vêtements et les cheveux de P.J., carbonisant sa peau en un instant. Lâchant Joey, il perdit l'équilibre, et, le crucifix planté dans sa poitrine, il tomba au fond de la crevasse, qui s'élargissait sans cesse, jusque dans la galerie de l'ancienne mine, enveloppé dans une cape de feu qu'il emporta avec lui.

Bien que Joey, lui aussi, ait été atteint par l'explosion

et les flammes, elles l'avaient épargné. Ses vêtements n'étaient même pas roussis.

Il n'avait pas besoin de demander à Rod Serling ou au Captain Kirk, ou au toujours logique Mr Spock, ou à quiconque, de lui expliquer pourquoi il avait miraculeusement échappé au danger.

La lueur impitoyable de l'incendie souterrain était si forte qu'il ne voyait presque rien, même en plissant les yeux, mais il était certain que son frère était tombé incommensurablement plus loin que le fond d'une galerie abandonnée, plus loin encore que le niveau le plus bas jamais atteint par le forage vertical de n'importe quel puits, dans n'importe quelle mine de charbon. Le corps de P.J. n'était plus qu'une masse sombre incontrôlable, qui tournait, telle une araignée, décrivant une spirale qui s'enfonçait toujours plus bas.

Joey sauta par-dessus la crevasse, de plus en plus large, et il s'agenouilla à côté de Celeste.

Il souleva la main droite de la jeune fille et inspecta sa paume, puis il fit de même avec la gauche. Pas de plaies. Pas même de légères marques.

Quand il essaya de la réveiller, elle gémit, bougeant un peu, mais elle ne reprit pas conscience.

Les couches de charbon, rongées par des années de combustion invisible, avaient creusé d'immenses cavités dans le sous-sol de Coal Valley. En surface, le poids du monde, le poids de toutes ses peines, finit par devenir trop important pour être soutenu par les structures géologiques affaiblies qui lui avaient jadis servi de fondations. Cette partie de la vallée, subit un effondrement de terrain catastrophique, au cours duquel les accumulations de gaz toxiques explosèrent, provoquant l'écroulement des veines de charbon, qui s'affaissèrent les unes sur les autres. Le sous-sol trembla, le sol bougea, et la crevasse passa d'un seul coup de un à cinq mètres. L'église Saint-Thomas vit ses proportions rectangulaires se réduire à un rhomboïde; et les panneaux en bois commencèrent à se détacher des fondations en pierre où ils avaient été si longtemps ancrés.

Tandis que la voûte s'affaissait dangereusement, que le plâtre tombait et que les poutres craquaient, Joey prit Celeste dans ses bras.

Manquant d'air dans cette atmosphère de chaudière, clignant des yeux à cause de la sueur qui ruisselait de son front, il se tourna vers la crevasse. Elle était large de près de deux mètres, à présent, et il n'était pas question de sauter par-dessus avec Celeste dans les bras.

Même s'il réussissait à franchir l'abîme, il savait qu'il ne serait pas capable de refaire tout le chemin à travers les salles du sous-sol jusqu'à l'escalier en bois, de remonter dans la sacristie et de sortir de l'église avant qu'elle ne s'effondre.

Son cœur cognait contre ses côtes. Ses genoux tremblaient, pas à cause de poids de la jeune fille, mais parce qu'il se rendait compte de sa condition de mortel.

Ils ne pouvaient pas mourir comme ça.

Ils revenaient de trop loin, ils avaient survécu à trop de choses.

Il avait fait ce qu'il fallait, et c'était ce qui importait. Il avait fait son devoir, et, à présent, quoi qu'il advînt, il n'aurait plus peur, même ici, dans la vallée de l'ombre de la mort.

Je ne craindrai pas le Malin.

Brutalement, les poutres fendues du plafond cessèrent de s'incliner vers lui, et remontèrent vers le haut, lui permettant ainsi de relever la tête, et la structure de la construction tout entière se redressa, dégageant cette partie du sous-sol.

Un vent froid hurla dans son dos.

Joey se tourna vers le mur du fond et fut surpris de constater que le seuil était en train de se dégager des boulons d'ancrage qui le fixaient à la pierre. Les poteaux d'allège lâchèrent, et le seuil se déforma, décrivant un arc qui se dressa verticalement, tandis que l'église basculait et s'éloignait de Joey. Un espace en forme de coin était apparu entre la base du mur et ce dernier, qui reculait, par lequel le vent de la nuit s'engouffrait dans le sous-sol ainsi exposé à l'air libre. L'espace augmentait au fur et à mesure que le bâtiment s'écartait.

Une sortie.

Le mur du sous-sol mesurait toujours deux mètres cinquante de haut, et il ne voyait pas comment l'escalader. Surtout en tenant Celeste dans ses bras.

Dans un grondement de pierres, le trou derrière lui s'élargit, et le brasier se rapprocha de ses talons. Des gouttes de pluie venues de l'extérieur s'écrasèrent sur les dalles, se changeant aussitôt en vapeur d'eau.

Le cœur de Joey battait la chamade. Il n'avait pas peur, il s'émerveillait seulement, attendant que son destin apparaisse devant lui.

En face de lui, de larges fissures apparurent sur le mur, zigzaguant entre les pierres. Le sol, en tremblant, en détacha une, qui rebondit en tombant, heurtant douloureusement son tibia. Plus haut, une autre pierre tomba ; là, une troisième, et, un peu plus loin, une quatrième, puis une cinquième. Le mur conservait son intégrité, mais il offrait à présent des prises.

Joey disposa Celeste en travers de son épaule gauche, tel un pompier évacuant une personne inanimée. Il escalada le mur, quittant la chaleur suffocante du sous-sol pour la pluie nocturne de la surface, tandis que le bâtiment s'éloignait, de plus en plus loin, comme un voilier géant poussé par le vent.

Marchant dans l'herbe détrempée et la boue épaisse, il emporta Celeste plus loin que les tuyaux de ventilation qui crachaient leurs flammes comme du sang jaillissant d'une artère sectionnée. Le trottoir. La rue.

Assis sur la chaussée, serrant Celeste dans ses bras tandis qu'elle reprenait conscience, Joey regarda l'église Saint-Thomas se disjoindre, les ruines prendre feu, et les murs en flammes s'écrouler au fond d'un gouffre embrasé, au fond de grottes plus profondes encore, et enfin au fond de royaumes inconnus de feu.

Effondrement de terrain.

XVIII

Longtemps après minuit, après avoir déposé leur témoignage auprès des services du shérif et de la police fédérale de Pennsylvanie, Joey et Celeste furent reconduits à Asherville.

La police avait ordonné la fermeture au public du village de Coal Valley. Ayant échappé à P.J. sans même savoir qu'elle était en danger, la famille Dolan fut évacuée.

Les corps de John, Beth et Hannah Bimmer seraient envoyés chez Devokowski, Pompes funèbres générales, où le père de Joey avait récemment reposé.

À Asherville, les parents de Celeste, qui attendaient avec les Korshak des nouvelles du sort de la pauvre Beverly, avaient non seulement été mis au courant du meurtre, mais aussi informés qu'ils n'étaient pas autorisés à retourner à Coal Valley pour la nuit, et qu'on leur ramènerait leur fille. En plus de l'église, l'effondrement de terrain avait soudain englouti un groupe de maisons dans un autre quartier, et le sol était trop instable pour prendre le risque de continuer à habiter le village.

Main dans la main, Joey et Celeste étaient assis à l'arrière d'une voiture de patrouille de la police. Après quelques tentatives pour les faire sortir, le jeune policier les avait laissés à leur silence commun.

Lorsqu'ils avaient quitté la route de Coal Valley pour reprendre celle d'Asherville, la pluie ne tombait plus.

Celeste persuada le policier de les déposer dans le

centre, et d'autoriser Joey à l'accompagner jusque chez les Korshak.

Joey ne savait pas pourquoi elle préférait s'arrêter en route, mais il pressentait qu'elle avait une bonne raison, et que c'était important.

D'ailleurs, il n'était pas malheureux à l'idée de retarder son retour chez lui. À cette heure, sa mère et son père avaient sans doute été réveillés par la police, qui devait vouloir fouiller la chambre de P.J. au sous-sol de la maison. Ils avaient appris les choses monstrueuses que leur fils aîné avait faites à Beverly Korshak et aux Bimmer – et Dieu seul savait à combien d'autres. Même si Joey avait reconstruit son monde en faisant un bon usage de la deuxième chance qu'on lui avait donnée, leur monde à eux s'était transformé à jamais, et en pire. Il redoutait de voir le chagrin dans les yeux de sa mère, et le tourment et la douleur dans ceux de son père.

Il se demanda si, en changeant son propre destin, il avait épargné à sa mère, d'une façon ou d'une autre, le cancer qui allait la tuer quatre ans plus tard. Il le souhaitait ardemment. Les choses avaient changé. Au fond de lui, pourtant, il savait que son action n'avait transformé le monde que de façon minime ; faire de la terre un paradis, ça ne dépendait pas de lui.

La voiture de police s'éloigna, et Celeste le prit par la main. « Il faut de je te dise quelque chose, commença-t-elle.

– Dis-moi.

– Ou plutôt, que je te montre quelque chose.

– Eh bien, montre-moi. »

Le long des rues mouillées, pavées de feuilles mortes détrempées par la pluie, elle le conduisit au bâtiment municipal. Toutes les autorités locales, exception faite du shérif, y avaient leurs bureaux.

La bibliothèque se trouvait dans l'annexe, à l'arrière du bâtiment. Passant sous une arche en brique rouge, ils entrèrent dans une cour dépourvue d'éclairage, longèrent des mélèzes dégoulinants, et s'approchèrent de la porte d'entrée.

Dans le silence qui avait succédé à l'orage, la ville était aussi silencieuse qu'un cimetière.

« Ne t'étonne pas, dit-elle.

– De quoi ? »

La partie inférieure de la porte de la bibliothèque

était en bois plein, mais la partie supérieure, vitrée, comprenait quatre carreaux. Celeste donna un grand coup de coude dans le plus proche du verrou, qui se brisa.

Surpris, Joey jeta un coup d'œil dans la cour, et en direction de la rue, derrière le mur. Le bruit qu'avait fait le carreau en se brisant avait été discret, et très bref, et il douta que quelqu'un l'ait entendu, à cette heure tardive. De plus, Asherville était une petite ville, et on était en 1975, il n'y avait donc pas de système d'alarme.

Passant la main par le carreau cassé, elle ouvrit la porte de l'intérieur.

« Il faut que tu me promettes de croire. »

Elle prit la petite lampe électrique qu'elle avait dans sa poche et le guida jusqu'aux étagères, derrière le bureau du bibliothécaire.

Comme la région était pauvre, la bibliothèque était petite. Trouver le livre recherché ne devait pas prendre longtemps. En fait, Celeste ne chercha même pas, parce qu'elle savait ce qu'elle voulait.

Ils s'arrêtèrent dans le coin réservé à la fiction, un espace étroit où, de chaque côté, les livres s'alignaient sur des étagères de plus de deux mètres de haut. Elle dirigea le rayon de la lampe vers le sol, et les dos colorés parurent soudain luminescents, comme par magie.

« Promets-moi de croire, répéta-t-elle, et ses beaux yeux étaient immenses, et graves.

– Croire quoi ?

– Promets d'abord.

– D'accord.

– Promet de croire.

– Je croirai. »

Elle hésita, prit une profonde inspiration, et se mit à parler. « Au printemps de 1973, quand tu passais l'examen de fin d'études à County High, j'étais à la fin de ma première année. Je n'ai jamais eu le courage de t'approcher. Je savais que tu ne m'avais jamais remarquée – et que tu n'aurais plus l'occasion de le faire. Tu allais partir à l'université, probablement rencontrer une fille là-bas, et je ne te reverrais plus jamais. »

Le duvet sur la nuque de Joey le chatouillait, mais il ne voyait pas encore pourquoi.

« J'étais triste, poursuivit-elle, je me sentais comme la plus nulle des nulles, et je me suis donc jetée à corps perdu dans la lecture, ce que je fais toujours quand j'ai un coup de déprime. Je me trouvais ici, dans la bibliothèque, précisément dans cette section, et je cherchais un roman à lire... quand j'ai trouvé ton livre.

– Mon livre ?

– J'ai lu ton nom sur le dos. Joseph Shannon.

– Quel livre ? »

Intrigué, il parcourut les étagères des yeux.

« J'ai pensé qu'il s'agissait de quelqu'un d'autre, d'un écrivain portant le même nom que toi. Mais quand je l'ai retiré de l'étagère, et que j'ai regardé au dos de la couverture, il y avait une photo de toi. »

Il soutint son regard. Les profondeurs mystérieuses des yeux de Celeste.

« Ce n'était pas une photo de toi tel que tu es maintenant, ce soir – mais une photo de toi dans quinze ans. Pourtant... on te reconnaissait très bien.

– Je ne comprends pas, dit-il, mais il était en train de commencer à penser qu'il comprenait très bien.

– J'ai regardé la page où est inscrit le copyright, et j'ai vu que le livre avait été publié en 1991. »

Il cligna des yeux. « Dans seize ans ?

– Ce que je suis en train de te raconter se passait au printemps 1973, lui rappela-t-elle. Donc, à cette époque, je tenais dans les mains un livre qui ne serait publié que dix-huit ans plus tard. Sur la couverture, on disait que tu avais écrit huit autres romans, et que six d'entre eux avaient été des best-sellers. »

Le chatouillis dans sa nuque, qui n'était d'ailleurs pas déplaisant, s'accentua.

« J'ai pris le livre avec moi pour le faire enregistrer par la bibliothécaire. Quand je le lui ai donné, avec ma carte, quand elle me l'a pris des mains... ce n'était plus ton livre. C'était devenu un roman écrit par quelqu'un d'autre, que j'avais déjà lu, publié en 1969. »

Elle dirigea le faisceau lumineux vers les étagères qui se trouvaient derrière Joey.

« Je ne sais pas si c'est trop demander, dit-elle, mais il est peut-être là, cette nuit, il est peut-être revenu pour un moment, spécialement cette nuit. »

Submergé par un sentiment croissant d'étonnement, Joey se retourna et regarda le faisceau de la lampe électrique qui parcourait les rayons.

Un petit cri de joie échappa à Celeste, et le faisceau s'immobilisa sur un livre, dont le dos était rouge.

Joey vit son nom inscrit en hauteur, en lettres argentées. Au-dessus de son nom, il y avait un titre, lui aussi argenté : *Strange Highways*.

Tremblante, Celeste prit le livre, rangé entre deux autres volumes. Elle lui montra la couverture, et son nom en grosses lettres au-dessus du titre. Puis elle retourna le livre.

Incrédule, il fixa la photo sur la jaquette. C'était bien lui, en plus âgé, trente-cinq ans environ.

Il était familier avec son apparence à cet âge, puisqu'il l'avait déjà dépassé de cinq ans dans son autre vie. Mais il avait une meilleure mine sur cette photographie que lorsqu'il avait vraiment eu trente-cinq ans : il n'était pas prématurément vieilli, usé par la boisson, le regard vide. Il paraissait prospère, également – et, mieux que tout, il avait l'air d'être un homme heureux.

Pourtant, plus que son apparence sur la photo, ce qui lui semblait important c'étaient ceux qu'on voyait avec lui. C'était un portrait de groupe. Celeste était à côté de lui, elle aussi plus vieille d'une quinzaine d'années – ainsi que deux enfants, une jolie petite fille d'environ six ans, et un beau garçon qui avait dans les huit ans.

Sans qu'il s'y attende, ses yeux s'emplirent de larmes qu'il eut du mal à retenir, et le cœur battant d'une joie sauvage qu'il n'avait jamais ressentie auparavant, il prit le livre des mains de Celeste.

Elle montra du doigt les mots inscrits sous la photographie, et il lui fallut cligner furieusement des yeux pour éclaircir suffisamment sa vue avant de lire :

> *Joseph Shannon est l'auteur de huit autres romans, acclamés par la critique, où il évoque les joies et les mérites de l'amour et de la famille ; six d'entre eux ont été des best-sellers nationaux. Son épouse, Celeste, est un poète dont l'œuvre a été récompensée par plusieurs prix littéraires. Ils vivent avec leurs enfants, Josh et Laura, dans le sud de la Californie.*

Tout en lisant, il suivit les mots d'un doigt tremblant, exactement de la façon dont, enfant, il avait suivi le texte de son missel pendant la messe.

« C'est comme ça, dit-elle doucement, que, depuis le printemps 1973, je savais que tu viendrais un jour. »

Une partie du mystère au fond de ses yeux avait disparu, mais pas tout, loin de là. Quel que soit le nombre d'années qu'ils passeraient ensemble, il savait qu'elle conserverait toujours un certain mystère à ses yeux.

« Je veux emporter ça », dit-il en parlant du livre.

Elle secoua la tête.

« Tu sais que c'est impossible. D'ailleurs, tu n'en as pas besoin pour être capable de l'écrire. Il te suffit seulement d'y croire. »

Il la laissa lui prendre le livre des mains.

Comme elle replaçait le volume à sa place sur l'étagère, il soupçonna qu'on lui avait donné une deuxième chance pas tant pour empêcher P.J. de nuire que pour rencontrer Celeste Baker. Il était essentiel d'opposer une résistance aux forces du mal, certes, mais, sans l'amour, il ne pouvait y avoir aucun espoir pour le monde.

« Promets-moi que tu croiras », lui dit-elle, traçant d'un doigt tendre le contour de sa joue.

« Promis.

– Alors, dit-elle, tout est possible. »

Tout autour d'eux, les livres de la bibliothèque étaient remplis de vies vécues, d'espoirs réalisés, d'ambitions accomplies, et de rêves attendant que quelqu'un s'en empare.

LA CITROUILLE NOIRE

1

Les citrouilles étaient angoissantes, mais le type qui les sculptait était encore plus bizarre que ses créations. Il donnait l'impression d'avoir rôti pendant des siècles sous le soleil californien, au point que toutes les humeurs de son corps s'étaient évaporées. Il était filiforme, squelettique, et sa peau avait l'aspect du cuir. Sa tête ressemblait à une courge, sans en avoir la plaisante rondeur ni être de la forme d'une tête ordinaire : elle était légèrement plus étroite à son sommet, et plus large que la normale au niveau du menton. Ses yeux couleur d'ambre jaune luisaient d'un éclat terne, mais dangereux.

Tommy Sutzmann fut mal à l'aise dès qu'il aperçut le vieux sculpteur de citrouilles. Il se dit qu'il était idiot, et que sa réaction était disproportionnée, encore une fois. Il avait tendance à s'alarmer des moindres indices de colère chez autrui, à paniquer dès qu'il percevait, même vaguement, une menace. Certaines familles enseignaient à leur fils de douze ans l'honnêteté, l'intégrité, la décence, et la foi en Dieu. Mais, par leurs actes, les parents de Tommy, ainsi que son frère, Frank, lui avaient surtout appris la prudence, la suspicion, et même la paranoïa. Au mieux, sa mère et son père le traitaient comme un intrus ; au pis, ils se faisaient une joie de le battre, afin de se libérer de la rage et des frustrations que provoquait chez eux le monde entier. Pour Frank, Tommy était simplement – et constamment –

une cible. Par conséquent, un sentiment profond et impérieux de malaise constituait l'état naturel de Tommy Sutzmann.

Tous les ans, en décembre, ce terrain vague se remplissait d'arbres de Noël et, pendant l'été, des forains l'utilisaient pour y exposer des peluches fluorescentes ou des soies peintes. Comme Halloween approchait, les cinq cents mètres carrés que couvrait l'endroit, coincé entre un supermarché et une banque, dans la banlieue de Santa Ana, étaient une vaste étendue orange, pleine de citrouilles de toutes les tailles et de toutes les formes, alignées en rangs, empilées de façon à former des pyramides basses et bien ordonnées, rassemblées en tas... En tout, il y en avait peut-être deux mille, trois mille, matière brute destinée à la confection des tartes au potiron et des traditionnelles lanternes de Halloween.

Le sculpteur se tenait au fond du terrain, assis sur un siège pliant à l'armature métallique. Les coussins en plastique étaient tachés de moisissure et parcourus de craquelures – assez semblables au visage du sculpteur. Il avait une citrouille sur les genoux, qu'il taillait à l'aide d'un couteau pointu et d'autres instruments, étalés sur le sol poussiéreux autour de lui.

Tommy Sutzmann ne se souvenait pas d'avoir traversé le champ de citrouilles. Il se rappelait qu'il était sorti de la voiture dès que son père avait fini de la garer le long du trottoir – et avant qu'il n'ait eu le temps de se rendre compte de quoi que ce soit, il s'était retrouvé au fond du terrain, à quelques pas seulement de l'étrange sculpteur.

Une vingtaine de citrouilles, déjà découpées, étaient disposées tout autour de lui. L'artiste ne creusait pas simplement des trous grossiers pour les yeux et la bouche, il découpait soigneusement l'écorce, après avoir évidé l'intérieur, produisant ainsi des traits dotés d'une grande précision, expressifs, et d'une surprenante subtilité. Il se servait également de peinture afin de donner à chacune de ses créations sa propre personnalité diabolique : quatre pots, contenant tous un pinceau, étaient posés sur le sol à côté de son siège – du rouge, du blanc, du vert et du noir.

Certaines citrouilles souriaient, d'autres fronçaient les sourcils ou affichaient une mine renfrognée, d'autres encore avaient un air vraiment polisson. Tommy avait l'impression que toutes le fixaient. Toutes, sans exception.

Leurs bouches étaient béantes, dévoilant de petites dents pointues. Aucune n'avait la denture grossière et ridicule des citrouilles de Halloween ordinaires. Certaines étaient même équipées de longs crocs.

Mais toutes le regardaient fixement. Et Tommy éprouvait la sensation singulière qu'elles pouvaient le *voir.*

Lorsqu'il cessa de regarder les citrouilles, il s'aperçut que le vieil homme, lui aussi, était en train de l'observer attentivement. Tandis qu'ils soutenaient le regard de Tommy, les yeux ambrés, pleins d'une lueur brumeuse, semblèrent s'éclairer.

« Tu voudrais l'une de mes citrouilles ? » demanda le sculpteur.

Dans sa voix froide et sèche, chaque mot craquait comme les feuilles que le vent d'octobre pousse sur la pierre des trottoirs.

Tommy fut incapable de parler. Il tenta de dire : *Non, monsieur, merci, mais non*, mais les mots se coincèrent au fond de sa gorge, comme s'il avait essayé d'avaler la pulpe bourrative d'un potiron.

« Choisis celle que tu préfères », dit le sculpteur en montrant de sa main parcheminée son grotesque musée, mais sans jamais quitter Tommy des yeux.

« Non, euh... non, merci. »

Tommy s'étonna d'entendre dans sa propre voix comme un tremblement, avec une intonation légèrement suraiguë.

Mais qu'est-ce que j'ai? se demanda-t-il. *Pourquoi est-ce que je me mets dans un état pareil? C'est simplement un vieux bonhomme qui sculpte des citrouilles.*

« C'est le prix qui t'inquiète ? demanda le sculpteur.

– Non.

– Parce qu'on paye la citrouille à l'homme à l'entrée le même prix que n'importe laquelle, mais on me donne à moi seulement ce qu'on estime me devoir pour mon travail. »

Quand il souriait, tous les traits de sa tête en forme de courge changeaient. Et pas en mieux.

La journée était douce. Les rayons du soleil se faufilaient à travers les nuages, illuminant brillamment quelques-uns des monticules de citrouilles orange, tout en laissant les autres dans l'ombre. Malgré la température clémente, une sensation de froid s'était emparée de Tommy et ne le lâchait plus.

Se penchant en avant, la citrouille à demi sculptée sur les genoux, l'artiste dit :

« Tu me donnes ce que tu veux, c'est tout, mais je dois te prévenir : on n'a que ce qu'on donne. »

Un nouveau sourire. Pire que le premier.

Tommy dit :

« Euh...

– On n'a que ce qu'on donne, répéta le sculpteur.

– Sans déconner ? » dit Frank, le frère, en s'avançant jusqu'à la rangée de citrouilles.

Apparemment, il avait tout entendu. Plus âgé que Tommy de deux ans, il était musclé alors que Tommy était frêle, avec une assurance que Tommy était loin de posséder. Frank souleva la plus macabre de toutes les créations du vieux bonhomme.

« Alors, celle-ci, c'est combien ? »

Le sculpteur hésitait à quitter des yeux Tommy pour regarder Frank, et Tommy était incapable de prendre l'initiative de rompre le contact visuel. Dans les yeux de l'homme, Tommy vit quelque chose qu'il ne put ni définir ni comprendre, quelque chose qui emplit son esprit d'images d'enfants défigurés, de créatures difformes innommables, et de mort.

« Combien, celle-ci, papy ? » répéta Frank.

Le sculpteur finit par regarder Frank – et il sourit. Il déposa sur le sol la citrouille à moitié terminée, mais resta assis.

« Comme je viens de le dire, on me donne ce qu'on veut, et on n'a que ce qu'on donne. »

Frank avait choisi la citrouille la plus inquiétante de toute l'étrange collection. Plutôt grosse, elle n'était pas plaisamment ronde, mais au contraire bosselée et déformée, plus étroite en haut qu'en bas, avec d'horribles nodules croûteux ressemblant aux champignons qui poussent sur l'écorce d'un chêne malade. Le vieil homme avait composé avec l'effet dérangeant provoqué par les difformités naturelles de la cucurbitacée, en lui attribuant une immense bouche, dotée de trois crocs en haut et de trois autres en bas. Le nez de la citrouille consistait en un trou au contour irrégulier, et Tommy pensa aux histoires de lépreux qu'on raconte autour d'un feu de camp. Les cavités des yeux, aussi grosses que des citrons, n'étaient pas creusées dans toute l'épaisseur de l'écorce, à l'exception des pupilles – deux fentes diaboliques. Le bout de queue était noir et noueux, tel que Tommy s'imaginait une tumeur cancéreuse. L'artiste avait peint celle-ci en noir, laissant la couleur orange d'origine apparaître en quelques endroits seulement, suggérant ainsi des rides d'expression autour des yeux et de la bouche, tout en accentuant les nombreuses irrégularités de la surface.

Frank ne pouvait qu'aimer *cette* citrouille. Les films qu'il préférait avaient tous des titres genre *Massacre à la tronçonneuse*, et il adorait toute la série des *Vendredi 13*, la saga de Jason, le fou meurtrier. Quand Tommy et Frank regardaient un film de ce genre au magnétoscope, Tommy était toujours du côté des victimes, tandis que Frank acclamait le tueur. À la fin de *Poltergeist*, Frank était déçu que toute la famille survive : il ne cessait d'espérer que le petit garçon se fasse dévorer par un monstrozoïde planqué dans le placard, et qui recracherait ses os comme des graines de pastèque. « Bon sang, avait dit Frank, ils auraient au moins pu arracher les tripes de ce chien débile. »

À présent, Frank tenait dans ses mains la citrouille noire, et il souriait, ravi de la trouvaille, tout en étudiant ses traits malveillants. Il fixa son regard sur les pupilles fendues de la chose comme si ses yeux étaient réels et qu'il cherchait à lire dans ses pensées – et pendant un instant, il parut hypnotisé par le regard de la citrouille.

Pose-la, le pressa mentalement Tommy. *Pour l'amour du ciel, Frank, pose-la et partons d'ici.*

Le sculpteur dévisageait Frank attentivement. Le vieil homme était immobile, comme un prédateur s'apprêtant à bondir sur sa proie.

Des nuages se déplacèrent, dissimulant le soleil.

Tommy frissonna.

Rompant enfin son bras de fer visuel avec la citrouille, Frank dit au sculpteur :

« Je paye le prix que je veux ?

– On n'a que ce qu'on donne.

– Mais, quelle que soit la somme que je donne, j'ai la citrouille en échange ?

– Oui, mais tu n'as que ce que tu donnes », répéta le vieil homme, énigmatique.

Frank mit la citrouille noire de côté et sortit quelques pièces de sa poche. Radieux, il s'approcha du vieil homme, tenant entre ses doigts une pièce de cinq *cents*.

Le sculpteur tendit la main vers la pièce.

« Non ! » explosa Tommy.

Frank et le sculpteur, surpris, se tournèrent vers lui.

« Non, Frank, dit Tommy, ce truc est mauvais. Ne l'achète pas. Ne ramène pas cette citrouille à la maison ! »

Un instant, Frank le fixa avec étonnement, puis il éclata de rire.

« Tu as toujours été un froussard, mais est-ce que tu es en train de me dire que tu as peur d'une *citrouille* ?

– Ce truc est mauvais, insista Tommy.

– Tu as peur du noir, tu crains le vertige, tu as peur de ce qu'il y a dans le placard de ta chambre la nuit, tu as peur de la moitié des garçons de ton âge que tu rencontres, et maintenant, tu as peur d'une fichue citrouille », dit Frank.

Il rit à nouveau et, dans son rire moqueur, on entendait du mépris et du dégoût.

Le sculpteur l'imita aussitôt, mais le rire sec du vieil homme ne contenait pas la moindre trace d'amusement.

Tommy fut transpercé par l'aiguillon glacé d'une peur qu'il ne pouvait s'expliquer, et il se demanda si, réflexion faite, il n'était pas qu'un froussard qui avait peur de son ombre, ou un déséquilibré. Le conseiller pédagogique à l'école disait de lui qu'il était « trop sensible ». Sa mère disait qu'il avait « trop d'imagination », et son père affirmait qu'il « manquait de sens pratique » et le traitait de « rêveur seulement préoccupé de lui-même ». Peut-être qu'il était toutes ces choses, et il se pouvait qu'un de ces jours il finisse dans un asile, au fond d'une chambre d'isolement capitonnée, à parler à des gens imaginaires et à gober les mouches. Mais, bon sang, il *savait* que la citrouille noire était maléfique.

« Tenez, papy, dit Frank, voilà cinq *cents*. Vous allez réellement me la vendre pour ce prix-là ?

– Je prendrai cette pièce en échange de mon travail, mais il faut payer la citrouille au responsable de l'emplacement.

– Marché conclu », dit Frank.

Le sculpteur cueillit la petite pièce dans la main de Frank.

Tommy frissonna.

Frank tourna le dos au vieil homme et ramassa la citrouille.

Au même instant, le soleil sortit de derrière les nuages. Un rayon de lumière vint frapper la partie du terrain où ils se trouvaient.

Seul Tommy vit ce qui se passa au cours de ce moment radieux. Le soleil illumina l'orange des citrouilles, donna au sol poussiéreux un éclat doré, fit étinceler l'armature métallique du siège, mais ne toucha pas le sculpteur lui-même. La lumière s'écarta de lui, tel un rideau, le laissant dans l'ombre. Le spectacle était incroyable, comme si l'artiste repoussait la lumière, comme s'il était composé d'une substance inconnue, réfléchissant les ondes lumineuses.

Tommy en resta bouche bée.

Le vieil homme fixa Tommy d'un air sauvage, comme s'il n'était pas du tout un homme, mais une force de la nature déguisée en humain, et qu'il allait exploser d'une seconde à l'autre, se transformant en tornades, en tempêtes, en coups de tonnerre, en foudre... Ses yeux couleur d'ambre luisaient de promesses de douleur et de terreur.

Soudain, les nuages cachèrent à nouveau le soleil.

Le vieil homme cligna de l'œil.

Nous sommes morts, se dit Tommy, accablé.

Ayant à nouveau soulevé la citrouille, Frank lança au vieil homme un regard rusé, comme s'il s'attendait à s'entendre dire que la plaisanterie avait assez duré, et qu'une pièce de cinq *cents* n'était pas suffisante.

« Je peux vraiment l'emporter comme ça ?

– Je ne cesse de te le dire, dit le sculpteur.

– Pendant combien de temps avez-vous travaillé là-dessus ? demanda Frank.

– Environ une heure.

– Et vous êtes prêt à accepter ce prix-là ?

– Je travaille pour le plaisir. Pour le plaisir, purement et simplement. »

L'artiste cligna à nouveau de l'œil en direction de Tommy.

« Vous êtes quoi, sénile, c'est ça ? demanda Frank, charmant, comme d'habitude.

– Ce serait bien possible. »

Frank dévisagea le vieil homme, éprouvant peut-être

un peu de ce que Tommy avait ressenti mais, haussant les épaules, il finit par tourner les talons, emportant la citrouille vers l'entrée, où leur père était en train d'acheter une vingtaine de citrouilles non sculptées, pour la grande soirée du lendemain.

Tommy voulut s'élancer à la poursuite de son frère, afin de supplier Frank de rendre la citrouille noire et de récupérer sa pièce.

« Viens voir par ici », dit le sculpteur d'un ton farouche, en se penchant en avant.

Le vieil homme était si mince et si anguleux que Tommy était persuadé qu'il allait entendre son antique squelette grincer à l'intérieur de son corps desséché.

« Écoute-moi, fiston... »

Non, se dit Tommy. *Non, je n'écouterai rien, je vais fuir, fuir...*

Mais le pouvoir du vieil homme, tel un fer à souder, riva Tommy au sol, le rendant incapable du moindre mouvement.

« Au cours de la nuit, dit le sculpteur, ses yeux ambrés s'assombrissant, la citrouille de ton frère va se changer en quelque chose de différent de ce qu'elle est maintenant. Ses mâchoires fonctionneront. Ses dents se feront pointues. Quand tout le monde sera endormi, elle va rôder dans ta maison... et elle donnera aux gens ce qu'ils méritent. Elle viendra te chercher en dernier. Est-ce que tu penses mériter ça, Tommy ? Tu vois, je connais ton nom, bien que ton frère ne l'ait jamais prononcé devant moi. À ton avis, que va te faire la citrouille noire, Tommy ? Hmmm ? Qu'est-ce que tu mérites ?

– Vous *êtes* quoi, vous ? » demanda Tommy.

Le sculpteur sourit.

« Dangereux. »

Soudain, les pieds de Tommy se libérèrent de la terre où ils étaient coincés, et il s'enfuit en courant.

Lorsqu'il rattrapa Frank, il essaya de persuader son frère de rendre la citrouille noire, mais sa façon d'expliquer le danger se résuma à des bredouillis hystériques, et Frank lui rit au nez. Tommy tenta alors d'arracher la détestable chose des mains de Frank. Celui-ci se cramponna à la citrouille et repoussa si fort Tommy qu'il l'envoya valdinguer à reculons dans une pile de potirons. Frank éclata de rire, écrasa délibérément le pied droit de Tommy qui s'efforçait de se relever, et tourna les talons.

Bien que des larmes involontaires jaillissent dans ses yeux sous l'effet de la douleur, Tommy regarda vers le fond du terrain et constata que le sculpteur était en train de l'observer.

Le vieil homme agita la main.

Le cœur battant deux fois plus vite, Tommy boitilla jusqu'à l'avant du terrain, cherchant un moyen de convaincre Frank du danger. Mais Frank était déjà en train de placer son acquisition sur la banquette arrière de la Cadillac. Leur père payait ce qu'il devait pour la citrouille et les vingt potirons. Tommy arrivait trop tard.

2

Une fois chez lui, Frank emporta la citrouille noire dans sa chambre et la déposa sur le bureau dans le coin, au-dessous d'un poster de Michael Berryman dans le rôle du tueur dément des *Yeux de la colline*.

Par la porte ouverte, Tommy l'observait.

Frank avait trouvé une épaisse bougie décorative parfumée dans le cellier de la cuisine : il était à présent en train de l'installer à l'intérieur de la citrouille. Elle était suffisamment grosse pour se consumer pendant au moins deux jours. Redoutant l'apparition de la flamme dans les yeux de cette dernière, Tommy regarda Frank allumer la bougie et replacer le couvercle, au centre duquel pointait la queue.

Les pupilles fendues se mirent à luire, scintiller, briller, imitant de façon convaincante une vie démoniaque et une intelligence malveillante. Le rictus s'illumina brillamment, la lueur vacillante ressemblant à une langue léchant sans cesse l'écorce de la bouche. La partie la plus dégoûtante de cette illusion de vie était le trou lépreux du nez, qui sembla s'emplir d'un mucus jaunâtre.

« Incroyable ! dit Frank. Ce vieux ringard est un vrai génie. »

La bougie parfumée exhalait une odeur de rose.

Bien qu'il ne pût pas se souvenir du livre où il avait lu cela, Tommy se rappela alors qu'une subite senteur de rose, inexpliquée, était censée indiquer la présence d'esprits venus de l'au-delà. Mais la source de cette odeur n'était pas un mystère pour Tommy.

« Qu'est-ce qui pue comme ça ? dit Frank, fronçant le nez.

Il souleva le couvercle de la citrouille et inspecta l'intérieur. La fluctuante lumière orange joua sur son visage, déformant bizarrement ses traits.

« Cette bougie est censée être parfumée au citron. Pas à la rose. Cette merde, c'est pour les filles. »

Dans la grande et spacieuse cuisine, Lois et Kyle Sutzmann, la mère et le père de Tommy, se tenaient devant la table en compagnie du traiteur, M. Howser. Ils étaient en train d'étudier le menu de la grande réception qu'ils donnaient le lendemain soir, à l'occasion d'Halloween, et ils rappelaient énergiquement à M. Howser que la nourriture se devait d'être préparée avec les meilleurs ingrédients.

Tommy décrivit un cercle en passant derrière eux, priant pour rester invisible. Il prit un Coca dans le réfrigérateur.

Sa mère et son père répétaient avec insistance à l'intention du traiteur qu'il fallait impérativement que tout soit « impressionnant ». Les hors-d'œuvre, les fleurs, le bar, les uniformes des serveurs et le buffet dînatoire devaient être si élégants, si exquis et d'une telle renversante perfection que les invités auraient tous l'impression de se trouver dans la demeure d'authentiques représentants de l'aristocratie californienne.

Ce n'était pas une soirée pour les enfants. En fait, Tommy et Frank seraient priés de rester dans leur chambre le lendemain soir, avec seulement la permission de se livrer aux activités les plus calmes : pas de télévision, pas de stéréo et pas de gestes susceptibles d'attirer l'attention sur eux.

Cette fête était strictement destinée aux huiles et aux gros bonnets dont dépendait la carrière politique de Kyle Sutzmann. Il était à présent sénateur de l'État de Californie, mais lors des élections de la semaine suivante, il se présentait comme candidat au Congrès des États-Unis. La soirée était donnée en remerciement aux très généreux financiers qui le soutenaient et aux responsables haut placés qui avaient tiré les ficelles en coulisses afin d'assurer sa candidature, le printemps dernier. Enfants *verboten.*

Les parents de Tommy ne semblaient désirer sa présence à leurs côtés qu'au cours des rassemblements importants lors d'une campagne électorale, des séances de photos pour la presse, et pendant quelques minutes au début des réjouissances marquant la victoire, les soirs d'élection. Tommy s'en satisfaisait parfaitement. Il préférait rester invisible. Les rares fois où ses parents le remarquaient, ils désapprouvaient invariablement tout ce qu'il disait et faisait, chacun de ses mouvements, chacune des expressions innocentes qui passaient sur son visage.

« Monsieur Howser, dit Lois, j'espère que nous sommes d'accord sur le fait que de grosses crevettes ne sont pas considérées comme étant de petites langoustines. »

Tandis que le traiteur rassurait nerveusement Lois sur la qualité de ses services, Tommy s'éloigna silencieusement du réfrigérateur et sortit calmement deux biscuits du bocal à cookies.

Kyle informa le traiteur pour la énième fois : « Ce sont des gens importants, des gens importants et sophistiqués, et ils sont habitués à ce qui se fait de mieux. »

À l'école, on avait appris à Tommy que la politique était le moyen par lequel beaucoup de personnes éclairées choisissaient de servir leurs semblables. Il savait que c'était bidon. Ses parents passaient de longues soirées à comploter en faveur de la carrière politique de son père, et Tommy n'avait jamais entendu ni l'un ni l'autre parler de servir les gens ou d'améliorer la société. Oh, bien sûr, en public, à la tribune pendant les campagnes électorales, c'étaient les thèmes qu'ils évoquaient – « les droits des masses, les affamés, les sans-abri » – mais jamais en privé. À l'abri des oreilles indiscrètes, ils discutaient sans fin de « la formation de bases actives », de « l'écrasement de l'opposition », et de « leur faire avaler cette nouvelle loi ». Pour eux et pour tous ceux avec qui ils étaient associés, la politique était un moyen de se faire respecter, de gagner de l'argent, et – le plus important – d'acquérir du pouvoir.

Tommy comprenait à quel point les gens aimaient être respectés, parce que lui-même ne l'était pas du tout. Il saisissait pourquoi le fait d'avoir beaucoup d'argent était une chose souhaitable. Mais cette histoire de pouvoir lui échappait. Il ne parvenait pas à comprendre pourquoi on perdait autant de temps et d'énergie à essayer d'obtenir du pouvoir pour l'exercer sur les autres. Quel plaisir pouvait-on prendre à donner des ordres aux gens et à leur dire ce qu'il fallait qu'ils fassent ? Et si on leur disait de faire quelque chose de mal et qu'ensuite, à cause des ordres donnés, quelqu'un était blessé, ou se retrouvait finalement fauché, ou pis encore ? Et comment pouvait-on s'attendre à être aimé si on exerçait du pouvoir sur les gens ? Après tout, Frank avait du pouvoir sur Tommy – un pouvoir complet, un contrôle total – et Tommy le *méprisait*.

Parfois, il se disait qu'il était le seul membre sain d'esprit de la famille. D'autres fois, il se demandait s'ils n'étaient pas tous normaux, et lui, fou. Quel que soit le cas, dingue ou sain d'esprit, Tommy avait toujours eu le sentiment qu'il n'avait pas la même origine que sa propre famille.

Comme il se glissait discrètement hors de la cuisine, avec son Coca et les deux cookies enveloppés dans une serviette en papier, ses parents harcelaient M. Hawser à propos du champagne.

Dans le couloir du fond, la porte de Frank était ouverte, et Tommy s'arrêta pour jeter un coup d'œil sur la citrouille. Elle était toujours là, brillant par tous ses orifices.

« C'est quoi, ce que tu as là ? » demanda Frank en s'avançant sur le seuil.

Agrippant Tommy par sa chemise, il le traîna à l'intérieur de la chambre, claqua la porte, et confisqua les cookies et le Coca.

« Merci, morveux. J'étais justement en train de me dire que je mangerais bien un petit truc. »

Il s'approcha du bureau et posa le butin à côté de la citrouille qui luisait de tous ses feux.

Prenant une profonde inspiration, se blindant contre ce que sa résistance allait provoquer, Tommy dit :

« C'est à moi. »

Frank feignit la surprise.

« Mon petit frère est-il un glouton vorace qui ne sait pas partager ?

– Rends-moi mon Coca et mes cookies. »

Le sourire de Frank semblait plein de dents de requin.

« Cher frère, je crois que tu as besoin d'une leçon. Il

faut montrer aux petits gloutons voraces le chemin qui mène à la lumière. »

Tommy aurait préféré s'éloigner, laisser Frank gagner et retourner à la cuisine pour y prendre un autre Coca et quelques cookies supplémentaires. Mais il savait que ses conditions de vie, déjà intolérables, empireraient bien davantage s'il ne faisait pas un effort, même futile, pour résister à cet étranger qui était censé être son frère. Une capitulation totale et volontaire griserait Frank et l'encouragerait à le tourmenter plus encore qu'il ne le faisait déjà.

« Je veux mes cookies et mon Coca », insista Tommy, tout en se demandant quel biscuit, même un cookie, valait qu'on meure pour lui.

Frank lui sauta dessus.

Ils s'écroulèrent sur le sol, se bourrant de coups, roulant l'un sur l'autre et se débattant, sans faire trop de bruit. Ils ne voulaient pas attirer sur eux l'attention de leurs parents. Tommy n'avait pas envie qu'ils sachent ce qui se passait, parce qu'ils lui feraient invariablement porter la responsabilité du chahut. Le Frank athlétique et bronzé était l'enfant dont ils avaient rêvé, leur fils préféré, et il ne pouvait que bien se conduire. Frank voulait probablement tenir la bataille secrète parce que leur père, en y mettant fin, gâcherait ainsi son plaisir.

Au cours de la bagarre, Tommy aperçut brièvement, à plusieurs reprises, la citrouille allumée qui les toisait, et il eut la conviction que son sourire s'agrandissait de plus en plus.

Tommy finit par se retrouver dans un coin, roué de coups et épuisé. Frank, tout en le chevauchant, le frappa à nouveau de toutes ses forces avant de s'en prendre à ses vêtements et de le déshabiller.

« Non ! chuchota Tommy lorsqu'il comprit qu'en plus d'être battu, il allait subir une humiliation. Non, non. »

Il se débattit avec le peu de force qu'il lui restait encore, mais sa chemise fut arrachée, son jean et son sous-vêtement, descendus. Avec son caleçon sur les chaussures, il fut remis sur pied et à moitié porté à travers la pièce.

Frank ouvrit la porte à toute volée, balança Tommy dans le couloir, et cria :

« Oh, Maria ! Maria, vous pouvez venir ici un instant, s'il vous plaît ? »

Maria était l'employée de maison. Elle était là deux fois par semaine pour faire le ménage et le repassage. C'était l'un de ses jours.

« Maria ! »

Nu, terrifié à l'idée d'être humilié sous les yeux de l'employée, Tommy se redressa tant bien que mal, remonta son caleçon, voulut s'enfuir et remettre son jean en même temps, trébucha, tomba, et bondit à nouveau sur ses pieds.

« Maria, vous pouvez venir ici, s'il vous plaît ? » s'écria à nouveau Frank, tout juste capable d'articuler entre deux crises de rire.

Hors d'haleine, gémissant, Tommy réussit pourtant à atteindre sa chambre et à disparaître avant l'arrivée de Maria. Un long moment, il resta adossé à la porte fermée, tenant son jean à deux mains, le corps parcouru de tremblements.

3

Leurs parents s'étant rendus à une réunion électorale, Tommy et Frank dînèrent ensemble, après avoir fait réchauffer un plat que Maria leur avait laissé dans le réfrigérateur. D'ordinaire, un dîner en compagnie de Frank était une épreuve mais, cette fois, il ne se passa rien de particulier. Tout en mangeant, Frank s'absorba dans la lecture d'un magazine qui passait en revue les derniers films d'horreur, en insistant lourdement sur ceux qui mettaient en scène des corps découpés en morceaux, avec de nombreuses photographies en couleurs représentant des cadavres mutilés et sanguinolents ; il semblait avoir oublié l'existence de Tommy.

Plus tard dans la soirée, tandis que Frank se préparait pour la nuit dans la salle de bains, Tommy se glissa dans la chambre de son frère aîné et se tint devant le bureau, étudiant la citrouille. La bouche torve était illuminée. Les étroites pupilles étaient habitées par la flamme.

Un parfum de rose emplissait la chambre, mais derrière cette odeur, il y avait une autre senteur, plus subtile et moins séduisante, qu'il n'arrivait pas à identifier.

Tommy avait conscience d'une présence malveillante – quelque chose d'encore pis que la malveillance qu'il *sentait* toujours dans la chambre de Frank. Un sang glacé courut soudain dans ses veines.

Tout à coup, il eut la certitude que le potentiel meurtrier de la citrouille noire était accru par la bougie. D'une façon quelconque, la présence d'une lumière à l'intérieur de l'écorce était dangereuse, tel un catalyseur. Tommy ignorait comment il le savait, mais il était convaincu que, s'il voulait avoir la moindre chance de survivre à la nuit qui s'annonçait, il lui fallait éteindre la flamme.

Il saisit le tortillon de la tige et ôta le capuchon qui bouchait le haut de la citrouille.

La lumière ne s'éleva pas seulement de l'intérieur de la cucurbitacée, mais elle parut se jeter sur lui, brûlant son visage et picotant ses yeux.

Il éteignit la flamme.

La citrouille s'obscurcit.

Immédiatement, Tommy se sentit mieux.

Il remit le capuchon à sa place.

Comme il lâchait la tige, la bougie se ralluma spontanément.

Stupéfait, il bondit en arrière.

De la lumière brillait par les découpes des yeux, par le nez, par la bouche.

« Non », dit-il à voix basse.

Il enleva le capuchon et souffla la bougie une deuxième fois.

Un instant d'obscurité à l'intérieur de la citrouille. Puis, sous ses yeux, la flamme réapparut.

À contrecœur, et tout en émettant involontairement un léger son de détresse, Tommy introduisit la main dans la citrouille afin de moucher l'entêtée chandelle à l'aide de son pouce et de son doigt. Il était persuadé que l'écorce de la citrouille allait soudain se refermer sur son poignet, sectionnant sa main et ne lui laissant qu'un moignon ensanglanté. Ou peut-être le retiendrait-elle tout en dissolvant promptement la chair de ses doigts pour le relâcher ensuite avec un bras se terminant par le squelette d'une main. Au bord de l'hystérie, il pinça la mèche, éteignit la flamme, et retira sa main avec un sanglot de soulagement, reconnaissant d'avoir échappé à la mutilation.

Il remit à la hâte le couvercle à sa place et, entendant qu'on tirait la chasse d'eau dans la salle de bains à côté, se dépêcha de sortir de la chambre. Il ne tenait pas à être surpris par Frank. Tandis qu'il s'avançait dans le couloir, il jeta un coup d'œil en arrière, en direction de la citrouille : évidemment, celle-ci était illuminée par la lueur de la bougie.

Il se rendit tout droit à la cuisine pour y prendre un couteau de boucher, qu'il rapporta dans sa propre chambre et dissimula sous son oreiller. Il était sûr qu'il allait en avoir besoin, tôt ou tard, au cours des heures blêmes qui précédaient l'aube.

4

Les parents de Tommy rentrèrent à la maison un peu avant minuit.

Tommy était assis dans son lit, sa chambre n'étant éclairée que par l'ampoule pâle de la veilleuse. Le couteau de boucher était à côté de lui, sous les couvertures, et sa main était posée sur le manche.

Pendant une vingtaine de minutes, Tommy entendit ses parents qui parlaient, qui ouvraient des robinets, qui tiraient la chasse d'eau, qui fermaient des portes. Leur chambre et leur salle de bains étaient situées de l'autre côté de la maison, à l'opposé de sa chambre et de celle de Frank, et les bruits qu'ils produisaient étaient plus ou moins étouffés, mais néanmoins rassurants. C'étaient les bruits ordinaires de la vie quotidienne, et tant que la maison en était emplie, nul prédateur bizarre aux yeux lumineux n'attaquerait personne.

Bientôt, pourtant, le silence revint.

Dans le calme d'après minuit, Tommy attendait que le premier cri retentisse.

Il était résolu à ne pas s'endormir. Mais il n'avait que douze ans, et il était épuisé à la suite de sa longue journée et vidé par la terreur soutenue qui s'était emparée de lui depuis qu'il avait vu le sculpteur de citrouilles à tête de momie. Adossé à une pile d'oreillers, il somnola bien un peu avant une heure du matin...

... puis un coup sourd le réveilla.

Son esprit fut instantanément en éveil. Il s'assit tout droit sur son lit, agrippant le couteau de boucher.

Un instant, il fut certain que le bruit provenait de sa propre chambre. Puis il l'entendit à nouveau, un choc dense, et il sut alors qu'il avait pour origine la chambre de Frank, de l'autre côté du couloir.

Il rejeta les couvertures et s'assit au bord du lit, tendu. Il attendit. Il écouta.

Une fois, il crut entendre Frank qui criait son nom – « Tooommmmmyy » –, un cri désespéré et effrayé à peine audible, qui semblait venir de l'autre bord d'un large canyon. Peut-être se l'imagina-t-il.

Le silence.

Ses mains étaient moites. Il mit le grand couteau de côté et sécha ses paumes sur son pyjama.

Le silence.

Il se saisit à nouveau du couteau. Passant le bras sous son lit, il attrapa la lampe électrique qu'il rangeait à cet endroit, mais il ne l'alluma pas. Il se glissa prudemment jusqu'à la porte et tendit l'oreille, afin de détecter un quelconque mouvement dans le couloir.

Rien.

Une voix intérieure le pressait de retourner se coucher, de tirer les couvertures par-dessus sa tête et d'oublier ce qu'il avait entendu. Mieux encore, il pouvait aussi ramper sous son lit et prier pour qu'on ne le trouve pas. Mais il savait que c'était la voix du froussard qui s'exprimait en lui, et il n'osait pas espérer trouver le salut dans la lâcheté. Si la citrouille noire s'était transformée en quelque chose d'autre, et si elle était à présent en train d'évoluer librement dans la maison, la timidité la ferait réagir avec la même joie sauvage dont Frank aurait fait preuve.

Seigneur, se dit-il avec ferveur, *il y a ici un garçon qui croit en toi, et il serait très déçu que tu sois justement en train de regarder ailleurs au moment précis où il a vraiment, vraiment besoin de toi.*

Silencieusement, Tommy tourna la poignée et ouvrit la porte. Le couloir, seulement éclairé par la lune qui brillait par la fenêtre du fond, était désert.

En face, de l'autre côté du couloir, la porte donnant sur la chambre de Frank était ouverte.

Laissant toujours la lampe électrique allumée, espérant ardemment que sa présence ne se remarquerait pas s'il restait dans l'obscurité, il avança jusqu'au seuil de la porte de Frank et écouta. En général, Frank ronflait mais, pour l'instant, on n'entendait pas le moindre ronflement. Si la citrouille se trouvait à l'intérieur, la bougie s'était finalement éteinte, car nulle flamme de bougie vacillante n'était visible.

Tommy franchit le seuil de la porte.

Le clair de lune teintait d'argent la fenêtre, et l'ombre du bouquet de palmes que projetait un arbre agité par le vent dansait sur la vitre. À l'intérieur de la pièce, le contour des objets n'était pas clairement défini. Des formes mystérieuses dressaient leurs ombres gris foncé et noires.

Il avança d'un pas. De deux. De trois.

Son cœur battait si fort qu'il abandonna l'idée de se dissimuler dans l'obscurité. Il alluma d'un doigt la lampe électrique et fut surpris par la façon dont le couteau de boucher, dans sa main droite, reflétait la lumière.

Le faisceau lumineux balaya la pièce et, à son grand soulagement, il n'aperçut pas le moindre monstre tapi dans un coin. Les draps et les couvertures étaient entassés sur le matelas, et il lui fallut avancer d'un pas en direction du lit avant de pouvoir affirmer que Frank n'était pas là.

La main tranchée gisait sur le sol à côté de la table de chevet. Tommy la distingua dans la pénombre, et il braqua le rayon de la lampe directement sur elle. Choqué, il fixa la main. La main de Frank. Aucun doute sur son identité, à cause de la bague en argent représentant un crâne et deux os en croix qui brillait sur l'un des doigts exsangues, blanc comme une limace. La main était fermée, formant un poing serré.

Peut-être sous l'effet d'un spasme nerveux *post mortem*, peut-être animé par des forces plus obscures, le poing s'ouvrit soudain, dépliant les doigts comme une fleur déployant ses pétales. Au creux de la paume se trouvait une unique pièce d'argent.

Tommy étouffa un cri sauvage, mais ne put réprimer une violente série de frissons.

Tandis qu'il tentait, frénétique, de décider quel était l'itinéraire le plus sûr pour s'enfuir, il entendit sa mère qui hurlait à l'autre bout de la maison. Son cri aigu fut brutalement interrompu. Un choc retentit.

Tommy se tourna vers la porte de la chambre de Frank. Il savait qu'il devait fuir avant qu'il ne soit trop tard, mais il était soudé au sol comme il l'avait été à la poussière du terrain où se vendaient les citrouilles, quand le sculpteur avait insisté pour lui raconter que la citrouille se transformerait au cours des heures sombres de la nuit.

Il entendit crier son père.
Un coup de feu.
Son père hurla.
Le silence revint.
Tommy essaya de bouger un pied, un seul, et de le décoller du sol de quelques centimètres, mais celui-ci ne se souleva pas. Il sentait que la peur n'était pas seulement la cause de son immobilité, et que quelque sort maléfique l'empêchait d'échapper à la citrouille noire.
De l'autre côté de la maison, une porte claqua.
Des pas résonnèrent dans le couloir. Des pas lourds et traînants.
Des larmes s'échappèrent des yeux de Tommy et glissèrent sur ses joues.
Dans le couloir, le plancher craquait et gémissait comme sous un grand poids.
Fixant la porte ouverte avec autant de terreur que s'il avait regardé l'entrée des Enfers, Tommy aperçut alors une lueur orange qui vacillait au fond du couloir. La lumière devint de plus en plus brillante, au fur et à mesure que la source – de toute évidence, une bougie – se rapprochait, provenant de la gauche, la direction de la chambre de ses parents.
Des ombres informes et des lueurs surnaturelles serpentaient sur la moquette du couloir.
Les pas lourds ralentirent. Cessèrent.
À en juger par la lumière, la chose se trouvait seulement à cinquante ou soixante centimètres de la porte.
Tommy déglutit avec peine et rassembla assez de salive pour lancer : *Qui est là ?* mais il eut la surprise de s'entendre dire à la place : « D'accord, finissons-en. »
Peut-être que les années qu'il avait passées chez les Sutzmann l'avaient endurci plus profondément et l'avaient rendu plus fataliste qu'il ne l'avait cru jusqu'à présent.
La créature surgit, emplissant l'encadrement de la porte.
Sa tête était formée par la citrouille elle-même, qui avait subi des mutations hideuses. Elle avait conservé ses couleurs noir et orange et sa forme de gourde, plus étroite en haut qu'en bas, et toutes les tumeurs noduleuses étaient aussi croûteuses et dégoûtantes qu'auparavant. Pourtant, bien qu'elle ait été aussi grosse que n'importe quel autre potiron jamais observé

par Tommy, elle n'avait plus à présent que la taille d'un ballon de basket, dégonflé et fripé. Les yeux s'étaient enfoncés, mais la fente étroite des pupilles était toujours aussi méchante. Le nez débordait de morve de façon répugnante. L'immense bouche s'étirait d'une oreille à l'autre : elle avait gardé la même taille, alors que le reste de la tête avait rétréci. Dans la lueur orange jaillissaient des dents, qui paraissaient s'être transformées en crocs osseux, durs et pointus.

Au-dessous de la tête, le corps était vaguement humanoïde, bien qu'il semblât être constitué d'épaisses racines tordues et de sarments emmêlés. La bête paraissait être immensément puissante, un colosse, un farouche titan. Malgré sa terreur, Tommy ressentit une profonde admiration. Il se demanda si le corps de la créature s'était constitué à partir de la matière précédemment contenue par l'énorme citrouille, à laquelle étaient venues s'ajouter les chairs de Frank, de Lois et de Kyle Sutzmann.

Le pire, c'était la lueur orange à l'intérieur du crâne. La bougie brûlait toujours. Sa flamme bondissante accentuait l'impossible vide de la tête – sans cerveau, comment la chose pouvait-elle bouger et penser ? – et attribuait aux yeux une conscience sauvage et diabolique.

La vision cauchemardesque leva un bras épais et puissant, tordu comme un sarment, et pointa vers Tommy un doigt en forme de racine.

« Toi », dit-il dans un murmure rauque qui rappelait le bruit de la neige fondue qui s'écoule par un chéneau.

Tommy était à présent moins surpris par son incapacité à bouger que par sa capacité à rester debout. Ses jambes lui donnaient l'impression d'être de vieux chiffons. Il était certain qu'il allait s'effondrer, tas sans défense que chargerait la chose, mais, sans savoir comment, il resta sur ses pieds, la lampe électrique dans une main et le couteau de boucher dans l'autre.

Le couteau. Inutile. La lame la mieux aiguisée du monde ne ferait aucun mal à son adversaire, et Tommy laissa donc le couteau glisser de ses doigts moites. Celui-ci tomba sur le sol en cliquetant.

« Toi, répéta la citrouille noire, et sa voix résonna dans la pièce. Ton méchant frère n'a eu que ce qu'il avait donné. Ta mère n'a eu que ce qu'elle a donné. Ton père n'a eu que ce qu'il a mérité, lui aussi. Je les ai mangés, j'ai sucé leur cervelle, j'ai dévoré leur chair, j'ai dissous leurs os. Et maintenant, qu'est-ce que *tu* mérites ? »

Tommy était incapable de parler. Il tremblait, sanglotait en silence, et n'aspirait chaque bouffée d'air qu'au prix de terribles efforts.

La citrouille noire quitta l'encadrement de la porte et pénétra dans la pièce, se penchant vers lui, les yeux luisants.

La chose mesurait plus de deux mètres, et il lui fallut baisser la lanterne qui lui servait de tête pour observer Tommy de plus près. Des fumerolles de suie provenant de la mèche de la bougie s'échappaient de l'espace entre ses crocs et de son nez lépreux.

S'exprimant dans un murmure rauque, mais avec une telle force que les mots firent vibrer les vitres, la chose dit :

« Malheureusement, tu es un gentil garçon, et je n'ai ni le droit ni l'envie de te dévorer. Alors... Ce que tu mérites, c'est ce que tu as à partir de maintenant – la liberté. »

Tommy leva les yeux vers la citrouille, s'efforçant de saisir la signification de ce qu'il venait d'entendre.

« La liberté, répéta la bête démoniaque. Libéré de Frank, de Lois et de Kyle. Libre de grandir loin de l'emprise qu'ils avaient sur toi. Libre de devenir ce que tu pourras être de mieux – ce qui signifie que je n'aurai vraisemblablement jamais l'occasion de te dévorer. »

Pendant longtemps, ils se tinrent l'un en face de l'autre, le garçon et la bête, et, peu à peu, Tommy réussit à tout comprendre. Au matin, ses parents et son frère auraient disparu. Ils ne seraient jamais retrouvés. Un grand mystère insondable. Tommy serait forcé de vivre avec ses grands-parents. On a ce qu'on mérite.

« Mais il est possible, dit la citrouille noire en posant sa main froide sur l'épaule de Tommy, que toi aussi tu sois quelque chose de pourri, et il est possible qu'un jour tu te laisses aller, et peut-être alors j'aurai une chance de t'avoir. Le dessert. (Son sourire s'élargit encore.) Et maintenant, retourne te coucher et dors. Dors. »

À la fois horrifié et empli d'un étrange sentiment de ravissement, Tommy traversa la pièce en direction de la porte, se déplaçant comme dans un rêve. Il regarda en arrière et s'aperçut que la citrouille noire était toujours en train de l'observer avec intérêt.

Tommy dit :

« Tu as oublié quelque chose », et il montra du doigt le sol à côté de la table de chevet de son frère.

La bête jeta un coup d'œil à la main tranchée de Frank.

« Ahhhh », s'exclama la citrouille noire en se saisissant de la main et en la fourrant dans sa bouche.

La flamme à l'intérieur de la tête en forme de courge brûla soudain plus intensément, devint cent fois plus brillante, puis, d'un seul coup, elle s'éteignit.

Titre original :
The Black Pumpkin

MADEMOISELLE ATTILA

1

Au fil du gel et du dégel, au fil des saisons humides et sèches, la chose gisant sur le sol de la forêt attendait depuis de nombreux siècles l'occasion de vivre à nouveau. Non qu'elle fût morte. Elle était vivante, consciente, guettant en permanence quelque créature à sang chaud passant dans les bois denses alentour. Mais seule une petite portion de son esprit était nécessaire pour contrôler l'éventuelle capacité des animaux à l'héberger, la plus grosse partie étant occupée par les rêves précis d'existences antérieures qu'elle avait précédemment menées dans d'autres mondes.

Des cerfs, des ours, des blaireaux, des écureuils, des tamias rayés, des lapins, des opossums, des loups, des souris, des renards, des ratons laveurs, des couguars, des cailles égarées loin des champs, des chiens, des crapauds, des caméléons, des serpents, des lombrics, des scarabées, des araignées, ainsi que des mille-pattes étaient passés assez près de la chose pour qu'elle ait pu s'en saisir s'ils lui avaient convenu. Certains, naturellement, n'avaient pas le sang chaud, ce qui était l'une des conditions essentielles de la créature. Ceux qui avaient le sang chaud – les mammifères et les oiseaux – ne répondaient pas non plus à l'autre condition importante : une intelligence supérieure.

La chose ne s'impatientait nullement. Elle trouvait des hôtes, sous une forme ou une autre, depuis des millions et des millions d'années. Elle ne doutait pas qu'elle aurait finalement l'occasion de quitter ses rêves froids pour faire l'expérience de ce nouveau monde, tout comme elle en avait connu – et conquis – beaucoup d'autres.

Jamie Watley était amoureux de Mme Caswell. Doté de talents artistiques considérables, il avait rempli un carnet de dessins représentant la femme de ses rêves : Mme Caswell chevauchant un cheval sauvage ; Mme Caswell domptant un lion ; Mme Caswell tirant sur un rhinocéros en train de charger, aussi gros qu'un semi-remorque ; Mme Caswell prêtant ses traits à la statue de la Liberté et brandissant fièrement la torche. Il ne l'avait jamais vue monter à cheval, ni dompter un lion ni abattre un rhinocéros ; il n'avait jamais non plus entendu dire qu'elle ait accompli le moindre de ces exploits. Et elle ne ressemblait certainement pas à la statue de la Liberté (elle était bien plus jolie), mais il semblait à Jamie que ces scènes imaginaires illustraient pourtant la vraie Mme Caswell.

Il voulait demander à Mme Caswell de l'épouser, bien qu'il doutât de ses chances. D'abord, elle était cultivée, et il ne l'était pas. Elle était belle, et il était quelconque. Elle était drôle et ouverte, mais il était timide. Elle était tellement sûre d'elle, maîtrisant n'importe quelle situation – l'incendie de l'école, en septembre dernier, quand elle avait, à elle seule, sauvé le bâtiment d'une destruction complète –, alors que Jamie avait du mal à gérer même des situations de crise mineure. Et puis, elle était déjà mariée, et Jamie se sentait coupable de souhaiter la mort de son mari. Mais s'il devait nourrir le moindre espoir d'épouser Mme Caswell, le pire obstacle à surmonter était la différence d'âge ; elle avait dix-sept années de plus que Jamie, qui en comptait seulement onze.

En ce dimanche soir de la fin du mois d'octobre, Jamie était assis devant la planche qui lui servait de bureau, dans sa petite chambre, occupé à créer un nouveau dessin au crayon à papier de Mme Caswell, son institutrice. Il la mettait en scène dans la classe, debout à côté de son bureau, vêtue d'une robe blanche comme en portent les anges. Une lumière merveilleuse irradiait de sa personne, et tous les enfants – les camarades de Jamie – lui souriaient. Jamie se dessina lui aussi – deuxième rangée en partant de la porte, premier bureau

– puis, après une courte réflexion, il traça un flot de petits cœurs qui s'élevaient de lui à la manière de la fumée blanche qui s'échappe d'un morceau de neige carbonique.

Jamie Watley – dont la mère était une souillon alcoolique et dont le père était un mécanicien alcoolique souvent sans emploi – ne s'était jamais vraiment intéressé à l'école jusqu'à cette année, depuis qu'il était tombé sous le charme de Mme Laura Caswell. À présent, le dimanche soir était toujours la soirée la plus lente de la semaine, tant il était impatient de retourner à l'école.

En bas, son ivrogne de père était en train de se disputer méchamment avec sa mère, tout aussi soûle que lui. C'était pour une histoire d'argent, mais ils auraient pareillement pu s'engueuler à propos du dîner, immangeable, qu'elle avait préparé, des coups d'œil qu'il lançait aux autres femmes, de l'apparence négligée de la mère de Jamie, des pertes du père au poker, des récriminations constantes de sa femme, du manque de trucs à grignoter dans cette baraque, ou de l'émission de télé qu'ils allaient regarder. Les cloisons minces de la maison décrépite ne permettaient pas d'étouffer leurs voix, mais Jamie était généralement capable de n'y accorder aucune attention.

Il commença un nouveau dessin. Dans celui-ci, Mme Caswell se tenait sur des rochers, portant des vêtements futuristes, et combattant à l'aide d'une épée laser un monstrueux extraterrestre.

3

Avant l'aube, Teel Pleever, au volant de sa jeep vieille de huit ans, cabossée et sale, se rendit dans les collines. Il se gara le long d'une route forestière abandonnée, au cœur des bois. Comme le jour se levait, il se mit à marcher, armé de son fusil de chasse. Il s'agissait d'une Winchester modèle 70, .270, dont la crosse avait été refaite en beau noyer venu d'Europe, avec lunette de visée réglable, montée sur des fixations Stith Streamline, et réglage latéral.

Teel adorait les bois à la levée du jour : la douceur veloutée de la pénombre, l'aurore éclairant délicatement les branches, l'odeur persistante de la rosée nocturne. Il éprouvait une grande satisfaction à sentir le fusil dans sa main, et la perspective de chasser l'excitait mais, par-dessus tout, il aimait braconner.

Bien qu'il fût l'agent immobilier le plus florissant de la région, un notable modestement aisé, Teel ne supportait pas de dépenser un dollar quand le même article pouvait s'obtenir ailleurs pour quatre-vingt-dix-huit cents, et il refusait de dépenser le moindre sou quand il pouvait avoir gratuitement ce qu'il voulait. Il avait possédé une ferme au nord-est de Pineridge, le chef-lieu du canton, à l'endroit où les autorités avaient décidé de construire la nouvelle autoroute à péage, et il s'était fait plus de six cent mille dollars de bénéfice en vendant du terrain à diverses chaînes de motels et de fast-foods. C'était le plus gros de ses contrats, mais ce dernier était loin d'être le seul ; même sans lui, Teel aurait été un homme riche. Pourtant, il n'achetait une jeep neuve que tous les dix ans, il ne possédait qu'un seul costume, et il était connu à l'Acme de Pineridge, le supermarché du coin, pour passer jusqu'à trois heures à comparer les prix afin d'économiser quatre-vingts cents sur les produits d'épicerie qu'il achetait.

Il n'achetait jamais de bœuf. Pourquoi payer la viande quand les bois en regorgeaient, des bêtes sur pied, et gratis ? Teel avait cinquante-trois ans. Il chassait le chevreuil en dehors des périodes légales de chasse depuis l'âge de dix-sept ans, et il ne s'était jamais fait prendre. Il n'aimait pas particulièrement le goût du gibier, et après en avoir mangé d'innombrables centaines de kilos au cours des trente-cinq dernières années, il lui arrivait parfois de ne pas avoir envie de se mettre à table pour le dîner ; mais il retrouvait toujours l'appétit à l'idée de tout cet argent qu'il gardait dans sa poche, le sauvant des mains des éleveurs de bovins, des grossistes en viande et des membres du syndicat des bouchers.

Au bout de quarante minutes d'ascension dans la forêt au pied des montagnes, et sans avoir repéré de traces de chevreuil, Teel fit une pause sur un grand rocher plat, entre ses pieds bottés.

L'objet était à moitié enterré dans le sol meuble, noir et humide. Il était également recouvert en partie par des aiguilles de pin sèches en voie de décomposition. Avançant une main, il entreprit d'ôter les aiguilles de pin. La chose avait la forme d'un ballon de football, mais elle paraissait deux fois plus grosse. La surface en était extrêmement polie, aussi brillante que l'émail d'une céramique, et Teel sut aussitôt que l'objet ne pouvait qu'avoir été fabriqué par une main d'homme, ni le vent ni l'érosion due à la pluie n'étant susceptibles de produire un tel éclat. La chose était marbrée de bleu sombre, de noir et de vert, et elle possédait une étrange beauté.

Il était sur le point de sauter du rocher pour se mettre à quatre pattes et déterrer l'objet mystérieux, quand plusieurs trous apparurent à divers endroits sur la surface lisse. Au même instant, des vrilles noires et luisantes, d'aspect végétal, explosèrent dans sa direction. Certaines s'enroulèrent autour de sa tête et de son cou, d'autres autour de ses bras, d'autres encore autour de ses chevilles. En trois secondes, il fut pris au piège.

Une graine, se prit-il à penser frénétiquement. *Une foutue espèce de graine bizarre que personne n'a encore jamais vue.*

Il se débattit violemment, mais il ne parvint ni à se libérer des vrilles noires ni à les briser. Il ne pouvait même plus se lever ou bouger d'un centimètre à droite ou à gauche.

Il tenta de crier, mais la chose maintenait sa bouche fermée.

Tandis que Teel était encore en train de regarder la graine cauchemardesque entre ses jambes, il vit un autre trou, plus gros, qui se dilatait au milieu. Une vrille beaucoup plus épaisse – une tige, quasiment – s'éleva promptement de l'ouverture et approcha de son visage à la manière d'un cobra ondulant hors du panier d'un charmeur de serpent. De couleur noire, avec des taches irrégulières d'un bleu nuit, effilé au bout, cela se terminait par neuf autres vrilles, fines et ondoyantes. Ces palpeurs explorèrent son visage. Telles des pattes d'araignée, et il frissonna de dégoût. Puis la tige recula, s'arrondit en direction de son torse et, horrifié, il la sentait qui s'élargissait, avec une rapidité incroyable, transperçant ses vêtements, sa peau, sa cage thoracique, jusqu'à l'intérieur de son corps. Il sentit que les neuf vrilles se répandaient en lui, puis il s'évanouit juste avant de perdre la raison.

4

Sur cette planète, son nom était La Graine. Du moins c'était ce qu'elle avait lu dans l'esprit de son premier hôte. Ce n'était pas vraiment une plante – ni un animal, d'ailleurs – mais cela accepta le nom que Teel Pleever lui avait attribué.

La Graine sortit entièrement de la cavité au fond de laquelle elle avait attendu des siècles durant, et elle inséra toute sa masse dans le corps de l'hôte. Puis elle referma les plaies, d'où ne sourdait pas la moindre goutte de sang, par lesquelles elle avait pénétré Pleever.

Elle eut besoin de dix minutes d'exploration pour connaître la physiologie humaine mieux qu'aucun humain. Pour commencer, les humains ne comprenaient apparemment pas qu'ils avaient la capacité de se soigner et de se guérir, et de réparer, jour après jour, les effets néfastes du vieillissement. Leur durée de vie était courte, et ils semblaient bizarrement ignorer leur condition potentielle d'immortels. Au cours de l'évolution de l'espèce, quelque chose avait provoqué un blocage entre leur corps et leur esprit, ce qui les empêchait de contrôler de façon consciente leur propre personne physique.

Étrange.

Assise sur le rocher, entre les deux sapins, à l'intérieur du corps de Teel Pleever, La Graine s'octroya dix-huit minutes supplémentaires afin d'acquérir une totale compréhension des dimensions et du fonctionnement de l'esprit humain. C'était l'un des esprits les plus intéressants que La Graine eût jamais rencontrés dans l'univers tout entier : complexe, puissant – et distinctement psychotique.

Voilà qui s'annonçait comme une incarnation tout à fait intéressante.

La Graine se leva, ramassa le fusil qui appartenait à son hôte, et prit à travers bois la direction de l'endroit où Teel Pleever avait garé la jeep. La Graine n'éprouvait aucun intérêt pour le braconnage.

5

Jack Caswell, assis à la table de la cuisine, regardait sa femme qui se préparait à partir à l'école, comme tous les lundis matin, et il ne doutait pas qu'il était l'homme le plus chanceux du monde. Laura était si jolie, si fine et si bien balancée que Jack avait parfois l'impression que la vie qu'il menait était en fait un rêve, parce que, dans le vrai monde, il n'aurait sûrement jamais mérité une femme comme Laura.

Elle décrocha son écharpe écossaise beige de la patère derrière la porte et se la passa autour du cou, plaquant les extrémités frangées sur ses seins. Jetant un coup d'œil de l'autre côté de la vitre embuée, elle lut la température extérieure qu'affichait le gros thermomètre installé sous le porche. « Trois degrés, et nous ne sommes qu'à la fin du mois d'octobre. »

Sa chevelure épaisse et lustrée, d'un châtain brillant, encadrait un visage parfaitement proportionné, rappelant celui de Veronica Lake, la vedette de cinéma d'antan. Elle avait d'immenses yeux très expressifs, d'un brun si foncé qu'ils en étaient presque noirs ; c'était un regard des plus clairs, des plus directs que Jack eût jamais vus. Il refusait de croire qu'il fût possible de mentir en regardant ces yeux-là – ou de ne pas tomber aussitôt amoureux de la femme à qui ils appartenaient.

Elle prit son vieux caban marron, l'enfila et le boutonna, tout en disant :

« Je parie que nous aurons de la neige bien avant Thanksgiving, cette année, et que ce sera le Noël le plus blanc que nous ayons eu depuis des lustres, et qu'en janvier, nous serons bloqués ici.

– Ça ne me gênerait pas du tout, d'être bloqué par la neige avec toi pendant, disons, sept ou huit mois, fit-il. Toi et moi, tous les deux, avec de la neige jusqu'au toit, histoire d'être obligés de rester couchés sous les couvertures, survivant grâce à la chaleur de nos corps. »

Avec un grand sourire, elle s'approcha de lui, se pencha et l'embrassa sur la joue.

« Jackson, dit-elle, l'appelant du petit nom tendre qu'elle lui réservait, étant donné l'effet que tu me fais, nous dégagerions tellement de fichue chaleur corporelle qu'il pourrait même y avoir de la neige un kilomètre plus haut que le toit. Peu importerait la température qu'il ferait dehors, à l'intérieur, on crèverait de chaud, avec un taux d'hygrométrie et une chaleur approchant des quarante degrés, la jungle poussant sur le plancher, de la vigne vierge couvrant les murs, et de la moisissure tropicale dans tous les coins. »

Elle fila dans le salon pour y prendre le cartable posé sur le bureau, à l'endroit où elle préparait ses cours.

Jack se leva. Un peu plus raide que d'habitude, ce matin, mais en assez bonne forme pour se trimballer dans la cuisine sans s'aider de sa canne, il rassembla la vaisselle sale du petit déjeuner. Il était encore en train de songer à la chance qu'il avait.

Elle aurait pu avoir tous les types qu'elle voulait, mais elle s'était pourtant choisi un mari qui n'était physiquement pas mieux que la moyenne des hommes, et qui avait deux jambes inutiles qui ne supporteraient pas son poids s'il ne les enfermait pas dans des gaines métalliques tous les matins. Avec sa beauté, sa personnalité et son intelligence, elle aurait pu épouser quelqu'un de riche, ou aller faire fortune à la ville. Au lieu de ça, elle avait opté pour la vie simple d'une institutrice mariée à un écrivain obscur, délaissant les manoirs pour cette petite maison à la lisière de la forêt, renonçant aux limousines pour une Toyota déjà vieille de trois ans.

Lorsqu'elle revint en trombe dans la cuisine, son cartable à la main, Jack était en train de mettre la vaisselle dans l'évier.

« Elles te manquent, les limousines ? »

Elle écarquilla les yeux.

« De quoi tu parles ? »

Il soupira et s'appuya contre l'évier.

« Parfois, je me dis que, peut-être... »

Elle s'approcha de lui.

« Peut-être quoi ?

– Eh bien, que tu n'as pas grand-chose, en tout cas certainement pas autant que ce que tu mériterais. Laura, tu es faite pour les limousines, les manoirs, les chalets dans les Alpes suisses. Tu *mérites* tout ça. »

Elle sourit.

« Gros bêta. Je m'ennuierais dans une limousine. J'aime conduire. Conduire, ça m'amuse. Bon sang, si j'habitais dans un manoir, je serais aussi perdue qu'un poisson hors de l'eau. J'aime les maisons confortables. Et comme je ne sais pas skier, je ne vois pas à quoi pourrait bien me servir un chalet. Même si j'aime leurs coucous et leurs chocolats, je ne supporte pas cette façon qu'ont les Suisses de chanter des tyroliennes toute la journée. »

Il posa ses mains sur les épaules de Laura.

« Tu es réellement heureuse ? »

Elle le regarda droit dans les yeux.

« Tu parles sérieusement, n'est-ce pas ?

– J'ai peur de ne pas pouvoir t'en donner assez.

– Écoute, Jackson, tu m'aimes de tout ton cœur, et je le sais. Je le sens constamment, et il s'agit d'un amour que la plupart des femmes ne connaîtront jamais. Je suis plus heureuse avec toi que je n'ai jamais pensé pouvoir l'être un jour. Et j'aime aussi mon travail. L'enseignement procure d'immenses satisfactions, pour peu qu'on essaie vraiment d'inculquer quelques connaissances à ces petits démons. D'ailleurs, un de ces jours, tu seras célèbre, tu seras l'auteur de romans policiers le plus célèbre depuis Raymond Chandler. Je le sais, c'est tout. Maintenant, si tu persistes à te conduire en idiot, je vais être en retard. »

Elle l'embrassa à nouveau, se dirigea vers la porte, lui envoya du bout des doigts un autre baiser, sortit enfin et descendit les marches du porche pour rejoindre la Toyota garée dans l'allée de graviers.

Saisissant sa canne accrochée au dossier de l'une des chaises dans la cuisine, il s'en servit pour se hâter vers la porte, se déplaçant plus rapidement qu'avec la seule assistance de ses jambes gainées. Essuyant la buée sur le carreau froid, il l'observa qui démarrait la voiture, faisant vrombir le moteur jusqu'à ce qu'il fût suffisamment chaud pour ne pas caler. Le tuyau d'échappement expulsait des nuages de vapeur. S'engageant sur la route, elle prit la direction de l'école primaire, distante de cinq kilomètres. Jack resta à la fenêtre jusqu'à ce que la Toyota blanche fût réduite à un confetti, et qu'elle disparût de sa vue.

Bien que Laura fût la personne la plus forte et la plus confiante en elle-même que Jack ait jamais connue, il était soucieux. Le monde était dur, plein de mauvaises surprises, même ici, dans la paix rurale de Pine County. Et les gens, y compris les plus résistants, pouvaient soudain être victimes d'un coup du sort, meurtris et brisés en un clin d'œil.

« Prends soin de toi, dit-il doucement. Prends soin de toi, et reviens-moi vite. »

6

La Graine conduisit la vieille jeep cabossée de Teel Pleever jusqu'au bout du chemin forestier abandonné, puis elle tourna à droite, s'engageant sur une étroite voie goudronnée. En moins de deux kilomètres, les collines se changèrent en terrain plat, et la forêt céda la place aux champs et aux prés.

À la première habitation, La Graine s'arrêta et descendit de la jeep. Se basant sur la banque de données personnelle et les connaissances de son hôte, La Graine découvrit qu'il se trouvait devant chez les Halliwell. Résolument, elle frappa à la porte.

Mme Halliwell, une femme d'une trentaine d'années aux traits avenants, vint lui ouvrir. Elle était en train de s'essuyer les mains sur son tablier à carreaux bleus et blancs.

« Eh bien, mais c'est M. Pleever ! »

La Graine fit jaillir ses pampres par l'extrémité des doigts de son hôte. Les fines lanières noires claquèrent autout de la femme, l'immobilisant sur place. Tandis que Mme Halliwell se mettait à hurler, une tige beaucoup plus épaisse surgit de la bouche ouverte de Pleever, fonça droit sur la femme, et lui transperça la poitrine sans aucune effusion de sang, se fondant dans sa chair tout en la pénétrant.

Elle n'acheva jamais son premier hurlement.

La Graine prit le contrôle de la femme en quelques secondes. Les vrilles et les tiges reliant les deux hôtes se fendirent par leur moitié, et la matière extraterrestre luisante, d'un noir parsemé de bleu, revint en partie à l'intérieur de Teel Pleever, le reste allant dans Jane Halliwell.

La Graine était en train de croître.

Cherchant l'esprit de Jane Halliwell, La Graine apprit que ses deux jeunes enfants étaient à l'école, et que son mari était parti à Pineridge, avec le pick-up, pour y faire quelques courses. Elle était toute seule à la maison.

Impatient de conquérir de nouveaux hôtes et d'étendre son empire, La Graine emporta Jane et Teel dans la jeep, et reprit l'étroit chemin goudronné, en direction de la départementale menant à Pineridge.

7

Mme Caswell commençait toujours la matinée par une leçon d'histoire. Avant d'atterrir dans sa classe, Jamie Watley croyait qu'il n'aimait pas l'histoire, parce que c'était une matière ennuyeuse. Mais quand Mme Caswell leur enseignait l'histoire, ce n'était pas seulement intéressant, mais marrant, en plus.

Parfois, elle leur donnait à jouer les rôles des protagonistes des grands événements historiques, et chacun d'entre eux portait alors un couvre-chef rigolo, en rapport avec le personnage qu'il interprétait. Mme Caswell avait la plus incroyable des collections de chapeaux rigolos. Une fois, pendant une leçon sur les Vikings, elle était entrée dans la classe avec un casque à cornes, et tout le monde avait ri aux éclats. Jamie avait d'abord été un peu gêné pour elle : n'était-elle pas sa Mme Caswell, la femme qu'il aimait ? Il ne supportait pas de la voir se comporter en véritable clown. Mais, ensuite, elle leur avait montré des images où l'on voyait les drakkars des Vikings, et leur proue minutieusement sculptée de dragons, et elle s'était lancée dans la description des Vikings voguant sur des mers brumeuses et inconnues, au temps jadis, à l'époque où les cartes maritimes n'existaient pas, naviguant dans des eaux étrangères, où – d'après ce que les gens savaient alors – il était tout à fait possible de rencontrer de vrais dragons, ou de tomber dans le vide, une fois parvenu au bout du monde, et tandis qu'elle parlait, sa voix était devenue de plus en plus douce, au point que tous les élèves étaient suspendus à ses lèvres, penchés en avant, comme s'ils avaient été transportés loin de la salle de classe, jusqu'au pont d'un petit navire sur lequel s'écrasaient les vagues d'une tempête faisant rage autour d'eux, et d'où on apercevait, à travers les embruns et la pluie battante, la masse sombre d'un mystérieux rivage. À présent, Jamie possédait dix portraits de Mme Caswell, en tenue de Viking, et, dans son musée secret, ils étaient au nombre de ceux qu'il préférait.

La semaine précédente, un conseiller d'orientation du nom de Enright avait dirigé une journée de cours dans la classe de Mme Caswell. C'était un petit homme soigné, vêtu d'un complet sombre, d'une chemise blanche et d'un nœud papillon rouge. À la fin de la leçon d'histoire, qui avait évoqué la vie au Moyen Âge, M. Enright avait voulu poser des questions aux élèves, afin de vérifier ce qu'ils avaient retenu de ce qu'on leur avait appris. Jamie et les autres étaient impatients de répondre, et Enright avait été impressionné.

« Mais, madame Caswell, avait-il dit, vous ne suivez pas exactement le programme scolaire, n'est-ce pas ? J'ai plutôt l'impression que vous leur enseignez des matières qu'ils devraient aborder seulement dans deux ans. »

En temps normal, la classe aurait réagi à la déclaration de Enright de manière positive, acceptant ainsi le compliment implicite. Ils seraient restés assis à leurs bureaux, le dos droit, ils auraient bombé le torse et souri d'un air suffisant. Mais, confrontés à une telle situation, ils avaient reçu la consigne d'agir différemment, et ils s'avachirent lamentablement sur leur chaise, faisant de leur mieux pour paraître épuisés.

« Les enfants, dit Mme Caswell, M. Enright était en train de dire qu'il a peur que je ne vous fasse trop travailler, et que les leçons ne soient trop difficiles. Vous ne pensez pas que je vous en demande trop ? »

D'une seule voix, la classe tout entière répondit en chœur :

« Si ! »

Mme Caswell feignit la surprise.

« Oh... Non, je ne vous fais pas trop travailler. »

Melissa Fedder, qui possédait ce don enviable de pleurer sur commande, fondit en larmes, comme si la pression exercée sur elle par le fait d'être l'une des élèves de Mme Caswell était plus qu'elle ne pouvait le supporter.

Jamie, tremblant d'une prétendue peur, se leva et récita son monologue avec une émotion dûment répétée : « Monsieur En... Enright, on n'en... n'en peut plus. Elle ne nous lâche jamais. Ja... jamais. On l'appelle Mlle Attila le Hun. »

D'autres enfants commencèrent à formuler à l'intention de M. Enright des reproches soigneusement appris :

« ... jamais de récréations...

– ... quatre heures de devoirs à la maison par jour...

– ... c'est trop...

– ... trop petits... »

M. Enright était sincèrement horrifié.

Mme Caswell fit un pas en avant, l'œil noir, et, d'un geste bref, imposa le silence.

Instantanément, tous se turent, comme s'ils avaient peur d'elle. Melissa Fedder pleurnichait toujours, et Jamie s'efforçait de faire trembler sa lèvre inférieure.

« Madame Caswell, dit M. Enright, mal à l'aise, euh... Eh bien, vous devriez peut-être envisager de vous en tenir plus strictement au programme scolaire. Le stress créé par...

– Oh ! s'écria Mme Caswell, simulant l'horreur. Je crains qu'il ne soit trop tard, monsieur Enright. Regardez ces pauvres chéris ! Je crains que les efforts que je leur ai demandés n'aient été fatals. »

À la suite de cette réplique, tous les élèves de la classe s'écroulèrent sur leurs bureaux respectifs, comme s'ils venaient subitement de mourir.

Pendant un instant, M. Enright ne dit pas un mot, puis il éclata de rire, et tous les gamins se mirent à rire à leur tour. M. Enright dit alors :

« Madame Caswell, vous m'avez fait marcher ! Tout cela était pure mise en scène.

– Oui, je le confesse », répondit-elle, et ses élèves de redoubler de gaieté.

« Mais comment saviez-vous que je n'apprécierais pas le fait que vous leur enseigniez des matières n'étant pas inscrites au programme de leur classe ?

– Parce que tout le monde sous-estime toujours les enfants, répliqua Mme Caswell. L'enseignement officiel prévu pour leur âge ne les pousse pas à étudier. On s'inquiète tellement du stress psychologique, et des problèmes qu'on associe aux élèves qui en font trop, qu'on obtient pour tout résultat des gamins qui sont en fait encouragés à en faire moins. Mais je connais bien les enfants, monsieur Enright, et je vous assure qu'ils sont bien plus costauds et bien plus malins qu'on ne veut généralement le reconnaître. N'ai-je pas raison ? »

Toute la classe affirma bruyamment qu'elle avait tout à fait raison.

M. Enright observa les élèves, en prenant le temps d'étudier chaque visage, et ce fut la toute première fois de la matinée qu'il se mit à vraiment les regarder. Il finit par sourire.

« Madame Caswell, grâce à vous, il se passe ici quelque chose de merveilleux.

– Merci », dit Mme Caswell.

M. Enright secoua la tête, son sourire s'élargit, et il lui adressa un clin d'œil.

« Mlle Attila le Hun, en effet. »

À ce moment-là, Jamie fut si fier de Mme Caswell, et si amoureux d'elle qu'il lui fallut lutter vaillamment pour retenir des larmes bien plus sincères que celles de Melissa Fedder.

Et à présent, en ce dernier lundi matin d'octobre, Jamie écouta Mlle Attila leur raconter à quoi ressemblait la médecine au Moyen Âge (rudimentaire) et ce qu'était l'alchimie (le plomb changé en or et plein de trucs fascinants et complètement incroyables) et, au bout d'un moment, il ne sentait plus ni la poussière des craies ni les autres élèves dans la salle de classe. Il pouvait presque renifler autour de lui la puanteur terrible des rues fangeuses de l'Europe médiévale.

8

Dans la pièce de dix mètres carrés située à l'avant de la maison, Jack Caswell était assis devant son antique bureau en sapin, en train de boire son café à petites gorgées et de relire le chapitre qu'il avait écrit la veille. À l'aide d'un crayon à papier, il fit de nombreuses corrections, puis il alluma son ordinateur afin de procéder aux changements nécessaires dans le texte.

Depuis son accident, trois ans auparavant, incapable de reprendre son ancien emploi de garde-chasse, il bataillait pour que se concrétisât le désir, qu'il avait eu toute sa vie, de devenir écrivain. (Quelquefois, dans ses rêves, il voyait encore l'énorme camion se mettre à déraper sur le verglas, et il sentait sa propre voiture qui commençait à glisser elle aussi, et les phares allumés lui fonçaient dessus, et il appuyait comme un fou sur la pédale du frein, tournant le volant pour mieux accompagner le dérapage, mais c'était trop tard. Même lorsqu'il rêvait de l'accident, il réagissait toujours trop tard.) Au cours des trois dernières années, il avait écrit quatre romans policiers énergiques, dont deux avaient été achetés par des éditeurs new-yorkais, et il avait également placé huit nouvelles dans divers magazines.

Jusqu'à l'arrivée de Laura, ses deux grandes passions

avaient été la nature et la lecture. Avant l'accident, il avait souvent marché pendant des kilomètres dans les montagnes, pour atteindre des coins perdus et tranquilles, avec un sac à dos plein, pour moitié, de nourriture, et, pour l'autre, de bouquins. Complétant ses provisions à l'aide de baies, de noix et de racines comestibles, il avait passé ainsi des jours et des jours en pleine nature, observant la faune et la flore sauvage et lisant, alternativement. C'était un homme qui appartenait à la fois à la nature et à la civilisation ; bien qu'il fût difficile d'apporter la nature en ville, il était aisé d'emporter la civilisation – sous forme de livres – jusqu'au cœur des forêts sauvages, ce qui lui permettait de satisfaire les deux penchants de son âme partagée.

Ces temps derniers, accablé par le poids d'une paire de jambes qui ne le porteraient plus jamais pour une balade en forêt, il lui fallait se contenter des plaisirs de la civilisation – et, bon sang, il avait intérêt à ce que ses écrits lui rapportent plus d'argent qu'il n'avait réussi à en gagner jusqu'à présent. En trois ans, malgré la vente de huit nouvelles et de deux romans, bien accueillis par la critique, il n'avait pas gagné un tiers de ce que représentait le modeste salaire d'institutrice de Laura. Il était encore loin de figurer sur les listes des meilleures ventes, et la vie, au bas de l'échelle menant au succès dans le monde de l'édition, était totalement dépourvue de glamour. Sans la petite pension d'invalidité que lui versait l'administration, Laura et lui auraient eu de sérieuses difficultés financières pour se loger, s'habiller et se nourrir.

Quand il se souvint du manteau marron élimé qu'elle avait mis pour partir à l'école ce matin-là, ses pensées s'assombrirent. Mais l'évocation de la jeune femme dans cet affreux manteau raffermit plus que jamais sa détermination à écrire une œuvre majeure, gagner une fortune, et lui procurer tout le luxe qu'elle méritait.

La chose étrange, c'était que s'il n'avait pas eu cet accident, il n'aurait jamais rencontré Laura, et ne l'aurait pas épousée. Elle était venue à l'hôpital pour rendre visite à l'un de ses élèves, malade et, en sortant, elle avait aperçu Jack, dans le hall. Assis dans un fauteuil roulant, il parcourait tristement les couloirs. Laura était incapable de passer à côté d'un homme visiblement déprimé dans un fauteuil à roulettes sans essayer de lui remonter le moral. Apitoyé sur lui-même, plein de haine, il la repoussa ; mais le fait d'être rejetée la fit redoubler d'efforts. Il ignorait combien elle pouvait être têtue, mais il ne tarda pas à l'apprendre. Deux jours plus tard, lorsqu'elle revint rendre visite à son élève, elle passa prendre des nouvelles de Jack, et, très vite, elle prit l'habitude de venir tous les jours, pour le voir, lui. Quand il se résigna à l'idée de vivre assis dans un fauteuil roulant, Laura insista pour qu'il prenne, plus longuement et de façon plus soutenue, des séances quotidiennes avec un kinésithérapeute, afin qu'il tente, au moins, d'apprendre à marcher à l'aide d'une canne et un appareillage orthopédique. Quelque temps plus tard, alors que le kiné n'obtenait que des résultats très médiocres, Laura poussa le fauteuil roulant de Jack, malgré ses protestations, dans la salle de rééducation, et lui fit refaire les exercices une seconde fois. L'esprit indomptable de la jeune femme et son optimisme contaminèrent Jack. Il résolut de recommencer à marcher, puis il se remit effectivement à marcher, et le fait d'apprendre à marcher mena tout droit à l'amour et au mariage. Ainsi, la pire des choses qui lui soient jamais arrivées – la collision qui avait broyé ses jambes – l'avait conduit à Laura, et elle était, sans conteste, la meilleure chose qui lui soit jamais arrivée.

N'importe quoi. La vie, c'était vraiment n'importe quoi.

Dans le nouveau roman sur lequel il travaillait, il essayait de décrire la nature de ce n'importe quoi : la façon bizarre dont les mauvaises choses pouvaient provoquer de véritables bénédictions, tandis que ces dernières se finissaient parfois tragiquement. S'il réussissait à étoffer cette observation par le biais d'une intrigue policière, de façon à en explorer les aspects plus profonds, il risquait fort d'écrire non seulement un polar qui lui rapporterait le pactole, mais aussi un livre dont il pourrait être fier.

Il se versa une autre tasse de café et se prépara à démarrer un nouveau chapitre quand il jeta un coup d'œil par la fenêtre à gauche de son bureau, et vit alors qu'une jeep boueuse et défoncée quittait la route pour s'engager dans le chemin de sa propre maison.

Tout en se demandant qui pouvait ainsi leur rendre visite, il se hissa aussitôt hors de son fauteuil roulant et saisit sa canne. Il lui fallait un peu de temps pour atteindre la porte d'entrée, et il détestait faire attendre les gens.

La jeep s'immobilisa devant la maison. La portière de droite et celle de gauche s'ouvrirent en même temps, et un homme et une femme apparurent.

Jack identifia l'homme, Teel Pleever, qu'il connaissait de vue. Pratiquement tous les habitants de Pine County connaissaient Pleever, mais Jack avait l'impression que, tout comme lui, la plupart des gens ne le fréquentaient pas beaucoup.

La femme lui était vaguement familière. Elle avait la trentaine, un physique séduisant, et il se dit que l'un de ses enfants se trouvait peut-être dans la classe de Laura, et qu'il l'avait déjà croisée lors d'une fête à l'école. Vêtue d'une robe légère et de son tablier, elle ne portait pas une tenue adaptée à ce froid matin d'octobre.

Le temps pour Jack de parcourir la moitié de la distance qui le séparait de la porte du bureau, ses visiteurs étaient déjà en train de frapper à la porte.

9

Dès qu'elle vit la maison, La Graine quitta la route. Après des siècles d'une semi-existence dans les limbes, elle était impatiente de s'étendre à d'autres hôtes. De Pleever, elle avait appris que la ville de Pineridge comptait cinq mille habitants, et La Graine avait l'intention d'y arriver pour midi. En deux jours, voire trois, au pis, elle prendrait le contrôle de chacun des citoyens de la ville, puis elle s'étendrait à travers Pine County, jusqu'à ce qu'elle se soit emparée des corps et qu'elle ait emprisonné les esprits des vingt mille résidants dispersés dans cette région rurale tout entière.

Bien que répartie dans de nombreux hôtes, La Graine demeurait une entité unique, pourvue d'une conscience unique. Elle pouvait simultanément vivre à l'intérieur de dizaines de millions, ou même de billions d'hôtes, absorbant les apports sensoriels de billions d'yeux et de billions d'oreilles, de billions de nez, de bouches, de mains, sans le moindre risque de confusion ou de surcharge de données. Au cours des innombrables millions d'années qu'elle avait passées à errer à travers les galaxies, sur la centaine de planètes où elle avait prospéré, La Graine n'avait jamais rencontré aucune créature dotée, comme elle, de son talent unique pour la schizophrénie corporelle.

Elle propulsa alors ses deux captifs hors de la jeep et leur fit traverser la pelouse jusqu'au porche d'entrée de la petite maison blanche.

De Pine County, elle enverrait ses légions se déployer sur tout ce continent, puis sur tous les autres, jusqu'à ce que chaque être humain vivant sur terre ait été conquis. Durant cette période, elle ne détruirait ni l'esprit ni la personnalité individuelle d'aucun de ses serviteurs, mais elle les incarcérerait tous, tout en utilisant leurs corps et leur savoir pour faciliter sa conquête du monde. Teel Pleever, Jane Halliwell et tous les autres resteraient atrocement conscients pendant les mois que durerait leur esclavage total : conscients du monde autour d'eux, conscients des actes monstrueux qu'ils commettraient, et conscients de la présence de La Graine, nichée au plus profond d'eux-mêmes.

Elle entraîna ses deux hôtes en haut des marches du porche, et elle se servit de Pleever pour cogner bruyamment sur la porte d'entrée.

Lorsqu'il ne resterait plus sur terre ni homme, ni femme, ni enfant qui fût encore libre, La Graine passerait à l'étape suivante, celle du Jour de la Délivrance, permettant subitement à ses armées de retrouver le contrôle de leur corps, tout en laissant dans chacun une trace du marionnettiste, qui verrait toujours par leurs yeux, et qui manipulerait leurs pensées. Le Jour de la Délivrance, bien sûr, la moitié d'entre eux, au moins, aurait perdu la raison. Les autres, qui s'étaient cramponnés à leur santé mentale dans l'espoir d'une éventuelle rémission de leurs tourments, seraient ébranlés par le fait que, même après avoir récupéré leur autonomie, ils comprendraient qu'il leur faudrait supporter la présence glaciale du parasite qu'était à jamais l'intrus ; alors, eux aussi, lentement, deviendraient fous à leur tour. C'était toujours ainsi que les choses se déroulaient. Une minorité, inévitablement, chercherait le réconfort dans la religion, formant un culte socialement subversif, dédié à l'adoration de La Graine. Et le plus petit groupe, les durs, conserverait ses facultés mentales, soit en s'adaptant à la présence de La Graine, soit en recherchant des moyens de l'évincer, une croisade immanquablement vouée à l'échec.

La Graine cogna à nouveau contre le battant. Peut-être n'y avait-il personne à la maison.

« J'arrive, j'arrive », s'écria un homme à l'intérieur.

Ah, bon.

À la suite du Jour de la Délivrance, le sort de ce monde désolé se conformerait aux schémas habituels : suicides collectifs, millions d'homicides commis par des psychopathes, fracture sociale irrémédiable et sanglante, et glissement irréversible vers l'anarchie et la barbarie.

Le chaos.

Créer le chaos, répandre le chaos, perpétuer le chaos, observer et apprécier le chaos étaient les seuls objectifs de La Graine. La chose était née lors de l'explosion initiale, pendant la genèse au début des temps. Avant ça, elle avait fait partie du chaos suprême de matière supercondensée, dans une ère précédant la nôtre. Quand cette grande boule génératrice de matière indifférenciée avait explosé, l'univers s'était formé ; un ordre sans précédent avait émergé du vide, mais La Graine ne participait pas de cet ordre. Elle était un résidu du chaos d'avant la création ; protégée par une carapace invincible, elle dérivait au cœur des galaxies florissantes, au service de l'entropie.

Un homme ouvrit la porte. Il s'appuyait sur une canne.

« Monsieur Pleever, c'est ça ? » dit-il.

La Graine fit jaillir une vrille noirâtre de Jane Halliwell.

Tandis qu'on l'agrippait, l'homme à la canne se mit à crier.

Une tige noire tachée de bleu surgit de la bouche de Jane Halliwell, perçant le torse de l'invalide et, en quelques secondes, La Graine disposait de son troisième domestique : Jack Caswell.

Les jambes de l'homme avaient été si horriblement endommagées au cours d'un accident qu'il portait un appareil en métal à chacune. Comme La Graine n'avait aucunement envie d'être ralentie par un hôte handicapé, elle guérit aussitôt le corps de Caswell et le débarrassa des gaines enserrant ses deux jambes.

La Graine, déduisant l'information de ce que savait

Caswell, découvrit qu'à part lui il n'y avait personne dans la maison. Elle apprit également que la femme de Caswell enseignait dans une école primaire, et que cette école, contenant au moins cent soixante enfants ainsi que leurs instituteurs, ne se trouvait qu'à cinq kilomètres. Plutôt que de s'arrêter à chacune des maisons situées sur le trajet jusqu'à Pineridge, La Graine avait intérêt, du point de vue de l'efficacité, à aller à l'école, à prendre le contrôle de tout le monde là-bas, pour ensuite se déployer, elle et ses porteurs, dans toutes les directions.

Jack Caswell, bien que prisonnier de La Graine, était au courant des pensées de son maître extraterrestre, parce qu'ils partageaient les mêmes tissus cérébraux et les mêmes synapses. En comprenant que l'école allait être attaquée, l'esprit de Caswell se rebella violemment, et il voulut se libérer des fers qui le tenaient à la merci de son geôlier.

La Graine fut surprise par la vigueur et la ténacité avec lesquelles l'homme résistait. Avec Pleever et la femme du nom de Halliwell, il avait remarqué que les êtres humains – ainsi qu'ils se dénommaient eux-mêmes – possédaient une volonté beaucoup plus puissante que n'importe laquelle des espèces avec qui il avait eu le plaisir d'entrer en contact. Et voilà que Caswell faisait preuve d'une volonté considérablement plus forte que celle de Pleever, ou de Jane Halliwell. De toute évidence, cette espèce humaine luttait sans relâche pour mettre de l'ordre dans le chaos, elle essayait de donner un sens à l'existence, et elle était résolue à imposer l'ordre au monde naturel par le seul biais de sa volonté. La Graine allait décidément éprouver un plaisir tout à fait spécial à pousser l'humanité vers le chaos, la dégénérescence et, pour finir, la dégénération ultime.

La Graine repoussa l'esprit de l'homme dans un coin encore plus sombre, encore plus étroit que celui où elle l'avait d'abord confiné, et elle l'y enchaîna plus solidement que précédemment. Puis, incarnée dans ses trois amphitryons, elle prit la route de l'école primaire.

10

Jamie Watley était très gêné d'avoir à demander à Mme Caswell la permission d'aller aux toilettes. Il voulait qu'elle pense qu'il était spécial, il voulait qu'elle lui accorde une attention différente de celle qu'elle portait aux autres enfants, il voulait qu'elle l'aime autant que lui l'aimait – mais comment aurait-elle pu penser qu'il n'était pas comme les autres si elle savait qu'il avait besoin de faire pipi, comme n'importe qui ? Bien sûr, c'était idiot. Devoir aller aux toilettes n'avait rien de honteux. Tout le monde faisait pipi. Même Mme Caswell...

Non ! Pas question de penser à ça. Impossible.

Mais pendant toute la leçon d'histoire, il ne pensa qu'à son envie, toute personnelle, de faire pipi, et lorsqu'ils en eurent fini avec l'histoire, et qu'ils en étaient à la moitié de la leçon de maths, il ne put se retenir plus longtemps.

« Oui, Jamie ?

– Je peux avoir la clé des toilettes, madame Caswell ?

– Certainement, Jamie. »

Les clés des toilettes se trouvaient sur le bureau de la maîtresse, et il fallait qu'il passe à côté d'elle pour aller en chercher une. La tête baissée, il refusa de la regarder, ne voulant absolument pas qu'elle voie qu'il avait les joues toutes rouges. Il attrapa l'une des clés et fonça dans le couloir.

À la différence des autres garçons, une fois dans les toilettes, il ne traînait pas. Il languissait de retourner en classe pour écouter la voix musicale de Mme Caswell et pour la suivre du regard tandis qu'elle arpentait la salle.

Quand il sortit des sanitaires, trois personnes étaient justement en train d'entrer dans le couloir par la porte qui permettait d'accéder au parking, à l'extérieur : un homme dans un équipement de chasseur, une femme avec un tablier de ménagère, et un type portant un pantalon kaki et un sweat-shirt marron. Ils formaient un singulier trio.

Jamie attendit qu'ils s'approchent, parce qu'ils donnaient l'impression d'être pressés, et que s'il avait été sur leur chemin, ils n'auraient peut-être pas hésité à le bousculer. En plus, il se doutait qu'ils risquaient de demander où ils pouvaient trouver le directeur de cet établissement scolaire, ou l'infirmière, ou quelqu'un d'important, et Jamie aimait beaucoup se rendre utile. Tandis qu'ils arrivaient à sa hauteur, ils se tournèrent tous ensemble vers lui, comme un seul homme.

Jamie était piégé.

11

Maintenant, La Graine était quatre.

À la tombée de la nuit, elle serait des milliers.

Tous les quatre ensemble, elle suivit le couloir jusqu'à la salle de classe où Jamie Watley revenait prendre sa place.

D'ici un an ou deux, une fois que la population de la planète tout entière ferait partie de La Graine, quand le Jour de la Délivrance donnerait alors le signal des bains de sang et du chaos, l'entité demeurerait encore quelques semaines sur la planète afin d'être aux premières loges pour profiter du spectacle du déclin de la race humaine. Puis elle formerait une nouvelle carapace, vaisseau qu'elle emplirait d'une partie d'elle-même, et elle se libérerait de l'attraction terrestre et de l'action de la gravité. Retournant au vide cosmique, elle dériverait durant des dizaines de milliers d'années, voire des millions, jusqu'à ce qu'elle trouve à nouveau un monde susceptible de lui plaire et sur lequel elle se poserait, pour attendre d'établir le contact avec un représentant de l'espèce dominante.

Au cours de son long périple dans le cosmos, La Graine resterait en rapport avec les billions de petits bouts d'elle-même qu'elle aurait laissés sur terre, du moins tant que ces fragments disposeraient d'un hébergement sur place. D'une certaine façon, elle ne quitterait jamais pour de bon cette planète tant que le dernier être humain ne serait pas détruit, d'ici des siècles, par une ultime démonstration de la violence du chaos, à la suite de quoi les restes de La Graine disparaîtraient de la surface de la terre, mourant avec le dernier de ses porteurs.

La Graine atteignit la porte de la classe de Laura Caswell.

Bouillants de fureur, terrifiés, l'esprit de Jack Caswell et celui de Jamie tentèrent de se dérober aux fers que

La Graine leur imposait, et cette dernière s'interrompit un instant, afin de les calmer et de rétablir pleinement le contrôle qu'elle exerçait sur eux. Leurs corps se convulsèrent, et tandis qu'ils tâchaient de se manifester pour prévenir Laura du danger, ils ne réussirent qu'à émettre quelques gargouillis. Leur rébellion choqua grandement La Graine : bien qu'ils n'aient pas la moindre chance de réussir, la résistance dont ils faisaient preuve était pourtant plus forte que toutes celles auxquelles elle s'était jamais heurtée jusqu'à présent.

Explorant alors le mental de Jack et de Jamie, La Graine découvrit que l'impressionnante démonstration de volonté des deux entêtés était motivée par la peur qu'ils éprouvaient, non pas pour eux-mêmes, mais pour Laura Caswell, l'institutrice de l'un et l'épouse de l'autre. Être réduits en esclavage les rendait furieux, mais la possibilité que Laura puisse être possédée à son tour redoublait leur rage. Tous deux étaient amoureux d'elle, et la pureté de cet amour leur donnait la force de résister à l'horreur qui les avait engloutis.

Intéressant.

La Graine avait trouvé le concept d'amour dans la moitié des espèces vivantes qu'elle avait détruites, dans d'autres mondes, mais elle n'avait perçu nulle part la force de l'amour aussi puissamment que chez ces êtres humains. Pour la première fois, elle comprenait maintenant que la volonté d'une créature intelligente n'était pas le seul pouvoir important dans l'emploi de l'ordre universel ; l'amour remplissait également cette fonction. Et dans une espèce qui possédait à la fois une forte volonté et une aptitude développée à aimer, ce qui était inhabituel, La Graine venait de trouver le plus formidable ennemi du chaos.

Pas suffisamment formidable, toutefois, bien sûr. La Graine ne s'arrêtait jamais et, au cours des prochaines vingt-quatre heures, la totalité de Pineridge serait absorbée.

La Graine ouvrit la porte de la salle de classe. Tous les quatre ensemble, elle entra.

12

Laura Caswell fut surprise de voir son mari entrer dans la pièce accompagné de la mère de Richie Halliwell, de cette vieille canaille de Teel Pleever, et de Jamie. À part Jamie, elle ne voyait vraiment pas ce que les trois autres faisaient dans sa classe. Puis elle s'aperçut que Jack marchait, qu'il était réellement en train de marcher, pas de boiter ni de se traîner sur ses deux pattes raides, mais de marcher sans la moindre gêne, comme n'importe quel homme.

Avant que Laura ait eu le temps de s'émerveiller devant le rétablissement de Jack, et qu'elle ait pu lui demander ce qui se passait, et alors que ses élèves, assis à leur place, ne s'étaient pas encore tous retournés, l'horreur frappa. Jamie Watley tendit les mains vers un camarade de classe, Tommy Albertson, et d'affreux filaments noirs, qui ressemblaient à des vers, jaillirent du bout de ses doigts. Ils s'enroulèrent autour de Tommy, à la manière d'une lanière de fouet, et comme le jeune garçon, prisonnier, se mettait à crier, un truc répugnant, tel un serpent, surgit du torse de Jamie et transperça la poitrine de Tommy, les reliant de façon vraiment obscène.

Les enfants hurlaient et bondissaient de leur chaise pour s'enfuir, mais avec une rapidité sidérante, succombant aux attaques, ils furent tous réduits au silence. Mme Halliwell, Pleever et Jack vomissaient d'abominables vers, mouillés et brillants, ainsi que d'autres serpents, plus épais, ceux-là. Trois des dix-neuf élèves de Laura succombèrent à leur tour. Soudain, Tommy Albertson et tous les autres enfants contaminés passèrent à l'attaque, entrant eux aussi en éruption, quelques secondes seulement après avoir été infectés : des espèces de lombrics et de couleuvres firent aussitôt de nouvelles victimes.

Mlle Garner, qui faisait cours dans la salle voisine, fit alors son entrée, afin de connaître la raison des hurlements. On s'empara d'elle avant même qu'elle n'ait pu protester.

En une seule minute, tous les enfants, à l'exception de quatre d'entre eux, complètement terrorisés, furent fermement contrôlés par un organisme cauchemardesque dont on ignorait tout. Les quatre survivants – Richie, le fils de Jane Halliwell, en faisait partie – se rassemblèrent autour de Laura ; deux d'entre eux avaient perdu l'usage de la parole, et les deux autres sanglotaient. Poussant les enfants dans un coin de la pièce, à côté du tableau noir, elle se plaça entre eux et la monstruosité qui voulait les prendre.

Quinze enfants possédés, Pleever, Mme Halliwell, Mlle Garner, ainsi que Jack, se groupèrent devant elle, la fixant intensément avec des yeux de prédateurs. Pendant un moment, nul ne bougea, nul ne parla. Dans leur regard, elle ne voyait pas simplement le reflet de leurs propres âmes tourmentées, mais elle y lisait aussi l'appétit inhumain de la chose qui les contrôlait.

Laura était terrifiée et physiquement dégoûtée par l'idée de cette chose noire et luisante tapie à l'intérieur de son Jack, mais comme elle avait eu sa ration de films qui, depuis des décennies, préparaient justement le monde à affronter ce genre de cauchemar, l'incrédulité pas plus que l'incompréhension n'entravaient son raisonnement. *Les Martiens attaquent. La Nuit des Morts Vivants. La Guerre des Mondes.* Elle avait tout de suite compris que quelque chose, venu d'ailleurs, avait fini par découvrir l'existence de la terre.

Le problème, c'était de savoir si on pouvait l'arrêter – et comment ?

Elle s'aperçut qu'elle brandissait sa longue règle comme s'il s'était agi d'une épée sacrée, et que les dix-neuf personnes infectées par l'extraterrestre étaient susceptibles d'être tenues à distance par cette arme dérisoire. C'était idiot. Pourtant, elle ne posa pas la règle : au contraire, d'un air de défi, elle la tendit droit devant elle.

Elle n'en revint pas : sa main tremblait ! Elle fit des vœux pour que les quatre gamins accroupis derrière elle ne se rendent surtout pas compte qu'elle était terrorisée.

Se détachant du groupe de possédés qui lui faisait face, trois personnes avancèrent lentement : Jane Halliwell, Jamie Watley, et Jack.

« Restez là où vous êtes », les prévint-elle.

Ils firent un pas dans sa direction.

Une goutte de sueur dégoulina le long de la tempe droite de Laura.

Mme Halliwell, Jack et Jamie s'approchèrent encore d'un pas.

Soudain, ils semblèrent ne plus être aussi bien contrôlés que les autres : pris de convulsions, leurs muscles se mirent à se contracter. D'une horrible voix sourde et angoissée, Jack dit : « Non... » Et Jane Halliwell dit : « Je vous en prie, je vous en prie » en secouant la tête comme pour refuser d'obéir à l'ordre qu'elle venait de recevoir. La tête entre les mains, Jamie tremblait violemment, et il donnait l'impression d'essayer d'attraper la chose qu'il avait à l'intérieur de lui et de l'arracher de toutes ses forces.

Pourquoi ces trois-là étaient-ils obligés de finir de soumettre la classe tout entière ? Pourquoi ceux-là, précisément ?

L'esprit de Laura carburait fiévreusement, sentant un possible atout, cherchant à le définir, mais ne sachant pas si elle l'identifierait correctement lorsqu'elle le trouverait. Peut-être la chose dans Jane Halliwell voulait-elle qu'elle infecte elle-même son propre fils, Richie, qui se dissimulait derrière la jupe de Laura, histoire de tester l'étendue de son pouvoir sur la malheureuse ? Et, pour cette même raison, il se pouvait que la chose veuille que Jack fasse l'expérience horrible d'enrôler sa femme dans cette colonie de damnés. Quant au pauvre Jamie... eh bien, Laura étant au courant du sérieux béguin qu'il avait pour elle, la chose devait sûrement le tester pour voir s'il était capable d'attaquer la personne qu'il aimait.

Mais s'ils étaient en train de subir des tests, cela signifiait que leur maître n'était pas entièrement convaincu de son pouvoir sur eux. Et ce doute représentait sans doute un espoir pour ses prochaines victimes.

13

La Graine était vraiment impressionnée par la résistance affichée par trois de ses porteurs quand vint le moment d'infecter ceux qu'ils aimaient.

L'idée que son fils allait venir la rejoindre au bercail rendait Jane Halliwell complètement folle. De toutes ses forces, elle voulait faire sauter les entraves mentales qui la contraignaient ainsi, et elle lutta farouchement pour s'approprier à nouveau son corps. Sur le plan du contrôle, elle posait un problème moyennement difficile à résoudre, mais la Graine comprima sa conscience au fond d'un endroit encore plus étroit et encore plus sombre que celui auquel elle l'avait tout d'abord condamnée. Elle enfonça l'esprit de la femme, profondément, comme si elle la poussait au fond d'une piscine, pour, ensuite, l'attacher à ces profondeurs comme au moyen de lourdes pierres empilées sur elle.

Tout autant que Jane Halliwell, Jamie Watley était un fauteur de troubles, puisant sa motivation dans son amour pur et sans taches de jeune chiot. Mais La Graine réaffirma son autorité sur Jamie aussi, faisant cesser les contractions musculaires du garçon, et le forçant à s'approcher de la femme et des enfants serrés dans un coin.

Le mari, Jack Caswell, était le plus difficile des trois : il possédait une volonté plus forte que celle des autres. Le confinement le rendant fou, il lutta vraiment, déchiré mentalement, et il se serait volontiers tué, s'il avait pu, avant d'emmener La Graine dans la classe de Laura Caswell. Pendant plus d'une minute, il résista aux ordres que lui intimait son maître, et l'espace d'un instant saisissant, il parut même sur le point de se libérer de l'emprise de La Graine, mais cette dernière finit par lui extorquer, à son corps défendant, une soumission totale.

Il fut facile de soumettre, puis de contrôler, les quatorze autres enfants capturés dans la classe de Mme Caswell, malgré les velléités de rébellion dont ils firent preuve, eux aussi. Tandis que l'institutrice, le dos au mur, était acculée dans le coin, et que le trio choisi par La Graine pour exécuter ses basses œuvres se rapprochait de la jeune femme, tous les enfants présents dans la pièce sentirent une rage brûlante déferler sur eux : tous l'aimaient, et aucun d'entre eux ne supportait l'idée qu'elle se fasse ainsi posséder. Aussitôt, La Graine resserra son emprise sur eux, les vissant à fond, et les brèves manifestations de leur volonté individuelle s'éteignirent, telle une poignée de braises exposées au vent de l'Arctique.

Sous la conduite de La Graine, Jack Caswell se planta devant sa femme. Il lui arracha la règle des mains et la jeta un peu plus loin.

Lui explosant le bout des doigts, La Graine jaillit hors de Jack, s'empara de Laura et l'immobilisa, en dépit de ses féroces efforts pour se libérer. Ouvrant alors la bouche de son incubateur, La Graine projeta au-dehors une grosse tige épaisse, transperça l'un des seins de Laura, et répandit en elle son flux triomphant.

14

NON !

Laura la sentit qui rampait le long de son système nerveux, fouillant froidement son cerveau, et elle la repoussa. Avec cette même détermination d'acier qu'elle avait mise au service de Jack lorsqu'elle avait lancé une véritable campagne pour qu'il recommence à marcher, avec la patience illimitée qu'elle consacrait toujours à l'instruction de ses élèves, avec la foi inébranlable en la valeur personnelle et l'individu, ce sens qu'elle gardait en éveil quotidiennement, elle combattit la chose pied à pied. Quand cette dernière envoya dans son esprit des ondes paralysantes d'énergie psychique, elle les intercepta et s'en débarrassa. Lorsque la chose tenta de l'attirer dans un lieu sombre pour l'emprisonner sous un tas de rochers psychiques, elle se débarrassa également de ces poids et remonta triomphalement à la surface. Elle perçut la surprise qu'éprouvait la chose, et elle profita immédiatement de son trouble, s'infiltrant dans son mental à elle pour mieux la connaître. En un instant, elle comprit que la chose logeait simultanément dans les esprits de tous ceux qui l'hébergaient, et elle partit ainsi à la recherche de Jack, qu'elle trouva...

... Je t'aime, Jack, je t'aime plus que la vie elle-même...

... et elle arracha les chaînes mentales qui le retenaient prisonnier avec tout l'enthousiasme dont elle avait fait preuve en l'aidant à pratiquer les exercices nécessaires à la rééducation fonctionnelle de ses jambes inutilisables. Furetant dans le réseau psychique par lequel La Graine reliait ses légions, elle tomba sur Jamie Watley...

... Tu es un gentil garçon, Jamie, le plus gentil de tous les garçons que je connaisse, et j'ai toujours eu l'intention de te dire qu'on se fiche complètement du genre de personnes que sont tes parents, et qu'on se contrefiche de savoir si ce sont vraiment des poivrots égoïstes et méchants. Ce qui compte, c'est que tu as la capacité d'être bien meilleur qu'eux ; tu es capable d'aimer, et d'apprendre, et tu es capable de connaître les joies d'une vie bien remplie...

... Et La Graine se jeta à l'attaque de Laura, en

essayant d'attirer la conscience de la jeune femme dans son propre corps, et hors des autres esprits. Mais, malgré les billions d'années d'expérience qu'elle avait accumulés, en dépit de l'immense étendue de ses connaissances, acquises par l'intermédiaire de centaines d'espèces vivantes condamnées, et face à cette tâche, La Graine ne faisait pas le poids. L'ayant examinée, Laura la jugea inférieure : la chose n'avait pas besoin d'amour, et elle était incapable d'en donner. Sa volonté était plus faible que celle des humains, puisqu'ils étaient capables d'amour, et qu'ils trouvaient dans cet amour une raison de lutter, une raison de chercher l'ordre dans le chaos, et de rendre meilleure la vie de ceux qu'ils chérissaient. L'amour donnait à la volonté un but à atteindre, la rendant ainsi infiniment plus solide. Pour certaines espèces vivantes, il se pouvait que La Graine fût pour elles un maître bienvenu, qui offrait la fausse sécurité d'un objectif unique, d'une seule loi. Mais pour l'humanité, La Graine était l'anathème...

... Tommy, tu peux rompre tes liens si tu penses à ta sœur, Edna, parce que je sais que tu aimes Edna plus que tout. Et toi, Melissa, il faut que tu penses à ton père et à ta mère, parce qu'ils t'adorent, et parce qu'ils ont failli te perdre quand tu n'étais qu'un bébé (tu le savais, ça ?), et que perdre leur bébé leur aurait brisé le cœur. Et toi, Helen, tu es une super petite fille, et si tu étais ma propre fille, je ne pourrais pas t'aimer davantage, parce que tu fais tellement attention aux autres, et je sais que tu peux te débarrasser de ce fichu machin, puisque tu n'es qu'amour, de la tête aux pieds. Et vous, Jane Halliwell, je sais que vous aimez votre fils et votre mari, car l'amour que vous portez à Richie se révèle de façon si évidente dans la confiance en lui-même que vous lui avez donnée, et à travers les bonnes manières et la courtoisie que vous lui avez apprises. Toi, Jimmy Corman, oh, oui, je sais que tu parles comme un vrai dur et que tu te conduis comme tel, mais je sais aussi combien tu aimes ton frère Harry, et comme tu es triste qu'il soit né avec une malformation de la main, et je sais que si quelqu'un se moque de la main tordue de ce pauvre Harry, tu te battras avec lui de toutes tes forces, alors sers-toi de ton amour pour Harry pour te défendre contre cette chose, cette Graine, et détruis-la, empêche-la de te faire du mal, parce que si elle t'attrape, elle attrapera aussi Harry...

... et Laura parcourait la salle de classe, au milieu des possédés, les touchant, prenant celui-ci dans ses bras, caressant tendrement la main de cet autre, et elle les regardait droit dans les yeux, utilisant le pouvoir de l'amour pour les ramener à elle, afin qu'ils quittent les ténèbres et reviennent avec elle dans la lumière.

15

Tandis qu'il brisait les liens qui le retenaient, tandis qu'il expédiait La Graine, Jamie Watley fit l'expérience d'une sorte d'onde, qui l'étourdit, et il perdit vraiment conscience un instant, mais pas assez longtemps pour s'écrouler par terre. Une sorte d'obscurité le traversa et il vacilla, mais il revint à lui à la seconde où ses genoux allaient flancher. S'accrochant au bord du bureau de Mme Caswell, il retrouva l'équilibre.

Regardant autour de lui dans la classe, il s'aperçut alors que les adultes présents et les autres enfants étaient tout tremblants et dans des positions similaires. Nombreux étaient ceux qui regardaient par terre, dégoûtés, et Jamie comprit qu'ils avaient sous les yeux une substance noirâtre et humide, luisante de glaires. C'était la matière dont était constituée La Graine, telle qu'ils venaient tous de l'expulser, et dont les morceaux étaient à présent en train de se tortiller sur le sol de la salle de classe.

La plus grande partie de la chair de l'extraterrestre semblait sur le point d'agoniser, et quelques morceaux, de toute évidence en voie de décomposition, dégageaient une puanteur terrible. Mais, soudain, les morceaux se combinèrent, prenant la forme d'un ballon de football, pour ressembler, en quelques secondes, à une carapace tachetée où se mêlaient le bleu, le vert et le noir. Comme propulsée par un bazooka, elle fit exploser le plafond de la pièce, projetant sur le groupe des débris de plâtre et de lattes. Crevant le toit de l'école, le bâtiment ne comptant qu'un rez-de-chaussée, elle disparut tout droit dans le bleu du ciel d'automne.

16

Les enseignants et les enfants accoururent de tous côtés, curieux de savoir ce qui venait de se passer, et la police arriva un peu plus tard. Le lendemain, des officiers portant l'uniforme de l'armée de l'air et des agents fédéraux en civil se rendirent, entre autres, chez les Caswell. Pendant tout le temps que dura la visite, Jack ne quitta pas Laura d'une semelle, il préférait vraiment la tenir contre lui – au moins lui prendre la main – et s'ils devaient se séparer quelques minutes, il se représentait mentalement sa femme, comme si cette image constituait un talisman psychique lui garantissant qu'elle lui reviendrait saine et sauve.

Puis l'excitation retomba, les journalistes s'en allèrent, et la vie reprit son cours normal – en tout cas, le cours le plus normal qu'il soit possible de reprendre après une telle aventure. À Noël, les cauchemars de Jack commencèrent à diminuer, tant sur le plan de leur fréquence que sur celui de leur clarté, mais il savait qu'il lui faudrait encore des années pour effacer les dernières traces résiduelles de la peur qu'avait laissée en lui l'emprise de La Graine.

La veille de Noël, assis par terre au pied du sapin, Laura et lui burent du vin et cassèrent des noix, avant de s'offrir mutuellement des cadeaux, le jour de Noël étant traditionnellement réservé aux visites à leurs familles respectives. Une fois les paquets ouverts, ils s'installèrent dans les fauteuils devant la cheminée.

Calmement, Laura resta un long moment silencieuse, savourant à petites gorgées un dernier verre de vin et regardant danser les flammes, puis elle dit :

« J'ai encore un autre cadeau, qu'il va falloir ouvrir bientôt.

– Encore un cadeau ? Mais je n'ai plus rien à t'offrir, moi.

– C'est un cadeau pour tout le monde », dit-elle.

Le sourire de Laura était une telle énigme qu'aussitôt Jack fut intrigué. Il se pencha vers elle et lui prit la main.

« Quel est donc tout ce mystère ?

– La chose t'a guéri », dit-elle.

Les jambes de Jack étaient étendues sur un coussin,

en parfait état, et il s'en servait comme avant son accident.

« Elle aura au moins fait un peu de bien, dit-il.

– Plus que tu ne le crois, dit-elle. Pendant les moments atroces au cours desquels j'essayais d'expulser la chose de mon esprit et de mon corps, quand je cherchais à faire en sorte que les enfants s'en débarrassent eux aussi, j'avais conscience, d'une façon très précise, de l'esprit de la créature. Flûte, j'étais quand même à l'intérieur de son esprit ! Et comme j'avais remarqué que tu étais guéri, et que j'en avais conclu que c'était la créature qui était responsable du raccommodage de tes jambes, j'ai fouillé dans ses pensées, histoire de voir comment elle avait accompli ce miracle.

– Tu ne veux quand même pas me dire que...

– Attends », le coupa-t-elle, retirant sa main d'entre celles de son mari.

Elle se laissa glisser du fauteuil, tomba à genoux, se pencha vers la cheminée, et enfonça sa main droite dans les flammes bondissantes.

Jack poussa un cri, saisit le bras de Laura et la força à reculer.

Radieuse, Laura leva vers lui des doigts couverts de cloques, dont la chair était par endroits aussi crue qu'à l'étal d'une boucherie, mais alors qu'il restait bouche bée, horrifié, il vit que la chair de la main de Laura était en train de se cicatriser, de guérir. Quelques instants plus tard, les cloques s'étaient résorbées, les lambeaux de peau, reconstitués, et la main était intacte.

« Le pouvoir, nous l'avons tous, il est en nous, dit-elle. Il nous suffit simplement d'apprendre à nous en servir. J'ai passé les deux derniers mois à apprendre et, maintenant, me voilà prête à enseigner ce que je sais à d'autres. Toi d'abord, ensuite mes élèves à l'école et puis, après, ce sacré monde tout entier. »

Stupéfait, Jack la dévisagea.

Elle éclata de rire, ravie, et se jeta dans les bras de son mari.

« Ce n'est pas facile à apprendre, Jackson. Oh, non ! C'est difficile. C'est dur. Tu n'imagines pas le nombre de nuits que j'ai passées à travailler, pendant que tu dormais. J'ai essayé d'appliquer ce que j'ai appris de La Graine. Certaines fois, j'ai bien cru que ma tête allait éclater à force de concentration. En plus, tenter de maîtriser le pouvoir de guérir est physiquement épuisant, et c'est une fatigue que je n'avais encore jamais expérimentée. On a mal jusqu'au fond des os. À plusieurs reprises, j'ai perdu espoir. Mais j'ai appris. Et d'autres que moi peuvent apprendre aussi. Peu importe la difficulté, je sais que je peux apprendre aux gens. Je sais que je peux le faire, Jack. »

Tout en lui adressant un regard amoureux dans lequel se devinait un émerveillement absolu, Jack répondit :

« Oui, moi aussi, je sais que tu peux le faire. Je sais que tu peux apprendre ce que tu veux, à qui tu veux. Si ça se trouve, tu es peut-être le plus grand professeur qui ait jamais existé.

– Mlle Attila », précisa-t-elle, puis elle l'embrassa.

Titre original :
Miss Attila the Hun

DANS LES PROFONDEURS DES TÉNÈBRES

1

Les ténèbres sont en chacun de nous. Pour les pires d'entre nous, les ténèbres ne sont pas seulement là, elles règnent en maître.

Même si, à l'occasion, il m'est arrivé d'héberger les ténèbres, je ne leur ai jamais procuré d'empire. C'est ce que je préfère croire, en tout cas. Fondamentalement, je crois que je suis un type bien : je travaille dur, j'aime mon épouse et je lui suis fidèle, et bien que je sois un père strict, j'adore mes enfants.

Pourtant, si je me sers encore une fois de la cave, je ne pourrai plus jamais prétendre que je suis capable de réprimer mon aptitude personnelle à faire le mal. Si j'utilise à nouveau le pouvoir de la cave, mon existence sera alors définitivement dépourvue de tout sens moral, et par conséquent, je ne pourrai jamais plus marcher dans la lumière.

Mais grande est la tentation.

J'ai d'abord découvert la porte de la cave deux heures après avoir signé les derniers documents, rédigé un chèque, au nom de l'agence chargée d'effectuer le paiement de la maison, et reçu les clés en échange. Elle était située dans un coin de la cuisine, derrière le réfrigérateur : une porte en bois, vernie comme toutes les autres dans la maison, dotée d'une poignée en cuivre poli au lieu d'un banal bouton rond. Incrédule, je la fixai du regard : j'étais certain qu'il n'y avait jamais eu de porte à cet endroit.

D'abord, je crus que je venais de trouver un cellier. Quand j'ouvris la porte, je fus surpris de voir que des marches descendaient dans la pénombre, s'enfonçant dans une obscurité si dense que le bas de l'escalier était dissimulé par le noir absolu. Un sous-sol, sans aucune ouverture.

Dans le sud de la Californie, presque toutes les maisons – des constructions préfabriquées les moins chères, style boîte à chaussures, jusqu'à celles qui valent plusieurs millions de dollars – sont bâties sur une dalle en béton. Elles n'ont pas de sous-sol. Depuis des dizaines d'années, on considère que c'est la méthode la plus prudente. Le terrain est souvent sablonneux, et il y a peu de couches rocheuses proches de la surface du sol. Dans une région sujette aux tremblements de terre et aux effondrements, un sous-sol bétonné peut être un point faible dans la structure d'une maison, dans lequel les pièces situées au-dessus risquent justement de s'écrouler, si les géants, dans la terre, se réveillent et s'étirent un peu trop fort.

Notre nouvelle maison n'était ni une boîte à chaussures ni un palais, mais elle disposait d'une cave. Le type de l'agence immobilière n'avait jamais mentionné son existence et, jusque-là, nous ne l'avions jamais remarquée.

En jetant un coup d'œil en bas, j'ai d'abord éprouvé de la curiosité – puis une sorte de malaise. Un interrupteur était placé sur le mur, à l'intérieur. Je l'actionnai dans un sens, puis dans l'autre. Aucune lumière ne s'alluma en bas.

Laissant la porte ouverte, je m'en fus chercher Carmen. Elle était dans la salle de bains principale, radieuse, en train d'admirer les céramiques artisanales vert émeraude, et les robinets plaqués or des lavabos.

« Oh, Jess, n'est-ce pas magnifique ? N'est-ce pas grandiose ? Petite fille, je n'ai jamais osé rêver que je vivrais un jour dans une maison comme celle ci. Au mieux, tout ce que je pouvais espérer, c'était l'un de ces jolis bungalows datant des années quarante. Mais ça, c'est un palais, et je ne suis pas sûre de savoir me comporter en reine.

– Ce n'est pas tout à fait un palais », lui dis-je en passant un bras autour de ses épaules. « Il faudrait être Rockefeller pour s'offrir un palais à Orange County. Et puis, de toute façon, même si c'était un palais, tu as toujours eu l'allure et le style d'une vraie reine. »

Elle me serra dans ses bras. « On en a fait du chemin, pas vrai ?

– Et on va aller encore plus loin, ma petite.

– Tu sais, j'ai un peu peur.

– Ne sois pas bête.

– Jess, chéri, je ne sais que faire la cuisine, laver la vaisselle, astiquer les casseroles, et mes grands-parents vivaient dans un taudis dans la banlieue de Mexico. Nous avons travaillé dur pour nous payer ça, et de longues années, c'est certain... Mais maintenant que nous y sommes, j'ai l'impression qu'en une nuit, tout a changé.

– Fais-moi confiance, tu serais à ta place dans n'importe lequel des endroits où se réunissent ces dames de la bonne société de Newport Beach. Tu as naturellement de la classe. »

Je me dis : *Seigneur, je l'aime. Dix-sept ans de mariage, et, pour moi, c'est toujours une gamine, toute fraîche, surprenante et adorable.*

« Hé, au fait, dis-je, j'allais presque oublier de te le dire. Tu sais que nous avons aussi une cave ? »

Elle cligna des yeux.

« C'est vrai, tu peux me croire. »

Souriante, s'attendant à une explication, elle dit : « Ah oui ? Et qu'est-ce qu'il y a dedans ? Les voûtes royales et tous les bijoux de la couronne ? Un donjon, peut-être ?

– Viens voir. »

Elle me suivit jusque dans la cuisine.

La porte avait disparu.

Fixant le mur nu, j'étais pétrifié.

« Et alors ? dit-elle. C'est une plaisanterie, ou quoi ? »

Je réussis à protester. « Ce n'est pas une plaisanterie. Je t'assure qu'il y avait... une porte. »

Elle montra du doigt, projeté sur le mur par le soleil qui brillait au-dehors, le dessin d'une des fenêtres de la cuisine.

« C'est sans doute ce que tu as vu. Le carré de lumière tombant sur le mur. C'est plus ou moins la forme d'une porte.

– Non. Non... C'était... » Secouant la tête, je posai la main sur le plâtre chauffé par le soleil, et je traçai du bout du doigt les contours de la porte, comme si l'encadrement risquait d'en être plus évident au toucher qu'à la vue.

Carmen fronça les sourcils.

« Jess, quelque chose ne va pas ? »

Je la regardai, et je compris tout de suite à quoi elle pensait. Cette ravissante maison lui paraissait trop belle pour être vraie, et Carmen était suffisamment superstitieuse pour se demander si une telle bénédiction ne devait pas obligatoirement s'accompagner d'un coup du sort tragique, histoire de rééquilibrer la balance. Un mari qui travaille trop, victime du stress – ou peut-être d'une petite tumeur au cerveau, qui commence à voir des trucs qui n'existent pas, qui se met à s'exciter sur une cave invisible... C'était exactement le genre de fatalités avec lesquelles le destin rétablissait l'équilibre.

« Tu as raison », lui dis-je. Je me forçai à rire, mais le son que je produisis n'était pas naturel. « J'ai vu la tache de lumière sur le mur, et j'ai pensé qu'il s'agissait d'une porte. Je ne me suis même pas approché pour vérifier. J'ai couru te prévenir. Hé, cette affaire de nouvelle maison m'a rendu complètement fou, c'est ça ? »

Elle me lança un regard sombre, puis elle me rendit mon sourire. « Complètement fou. Mais ça... tu l'as toujours été.

– Ah bon ?

– Mon grand fou. »

Je me mis à loucher et à lui tirer la langue.

J'étais content de ne pas lui avoir dit que j'avais ouvert la porte. Et que j'avais même vu un escalier qui descendait.

La maison de Laguna Beach possédait cinq grandes chambres, quatre salles de bains, et un salon doté d'une immense cheminée en pierre. Il y avait aussi ce qu'on appelle « une cuisine hollywoodienne », ce qui ne signifiait pas que Barbra Streisand venait y faire quelques apparitions entre deux galas à Las Vegas, mais qu'elle était équipée de nombreux appareils d'excellente qualité : un double four, deux micro-ondes, un autre four spécialement conçu pour y faire réchauffer pâtisseries et viennoiseries, une cuisinière ultramoderne, deux lave-vaisselle, et une paire de réfrigérateurs assez grands pour figurer dans un restaurant. De nombreuses fenêtres, laissant entre le chaud soleil californien, donnaient sur un luxuriant jardin paysager – des bougainvillées jaunes et corail, des azalées rouges, des impatiens, des palmiers, deux imposants lauriers-roses – et au-delà, les collines qui moutonnaient. Au loin, les eaux du Pacifique, que le soleil faisait miroiter, étincelaient joyeusement, comme un immense trésor de pièces d'argent.

Même si ce n'était pas un palais, c'était sans conteste une maison qui clamait : *la famille Gonzales a réussi, et elle s'est dégoté un joli petit coin rien qu'à elle.* Mes parents auraient été très fiers.

Maria et Ramon, ma mère et mon père, des immigrés mexicains, avaient arraché à la terre promise, *El Norte*, une vie nouvelle. Ils nous avaient donné, à mes frères, à ma sœur et à moi, tout ce qu'un dur labeur et de constants sacrifices peuvent accorder, et nous avions décroché, tous les quatre, des bourses d'études. L'un de mes frères était à présent avocat, l'autre, médecin, et ma sœur dirigeait le Département d'anglais à l'université de Los Angeles.

J'avais choisi de faire carrière dans les affaires. Carmen et moi, nous étions propriétaires d'un restaurant, je gérais l'aspect financier et elle, l'aspect gastronomique, avec d'authentiques et exquises recettes mexicaines, et dans lequel nous travaillions tous les deux douze heures par jour, sept jours par semaine. Quand nos trois enfants furent adolescents, ils commencèrent à travailler avec nous, comme serveurs. C'était une affaire familiale prospère, qui s'agrandissait d'année en année, mais le boulot était dur. L'Amérique ne promet à personne de faire fortune facilement, elle en donne seulement la possibilité. Nous avions saisi l'occasion qui s'offrait à nous, nous avions beaucoup transpiré, et quand était venu le moment d'acheter la maison de Laguna Beach, nous l'avions payée cash. Pour rire, nous l'avions baptisée *Casa Sudor* – la Maison de la Sueur.

Elle était immense. Et magnifique.

Il y avait tout le confort imaginable. Y compris un sous-sol dont la porte apparaissait et disparaissait.

Le propriétaire précédent était un certain M. Nguyen Quang Phu. La dame de l'agence immobilière – une quadragénaire énergique et bavarde, du nom de Nancy Keefer – nous avait dit que Phu était un réfugié vietnamien, l'un de ces courageux *boat-people* qui avaient fui leur pays au cours des mois suivant la chute de Saigon. Il faisait partie des chanceux, ceux qui avaient survécu aux tempêtes, aux canonnières, et aux pirates.

« Il est arrivé aux États-Unis avec trois mille dollars en pièces d'or seulement, et aussi l'envie et la volonté de s'en sortir », nous avait raconté Nancy Keefer, la première fois que nous avions visité la maison. « Un homme charmant, qui a connu une réussite prodigieuse. Vraiment prodigieuse. Il a fait fructifier son petit tas de pièces d'or en un si grand nombre d'entreprises diverses que vous ne le croiriez pas, et tout ça en quatorze ans ! Une histoire fabuleuse. Il vient de se faire construire une nouvelle maison de quatorze mille mètres carrés, sur un hectare de terrain à North Tustin, qui est tout simplement extraordinaire, vous devriez aller la voir, vraiment. »

Carmen et moi, nous avons fait une offre pour acheter l'ancienne demeure de Phu, qui était deux fois moins grande que celle qu'il avait fait construire récemment, mais qui, pour nous, représentait exactement ce dont nous rêvions. On a marchandé un peu le prix, puis nous sommes finalement tombés d'accord, et l'affaire a été conclue en dix jours seulement : nous disposions de l'intégralité de la somme, à vrai dire, et nous n'avons donc pas eu besoin de demander un crédit à la banque.

Le transfert du titre de propriété s'est effectué sans que je rencontre Nguyen Quang Phu, et nous ne nous sommes donc jamais trouvés face à face. Ce qui n'a rien d'inhabituel. À la différence de certains États, il n'est pas nécessaire, en Californie, de procéder à une signature formelle, réunissant le vendeur, l'acheteur et leurs avocats respectifs autour d'une même table.

Pourtant, Nancy Keefer arrangeait toujours un rendez-vous entre l'acheteur et le vendeur, dans la maison, un ou deux jours avant la date prévue pour la cession de la propriété. Notre nouvelle maison était très belle, et en très bon état, mais même dans les propriétés les plus somptueuses, il y a toujours un petit truc qui cloche. Nancy estimait que c'était une bonne idée de faire se rencontrer le vendeur et l'acheteur, afin qu'ils fassent ensemble le tour de toutes les pièces, pour inventorier les petits détails, tels que les portes coulissantes ayant tendance à sortir de leur rail et les encadrements de fenêtres qui laissaient passer la pluie, les nuits de tempête. Elle fixa à Phu un rendez-vous avec moi pour le 14 mai, un mercredi.

La vente fut conclue le lundi 12 mai. Et ce fut cet après-midi-là, en me promenant dans la maison vide, que je vis la porte de la cave pour la première fois.

Le mardi matin, je revins à la maison, seul. Je n'avais pas dit à Carmen où je me rendais réellement. Elle me croyait dans le bureau de Horace Dalcoe, en train de me battre poliment avec cet escroc au sujet de la dernière de ses exigences, que je jugeais un peu excessive, pour le moins.

Horace Dalcoe, c'était le propriétaire du petit centre commercial en plein air où se trouvait notre restaurant, et c'était, sans aucun doute possible, l'homme pour qui le terme « pourri » a été inventé. Le bail, que Carmen et moi avions signé à l'époque où nous étions beaucoup plus pauvres, et très naïfs, lui donnait un droit de regard sur toutes les modifications que nous apportions au local, y compris les plus insignifiantes. Ainsi, six ans après l'ouverture du restaurant, quand nous avions voulu faire des travaux, estimés à deux cent mille dollars – travaux qui auraient donc amélioré *sa* propriété – il avait exigé, en échange de son accord, un dessous-de-table de dix mille dollars, non imposable, évidemment. Quand j'avais pris le bail de la papeterie à côté du restaurant, pour agrandir ce dernier, Dalcoe avait insisté pour que je le paye grassement, avant d'approuver le projet. Les petits profits l'intéressaient autant que les gros : quand j'avais changé les portes du restaurant, pour en installer des neuves, plus élégantes, Dalcoe avait réclamé un pot-de-vin minable de deux cents dollars pour signer l'autorisation dont j'avais besoin.

Et voilà qu'à présent, nous avions envie de remplacer notre vieille enseigne par quelque chose de plus attractif, et j'étais donc en train de négocier avec Dalcoe le prix de sa corruption. Ce qu'il ignorait, c'était que j'avais découvert qu'il n'était pas propriétaire du terrain sur lequel se tenait son petit centre commercial : lui-même avait pris un bail de quatre-vingt-dix-neuf ans sur l'endroit, et il se croyait à l'abri. Pendant que je négociais avec lui le montant de la somme à lui verser, j'étais simultanément en train d'acheter le terrain qu'il louait. Dalcoe allait bientôt découvrir que, s'il estimait me tenir à sa merci à cause de mon bail, il était, lui aussi, à ma merci, à cause de *son* bail. Il me prenait pour un pauvre Mexicain ignare, né aux États-Unis mais Mexicain quand même ; il pensait que j'avais eu de la chance avec mon affaire, de la chance et rien de plus, et il ne me reconnaissait pas la moindre intelligence, ni le plus petit brin de jugeote. Ce ne serait pas l'histoire du petit poisson avalant le gros qui allait se produire, mais j'espérais le coincer, ce qui me satisferait grandement et le mettrait en fureur, tout en le réduisant à l'impuissance.

Ces machinations complexes, qui duraient depuis quelque temps, me donnaient un alibi acceptable, justifiant mon absence ce mardi matin. Je dis à Carmen que j'allais discuter avec Dalcoe dans son bureau mais, en fait, je me rendis directement à la nouvelle maison, en me sentant un peu coupable d'avoir menti à ma femme.

Lorsque j'entrai dans la cuisine, la porte était précisément là où je l'avais déjà vue la veille. Ce n'était pas un rectangle de lumière. Ni une simple illusion. C'était une vraie porte.

J'appuyai sur la poignée.

Du seuil partait une volée de marches, qui s'enfonçaient dans d'épaisses ténèbres.

« Bon sang, qu'est-ce que c'est que ça ? » L'écho me renvoya le son de ma voix, comme s'il avait rebondi sur un mur distant d'un millier de kilomètres.

L'interrupteur ne marchait toujours pas.

Mais j'avais apporté une lampe électrique. Je l'allumai.

Je franchis le seuil.

Le plancher craqua bruyamment, parce que les lattes étaient vieilles, en bois brut et abîmé par les ans. Couverts de taches grises et jaunâtres, parcourus de fissures fines comme des cheveux, les murs enduits de plâtre paraissaient beaucoup plus anciens que le reste de la maison. De toute évidence, la cave ne faisait pas partie de la construction principale, à laquelle elle ne s'intégrait pas.

Je posai le pied sur la première marche.

Une éventualité terrifiante me traversa l'esprit. Et si un courant d'air refermait la porte derrière moi – et qu'ensuite la porte disparaisse comme elle l'avait fait la veille, me piégeant dans la cave ?

Je battis en retraite, à la recherche de quelque chose

qui me permettrait de maintenir le battant ouvert. Il n'y avait pas de meubles dans la maison mais, dans le garage, je trouvai un morceau de bois qui ferait l'affaire.

De retour sur la première marche, je dirigeai le faisceau de la lampe en direction du bas de l'escalier, mais il n'éclaira pas aussi loin qu'il aurait dû. Impossible de distinguer le sol de la cave. L'obscurité au-dessous de moi était d'une intensité qui n'était pas naturelle. Ces ténèbres n'étaient pas simplement dues à l'absence de lumière, leur matière semblait être dotée d'une texture, et même d'un poids, comme si la salle en contrebas était remplie de pétrole. Telle une éponge, la pénombre absorbait la lumière, et douze marches seulement étaient éclairées par la lampe, qui se perdait ensuite dans le noir.

Je descendis deux marches, et le faisceau lumineux en fit surgir deux autres. J'en descendis alors quatre de plus, et quatre autres apparurent à leur tour.

Six marches derrière moi, une sous mes pieds, et douze devant – jusque-là, ça en faisait dix-neuf.

Combien de marches comptait habituellement un escalier descendant dans une cave ? Dix ? Douze ?

Moins qu'il n'y en avait ici, assurément.

Rapidement, mais calmement, je descendis six autres marches. Quand je m'immobilisai à nouveau, la lampe en éclairait devant moi une douzaine. Douze planches sèches, usées par le temps. Ici et là, on voyait briller des clous. Les murs, de chaque côté, étaient pareillement tachés.

Tranquillement, je regardai la porte derrière moi, treize marches plus haut. Le soleil dans la cuisine me parut chaud et attirant – et plus distant qu'il n'aurait dû l'être normalement.

Je commençais à transpirer. Je fis passer ma lampe d'une main à l'autre, séchant mes paumes moites sur mon pantalon.

Il flottait dans l'air une vague odeur de citron vert, et aussi, moins perceptible, un relent de moisissure et de pourriture.

Je dégringolai bruyamment six autres marches, puis huit, puis huit encore, puis six. À présent, il y en avait quarante et une derrière moi, et douze autres plus bas, éclairées par la lampe.

Chacune des marches mesurant à peu près vingt-cinq

centimètres, cela signifiait que je me trouvais approximativement à trois étages au-dessous du rez-de-chaussée. Aucune cave ordinaire n'aurait été équipée d'un escalier aussi long.

Je me dis qu'il devait s'agir d'un abri antiatomique, mais je savais bien que ce n'était pas le cas.

Jusque-là, je n'avais pas songé un seul instant à rebrousser chemin. C'était notre maison, bon sang, celle que nous venions justement de payer chèrement, avec notre argent, et encore plus chèrement avec notre temps et notre sueur. Il n'était pas question que nous l'habitions avec un tel mystère au-dessous de nos pieds, sans chercher d'explications. De plus, à vingt-deux et vingt-trois ans, loin de chez moi et aux mains de l'ennemi, j'avais connu deux années de constante terreur, si intenses que mon seuil de tolérance à la peur était plus élevé que chez la plupart des hommes.

Une centaine de marches plus bas, je m'arrêtai à nouveau : j'estimai que j'étais à présent dix étages au-dessous du niveau du sol, ce qui représentait une distance méritant un peu de réflexion. Me retournant et regardant vers le haut, j'aperçus au loin la lumière, dans l'encadrement de la porte, rectangle opalescent grand comme le quart d'un timbre-poste.

Baissant les yeux, j'examinai les huit degrés de bois brut que révélait ma lampe électrique – huit, et pas douze, comme précédemment. Tandis que je m'enfonçais de plus en plus profondément, la lampe perdait de son efficacité. Les piles ne faiblissaient pourtant pas, le problème était loin d'être aussi simple et aussi rationnel. Le rayon qui franchissait le verre était net et brillant, tel qu'il l'était au début de l'escalier. Mais l'obscurité qui s'étalait devant moi était plus épaisse, plus avide, et la lumière, avant d'être absorbée, parcourait une distance plus courte que lorsque je me trouvais plus haut.

L'air sentait toujours vaguement le citron, bien que l'odeur de pourriture fût à présent presque aussi forte.

Ce monde souterrain était d'un calme surnaturel, exception faite du bruit de mes pas et de mon souffle, de plus en plus court. Faisant une pause à dix étages au-dessous du sol, j'eus pourtant l'impression d'entendre quelque chose. Je m'immobilisai aussitôt, retins ma respiration, et tendis l'oreille. J'étais presque sûr d'avoir détecté d'étranges sons furtifs, provenant de beaucoup plus bas – des chuchotements et des gargouillis – mais je n'en étais pas certain. Les sons étaient brefs, et étouffés. Il se pouvait très bien que je les aie imaginés.

Dix marches plus bas, j'atteignis enfin un palier, où je découvris deux passages voûtés se faisant face, creusés de chaque côté. Les deux ouvertures, dépourvues de portes, ne présentaient aucune espèce d'ornement, et ma lampe révéla deux conduits, assez courts, auxquels elles accédaient. Passant sous la voûte de gauche, je suivis l'étroit boyau sur cinq mètres environ. Là, le passage aboutissait à un autre escalier, qui s'élançait vers le bas de façon à former un angle droit par rapport à celui d'où je venais.

Là, l'odeur de pourriture, plus forte, rappelait celle de la matière végétale en décomposition.

La puanteur, telle une bêche, retourna alors des souvenirs enfouis en moi depuis longtemps. J'avais déjà été exposé à cette même odeur horrible, dans le camp où j'étais resté prisonnier pendant deux ans. Là-bas, on nous servait régulièrement des repas composés principalement de légumes pourris – surtout des navets et des patates douces, et d'autres tubercules de ce type. Pis encore, les immondices que nous ne mangions pas étaient ensuite jetées dans la fosse, un trou dans le sol recouvert d'une plaque métallique, où les prisonniers récalcitrants étaient jetés, pour y purger leur punition en solitaire. Quand c'était à mon tour d'être confiné, seul au fond de ce trou puant, j'étais forcé de m'asseoir dans trente centimètres de boue visqueuse, et la puanteur que dégageait la pourriture était si forte que, délirant à cause de la chaleur intense, il m'est arrivé d'être convaincu que j'étais déjà mort. Je me croyais en train de respirer les remugles de la putréfaction inexorable de cette chair morte qui était la mienne.

« Qu'est-ce qui se passe, ici ? » m'écriai-je. Je n'attendais pas de réponses, et je n'en reçus pas.

Revenant à l'escalier principal, je m'engageai sous la voûte de droite. À l'extrémité du passage, une seconde volée de marches menait également en bas. Venue des profondeurs obscures, une acidité différente flottait dans l'air, et je l'identifiais aussitôt : des têtes de poissons pourries.

Pas seulement une odeur de poisson en décomposition mais, plus spécifiquement, de *têtes* de poisson – comme celles que les gardes mettaient à l'occasion dans notre soupe. Hilares, ils nous regardaient avaler avidement cette horreur. Chaque fois, la mixture manquait de nous faire vomir, mais nous avions souvent trop faim pour la verser par terre en signe de protestation. Quelquefois, affamés, nous nous forcions aussi à manger ces répugnantes têtes de poisson, ce qui était surtout ce que les gardes tenaient à voir. Immanquablement, ils riaient beaucoup du dégoût qui se lisait sur nos visages – et plus spécialement du dégoût que nos propres personnes nous inspiraient.

Je me hâtai de retourner à l'escalier principal. Immobile sur le palier, dix étages au-dessous du sol, je me mis à trembler sans pouvoir me contrôler, tout en essayant de chasser de mon esprit ces réminiscences involontaires du passé.

Je fus alors presque convaincu que je rêvais, ou que j'avais réellement une tumeur au cerveau, qui, en appuyant sur les tissus cérébraux, provoquait ces hallucinations.

Reprenant ma descente, je notai que le faisceau de la lampe, marche après marche, se raccourcissait de plus en plus. Je ne voyais plus à présent que sept marches plus bas... six... cinq... quatre...

Soudain, les ténèbres impénétrables ne furent plus qu'à cinquante centimètres de moi, une masse noire qui semblait palpiter à l'idée qu'un pas de plus me jetterait dans ses bras. Elle avait l'air d'être *vivante*.

Pourtant, je n'avais pas encore atteint le bas de l'escalier, puisque j'entendis à nouveau les mêmes chuchotements, plus bas, plus loin, et ce bruit grasseyant qui sourdait dans le noir, me donnant la chair de poule...

Je tendis une main tremblante. Elle disparut, comme happée par une nuit glaciale.

Mon cœur se mit à cogner dans ma poitrine. Dans ma bouche, subitement sèche, un goût de bile. Je poussai un cri, comme un enfant, et je fis volte-face, filant tout droit en haut de l'escalier, vers la cuisine et la lumière du soleil.

2

Ce soir-là, au restaurant, j'accueillis les clients et les installai à leur table. Même après toutes ces années, je passe la plupart des soirées à l'entrée, prenant soin des gens et jouant mon rôle d'hôte. D'habitude, j'y prends plaisir. De nombreux clients viennent chez nous depuis dix ans : ce sont des membres d'honneur de la famille, de vieux amis. Mais ce soir-là, je n'avais pas le cœur à sourire, et plusieurs personnes me demandèrent si je me sentais bien.

Tom Gatlin, mon comptable, vint dîner avec sa femme.

« Jess, dit-il en me voyant, tu es *gris*, au nom du Ciel. Tu n'as pas pris de vacances depuis trois ans, mon ami. Quel intérêt y a-t-il à amasser de l'argent quand on ne prend jamais le temps d'en profiter ? »

Heureusement, le personnel dont nous nous sommes entourés est de toute première classe. En plus de Carmen et moi, et de nos enfants – Stacy, Heather, et le jeune Joe – nous employons vingt-deux personnes, et tous connaissent leur métier et le font à merveille. Je n'étais pas dans ma meilleure forme, mais les autres avaient pris la relève.

Stacy, Heather, et Joe. Des prénoms très américains. Mon père et ma mère, des immigrés dans ce pays, s'étaient accrochés au monde qu'ils avaient quitté en donnant à leur progéniture des prénoms mexicains traditionnels. La famille de Carmen avait fait pareil : ses deux frères s'appellent Juan et José, et sa sœur, Evalina. Mon vrai nom, en fait, c'est Jesus Gonzales. Jesus est un prénom courant à Mexico, mais j'ai voulu en changer, il y a des années, pour m'appeler Jess, bien qu'en agissant ainsi, j'aie causé beaucoup de peine à mes parents. (En espagnol, Jesus se prononce « Ré-souss », mais la plupart des Américains, en Amérique du Nord, le prononcent comme s'ils parlaient du messie des chrétiens. Pas question d'être considéré comme un des leurs ou comme un homme d'affaires sérieux quand on est affligé d'un nom aussi exotique.) Il est intéressant de constater que les enfants d'immigrés, des Américains de la deuxième génération, comme Carmen et moi, attribuent généralement à leurs propres enfants des prénoms américains typiques, comme pour essayer de dissimuler le fait qu'il n'y a pas si longtemps que nos ancêtres ont débarqué dans ce pays – ou plutôt, en ce qui nous concerne, qu'ils ont traversé le rio Grande. Stacy, Heather, et Joe.

Tout comme il n'y a pas de chrétiens plus fervents que ceux qui se sont récemment convertis à la foi du Christ, il n'y a pas d'Américains plus ardents que ceux dont la naturalisation est récente, leur nouvelle nationalité ayant été acquise par leurs parents ou eux-mêmes. C'est que nous voulons si désespérément appartenir à ce grand pays, immense et fou. Au contraire de certains, enracinés aux États-Unis depuis des générations, nous savons pour quelles raisons le fait de vivre sous la bannière étoilée est une bénédiction. Nous connaissons aussi le prix qu'il faut payer pour cette bénédiction, et il arrive qu'elle coûte cher. On la paye, en partie, en laissant derrière soi tout ce qu'on a été. Mais il y a parfois des paiements bien plus douloureux, j'en sais quelque chose.

J'étais au Viêt-nam.

J'ai fait la guerre. J'ai tué nos ennemis.

Et j'ai été fait prisonnier.

C'est là-bas que j'ai bouffé de la soupe aux têtes de poissons pourries.

C'est une partie du prix que j'ai payé pour être américain.

Et en repensant à l'inimaginable cave dans le sous-sol de notre nouvelle maison, en me souvenant des odeurs du camp de prisonniers qui avaient surgi de l'obscurité au pied de l'escalier, j'ai commencé à me demander si je n'étais pas encore en train de payer le prix. J'étais rentré au pays seize ans auparavant – réduit à l'état de squelette ambulant, avec la moitié des dents en moins. Là-bas, ils m'avaient laissé crever de faim, ils m'avaient torturé, mais ils n'avaient pas réussi à me briser. Pendant des années, j'ai fait des cauchemars, mais je n'ai pas eu besoin de suivre une psychothérapie. Finalement, je m'en étais assez bien tiré, comme beaucoup des gars tombés dans l'enfer des Vietcongs. Méchamment amoché, marqué, déchiré – mais, bon sang, entier. Quelque part, j'avais perdu ma foi catholique, mais à l'époque, la perte avait paru négligeable. Année après année, j'avais repoussé la terrible expérience derrière moi. Une partie du prix à payer. Une partie de ce que nous payons tous pour être ce que nous sommes. N'y pensons plus. C'est fini. C'est du passé. Et, en effet, tout ça m'*avait* semblé loin derrière moi. Jusqu'à aujourd'hui. Il était impossible que la cave soit réelle, ce qui signifiait que j'étais en train d'avoir de graves hallucinations. Se pouvait-il qu'après tant de temps, le traumatisme causé par l'emprisonnement et la torture, farouchement refoulé, soit en train de provoquer de profonds changements en moi ? Était-il possible qu'ayant ignoré le problème plutôt que de l'affronter, il soit en train de me rendre fou ?

Si tel était le cas, je me demandais ce qui avait pu, soudain, déclencher une telle décompensation. Était-ce parce que nous avions acheté une maison appartenant à un Vietnamien ? La chose paraissait un peu triviale, pour un éventuel catalyseur. Je ne voyais pas comment la nationalité d'origine du vendeur pouvait, à elle toute seule, mélanger les fils de mon inconscient, provoquer un court-circuit dans le système, et me faire péter les plombs. D'un autre côté, si la paix que j'entretenais entre mes souvenirs de guerre et ma santé mentale avait la solidité d'un château de cartes, un simple souffle pouvait effectivement suffire à me démolir.

Bon sang, je n'avais pourtant pas *l'impression* d'être fou. Je me sentais mentalement équilibré – effrayé, certes, mais contrôlant fermement la situation. L'explication la plus raisonnable de l'épisode de la cave, c'était l'hallucination. Mais je restais absolument certain que les escaliers souterrains, bien qu'inconcevables, existaient bel et bien, et que la déconnexion avec la réalité avait une origine externe plutôt qu'interne.

À huit heures, Horace Dalcoe arriva pour dîner, en compagnie de sept personnes, ce qui me fit presque oublier la cave. Comme il nous loue le restaurant, pour lui, il va de soi qu'il n'a pas à débourser un sou pour dîner dans notre établissement. Si nous ne le recevions pas, lui et ses amis, il trouverait mille façons de nous rendre la vie impossible, et par conséquent, nous le servons. Mais il ne dit jamais merci, et il trouve toujours quelque chose à reprocher au repas ou au service.

Ce mardi soir, il se plaignit des margaritas – trop peu de tequila, disait-il ; il râla au sujet des galettes de farine de maïs – pas assez croustillantes, d'après lui. Et il ne fut pas content du tout de son potage – manquant vraiment de boulettes de viande.

J'avais envie d'étrangler ce salaud. Au lieu de ça, j'ai apporté des margaritas avec davantage de tequila – suffisamment pour lui détruire instantanément la moitié du cerveau – d'autres galettes de maïs, ainsi qu'un bol supplémentaire de boulettes, à rajouter dans la soupe pourtant déjà très riche en viande.

Cette nuit-là, une fois couché, je me mis à penser à Dalcoe, en me demandant ce qui se passerait si je l'invitais dans notre nouvelle maison, histoire de le pousser dans la cave, de fermer la porte à double tour, et de l'abandonner là-dedans pendant un moment. Je ne pouvais me défaire du sentiment étrange que quelque chose vivait au fond du sous-sol... Une chose dont je m'étais approché à quelques centimètres seulement, une chose planquée dans les ténèbres impénétrables qui dévoraient le faisceau de la lampe électrique. S'il y avait vraiment quelque chose là-dedans, ce truc monterait l'escalier et attraperait Dalcoe. Et il ne nous poserait plus jamais aucun problème.

Cette nuit-là, je ne dormis pas bien.

3

Le mercredi 14 mai au matin, je revins à la maison, pour en faire le tour avec l'ancien propriétaire, Nguyen Quang Phu. J'arrivai une heure en avance, au cas où la porte de la cave ait été visible à nouveau.

Elle l'était.

Je sentis soudain qu'il fallait que je tourne le dos à cette porte, que je m'en aille et que je l'ignore. Tous mes sens me disaient que je pouvais la faire disparaître à jamais, si seulement je refusais de l'ouvrir. Et je savais – sans pour autant savoir *comment* je le savais – que je risquais ma vie, mais aussi mon âme, si je ne parvenais pas à résister à la tentation d'explorer ces royaumes de l'en deçà.

Je coinçai le battant avec le morceau de bois.

La lampe à la main, je descendis dans les ténèbres.

Plus de dix étages plus bas, je m'arrêtai sur le palier d'où partaient les deux passages voûtés. L'odeur répugnante de légumes pourris venait de la gauche, la puanteur caractéristique du poisson pourri, de la droite.

J'accélérai l'allure, et je me rendis compte que l'obscurité singulièrement tangible ne s'épaississait pas aussi vite que la veille. Je pus donc descendre plus bas que la fois précédente, comme si la noirceur du lieu, me connaissant mieux, m'accueillait dans une partie plus intime de son domaine.

Après encore cinquante ou soixante marches, j'atteignis un autre palier. Comme sur le premier, de chaque côté, un passage voûté permettait un éventuel changement de direction.

À gauche, je trouvai à nouveau un conduit menant à d'autres marches, qui s'enfonçaient dans une noirceur mouvante et maligne, aussi étanche à la lumière qu'une mare de pétrole. Le faisceau de ma lampe, en effet, ne se fondait pas dans cette masse noire et dense, mais dessinait à la surface un cercle lumineux, comme si la lumière tombait sur un mur. Le bouillon noir luisait comme du goudron fondu. C'était une chose dont le pouvoir immense était aussi extrêmement repoussant. Pourtant, je savais qu'il ne s'agissait pas simplement de pétrole ou d'un liquide quelconque, mais de l'essence même de toute obscurité : la distillation sirupeuse d'un million de nuits, d'un milliard d'ombres et d'esprits. L'obscurité est un état, pas une matière, et on ne peut donc pas la distiller, mais c'était pourtant là un pur extrait, antique, et défiant la raison. Un concentré de nuit, une décoction des vastes ténèbres de l'espace interstellaire, transformées en une fange suintante. Et maléfique.

Je reculai et m'en retournai à l'escalier principal. Je ne pris pas la peine d'inspecter le fond du passage de droite, parce que je savais que j'y trouverais la même malveillance distillée, qui attendait en bouillant lentement.

De retour dans l'escalier, je ne descendis qu'un peu plus bas avant de rencontrer la même présence croupie. Elle se tenait devant moi, comme un mur, ou plutôt comme une marée suspendue. Tremblant d'une peur incontrôlable, j'en étais à deux pas.

Je tendis le bras.

Ma main se posa sur la masse obscure, sentit son pouls.

C'était froid.

J'appuyai un peu plus. Ma main disparut jusqu'au poignet. Ces ténèbres étaient si denses, cet élément solide si clairement défini, que mon poignet ressemblait au moignon d'un membre amputé ; une ligne nette marquait l'endroit où ma main disparaissait dans la masse noire et épaisse comme du goudron.

Pris de panique, je fis un bond en arrière. Mais non, on ne m'avait pas coupé la main. Elle était toujours au bout de mon bras. Je remuai les doigts.

Mon regard quitta ma main et plongea dans la nuit gélifiée qui se dressait devant moi. Soudain, je compris qu'elle avait *conscience* de ma présence. J'avais capté sa nature maléfique, mais je n'avais pas pensé qu'elle pouvait être consciente. Fixant la forme sans visage, je sentis que j'étais le bienvenu dans la partie de la cave que je n'avais pas encore atteinte, dans les salles au-dessous, qui se trouvaient à d'innombrables marches de là. J'étais invité à embrasser les ténèbres, à franchir le seuil pour pénétrer les ombres froides où ma main était entrée et, un instant, je fus submergé par le désir d'obtempérer, et de quitter la lumière pour descendre encore plus bas.

Puis j'eus une pensée pour Carmen. Et pour mes filles – Heather et Stacy. Mon fils, Joe. Tous ceux que j'aimais, et qui m'aimaient. Le charme fut aussitôt rompu. L'attirance hypnotique qu'exerçait sur moi la noirceur des ténèbres disparut, et je tournai les talons, pour remonter en courant vers la cuisine lumineuse, l'écho de mes pas résonnant dans l'étroite cage d'escalier.

Le soleil se déversait à l'intérieur par les grandes fenêtres.

J'ôtais le bout de bois, puis je claquai la porte. Je voulais qu'elle disparaisse, mais elle demeura visible.

« Je suis dingue ! m'exclamai-je à voix haute. On est en plein délire. »

Mais je savais que j'avais toute ma tête.

C'était le monde qui était devenu fou, pas moi.

Vingt minutes plus tard, Nguyen Quang Phu arriva, comme convenu, pour me détailler toutes les particularités de la maison que nous lui avions achetée. Je l'attendais à la porte d'entrée, et à la seconde où je le vis, je sus pourquoi l'inconcevable sous-sol m'était apparu, et à quel usage il était destiné.

« Monsieur Gonzales ? me demanda-t-il.

– Oui.

– Je suis Nguyen Quang Phu. »

Ce n'était pas simplement Nguyen Quang Phu. C'était aussi un maître ès tortures que je connaissais déjà.

Au Viêt-nam, il avait ordonné de m'attacher à un banc et, pendant plus d'une heure, il avait frappé la plante de mes pieds à l'aide d'une baguette de bois – jusqu'à ce que chaque coup se répercute dans les os de mes jambes et de mon bassin, dans ma cage thoracique, le long de ma colonne vertébrale, et jusqu'au sommet de mon crâne, comme s'il allait exploser. Il avait donné l'ordre de me lier les poignets et les chevilles et de m'immerger dans un bassin, dont l'eau était souillée par l'urine des prisonniers qui m'avaient précédé pour subir le même calvaire. Alors que je me disais que je ne pouvais plus retenir ma respiration, alors que mes poumons brûlaient, que mes oreilles sifflaient, que mon cœur allait éclater, alors que chaque fibre de mon être tendait vers la mort, on m'avait hissé hors de l'eau, le temps d'avaler quelques goulées d'air, avant de me faire replonger. Ce type avait donné l'ordre d'attacher des fils électriques à mes testicules, et il m'avait administré d'innombrables chocs électriques. Impuissant, je l'avais regardé battre à mort un ami, et je l'avais vu énucléer un autre copain, parce qu'il avait simplement insulté le soldat qui lui avait servi, une fois de plus, un bol de riz où grouillaient des vers.

Je n'avais aucun doute sur son identité. Le souvenir du visage du maître tortionnaire était à jamais imprimé dans ma mémoire, marqué dans mon cerveau par le pire des fers chauffés à blanc : la haine. Et il avait beaucoup mieux vieilli que moi, en plus. On aurait pu croire qu'il n'avait que deux ou trois ans de plus que la dernière fois où je l'avais vu.

« Enchanté, dis-je.

– Enchanté », répondit-il tandis que je le faisais entrer.

Sa voix était aussi frappante que son visage : douce, basse, et quelque peu glacée – la voix qu'auraient les serpents s'ils parlaient.

Nous nous serrâmes la main.

Il mesurait près d'un mètre quatre-vingts, ce qui est grand, pour un Vietnamien. Son visage était allongé, ses pommettes saillantes, son nez mince, sa bouche fine, et ses mâchoires délicates. Ses yeux étaient profondément enfoncés dans leur orbite – et aussi étranges qu'ils l'étaient à l'époque du camp.

Là-bas, j'ignorais son nom. C'était peut-être Nguyen Quang Phu. Ou peut-être s'agissait-il d'une fausse identité, qu'il avait prise en venant se réfugier aux États-Unis.

« Vous avez acheté une merveilleuse maison, dit-il.

– Nous l'aimons beaucoup, en effet.

– J'étais heureux, ici », dit-il en souriant. Tout en hochant la tête, il parcourut du regard la pièce vide. « Très heureux. »

Pourquoi avait-il quitté le Viêt-nam ? Il était du côté de ceux qui avaient gagné la guerre. Peut-être avait-il été fait prisonnier, avec certains de ses camarades. Ou peut-être le gouvernement l'avait-il assigné à quelque rude labeur dans une ferme, ou dans les mines, ou à une tâche dont il savait qu'elle lui détruirait la santé et le tuerait prématurément. Peut-être avait-il pris la mer dans une petite embarcation quand le gouvernement ne lui avait plus attribué de poste convenant à son sens de l'autorité.

Les raisons de son départ n'avaient aucune importance. Tout ce qui comptait, c'était qu'il était en face de moi.

Dès que je le vis, dès que je compris qui il était, je sus tout de suite qu'il ne quitterait pas la maison vivant. Je ne lui permettrais jamais de m'échapper.

« Il n'y a pas grand-chose à dire, vous savez. Dans la grande salle de bains, l'un des tiroirs dans un placard se coince de temps en temps. Et l'échelle dépliable qui permet d'accéder au grenier ne fonctionne pas toujours, mais c'est facilement réparable, je vous montrerai comment faire.

– Je vous en serais reconnaissant, merci. »

Il ne m'avait pas reconnu.

Je suppose qu'il avait torturé trop d'hommes pour pouvoir se souvenir d'une seule des victimes de ses pulsions sadiques. Tous les prisonniers qui avaient souffert et qui étaient morts entre ses mains s'étaient probablement fondus en un ennemi unique sans visage particulier. Le tortionnaire se moquait bien des individus à qui il avait donné un avant-goût de l'enfer. Pour Nguyen Quang Phu, l'homme qu'il suppliciait était le même que celui d'avant, dont la valeur n'avait rien à voir avec ses qualités humaines personnelles, mais avec sa capacité à hurler et à saigner, et son aptitude à ramper aux pieds de son bourreau.

Tout en me guidant à travers les différentes pièces de la maison, il me donna les noms des plombiers et des électriciens du quartier dignes de confiance, ainsi que l'adresse du réparateur du système d'air conditionné, sans oublier le maître verrier qui avait créé les vitraux dans deux des chambres. « Si l'un d'eux avait besoin d'être réparé, il faudrait confier le travail à l'homme qui l'a fait, bien sûr. »

Je ne saurai jamais comment je me suis retenu de ne pas l'attaquer à mains nues. Et ce qui est encore plus incroyable, c'est que ni mon visage ni ma voix n'aient trahi ma tension intérieure. Il ne se doutait absolument pas du piège dangereux dans lequel il venait de tomber.

Dans la cuisine, après m'avoir montré l'emplacement inhabituel du bouton permettant de démarrer le broyeur placé sous l'évier, je lui demandai si, lorsqu'il pleuvait, il y avait un quelconque problème d'humidité dans la cave.

Il cligna des yeux. Sa voix douce et froide monta d'un demi-ton. « La cave ? Mais il n'y a pas de cave. »

Feignant la surprise, je dis : « Mais si, il y en a une. La porte est justement là. »

Il regarda dans la direction que je lui indiquais, sans y croire.

Il vit la porte à son tour.

J'interprétai alors le fait qu'il puisse voir la porte comme un signe : je ne pourrais rien faire de mal si je me contentais d'aider le destin.

Saisissant la lampe électrique, j'ouvris la porte.

Tout en m'assurant qu'il n'y avait jamais eu de porte à cet endroit quand il habitait dans cette maison, l'ancien tortionnaire passa devant moi, à la fois complètement étonné et curieux. Il franchit le seuil de la porte.

« La lumière ne marche pas », lui dis-je en m'approchant de lui, pointant la lampe vers l'escalier qui descendait. « Mais nous y verrons bien assez clair avec ça.

– Mais... où... comment...

– Vous n'allez quand même pas me dire que vous n'avez jamais remarqué l'existence de la cave ? m'exclamai-je avec une gaieté forcée. Venez. Vous vous moquez de moi, ou quoi ?

Comme transporté par la stupéfaction, il descendit les marches comme un somnambule, une à une.

Je le suivais de près.

Il sut bientôt qu'il se passait quelque chose d'anormal : le sol de la cave n'apparaissait toujours pas, et l'escalier continuait encore plus bas. Il s'immobilisa, voulut se retourner, et dit : « Voilà qui est étrange. Que se passe-t-il ? Qu'est-ce que vous êtes en train de...

– Continue, lui lançai-je d'une voix dure. Au fond. Descends, salaud. »

Il essaya de me pousser, afin de remonter vers la porte ouverte, là-haut.

Je le fis tomber à la renverse dans l'escalier. En hurlant, il dégringola jusqu'au premier palier, d'où partaient les deux passages voûtés. Lorsque j'arrivai près de lui, je constatai que la chute l'avait sonné, et qu'il souffrait considérablement. Il gémissait de douleur. Sa lèvre inférieure était fendue, et du sang dégoulinait sur son menton. La paume de sa main droite était profondément entaillée, et je crois qu'il avait le bras cassé.

En larmes, tenant son bras de l'autre main, il leva les yeux vers moi – il avait mal, il avait peur, il ne comprenait plus rien.

Je jugeais méprisable ce que j'étais en train de faire.

Mais je le trouvais encore plus méprisable.

« Au camp, lui dis-je, on t'appelait le Serpent. Je te connais. Oh, oui, je te connais bien. Tu étais le chef des tortionnaires vietcongs.

– Ô mon Dieu. »

Il ne me demanda pas de quoi je parlais, et il ne tenta même pas de nier. Il savait qui il était, ce qu'il était, et il savait aussi ce qu'il allait advenir de lui.

« Ces yeux », m'écriai-je, tremblant de fureur. « Cette voix. Le Serpent. Un serpent répugnant, une bête rampante. Haïssable. Mais très, très dangereux. »

Il y eut un bref silence. Moi, du moins, j'étais momentanément sans voix, parce que je contemplais avec admiration le mécanisme subtil du destin, qui, à sa façon, lentement et laborieusement, nous avait réunis, au bon moment et au bon endroit.

De l'obscurité au-dessous de nous, des bruits s'élevèrent : des murmures chuintants, ainsi qu'un suintement liquide qui me fit frissonner. Les ténèbres millénaires avançaient, enflaient vers nous, l'incarnation de nuits sans fin, froide, profonde – et vorace.

Le tortionnaire, réduit au rôle de victime, lançait autour de lui des regards apeurés, où se lisait la stupéfaction. Il fixa le passage voûté d'un côté, puis de l'autre, et ensuite les marches qui se poursuivaient à partir du palier sur lequel il rampait. Son angoisse était si grande qu'il ne sentait plus la douleur ; il ne gémissait plus, il ne sanglotait plus.

« Qu'est-ce que... quel est cet endroit ?

– Tu es chez toi, ici », répliquai-je.

Je me détournai de lui et j'entrepris de gravir l'escalier. Je ne m'arrêtai pas une seule fois en route, et je ne jetai aucun coup d'œil en arrière. J'avais laissé la lampe auprès de lui, parce que je voulais qu'il puisse voir clairement la chose qui venait le chercher.

(Les ténèbres sont en chacun de nous.)

« Attendez ! » cria-t-il.

Je ne ralentis pas.

« Quel est ce bruit ? » demanda-t-il.

Je continuai à grimper.

« Que va-t-il m'arriver ?

– Je n'en sais rien, lançai-je. Mais quoi que ce soit, c'est ce que tu mérites. »

La colère, finalement, prit le dessus.

« Vous n'avez pas à me juger !

– Oh, si, je te juge. »

Au sommet de l'escalier, je franchis le seuil de la porte, et je refermai le battant derrière moi. Il n'y avait pas de verrou. Tremblant de tous mes membres, je m'adossai contre le bois.

Apparemment, Phu aperçut quelque chose qui montait vers lui, car il se mit à hurler de terreur et commença à se traîner dans l'escalier, vers la sortie. L'entendant approcher, je pesai sur la porte de tout mon poids.

De l'autre côté du battant, il frappait contre le bois.

« Je vous en prie, je vous en supplie, non. Au nom du Ciel, non, je vous en prie ! »

Au camp, j'avais entendu mes copains l'implorer de la même façon, avec le même désespoir, quand l'impitoyable bourreau leur enfonçait des clous rouillés sous les ongles. Je me concentrai sur ces visions d'horreur, dont j'avais cru m'être débarrassé, et elles me donnèrent la force de résister aux suppliques pathétiques de Phu.

En plus de sa voix, j'entendis les ténèbres fangeuses se lever derrière lui, telle une lave froide courant le long d'une pente : des bruits de succion, et toujours le même chuchotement sinistre.

Le tortionnaire cessa de frapper contre la porte et il poussa un cri atroce, qui m'indiqua que les ténèbres venaient de s'emparer de lui.

Une grande masse s'écroula alors sur le battant, puis se retira.

Les hurlements suraigus du bourreau du camp s'intensifièrent, puis se calmèrent, avant de retentir à nouveau, et chaque fois que ses clameurs reprenaient, la terreur qu'il ressentait se précisait. Au son de sa voix, aux bruits sourds de ses pieds rebondissant sur les marches et frappant les murs, je pouvais deviner qu'on le tirait vers le bas.

J'étais couvert de sueur.

Impossible de reprendre ma respiration.

Soudain, j'ouvris la porte à toute volée, et je bondis dans l'escalier. Je crois que j'avais sincèrement l'intention de l'attraper de le tirer dans la cuisine, et de lui sauver la vie, finalement. Mais je n'en suis pas sûr. Ce que j'ai vu dans l'escalier, quelques pas plus bas, était si choquant que je me suis figé – et je n'ai rien fait du tout.

Le tortionnaire n'était pas prisonnier des ténèbres, mais des mains de deux hommes squelettiques, qui se détachaient de la masse noire et de son bouillonnement perpétuel. Des hommes morts depuis longtemps. Je les reconnus : des soldats américains morts dans le camp, tués par Phu, à l'époque où j'étais moi-même prisonnier. Je ne considérais ni l'un ni l'autre comme des amis, et, en fait, tous deux étaient des mauvais types qui avaient *aimé* la guerre, avant d'être capturés par les Vietcongs, des types d'une espèce rare et détestable, qui aimaient tuer, et qui se livraient à toutes sortes de trafics pendant leur temps libre. Leurs yeux étaient vitreux, opaques. Quand ils ouvrirent la bouche pour me parler, aucun mot n'en sortit, seulement des espèces de chuintements et de geignements étouffés, ce qui me donna à penser que ces sons ne provenaient pas de leurs corps, mais de leurs âmes – des âmes enchaînées en bas, au fond de la cave, loin. Ils s'efforçaient de se dégager du concentré suintant de ténèbres qui les retenait, sans pouvoir s'en défaire, juste assez libres de leurs mouvements pour saisir Nguyen Quang Phu par les bras et les jambes.

Tandis que j'observais la scène, ils attirèrent l'extortionnaire en chef qui hurlait et se débattait, vers l'épaisse décoction couleur de nuit à laquelle ils appartenaient pour l'éternité. Quand ils eurent tous les trois disparu dans la masse palpitante, elle commença à refluer, et le bloc de goudron gélatineux, dont la surface se ridait, s'éloigna de moi. Les marches réapparurent, à la façon du sable d'une plage qui redevient visible quand la mer se retire.

En titubant, je revins dans la cuisine, pour me diriger aussitôt vers l'évier. Penchant la tête, je vomis. Puis je fis couler de l'eau. Je me mouillai le visage. Je me rinçai la bouche. Le souffle court, je pris appui contre le rebord de l'évier.

Lorsque enfin, je me retournai, je vis que la porte de la cave avait disparu. Les ténèbres voulaient le maître vietnamien de la torture. C'est pour cette raison que la porte était apparue, et qu'une voie s'était ouverte, jusqu'à... jusqu'en bas. Elles voulaient le tortionnaire, au point qu'elles n'avaient pas attendu de l'obtenir en suivant le cours naturel des choses, non, elles avaient réclamé sa mort prédestinée, et elles avaient ouvert une porte sur notre monde et l'avaient avalé. Maintenant qu'elles l'avaient, ma rencontre avec le surnaturel allait certainement prendre fin.

C'est ce que je me suis dit.

Mais je n'avais pas compris.

Que Dieu me vienne en aide, je n'avais rien compris du tout.

4

La voiture de Nguyen Quang Phu – une Mercedes blanche neuve – était garée dans l'allée, à l'abri des regards. Sans que personne ne me remarque, je m'installai au volant et démarrai, dans le but d'abandonner la voiture sur un parking, à côté d'une plage publique. Je parcourus ensuite à pied les quelques kilomètres qui me séparaient de la maison, et, plus tard, lorsque la police commença à enquêter sur la disparition de Phu, j'affirmai avec force qu'il n'était jamais venu au rendez-vous fixé entre nous. On me crut. Ils n'avaient aucune raison de me soupçonner, étant donné que je suis un citoyen modèle, un homme dont la réussite est officiellement établie et qui jouit d'une excellente réputation.

Durant les trois semaines qui suivirent, la porte de la cave ne réapparut pas. Je n'espérais même pas pouvoir être un jour totalement à l'aise dans notre nouvelle demeure, cette maison de rêve, mais mes pires craintes s'atténuèrent progressivement, et je cessai d'éviter d'entrer dans la cuisine.

J'avais heurté de plein fouet le surnaturel, mais il n'y avait que peu de chances, voire aucune, pour qu'une telle rencontre se reproduise. Au cours de leur vie, beaucoup de gens aperçoivent un fantôme, une fois, et sont ainsi témoins d'un événement paranormal qui les secoue sérieusement et fait douter de la véritable nature de la réalité; mais leur expérience de l'occulte s'arrête là. J'étais certain de ne plus jamais revoir la porte de la cave.

Et puis Horace Dalcoe, qui nous louait les murs du restaurant et qui critiquait bruyamment la soupe d'*albóndigas*, découvrit que j'étais en train de mener secrètement des négociations pour l'achat du terrain sur lequel se trouvait son centre commercial, et dont *il* était locataire; il contre-attaqua. Violemment. Il avait des appuis politiques, et je suppose qu'il n'eut aucun mal à convaincre l'inspecteur des services de l'hygiène de nous sanctionner pour des infractions que nous n'avions pas commises. Notre restaurant a toujours été d'une propreté parfaite; nos propres règles concernant la manipulation de la nourriture et le nettoyage ont toujours été plus strictes que celles requises par la législation en vigueur. Par conséquent, Carmen et moi avons décidé de porter l'affaire devant la justice, au lieu de payer les amendes – et, à ce moment-là, nous fûmes condamnés pour infraction à la loi régissant la sécurité anti-incendie. Puis, quand nous avons annoncé notre intention de réclamer le retrait de ces accusations-là, tout aussi injustes que les autres, quelqu'un s'introduisit dans le restaurant une nuit, à trois heures du matin, et le mit à sac, causant pour plus de cinquante mille dollars de dégâts.

J'ai alors compris que je pouvais gagner l'une des batailles, voire même tous les procès que j'intenterais, tout en perdant quand même la guerre. Si j'avais pu adopter les viles tactiques de Horace Dalcoe, si j'avais pu avoir recours à des pots-de-vin distribués aux responsables de certains services de l'administration, et si j'avais pu embaucher des hommes de main, je me serais battu de la seule façon qu'il comprenait, et il aurait peut-être fait cesser les hostilités. Certes, mon âme n'était pas exempte de salissures du péché, mais j'étais néanmoins incapable de me résoudre à m'abaisser au niveau de Dalcoe.

Peut-être ma répugnance à employer des méthodes de voyou relève-t-elle davantage de l'orgueil que d'une sincère honnêteté ou de l'honneur, mais je préfère croire que ce n'est pas le cas.

Hier matin (j'écris ces mots dans le journal que j'ai commencé à tenir, afin de noter les étapes de ma damnation), je suis donc passé voir Dalcoe dans son luxueux bureau. Je me suis fait tout petit devant lui, et j'ai humblement accepté d'abandonner mon projet, et de ne plus chercher à acheter le terrain qu'il loue et sur lequel se tient son petit centre commercial. J'ai aussi accepté de lui remettre trois mille dollars en argent liquide, sous la table, en échange de son autorisation pour l'installation d'une nouvelle enseigne, plus grande et susceptible d'attirer davantage de clients, dans mon restaurant.

Horace Dalcoe s'est comporté de façon très condescendante, et sa suffisance m'a vraiment énervé. Alors que notre affaire aurait pu se conclure en dix minutes, il m'a gardé plus d'une heure dans son bureau, pour mieux savourer mon humiliation.

La nuit dernière, je n'ai pas fermé l'œil. Le lit était moelleux, la maison silencieuse, et l'air agréablement frais – toutes les conditions requises pour un sommeil facile et profond – mais je n'ai pas cessé de ruminer de sombres pensées. Horace Dalcoe. Je ne supportais pas l'idée de me retrouver à sa merci, ni de penser à l'avenir dans une telle perspective. Je tournais et retournais les données du problème dans ma tête, cherchant un angle d'attaque, une ouverture, une façon de prendre l'avantage avant qu'il ne comprenne ce que j'étais en train de faire, mais aucun plan brillant n'a germé dans mon esprit.

J'ai fini par me glisser hors du lit, sans réveiller Carmen, et je suis descendu à la cuisine pour y boire un verre de lait, en espérant qu'une bonne dose de calcium me calmerait. Lorsque je suis entré dans la pièce, préoccupé par Dalcoe, la porte de la cave était de retour dans le mur, à côté du réfrigérateur.

Les yeux rivés sur le battant, j'ai eu très peur, car je savais ce que signifiait cette réapparition, si opportune. Il fallait que je trouve un arrangement avec Horace Dalcoe, et voilà qu'on me fournissait une solution. La solution finale du problème. Inviter Dalcoe à la maison sous un prétexte quelconque. Lui faire visiter la cave. Et laisser agir les ténèbres.

J'ai ouvert la porte.

Mon regard est descendu le long de l'escalier, jusqu'à la noirceur qui régnait en contrebas.

Des prisonniers de guerre morts depuis longtemps, victimes des tortures qu'il leur avait infligées, avaient attendu l'arrivée de Nguyen Quang Phu. Qu'y aurait-il, là-bas au fond, pour se saisir de Dalcoe ?

J'ai frémi.

Pas pour Dalcoe.

J'ai frémi en pensant à moi.

Soudain, je venais de comprendre que la masse noire tapie plus bas me voulait, moi, bien plus qu'elle ne voulait Phu le tortionnaire, ou Horace Dalcoe. Aucun de ces deux hommes ne valait grand-chose. De toute façon, ils étaient destinés à finir en enfer. Si je n'avais pas escorté Phu dans la cave, les ténèbres l'auraient eu tôt ou tard, le jour où la mort serait enfin venue le prendre. Pareillement, Dalcoe se retrouverait au fin fond de la géhenne, après son trépas. Mais en les dépêchant moi-même vers leur ultime destination, je cédais volontairement à mes pulsions les plus sombres, mettant ainsi en péril ma propre âme.

Le regard fixé sur les dernières marches de l'escalier, au fond de la cave, j'ai entendu les ténèbres qui m'appelaient, qui m'invitaient, qui m'offraient une communion éternelle. Le chuchotis de la voix était séduisant. Les promesses étaient flatteuses. Le sort de mon âme n'était pas fixé, et les ténèbres, en me réclamant, voyaient qu'un petit triomphe était encore possible pour elles.

Mes sens me soufflaient que je n'étais pas encore suffisamment corrompu pour être à ma place en bas, dans le noir absolu. Ce que j'avais fait à Phu risquait d'être perçu comme la simple exécution d'un jugement rendu depuis longtemps, car l'homme ne méritait aucune récompense, ni dans ce monde ni dans le prochain. Et permettre à Dalcoe de connaître, avec un peu d'avance, la fin à laquelle il était prédestiné, ne me condamnerait probablement pas à perdre mon âme.

Mais, après Horace Dalcoe, qui d'autre serai-je tenté d'attirer dans la cave ? Combien de personnes, combien de fois ? La décision sera de plus en plus facile à prendre. Tôt ou tard, je me retrouverai en train de me servir de la cave pour me débarrasser de gens qui n'étaient guère que des nuisances mineures. Certains seront peut-être des cas limites, qui méritent l'enfer tout en ayant quand même gardé une petite chance de salut et, en les précipitant au fond de la cave, je leur ôterai la possibilité de se racheter et de refaire leur vie. Je serai en partie responsable de leur damnation. Et alors, moi aussi, je serai perdu... et les ténèbres graviront les marches pour venir me chercher dans la maison quand elles le désireront.

En contrebas, l'épaisse vase produite par la distillation d'un milliard de nuits noires émettait à mon intention ses chuchotements. Elle murmurait.

J'ai fait un pas en arrière et j'ai refermé la porte. Elle n'a pas disparu.

Dalcoe, me suis-je alors dit, désespéré, *pourquoi t'es-tu conduit comme un salaud ? Pourquoi as-tu fait en sorte que je te haïsse ?*

Les ténèbres sont en chacun de nous.

Mais j'ai des défauts qui sont humains – le goût de vengeance n'étant pas le moindre. Une partie du prix que j'ai payé, c'est la mort de mon innocence au Viêtnam. Là-bas, j'ai appris que, sur terre, le mal existe, pas de façon abstraite, mais physiquement, charnellement, et quand des hommes mauvais m'ont torturé, j'ai été contaminé à leur contact. J'ai acquis la soif de vengeance.

Je me dis que je n'ose pas succomber aux solutions faciles que m'offre la cave. Sinon, où s'arrêterait tout ça ? Après avoir envoyé une vingtaine d'hommes et de femmes dans la cave, je serais si parfaitement corrompu qu'un jour, il me serait facile de m'en servir pour y faire ce que j'aurais tenu pour impensable auparavant. Et si, par exemple, Carmen et moi, nous nous disputons ? Pourrais-je tomber si bas que je serais capable de lui demander de m'accompagner dans mes explorations ?

Et si mes enfants me contrarient, comme Dieu sait que c'est souvent le cas avec les enfants ? Où seront mes limites ? Et faudra-t-il constamment que je m'en fixe de nouvelles ?

Je suis un type bien.

Mais grande est la tentation.

J'ai commencé à préparer une liste de gens, qui m'ont, à un moment ou à un autre, rendu la vie difficile. Je n'ai pas l'intention de leur faire quoi que ce soit, naturellement. La liste, c'est un jeu, tout simplement. Je vais la finir, puis je vais la déchirer en mille morceaux, et je les jetterai ensuite dans les toilettes en tirant la chasse d'eau.

Je suis un type bien.

Cette liste ne veut absolument rien dire.

La porte de la cave restera toujours fermée.

Je ne l'ouvrirai plus jamais.

Je le jure sur ce que j'ai de plus sacré.

Je suis un type bien.

La liste est plus longue que ce que je croyais.

Titre original :
Down in the darkness

LES MAINS D'OLLIE

La nuit de juillet était étouffante. L'air en contact avec les paumes d'Ollie lui fit prendre conscience de l'inconfort que ressentaient les citadins ruisselant de sueur : des millions de personnes souhaitant toutes le retour de l'hiver.

Pourtant, même par le plus cruel des temps, même par une nuit glaciale et venteuse de janvier, les mains d'Ollie auraient été douces, lisses, chaudes – et sensibles. Ses doigts minces étaient effilés de façon extraordinaire. Quand ils se saisissaient de quelque chose, ses doigts paraissaient se fondre dans l'objet. Lorsqu'ils le lâchaient, la séparation s'effectuait comme dans un soupir.

Tous les soirs, quelle que fût la saison, Ollie se rendait dans l'allée à peine éclairée qui se trouvait derrière Staznik's, le restaurant, pour fouiller les trois grandes poubelles pleines à ras bord, à la recherche de couverts d'argent qui auraient pu être jetés accidentellement avec les ordures. Comme Staznik lui-même avait fait de la qualité son credo, et parce que les prix étaient élevés, l'argenterie valait assez cher pour justifier les fouilles sordides auxquelles se livrait Ollie. Tous les quinze jours, il se débrouillait pour repérer suffisamment de pièces d'argenterie pour reconstituer un assortiment complet, qu'il proposait ensuite à l'une des quelques boutiques de brocanteur de la ville, en échange d'un peu de monnaie pour s'acheter à boire.

L'exhumation de couverts de table n'était pas sa seule source de revenus. À sa façon, Ollie était malin.

En ce mardi soir du début du mois de juillet, les limites de son intelligence furent mises à l'épreuve. Lorsqu'il accomplissait son tour quotidien dans l'allée, pour y chercher à tâtons fourchettes, couteaux et cuillères, il trouva une fille par terre, inconsciente.

Le visage tourné vers le mur en brique, elle était allongée contre le dernier container, les yeux fermés, les mains croisées sur ses petits seins, comme une enfant qui dort. Sa robe bon marché, courte et moulante, révélait pourtant que ce n'était pas le cas ; sa chair pâle luisait comme une flamme derrière du verre fumé. À part ça, Ollie ne pouvait pas voir grand-chose.

« Mademoiselle ? » demanda-t-il en se penchant vers elle.

Elle ne répondit pas. Elle ne fit pas un geste.

S'agenouillant à côté d'elle, il la secoua, sans parvenir à la réveiller. Quand il la fit rouler sur le dos, afin de mieux voir son visage, quelque chose fit du bruit. Craquant une allumette, il découvrit alors qu'elle était couchée sur l'attirail habituel des junkies : une seringue, une cuillère noircie, un gobelet en métal, une bougie à moitié consumée, et plusieurs paquets de plastique et d'aluminium contenant de la poudre blanche.

Il aurait pu la laisser et continuer à chercher les couverts en argent – il n'aimait pas, ou ne comprenait pas, les gens qui se défonçaient, lui-même s'en tenant strictement à l'alcool – mais la flamme de l'allumette éclaira le visage de la fille, l'obligeant ainsi à s'intéresser à elle. Elle avait un front haut, des yeux harmonieusement espacés, un nez retroussé couvert de taches de rousseur, et des lèvres pleines qui semblaient promettre à la fois des plaisirs érotiques et l'innocence de l'enfance. L'allumette s'étant éteinte, les ténèbres revinrent, et Ollie sut aussitôt qu'il ne pouvait pas la laisser là : c'était l'être le plus beau qu'il avait jamais vu de sa vie tout entière.

« Mademoiselle ? » répéta-t-il, secouant l'épaule de la jeune fille.

Elle ne réagit pas.

Il jeta un coup d'œil des deux côtés de l'allée, mais il ne vit personne susceptible de mal interpréter ses intentions. Rassuré, il se rapprocha d'elle, dans l'espoir de déceler un battement de cœur. Sentant un faible pouls, il plaça sa paume humide tout près des narines de la fille, et détecta l'infime expiration d'un souffle chaud. Elle était vivante.

Il se redressa tout en essuyant ses paumes sur son pantalon sale et froissé, adressa un regard lourd de regrets aux containers inexplorés, puis il la souleva. La fille ne pesait pas bien lourd, et il la prit dans ses bras tel un jeune marié qui fait franchir à son épouse le seuil nuptial, mais il ne pensait aucunement à l'aspect charnel du rituel. Le cœur battant la chamade, à cause de cet effort inhabituel, il l'emporta à l'autre bout de l'allée, se hâta de traverser l'avenue déserte, et disparut, comme aspiré par la gueule d'une autre allée obscure.

Dix minutes plus tard, il déverrouillait la porte de l'entresol où il logeait, et la transportait à l'intérieur. Il la déposa sur le lit, referma la porte, et alluma l'ampoule de quarante watts située à côté du lit, sous un abat-jour de fortune en papier journal. Elle respirait toujours.

Il la contempla, se demandant quoi faire à présent. Maintenant qu'il avait accompli la tâche qu'il s'était fixée, ses idées se brouillaient.

Frustré par son incapacité à mettre de l'ordre dans ses pensées, il sortit à nouveau, ferma la porte à clé derrière lui, et refit le trajet jusqu'à l'arrière du restaurant. Il trouva le sac de la fille, et mit à l'intérieur la dope et le reste. En proie à une étrange angoisse qu'il ne comprenait pas du tout, il retourna chez lui.

Il avait complètement oublié l'argenterie des poubelles de Staznik's.

Assis sur une chaise à côté du lit, Ollie passa en revue le contenu du sac. Il retira la seringue et la bougie, les réduisit en miettes et les balança dans la poubelle. Dans la salle de bains, il déchira les paquets d'héroïne, qu'il jeta dans la cuvette des toilettes, avant de tirer la chasse. Elle avait utilisé le gobelet métallique comme support pour la bougie, avec laquelle elle chauffait le mélange de came et d'eau. Posant le gobelet sur le sol, il entreprit méthodiquement de l'aplatir à coups de pied. Puis il se lava les mains, les essuya sur une serviette en lambeaux provenant de quelque hôtel, et se sentit aussitôt beaucoup mieux.

La respiration de la fille était plus faible, et plus irrégulière. Son visage était gris, et des gouttelettes de sueur, brillantes comme des perles, parsemaient son front blanc. Penché sur elle, Ollie comprit qu'elle était en train de mourir, et il prit peur.

Il croisa les bras, de façon à dissimuler ses longues mains sous ses aisselles. Le bout charnu de ses doigts était excessivement moite. Confusément, il était conscient que ses mains pouvaient accomplir des tours plus utiles que dénicher des couverts ensevelis sous des montagnes de détritus, mais il se refusait à admettre leur capacité : trop dangereux...

Il prit un pichet de vin dans l'assemblage bancal de cartons qui lui servait de placard, et se mit à boire au goulot. Le liquide noir avait un goût de flotte.

Il savait qu'il ne trouverait aucun réconfort dans le vin – pas avec la fille couchée sur le lit, en tout cas. Pas tant que ses propres mains continueraient à trembler.

Il rangea le pichet.

Ollie n'aimait pas du tout se servir de ses mains pour autre chose que gagner l'argent destiné à sa consommation d'alcool, mais il n'avait plus le choix. D'autres motivations, plus élémentaires, le poussaient à agir. La fille était belle. Les traits doux et bien dessinés de son visage étaient si symétriques que même le teint blafard de la maladie ne parvenait pas à l'enlaidir. À la manière des mailles délicates d'un filet, la beauté de la fille avait capturé Ollie, le retenant prisonnier. Il suivit ses mains jusqu'au lit, tel un aveugle cherchant à éviter les obstacles dans un lieu qu'il ne connaît pas.

Pour que ses mains puissent accomplir correctement leur travail, il fallait qu'il la déshabillât entièrement. Elle ne portait pas de sous-vêtements. Ses petits seins étaient fermes et hauts placés, sa taille trop fine, et les os de ses hanches pointus, bien que la malnutrition n'enlevât rien à la splendeur de ses jambes sublimes. C'était en tant qu'œuvre d'art qu'Ollie appréciait la fille, pas en terme de gratification sexuelle. Il ne connaissait rien aux femmes : jusqu'à présent, il avait vécu dans un monde où le sexe n'existait pas, obéissant aux mains qui étaient les siennes, et dont n'importe quelle amante aurait immédiatement su qu'elles sortaient de l'ordinaire.

Il plaça d'abord ses mains sur les tempes de la fille, puis il lissa ses cheveux en arrière, et fit glisser ses doigts charnus sur son front, sur ses joues, le long de la courbe de ses mâchoires et de son menton. Il sentit battre le pouls à la base de son cou, et appuya ensuite doucement sur ses seins, son estomac, ses jambes, cherchant à détecter la cause de sa perte de conscience. Il ne lui fallut qu'un instant pour comprendre : elle avait fait une overdose. Mais il perçut également un fait qu'il refusa de croire : l'overdose avait été intentionnelle.

Les mains d'Ollie étaient douloureuses.

Il la toucha à nouveau, et ses paumes ouvertes exécutèrent des cercles lents, jusqu'à ce qu'il ne sache plus très bien où finissaient ses mains et où commençait la peau claire de la fille, mains et peau semblant avoir fusionné, comme des nuages de fumée se mêlant les uns aux autres.

Une demi-heure plus tard, elle n'était plus inconsciente, mais simplement endormie.

Précautionneusement, il la mit à plat ventre, et promena ses mains sur son dos, sur ses épaules, ses fesses, ses cuisses, achevant ce qu'il avait entrepris. Il suivit le tracé de sa moelle épinière, puis massa son cuir chevelu, tout en effaçant de son esprit toute appréciation personnelle concernant les formes de la fille, afin de faciliter le passage du pouvoir que possédait son propre corps dans celui de la fille.

Quinze minutes plus tard, il avait non seulement amélioré son état, mais l'avait également guérie de son envie de se droguer. Si elle recommençait à vouloir se piquer, elle serait terriblement malade, il s'en était assuré. Grâce à ses seules mains.

Puis, s'appuyant contre le dossier de la chaise, il s'endormit.

Une heure plus tard, il bondit sur ses pieds, poursuivi par des cauchemars qu'il était bien incapable d'identifier. Se hâtant vers la porte, il vérifia qu'elle était toujours fermée à clé, avant d'écarter les rideaux et de jeter un coup d'œil à l'extérieur. Il s'était attendu à voir quelqu'un rôder dans le coin, mais il ne vit devant lui que la nuit. Personne ne l'avait vu se servir de ses mains.

La fille dormait toujours.

Comme il ramenait le drap sur elle, il s'aperçut qu'il ne connaissait même pas son nom. Dans son sac, il trouva une pièce d'identité : Annie Grice, vingt-six ans, célibataire. Rien de plus, ni son adresse ni le nom de ses parents.

Il se saisit d'un collier de verroterie, mais aucune des petites billes lisses ne lui adressa d'images particulières. Jugeant qu'elle avait acheté ce collier récemment, et qu'il n'était donc pas encore imprégné de son aura, il le reposa.

Mais dans le portefeuille usé de la fille, il découvrit par une profusion d'impressions, un condensé violent des dernières années de sa vie. La première fois qu'elle avait acheté de la cocaïne, sa première prise, l'accoutumance qui s'était ensuivie; son premier gramme d'héroïne, la dépendance au produit, la consommation compulsive; les vols destinés à financer sa consommation; les petits boulots dans des bars louches, comme entraîneuse; la prostitution, qu'elle appelait différemment afin d'apaiser sa mauvaise conscience; la prostitution qu'elle se décidait à appeler prostitution; et enfin, irrémédiablement, la rupture avec la vie et la société, un isolement matériel et psychique qui lui avait fait ardemment souhaiter une mort libératrice.

Il reposa le portefeuille.

Il était couvert de sueur.

Malgré son envie de boire, il savait que le vin ne lui accorderait aucun sursis. Pas cette fois.

De plus, sa curiosité n'était pas pleinement satisfaite. Comment Annie Grice était-elle devenue la femme dont le portefeuille, qu'elle possédait depuis sept ans, dressait ainsi le portrait?

Il trouva un anneau ancien – un héritage familial? – dans son sac, le tint entre ses doigts, et se laissa envahir par un flot d'images. Au début, celles-ci ne concernaient pas Annie. Constatant qu'il était en train de remonter sensoriellement aux origines de l'histoire de l'anneau et à ses anciens propriétaires, il progressa mentalement jusqu'à la période correspondant à celle d'Annie. Elle avait alors sept ans, et le directeur de l'orphelinat venait de lui remettre les quelques objets qui constituaient l'essentiel de son héritage, après qu'un incendie eut détruit sa maison et ses parents, six mois auparavant. Ensuite, sa vie n'avait plus été qu'une déprimante succession de malheurs: réservée, elle était devenue la cible de la malice de ses camarades; sa timidité avait encore accru sa solitude, et elle n'avait eu aucun ami pendant toute son adolescence; sa première histoire d'amour avait été un désastre à la suite duquel elle avait eu peur, plus que jamais, des contacts humains; sans argent pour aller à l'Université, elle était passée d'un emploi de bureau à un autre, malheureuse, limitée dans ses ambitions, seule. Le temps aidant, elle avait tenté de surmonter sa timidité en adoptant une attitude insolemment agressive, qui n'avait eu pour seul résultat que la rencontre avec un jeune homme en pleine déchéance morale, du nom de Benny, avec qui elle avait vécu pendant un an, et qui l'avait initiée à la cocaïne. À partir de là, sa consommation – une tentative désespérée d'échapper à la solitude et au manque d'amour – avait suivi l'évolution implacable qu'Ollie avait perçue, grâce aux images qui imprégnaient son portefeuille usé.

Reposant l'anneau, il saisit son pichet de vin et but jusqu'à ce que fût miséricordieusement dissipée l'affreuse tristesse, qui n'était pourtant pas vraiment la sienne, mais celle d'Annie. Il s'endormit.

La fille le réveilla. Assise dans le lit, elle avait le regard fixé sur lui, écroulé contre le mur, et elle poussa un long cri d'angoisse.

Ollie se releva et s'approcha d'elle en titubant. Encore endormi, il clignait des yeux, l'air ahuri, comme s'il était soûl.

« Qu'est-ce que je fais ici ? » lui demanda-t-elle, visiblement effrayée. « Qu'est-ce que vous m'avez fait ? »

Ollie ne répondit pas.

Garder le silence, c'était ce qui le sauvait. Il lui était pratiquement impossible de parler à qui que ce fût. Il se pouvait qu'il fût muet, ou qu'il eût simplement peur des mots. Moites, rougeaudes, ses mains tremblaient. Secouant la tête, il sourit nerveusement à la fille, dans l'espoir qu'elle comprendrait qu'il voulait seulement lui venir en aide.

Apparemment, la pureté de ses intentions n'échappa pas à la fille, et ses craintes parurent s'apaiser. Fronçant les sourcils, elle tira le drap jusque sous son menton, afin de couvrir sa nudité. « Je ne suis pas morte, malgré l'overdose. »

Hochant la tête, Ollie sourit de plus belle et essuya ses mains sur sa chemise.

Tandis que la fille examinait les marques laissées sur ses bras par les injections, elle écarquilla les yeux, terrorisée. Sa propre vie la terrifiait, et l'idée d'exister lui faisait peur. Désespérée par l'échec de sa tentative de suicide, elle se mit à pleurer et à gémir, la tête rejetée en arrière, son visage pâle auréolé par la blondeur de ses cheveux.

Vite, il s'approcha d'elle et la toucha d'une main, la replongeant ainsi dans un profond sommeil. Dégrisé, il se dirigea ensuite vers la porte, jeta un coup d'œil sur les marches de l'escalier en béton qu'éclairaient les premières lueurs de l'aube, puis il referma les rideaux, rassuré. Les cris de la fille n'avaient alerté personne.

Dans la salle de bains, il se passa de l'eau froide sur le visage, tout en se demandant ce qu'il convenait de faire à présent. Il envisagea même de la rapporter dans l'allée où il l'avait trouvée, et de l'abandonner à son destin. Mais il était incapable d'un tel acte. Il ne savait pas pourquoi, et ne chercha pas d'explications – parce qu'il avait peur de connaître les raisons qu'il risquait ainsi de découvrir.

Séchant son visage à l'aide d'une serviette sale, Ollie se rendit alors compte qu'il était en piteux état. Il prit un bain, se rasa, et passa des vêtements propres. Il présentait toujours l'apparence d'un vagabond, mais d'un vagabond volontaire, plutôt que victime d'un triste sort. Peut-être un artiste ayant perdu toutes ses illusions, à la rigueur. Ou, comme dans certains vieux films, un homme riche cherchant à échapper aux ennuyeuses responsabilités dues à son rang et à sa fortune.

Ollie fut surpris par le tour fantaisiste que prenaient ses pensées. Or, il se voyait plutôt comme un individu routinier, à l'esprit étroit.

Perturbé, il cessa de contempler son reflet dans le miroir de la salle de bains et se rendit dans la pièce principale, afin de s'assurer de l'état de la fille. Plongée dans le sommeil, elle était sereine et pure.

Il la laisserait dormir un peu plus longtemps, décida-t-il.

Trois heures plus tard, après avoir fait le ménage dans les deux autres pièces, Ollie changea les draps de la fille, sans la réveiller. Même en admettant l'impossibilité d'une telle éventualité, il jouait avec l'idée de la garder ainsi endormie, et de s'occuper d'elle pendant des années, comme un infirmier prenant soin d'une patiente dans le coma. Il serait très heureux de faire ça – peut-être plus heureux qu'il ne l'avait encore jamais été.

Mais il commençait à avoir faim, et il savait qu'elle aurait faim aussi lorsqu'elle se réveillerait. Il sortit de chez lui, en prenant soin de fermer la porte à clé. Deux rues plus loin, dans une petite épicerie, il acheta, en une seule fois, plus de provisions que jamais auparavant.

« Trente-huit dollars et douze *cents* », lui dit la caissière, sans dissimuler le mépris qu'il lui inspirait. De toute évidence, elle avait l'impression qu'Ollie n'avait pas les moyens de payer la note.

Il leva la main, se toucha le front, et fixa la caissière. Clignant des yeux, celle-ci eut un sourire timide, tendit le bras vers lui, et referma la main sur le vide. « Quarante dollars », dit-elle. Soigneusement, elle plaça les billets invisibles dans le tiroir de la caisse enregistreuse, rendit la monnaie à Ollie, et mit ses achats dans un sac en papier.

En retournant chez lui, Ollie était mal à l'aise, parce qu'il ne s'était encore jamais servi de son pouvoir dans le but de tromper quelqu'un. Si la fille n'avait pas fait irruption dans sa vie, il aurait fini le travail qu'il avait commencé la veille dans les poubelles du restaurant, complétant peut-être ainsi une autre série de couverts, puis il se serait livré à d'autres occupations, comme le repérage de pièces de monnaie perdues dans les couloirs du métro, gagnant un dollar par-ci par-là. Par conséquent, il ne portait pas entièrement la responsabilité de la tricherie qu'il venait de commettre.

Pourtant, de sombres présages annonciateurs d'une erreur de jugement désastreuse le hantaient.

Une fois chez lui, il prépara le dîner – ragoût, salade, fruits frais – puis il réveilla Annie. Tandis qu'il lui indiquait la table chargée de nourriture, elle lui lança un regard étrange. Il perçut la terreur qui éclosait en elle, telle une fleur écarlate. D'un geste de la main, il montra la pièce, propre et bien rangée, et il lui adressa un sourire encourageant.

Projetée à nouveau dans son cauchemar – le cruel cauchemar de la vie –, la fille s'assit, et se mit à gémir. Levant les mains, Ollie l'implora de se taire et voulut parler, en vain.

Tandis qu'elle prenait une profonde inspiration, tout en essayant de se lever, une rougeur subite envahit son visage.

Il fut alors obligé d'imposer ses mains sur elle, et de l'endormir une nouvelle fois.

En la bordant, il comprit qu'il avait été bien naïf d'imaginer qu'elle serait différente, moins effrayée et plus sûre d'elle, simplement parce qu'il avait pris un bain, qu'il s'était rasé, qu'il avait nettoyé l'appartement et qu'il avait préparé le dîner. Elle ne changerait qu'à condition qu'il l'y aidât, ce qui prendrait du temps, et beaucoup d'efforts – et de sacrifices.

Il jeta la nourriture à la poubelle. Il n'avait plus faim.

Pendant toute la nuit, il resta assis à côté du lit, les coudes sur les genoux, la tête entre les mains. Le bout de ses doigts semblait se fondre dans ses tempes, ses joues étaient pressées entre ses paumes. Il percevait la fille entièrement, il percevait son désespoir, ses espérances, ses rêves, ses ambitions, ses limites, ses joies, les connaissances qu'elle avait durement acquises, les erreurs intellectuelles qu'elle persistait à commettre, et ses moments de certitude. Il s'insinua au cœur de son âme – qui était, tour à tour, magnifiquement florissante ou tristement flétrie.

Au matin, il usa de la salle de bains, but deux verres d'eau et, tout en maintenant la fille dans un état de demi-sommeil, il l'aida à se désaltérer. Puis il pénétra dans le clair-obscur de son esprit et s'y installa pour le reste de la journée et la nuit suivante, à l'exception de rares pauses, afin de poursuivre sa quête, d'en apprendre davantage sur elle, et de procéder à de prudentes rectifications de sa psyché.

Il ne se demanda pas pourquoi il consacrait à cette fille autant de temps, d'énergie et d'émotion, peut-être parce qu'il n'osait pas prendre le risque de se rendre compte que son ultime motivation était sa propre solitude. Il se fondit en elle, la toucha, la transforma, sans chercher à évaluer les conséquences de ses actes. Lorsque parut l'aube du jour suivant, il avait fini.

Une fois de plus, il la tira partiellement de son sommeil, et la fit boire, pour lui éviter une déshydratation. Il la replongea ensuite dans un sommeil profond, et s'allongea à côté d'elle sur le lit. Il lui prit la main. Épuisé, il s'endormit à son tour, rêvant qu'il flottait sur un vaste océan, simple particule, prêt à être englouti par quelque bête préhistorique évoluant dans les fonds sombres au-dessous de lui. Curieusement, le rêve ne l'effraya nullement. Toute sa vie durant, il s'était attendu à être avalé par quelque chose.

Douze heures plus tard, Ollie s'éveilla, prit une douche, se rasa, s'habilla, et prépara à nouveau le repas. Lorsqu'il tira la fille de son sommeil, elle s'assit sur le lit, perplexe. Mais elle ne se mit pas à hurler.

« Où suis-je ? » dit-elle.

Perdant instantanément son assurance, Ollie fit mine d'articuler quelques mots, sans succès, et parvint enfin, d'un geste du bras, à lui montrer la pièce où ils se trouvaient, qui, à présent, devait au moins lui paraître familière.

Elle semblait curieuse et mal à l'aise, mais elle n'était plus possédée par cette peur de vivre qui l'avait handicapée jusqu'à présent. Il l'en avait guérie.

« Ouais, c'est sympa, chez vous, dit-elle, mais... Comment est-ce que je suis arrivée ici ? »

Passant sa langue sur ses lèvres, il chercha quelque chose à dire, ne trouva rien et, du doigt, indiqua sa propre personne, en souriant.

« Vous ne pouvez pas parler ? lui demanda-t-elle. Vous êtes muet ? »

Il réfléchit un instant, opta pour la solution qu'elle proposait, et hocha la tête.

« Excusez-moi », dit-elle. Elle examina les hématomes qui bleuissaient son bras, fixant les centaines de marques d'aiguilles. Elle se souvenait sans aucun doute de la surdose qu'elle avait soigneusement préparée et injectée dans ses veines.

Ollie s'éclaircit la gorge et lui montra la table.

Elle lui ordonna alors de se retourner. Sortant du lit, elle se saisit du drap de dessus et s'en drapa, comme d'une toge. Comme elle prenait place à la table, elle adressa un large sourire à Ollie.

« Je meurs de faim. »

Une petite orpheline. Elle l'enchantait.

Il lui rendit son sourire. Ce qui aurait pu être le pire des moments se révélait plus facile qu'il ne l'avait imaginé. Il déposa le plat sur la table et, d'un geste dépréciatif, signala à la fille que ses talents culinaires manquaient de finesse.

« Tout a l'air délicieux », lui assura-t-elle. Elle tendit la main vers le plat et commença à se servir. Elle ne prononça ensuite plus un seul mot avant d'avoir fini de manger.

Elle voulut l'aider à débarrasser, mais se sentant rapidement fatiguée, elle dut se remettre au lit. Lorsqu'il eut terminé, et après qu'il se fut assis sur la chaise à côté d'elle, elle lui dit : « Que faites-vous ? »

Il haussa les épaules.

« Pour gagner votre vie, je veux dire. »

Il pensa à ses mains, en se demandant de quelle façon, même s'il avait pu parler, il aurait bien pu lui expliquer leur rôle. Il haussa les épaules, comme pour dire *pas grand-chose*.

Elle parcourut du regard la pièce miteuse.

« Vous faites la manche ? »

Ollie ne répondant pas, elle décida qu'elle avait vu juste.

« Je peux rester ici combien de temps ? »

S'exprimant par gestes, avec force grimaces et mimiques, il lui fit comprendre qu'elle pouvait rester chez lui aussi longtemps qu'elle le désirait.

Lorsque ce point fut bien clair, elle l'observa un long moment. « On peut baisser la lumière ? » dit-elle enfin.

Il se leva et éteignit deux des trois lampes qui éclairaient la pièce. Lorsqu'il se retourna vers elle, elle était nue, allongée sur le lit, les jambes légèrement écartées, prête à le recevoir.

« Écoutez, dit-elle, je suppose que vous ne m'avez pas amenée ici et que vous ne m'avez pas soignée pour rien. Vous pigez ? Vous attendez sûrement... une récompense. Et vous en avez le droit. »

Confus, frustré, il prit alors une paire de draps propres dans un coin et, ignorant sa proposition, entreprit de refaire le lit sans la toucher une seule fois. Incrédule, elle le regardait, et quand il eut fini, elle déclara qu'elle n'avait pas envie de dormir. Il insista. Posant ses mains sur elle, il la plongea dans le sommeil.

Le lendemain matin, elle dévora son petit déjeuner avec autant d'appétit que la veille, ne laissant pas une miette, puis elle lui demanda si elle pouvait prendre un bain. Ollie fit la vaisselle, tandis que sa voix douce lui parvenait de la salle de bains, chantonnant une mélodie ravissante qu'il n'avait jamais entendue auparavant.

Elle sortit de son bain avec des cheveux propres, couleur de miel, et se tint, nue, au pied du lit, lui faisant signe de venir la rejoindre. Ses formes étaient déjà plus harmonieuses, et elle avait l'air en meilleure santé que lorsqu'il l'avait trouvée, bien qu'elle fût encore plus mince qu'il n'était nécessaire.

« J'ai été tellement stupide, hier soir, dit-elle. Mes cheveux étaient sales, et je sentais si mauvais que même un bouc se serait enfui. Maintenant, je sens bon le savon. »

Ollie détourna le regard et fixa les quelques assiettes qu'il lui restait à essuyer.

« Qu'est-ce qui se passe ? » lui demanda-t-elle.

Il ne répondit pas.

« Vous ne voulez pas de moi ? »

Il secoua la tête. *Non.*

Elle prit soudain une profonde inspiration.

Quelque chose vint heurter violemment sa hanche. Faisant volte-face, il vit alors que la fille brandissait un lourd cendrier en verre. Montrant les dents, elle ressemblait à une chatte en colère. Elle se mit à frapper Ollie à l'épaule à l'aide du cendrier, elle le bourra de coups, serrant son petit poing, lui balança son pied dans les tibias, et lui griffa le visage. Puis elle lâcha le cendrier, et s'effondra contre lui, épuisée et en larmes.

Il la prit dans ses bras pour la réconforter, mais elle avait encore suffisamment d'énergie pour se dégager avec violence. Elle lui tourna le dos, tenta de s'approcher du lit, trébucha, tomba, et s'évanouit.

Il la ramassa et la déposa sur le lit.

Tirant les couvertures sur elle, il la borda, s'assit sur la chaise, et attendit qu'elle reprenne conscience.

Lorsqu'elle revint à elle, une demi-heure plus tard, elle tremblait, encore étourdie. Il la calma, lissa ses cheveux en arrière, sécha ses yeux pleins de larmes, et posa sur son front une compresse d'eau froide.

Quand elle fut en état de parler, elle lui dit : « Vous êtes impuissant, ou quoi ? »

Il secoua la tête.

« Mais, alors, pourquoi ? Je voulais vous remercier. C'est comme ça que je remercie les hommes. Je n'ai rien d'autre à donner. »

Du plat de la main, il la toucha, puis il la prit dans ses bras. S'exprimant par le regard et à l'aide de maladroites mimiques, il essaya de lui faire comprendre qu'elle avait beaucoup à donner. Elle lui donnait beaucoup en étant simplement là. En étant là, simplement.

Cet après-midi-là, il sortit pour lui acheter un pyjama, des vêtements de ville, et un journal. Le chaste pyjama en flanelle qu'il avait choisi l'amusa, et elle le mit aussitôt. Puis elle lui lut le journal – les articles humoristiques et les faits divers. Elle semblait croire qu'il ne savait pas lire, et il joua le jeu, sans chercher à la détromper, puisque son analphabétisme renforçait l'impression qu'il tenait à lui donner : les poivrots ne collectionnent pas les bouquins.

De plus, il aimait bien l'écouter lire : elle avait une voix très douce.

Le matin suivant, Annie enfila son blue-jean neuf et un pull, puis accompagna Ollie jusqu'à l'épicerie, malgré ses protestations. À la caisse, lorsqu'il tendit à l'employée un billet de vingt dollars invisible, et qu'il empocha la monnaie, il crut qu'elle regardait ailleurs.

Pourtant, une fois dehors, tandis qu'ils rentraient, elle lui dit : « Comment tu fais ça ? »

Il feignit la perplexité. *Faire quoi ?*

« N'essaie pas de te moquer d'Annie, dit-elle. J'ai failli éclater de rire quand elle a pris une poignée d'air et qu'elle t'a rendu la monnaie. »

Il ne dit rien.

« C'est de l'hypnose ? » insista-t-elle.

Soulagé, il hocha la tête. *Oui.*

« Il faudra que tu m'apprennes. »

Il ne répondit pas.

Mais elle n'avait pas l'intention de s'en tenir là. « Il faudra que tu m'apprennes comment tu as fait pour blouser cette nana. Avec ce petit truc, je n'aurais plus besoin de vendre mon corps, tu comprends ? Seigneur, elle a même *souri* ! Comment tu fais ? Comment ? Apprends-moi ! Il faut que tu m'aprennes comment tu fais ! »

De retour chez lui, incapable de supporter ses suppliques constantes, et craignant d'être assez bête pour lui parler de ses mains, il finit par la repousser énergiquement. L'arrière de ses genoux vint heurter le rebord du lit, et elle s'assit brutalement, surprise par la soudaine colère d'Ollie.

Elle n'ajouta pas un mot, et leurs rapports redevinrent normaux. Mais tout avait changé.

Comme elle ne pouvait plus le supplier de lui apprendre le truc de la caissière, elle avait le temps de réfléchir. Plus tard dans la soirée, elle lui dit : « Je me suis fait ma dernière piquouze il y a pas mal de jours, mais je ne ressens pas du tout le besoin de me défoncer. Ça fait cinq ans que je n'ai pas tenu aussi longtemps sans came. »

Ollie, afin d'exprimer son propre étonnement, leva les mains devant lui.

« Tu as jeté mes ustensiles, la seringue ? »

Il hocha la tête.

Un peu plus tard, elle lança : « La raison pour laquelle je n'ai pas besoin de came... c'est toi, c'est quelque chose que tu as fait ? Tu m'as hypnotisée et tu as fait en sorte que je n'en aie plus envie ? » Le voyant qui l'approuvait d'un hochement de tête, elle ajouta : « Comme tu l'as fait pour la caissière et le billet de vingt dollars ? »

Imitant, avec les doigts et les yeux, un magicien en train d'hypnotiser son public, il acquiesça.

« Sauf qu'il ne s'agit pas du tout d'hypnotisme », dit-elle en dardant sur lui ses yeux perçants, le mettant à nu comme personne ne l'avait fait depuis des années.

« Perception extrasensorielle, c'est ça ? »

C'est quoi ? lui demanda-t-il alors, d'un geste interrogatif.

« Tu sais bien, dit Annie. Tu le sais. »

C'était une fille plus observatrice, et beaucoup plus intelligente qu'il ne l'avait cru.

Elle se remit à le harceler, mais il ne s'agissait plus de savoir comment il réussissait à tromper les caissières.

« Dis-le-moi ! Dis-moi l'effet que ça fait ! Depuis combien de temps as-tu ce pouvoir, ce don ? Tu ne dois pas en avoir honte ! C'est merveilleux ! Tu devrais en être fier ! Tu peux mener le monde à la baguette ! »

Et ainsi de suite.

Au cours de la longue nuit qui s'ensuivit – plus tard, bien qu'Ollie fût incapable de se souvenir du moment exact, ni de comprendre lequel des arguments d'Annie avait finalement eu raison de lui – il accepta de lui montrer ce qu'il savait faire. Il était nerveux, et essuyait ses mains moites sur sa chemise. À l'idée de faire la démonstration de ses capacités, il se sentait tout excité, comme un jeune homme cherchant à impressionner la fille qui lui a accordé un premier rendez-vous – mais il avait également peur des conséquences.

D'abord, il lui remit un billet de vingt dollars, invisible, fit en sorte qu'elle le vît, puis il le fit disparaître. Ensuite, d'un geste de la main mélodramatique, il fit léviter une tasse (vide), une autre tasse (pleine de café), la chaise, une lampe, le lit (vide), encore le lit (avec Annie allongée dessus), et lui-même, pour finir, flottant au-dessus du sol tel un fakir. La fille, ravie, battait des mains et criait de plaisir. Elle le persuada de lui faire faire le tour de la pièce à cheval sur un manche à balai. Elle le serra dans ses bras, l'embrassa, et l'implora de lui montrer d'autres tours. Il fit couler de l'eau dans l'évier sans toucher au robinet, et sépara le jet en deux filets, s'écoulant chacun d'un côté de la bonde. Il la laissa lui jeter un verre d'eau, vaporisa le liquide en une myriade de gouttelettes, dont aucune ne le mouilla.

« Hé », dit-elle, les joues rouges, plus excitée qu'il ne l'avait encore jamais vue, « personne ne va plus nous marcher dessus, plus jamais ! » Elle se dressa sur la pointe des pieds et le serra contre son cœur. Le sourire d'Ollie était si large qu'il en avait mal aux mâchoires.

« Tu es fabuleux ! » s'écria-t-elle.

Une douce prémonition, et une terrible appréhension, s'emparèrent de lui : ils seraient bientôt prêts à partager le même lit. Bientôt. Et à partir de cet instant, sa vie serait transformée. Elle ne comprenait pas encore pleinement ce qui signifiait son don, elle ne comprenait pas que ses mains, tel un obstacle infranchissable, risquaient de se dresser entre eux.

« Je ne comprends toujours pas, dit-elle, pourquoi tu caches ton... talent. »

Afin de le lui expliquer, il se força à exhumer d'atroces souvenirs d'enfance, qu'il avait refoulés au fond de sa mémoire depuis longtemps. Il essaya de lui dire, d'abord avec des mots qu'il n'arriva pas à prononcer, puis avec des gestes, pour quelles raisons il dissimulait ses capacités.

Elle parvint à saisir l'essentiel.

« Ils t'ont fait du mal. »

Il hocha la tête. *Oui. Beaucoup de mal.*

Ce don lui était tombé dessus sans crier gare, alors qu'il avait douze ans, comme s'il s'agissait de quelque attribut sexuel allant de pair avec la puberté. Il se manifesta d'abord de façon modeste, puis il devint de plus en plus impérieux, de plus en plus exigeant. C'était le genre de chose qu'un petit garçon, instinctivement, cache aux adultes. Pendant des mois, il ne s'était pas confié aux autres enfants, ni même à ses propres amis, effrayé qu'il était par ses propres mains, dans lesquelles le don semblait avoir élu domicile. Peu à peu, toutefois, il avait dévoilé son secret, réalisant quelques tours devant ses amis, se donnant en spectacle, et il était ainsi devenu le secret de la bande, que tous cachaient aux adultes. Mais les autres l'avaient rapidement rejeté – plus ou moins subtilement, d'abord, puis avec une férocité croissante, allant jusqu'à le battre, lui donner des coups de pied, le traîner dans la boue, le forcer à boire de l'eau sale, tout ça à cause du talent qui faisait de lui un être différent. Il aurait pu se servir de son pouvoir pour se protéger de l'un d'entre eux, voire de deux, mais même lui n'était pas capable d'affronter un gang entier. Pendant un certain temps, il recommença donc à dissimuler son don mais, au fil des années, l'expérience lui apprit qu'il ne pouvait pas ignorer volontairement ses capacités, sous peine de courir de grands dangers physiques et psychologiques. L'obligation qu'il avait de se servir de son pouvoir était plus forte que le besoin de nourriture, de sexe, de vie elle-même : le refuser revenait à refuser de vivre. Il perdit du poids, devint de plus en plus nerveux, sa santé déclina. Il fut obligé d'user de son don, mais il s'abstint de s'exhiber devant d'autres gens. Il commença à comprendre qu'il serait toujours seul, tant qu'il aurait ce talent si particulier – une solitude qu'il n'avait pas choisie, qui lui était imposée. À l'instar d'un athlète de haut niveau, ou d'un habile orateur, il ne pouvait dissimuler sa véritable nature. Celle-ci n'échappait d'ailleurs pas à son entourage, et lorsqu'elle se manifestait, de façon impromptue, ses proches étaient invariablement choqués. Et chaque fois qu'il était ainsi percé à jour, on l'abandonnait, et les conséquences étaient plus risquées qu'il ne pouvait le supporter. La seule existence possible pour lui était celle d'un ermite. Vivant en ville, il endossa naturellement la peau d'un vagabond, devenant invisible dans la jungle de béton – un homme indétectable, sans ami, en sécurité dans sa solitude.

« Je peux comprendre que les gens se soient sentis jaloux de toi, ou qu'ils aient eu peur, dit-elle. Certains d'entre eux... mais pas tout le monde. Moi, je te trouve super. »

Par gestes, il lui expliqua ce qu'il pouvait. À deux reprises, il émit quelques grognements, tentant en vain de s'exprimer par la parole.

« Tu lisais dans leur esprit », dit-elle, interprétant ainsi ses efforts. « Et alors ? Tout le monde a ses petits secrets, j'imagine, mais de là à t'en vouloir et te faire souffrir... » Elle secoua la tête tristement. « Eh bien, tu n'es plus obligé de fuir, à présent. Ensemble, nous pouvons faire de tes talents une véritable bénédiction. Ce sera nous deux contre le reste du monde. »

Il hocha la tête. Mais il se sentait profondément navré de l'avoir laissée parler sans chercher à la détromper car, à cet instant précis, la connexion s'établit. Comme ça, en un éclair. Et il sut aussitôt que ce ne serait pas différent des fois précédentes. Dès qu'elle s'apercevrait qu'il s'était connecté à elle, elle allait paniquer.

Par le passé, le processus ne s'enclenchait que lorsque la relation qu'il entretenait avec quelqu'un prenait une tournure plus intime. Mais Annie était spéciale, et cette fois, la connexion s'opéra avant même qu'ils n'aient fait l'amour.

Le jour suivant, Annie passa des heures à faire des projets d'avenir, tandis qu'il l'écoutait parler. Toute la journée, il prit un immense plaisir à évoquer leur future existence, car il savait qu'ils n'auraient bientôt plus aucune joie à partager, pas la moindre, plus rien. La connexion rendait toute joie impossible.

Après le dîner, comme ils étaient allongés sur le lit, main dans la main, les ennuis commencèrent, exactement comme il l'avait prévu. Calme, elle réfléchissait, quand tout à coup, elle lança : « Tu as lu dans mes pensées, aujourd'hui ? »

Mentir n'aurait servi à rien. Il hocha la tête.

« Toute la journée ? »

Oui.

« Tu sais donc tout ce que je vais dire avant même que je n'ouvre la bouche. »

Il retint son souffle – une peur glaciale venait de s'emparer de lui.

« Tu as lu dans mes pensées *toute la journée* ? »

Il hocha la tête.

Elle fronça les sourcils. Puis, d'une voix ferme, elle dit : « Je veux que tu arrêtes tout de suite. Tu as arrêté ? »

Oui.

Elle s'assit, lâcha sa main et, s'approchant de lui, le regarda droit dans les yeux.

« Non, tu n'as pas arrêté. Je peux presque te *sentir* à l'intérieur de moi, qui m'observes. »

Il n'osa pas répondre.

Elle reprit sa main dans la sienne.

« Tu ne comprends donc pas ? Je me sens idiote, à raconter des trucs que tu as déjà vus dans ma tête. J'ai l'impression d'être une débile mentale à côté d'un génie. »

Il tenta de la calmer et de changer de sujet. Il émit quelques croassements dignes d'un crapaud ensorcelé aspirant au statut de prince, mais fut forcé de recourir à nouveau au langage des signes.

« Si nous avions tous les deux le même don..., dit-elle. Mais ce rapport à sens unique me fait me sentir... inadéquate. Pire que ça. Je n'aime pas beaucoup cette sensation. » Elle attendit un instant. « Tu as arrêté ? »

Oui.

« Tu mens, n'est-ce pas ? Je crois que... Oui, je suis certaine que je te sens en moi... »

Puis, soudain, l'horrible vérité lui apparut, et elle le repoussa.

« Est-ce que tu *peux* arrêter de lire mes pensées ? »

Il lui était impossible d'expliquer précisément ce qu'était la connexion, ni comment, lorsqu'il était arrivé au point où il tenait profondément à elle, leurs esprits s'étaient fondus l'un dans l'autre, établissant ainsi entre eux un lien quasi mystique. Lui-même ne se l'expliquait pas réellement – bien que cela lui fût déjà arrivé auparavant. Il ne parvenait pas à expliquer pourquoi elle était à présent comme une extension de lui-même, qui faisait partie de lui à jamais. Il ne pouvait qu'approuver les mots d'Annie, formulant l'effroyable vérité : *Je ne peux pas cesser de lire tes pensées, Annie. C'est pour moi aussi naturel que l'air que je respire.*

Pensive, elle dit : « Pas de secrets, pas de surprises, rien que je puisse garder pour moi. »

De longues minutes s'écoulèrent.

« Commences-tu à diriger ma vie, à prendre des décisions à ma place, à me pousser dans telle ou telle direction, sans que je le sache ? À moins que tu n'aies déjà commencé ? »

Un tel contrôle échappait au pouvoir d'Ollie, bien qu'il lui fût impossible de l'en convaincre. La respiration d'Annie s'accéléra, et elle succomba à cette peur primaire qu'il avait vue chez d'autres à plusieurs reprises.

« Je vais partir immédiatement..., dit-elle, si tu m'y autorises. »

Empli de tristesse, il posa une main tremblante sur le front de la jeune fille, la plongeant temporairement dans l'inconscience.

Cette nuit-là, pendant qu'elle dormait, il se glissa dans son esprit et en effaça certains souvenirs. Le pichet entre ses pieds, il but du vin tout en exécutant sa tâche. Avant l'aube, il en avait terminé.

Les rues étaient grises et vides quand il rapporta Annie dans l'allée où il l'avait trouvée. Il la déposa sur le sol et plaça un sac sous sa tête. Elle était purgée de toute envie de se droguer, et elle disposait à présent d'une confiance en elle toute neuve, ainsi que d'un sens profond de sa propre valeur, qui pouvait l'aider à démarrer une nouvelle existence. C'étaient les cadeaux qu'il lui laissait.

Sans accorder un dernier regard à la perfection de son visage si pur, Ollie s'en retourna chez lui.

Il entama un autre pichet de vin. Quelques heures plus tard, il se souvint inexplicablement de ce qu'avait dit l'un de ses « amis » d'enfance, la première fois qu'il leur avait fait une démonstration de son pouvoir : « Ollie ! Tu peux diriger le monde ! Tu es Superman ! »

Crachant une gorgée de vin, il éclata de rire. Diriger le monde ! Il n'était même pas capable de se diriger lui-même. Superman ! Dans un monde d'hommes ordinaires, un Superman ne pouvait ni régner ni même se contenter d'une existence solitaire et romantique en marge de la société. Il était *seul*, tout simplement. Et tout seul, il ne pouvait rien entreprendre.

Il pensa à Annie, aux rêves et à l'amour qu'il ne pouvait partager avec personne, à tous ces futurs détruits. Il continua à boire.

Peu après minuit, ce même soir, il retourna dans l'allée derrière Staznik's, pour fouiller les poubelles, à la recherche de couverts jetés par distraction. C'était du moins ce qu'il avait l'intention de faire. Mais au lieu de ça, il passa la nuit à rôder dans une multitude d'allées et de ruelles sombres, les mains tendues devant lui, tel un aveugle avançant à tâtons. Pour Annie, de toute façon, il n'avait jamais existé.

Jamais.

Titre original :
Ollie's hands

LE VOLEUR

Concernant les droits de propriété, Billy Neeks avait une philosophie tout à fait particulière. Il croyait à l'idéal prolétaire du partage des richesses – à condition que les richesses en question ne lui appartiennent pas. D'un autre côté, si quelque chose était à lui, Billy était prêt à se battre à mort pour le défendre. Philosophie simple et pratique pour un voleur – ce qu'était justement Billy.

L'activité de Billy Neeks transparaissait dans son apparence physique : il était gluant. Ses abondants cheveux noirs étaient peignés en arrière, à l'aide de suffisamment d'huile parfumée pour remplir le carter d'un moteur. Sa peau épaisse luisait en permanence, comme s'il souffrait constamment d'une crise de malaria. Il se déplaçait à la manière d'un chat, souple et agile, les articulations de son corps parfaitement lubrifiées, et ses mains avaient la grâce agile de celles d'un magicien. Ses yeux noirs et profonds brillaient telles deux flaques de pétrole brut – tout en étant totalement dépourvus de chaleur humaine ou même de sentiments. Si la route de l'Enfer avait été une rampe inclinée nécessitant quelque affreuse graisse afin d'en faciliter la descente, Billy Neeks aurait été ce que le Diable en personne aurait choisi pour passer l'éternité sous la forme de cette substance oléagineuse et délétère.

Quand il passait à l'action, Billy était capable de heurter une femme qui ne se doutait de rien, de lui soustraire son sac à main, et d'accélérer l'allure, pour se trouver à plus d'une dizaine de mètres d'elle avant même qu'elle n'ait le temps de se rendre compte qu'elle venait d'être victime d'un pickpocket. Sacs à bandoulière, sacs à poignées, pochettes, sacs portés négligemment par-dessus l'épaule, sacs tenus à la main – tous représentaient pour Billy Neeks de l'argent facilement gagné. Que sa proie fût prudente ou distraite n'avait pas la moindre espèce d'importance : aucune précaution pratiquement n'était susceptible de déjouer ses plans.

Ce mercredi d'avril, faisant semblant d'être ivre, Billy bouscula une dame élégante, d'un certain âge, qui se promenait dans Broad Street, juste après Bartram's Department Store. Comme elle reculait d'un air dégoûté, soucieuse d'éviter tout contact avec cet individu visqueux, Billy fit glisser le long du bras de la dame la bandoulière du sac qu'elle portait à l'épaule, et fit disparaître ce dernier dans une pochette en plastique. Il s'éloigna d'elle en vacillant et fit quelques pas en exagérant sa titubation, avant que la dame comprît que la collision n'avait pas été aussi fortuite qu'elle le paraissait. Comme sa victime commençait à appeler la police d'une voix perçante, Billy se mit à courir, et lorsque la dame ajouta à ses cris : « Au secours ! À l'aide ! », Billy était déjà hors de portée.

Il fonça le long d'une enfilade de ruelles, évitant de justesse poubelles et containers à ordures, bondit pardessus les jambes étendues d'un poivrot endormi sur le trottoir, piqua un sprint à travers un parking et s'engouffra dans une autre petite rue.

À une bonne distance de Bartram's Department Store, Billy ralentit et se mit à marcher. Sa respiration était juste un peu plus rapide que d'ordinaire. Il était ravi.

En débouchant sur la 46e Rue, il repéra une jeune femme qui portait son bébé dans ses bras, avec un cabas à provisions, et un sac à main. Elle avait l'air si désarmée que Billy ne put résister à la tentation : il fit sortir la lame de son couteau à cran d'arrêt et, en un clin d'œil, sectionna les fines sangles du joli sac en cuir bleu. Puis il fila droit devant lui à travers la chaussée, forçant les chauffeurs de taxi à freiner brutalement à grands renforts de coups de klaxon, et s'engagea à nouveau dans un labyrinthe de petites rues qu'il connaissait bien.

Tout en courant, il se mit à glousser. Son rire n'était ni clair ni attirant, mais ressemblait plutôt au bruit gras d'une pommade giclant hors de son tube.

Quand il lui arrivait de glisser sur des détritus – écorces d'orange, trognons de laitue pourrie, tas de pain moisi – il ne perdait pas l'équilibre pour autant, et ne ralentissait même pas. Les ordures semblaient au contraire faciliter sa course, et il laissait derrière lui la zone glissante en allant encore plus vite qu'avant.

En arrivant sur Prospect Boulevard, il reprit une allure normale. Le cran d'arrêt était de retour au fond de sa poche, et les deux sacs volés, bien cachés dans la poche en plastique. Il arborait à présent ce qu'il pensait être un air nonchalant, et bien que sa mine innocente fût un ratage total, c'était ce qu'il pouvait faire de mieux.

Décontracté, il se dirigea vers sa voiture, qu'il avait garée sur un emplacement payant dans Prospect Avenue. La Pontiac, qu'il n'avait pas lavée depuis deux ans, perdait de l'huile partout où elle allait, exactement comme un loup marque son territoire dans la steppe avec son urine. Billy mit les sacs volés dans le coffre de la voiture et se mit au volant en sifflant gaiement, puis s'en fut dans un autre quartier, ailleurs, vers d'autres terrains de chasse, encore inexploités.

De toutes les raisons qui expliquaient sa réussite en tant que voleur de sacs à main, la mobilité était peut-être la plus importante. Beaucoup de voleurs à la tire étaient en fait des gamins en quête de quelques dollars vite gagnés, de jeunes voyous qui marchaient à pied. Billy Neeks, lui, avait vingt-cinq ans, était sans enfants, et possédait un moyen de transport sur lequel il pouvait compter. Généralement, il dévalisait deux ou trois femmes dans un quartier bien précis, puis se dépêchait de changer de territoire, gagnant alors une partie de la ville où personne ne le recherchait, et où il pouvait se livrer à son activité professionnelle.

Pour lui, il ne s'agissait pas du tout de petits vols commis à l'improviste, ou par désespoir. D'après Billy, il faisait des affaires, et lui-même était par conséquent un homme d'affaires, et comme n'importe quel businessman, il planifiait soigneusement son boulot, évaluant les risques et les bénéfices de chaque opération, et il n'agissait qu'après en avoir analysé chacun des différents aspects, en homme respectable.

Les autres voleurs – les amateurs et les loubards, tous sans exception – se planquaient dans une petite rue ou une impasse afin de fouiller à la hâte le contenu des sacs, pour y chercher tout ce qui avait de la valeur, courant ainsi le risque de se faire arrêter à cause du retard qu'ils prenaient en agissant de la sorte, ou en tout cas d'accumuler les témoins oculaires de leurs forfaits. Billy, de son côté, entassait les sacs volés dans le coffre de sa voiture, d'où il les retirait plus tard, pour en faire tranquillement l'inventaire, chez lui, en privé.

Il s'enorgueillissait de sa méthode et de sa prudence.

En ce mercredi nuageux et humide du mois d'avril, il traversa la ville en tous sens, visitant trois quartiers très éloignés les uns des autres et dérobant six sacs à main supplémentaires, en plus de ceux qu'il avait volés à la vieille dame devant Bartram's et à la jeune maman sur la 46e Rue. Le dernier des huit provint, lui aussi, d'une femme âgée, dont il avait tout d'abord cru qu'elle serait une proie facile, avant de juger que le coup allait foirer, pour finalement décider que l'affaire était bizarre.

Lorsque Billy la repéra, elle était en train de sortir d'une boucherie sur Westend Avenue, serrant contre elle la viande qu'elle avait achetée. La femme était vieille. La brise printanière agitait doucement ses fins cheveux blancs, et Billy eut l'impression curieuse qu'il pouvait entendre les mèches frotter les unes contre les autres. Le visage parcheminé de la vieille dame, ses épaules voûtées, ses mains ridées, et sa démarche mal assurée se combinaient pour donner l'impression qu'elle n'était pas seulement extrêmement âgée, mais aussi très fragile, et vulnérable – ce qui eut sur Billy Neeks l'effet d'un aimant attirant de la limaille de fer. Le sac de la dame était d'une bonne taille, presque de celle d'un cartable, et son poids – auquel s'ajoutait le paquet de viande – paraissait lui poser un problème : elle ne cessait de remonter les sangles plus haut sur son épaule en grimaçant de douleur, comme si elle souffrait d'une subite crise d'arthrite.

Bien que ce fût le printemps, elle était entièrement vêtue de noir : souliers noirs, bas noirs, jupe noire, chemisier gris anthracite, et même un épais gilet noir que la température clémente ne justifiait absolument pas.

Billy jeta un coup d'œil de chaque côté de la rue, ne vit personne à proximité, et passa à l'action sans plus attendre. Il appliqua sa stratégie de l'ivrogne : en titubant, il vint bousculer la vioque. Mais alors qu'il se saisissait de la sangle, elle lâcha son paquet et attrapa son sac à deux mains, et pendant quelques secondes ils se retrouvèrent en train de se livrer à une féroce bataille. Toute vieille qu'elle fût, elle était dotée d'une force surprenante. Tirant sur le sac, il le secoua dans tous les sens, essayant désespérément de la faire tomber à la renverse, mais elle tenait bon, s'accrochant à son bien avec la ténacité d'un arbre profondément enraciné dans le sol, que la tempête malmène en vain.

« Laisse tomber, espèce de vieille peau, s'écria-t-il, ou je te défonce la tronche. »

Il se passa alors une chose très étrange.

Sous les yeux de Billy, elle se transforma. Soudain, elle ne semblait plus du tout frêle, mais au contraire solide comme de l'acier trempé. Sa fragilité avait disparu au profit d'une énergie nouvelle, et quelque peu inquiétante. Ses mains osseuses et déformées par les rhumatismes avaient pris l'apparence des puissantes serres d'un dangereux oiseau de proie. Le visage singulier – toujours pâle, mais comme aigri, presque décharné, anguleux et sillonné par de profondes rides – restait celui d'une personne âgée, mais il ne parut plus tout à fait humain à Billy Neeks. Quant à ses yeux... Seigneur, ses yeux ! D'abord, Billy ne vit que le regard vitreux et myope d'une mémée sénile, puis, brutalement, les yeux de la vieille dame s'emplirent d'une puissance incroyable, brûlante et glaciale à la fois, faisant simultanément bouillir le sang de Billy et geler son cœur. Les yeux de la vieille le perçaient, le transperçaient, et n'étaient plus ceux d'une pauvre grand-mère impotente, mais ceux d'une bête capable de tuer, qui avait l'envie et la capacité de le dévorer tout cru.

Poussant un cri de terreur, Billy faillit lâcher le sac et s'enfuir. Mais, en un éclair, elle se changea à nouveau en une pauvre vieille sans défense. D'un seul coup, elle capitula. Les jointures enflées de ses mains tordues semblèrent se désolidariser. Elle lâcha prise en poussant un petit cri de désespoir, et son sac lui échappa.

Avec un grognement menaçant qui n'était pas seulement destiné à faire peur à la vieille femme, mais aussi à écarter la terreur irrationnelle que lui-même ressentait, Billy la poussa en arrière, la projetant dans une grande poubelle installée sur le trottoir, et fonça droit devant lui, le grand sac serré sous son bras. Quelques mètres plus loin, il se retourna, s'attendant presque à voir qu'elle s'était métamorphosée en un gros rapace fondant sur lui, les yeux en flammes, les crocs en avant, tendant ses serres griffues pour le déchirer. Mais la vieille, accrochée au container, essayait tant bien que mal de garder l'équilibre, tout aussi usée et sans défense qu'elle l'était lorsqu'il l'avait aperçue.

Un seul détail clochait : elle était en train de le regarder en souriant. Pas d'erreur possible. Un large sourire dévoilant des dents jaunes. Presque un rictus de démente.

Sale vieille gâteuse, se dit Billy. *Faut vraiment qu'elle soit complètement gaga pour qu'elle trouve rigolo de se faire arracher son sac.*

Il était bien incapable d'imaginer pourquoi il avait eu peur d'elle.

Passant d'une ruelle à l'autre, choisissant les allées désertes, il fonça. Il traversa un parking inondé de soleil, emprunta un passage réservé aux fournisseurs se trouvant entre deux immeubles, et s'enfonça enfin dans une rue qui se trouvait assez loin de la scène du crime qu'il venait de commettre. D'un pas nonchalant, il regagna sa voiture et fourra le sac noir de la vieille dame dans le coffre, avec tous ceux qu'il avait déjà piqués, dans d'autres quartiers. Puis, enfin, ayant achevé une dure journée de travail, il rentra chez lui, impatient de faire l'inventaire de ses prises, de boire quelques bières glacées, et de regarder un peu la télé.

À un feu rouge, Billy eut l'impression d'entendre quelque chose bouger dans le coffre de sa voiture. Une série de coups sourds. Un étrange grattement, assez bref. Inclinant la tête, il tendit alors l'oreille, mais le bruit avait cessé, et il se dit qu'il avait dû provenir de la pile de sacs volés s'effondrant sous son propre poids.

Billy Neeks vivait dans un bungalow branlant de quatre pièces situé entre un terrain vague et un magasin de fournitures électriques, à deux rues du fleuve. L'endroit avait appartenu à sa mère, qui l'avait toujours bien entretenu, tant qu'elle y avait habité. Deux ans auparavant, Billy l'avait persuadée de lui céder ses droits de propriété, prétextant des « raisons fiscales », puis l'avait expédiée dans une maison de retraite, dans laquelle elle demeurait depuis lors, à la charge de l'État.

Du moins Billy le supposait-il : il n'en était pas sûr, parce qu'il ne lui rendait jamais visite.

Ce soir-là, Billy installa sur la table de la cuisine les huit sacs à main sur deux rangées, côte à côte, et les contempla un moment, savourant à l'avance la chasse au trésor qui s'annonçait. Il fit sauter la capsule d'une Budweiser, ouvrit un sachet de Doritos, approcha une chaise, s'assit, et poussa un profond soupir de satisfaction.

Se décidant enfin à ouvrir le sac qu'il avait fauché devant Bartram's, il commença à calculer ce qu'il avait « gagné ». La femme lui avait paru à l'aise financièrement, et le contenu de son portefeuille ne déçut pas Billy Neeks : quatre cent neuf dollars, plus trois dollars et dix *cents* en petite monnaie. Il y avait également plusieurs cartes de crédit, que Billy avait la possibilité de fourguer à Jake Barcelli, le prêteur sur gages. Ce dernier lui donnerait aussi un peu de fric en échange des autres objets de valeur qu'il dégoterait dans les sacs. Dans le premier de la série, parmi les articles susceptibles d'intéresser un receleur, se trouvaient un stylo Tiffany plaqué or, un poudrier Tiffany et un tube de rouge à lèvres assortis, plaqués or eux aussi, et une bague ornée d'une opale, jolie bien que de peu de valeur.

Le sac de la jeune maman ne contenait que la somme de onze dollars et quarante-deux *cents*. Et rien de valeur. Billy ne s'attendait pas à autre chose, à dire vrai, mais ce maigre profit n'altéra pas le plaisir qu'il prenait à inventorier le contenu de ses prises. Pour lui, le vol à la tire était un business, parfaitement, et lui-même était par conséquent un bon businessman. Mais il prenait également un plaisir considérable à simplement examiner et toucher les biens de ses victimes. Le viol des possessions personnelles d'une femme était aussi le viol de sa personne, et quand ses mains agiles exploraient le sac de la jeune mère, c'était presque comme s'il était en train d'explorer son corps. Parfois, Billy prenait les objets impossibles à revendre – poudriers bon marché, rouges à lèvres achetés en supermarchés, lunettes de vue – et les disposait sur le sol, avant de les écraser à coups de talon : les réduire ainsi en miettes était bizarrement presque comme s'en prendre à la femme ellemême. Son activité se justifiait par l'argent facile qu'il gagnait de cette façon, mais il était tout autant motivé par l'intense sensation de puissance qu'il en tirait ; cela le stimulait, vraiment, cela le stimulait et le satisfaisait pleinement.

Le temps pour lui de passer en revue sept des huit sacs, tout en savourant le détail de ce qu'ils contenaient, il était sept heures et quart, et Billy se sentait euphorique. Il respirait vite et, de temps en temps, un frisson extatique le parcourait des pieds à la tête. Ses cheveux gras paraissaient encore plus huileux que d'habitude, à cause de la sueur qui les faisait luire, graissant chaque mèche et chaque nœud. Des gouttelettes de transpiration brillaient sur son visage. Au cours de ses explorations, il avait fait tomber par terre le paquet de Doritos sans s'en rendre compte. Il avait ouvert une seconde bière, mais il n'en avait pas encore bu une seule gorgée ; délaissée, elle avait tiédi. Le monde de Billy s'était réduit à la dimension d'un sac à main de femme.

Comme il avait le pressentiment que celui de la vieille allait lui révéler le plus beau trésor de la journée, il l'avait gardé pour la fin.

Le sac de la vieille peau était de bonne taille, et ses dimensions approchaient de celles d'un cartable. En cuir souple noir, il était muni de longues sangles, et ne comportait qu'un seul compartiment, équipé d'une fermeture Éclair. Il l'amena devant lui, et resta un long moment à le contempler, laissant grandir en lui un sentiment de douce exaltation.

Il se souvenait de la façon dont la vioque lui avait résisté, et s'était accrochée à son sac au point qu'il avait failli sortir un cran d'arrêt et la planter. Il avait déjà planté quelques bonnes femmes, quelques-unes seulement, mais suffisamment pour savoir qu'il adorait ça.

Tel était le problème. Billy était assez malin pour se rendre compte qu'en aimant autant jouer du couteau, il lui fallait se refuser l'immense plaisir qu'il prenait à planter les gens, et n'avoir recours à la violence que lorsque c'était absolument nécessaire. S'il venait à s'en servir trop souvent, il serait vite incapable de s'abstenir, et serait au contraire poussé à l'utiliser – ce qui serait alors sa perte. Bien que les flics ne gaspillassent pas leur énergie à rechercher de simples voleurs, ils feraient preuve de bien plus d'efforts et d'agressivité s'ils avaient à poursuivre un SLASHER.

Pourtant, dans la mesure où il n'avait planté personne depuis plusieurs mois, il aurait pu s'accorder le droit de s'amuser un peu. Il aurait pris un immense plaisir à séparer les os de la vieille femme de sa chair fripée. D'ailleurs, il se demandait à présent pourquoi il ne l'avait pas éventrée, au moment où elle lui avait donné du fil à retordre.

Billy avait pratiquement oublié qu'elle l'avait brièvement terrifié, lorsqu'elle s'était métamorphosée en oiseau. Il avait oublié la façon dont ses mains osseuses avaient semblé prendre la forme de méchantes serres, et comment ses yeux s'étaient soudain enflammés. Profondément conforme à l'image de macho qu'il avait de lui-même, il était parfaitement incapable de se souvenir de tout ce qui risquait potentiellement de l'humilier.

Gagné par la certitude qu'il était sur le point de trouver un trésor incroyable, il plaça les deux mains sur le sac et pressa doucement. Celui-ci était bourré à bloc, les coutures prêtes à lâcher : c'était le symbole même du sac à main, et Billy se dit que les formes qu'il sentait à travers le cuir étaient en réalité des liasses de billets, des piles de biftons de cent dollars, tout juste sorties de la banque.

L'excitation fit s'accélérer son rythme cardiaque.

Il tira la fermeture Éclair, regarda à l'intérieur, et fronça les sourcils.

L'intérieur du sac était... noir.

Billy regarda de plus près.

Très noir.

D'un noir inconcevable.

Il plissa les yeux, sans résultat. Il ne voyait rien du tout : pas de portefeuille, ni le moindre poudrier, ni peigne, ni paquet de Kleenex, pas même de doublure. Seulement un noir absolu et profond, comme s'il était en train de regarder au fond d'un puits. « Profond » était bien le mot qui convenait, parce qu'il avait le sentiment de fixer un abîme mystérieusement insondable, comme si le fond du sac ne se trouvait pas à seulement quelques centimètres de lui, mais à des centaines de mètres plus bas – peut-être davantage. Soudain, il s'aperçut que la lumière du néon au plafond atteignait bien le sac ouvert, mais n'éclairait rien : le sac avalait toute la lumière et la digérait.

Les gouttes de sueur provoquées par le plaisir quasi-érotique qu'avait jusque-là ressenti Billy Neeks se glacèrent sur son front, et tout son corps se hérissa. Il savait qu'il aurait dû refermer la fermeture Éclair, emporter prudemment le sac à des kilomètres de chez lui et s'en débarrasser au fond de la poubelle de quelqu'un d'autre, mais il vit soudain sa main droite avancer vers la gueule béante du sac. Lorsqu'il voulut retirer sa main, il en fut incapable, comme si elle appartenait à un inconnu sur lequel il ne disposait d'aucun contrôle. Ses doigts disparurent dans les ténèbres, et le reste de sa main suivit. Il secoua la tête – non, non –, mais il ne pouvait absolument pas s'en empêcher. Il était *obligé* de tendre la main vers le sac. Et maintenant que celle-ci était dans le sac jusqu'au poignet, il n'en sentait rien. Rien, à part un froid terrible qui fit s'entre-choquer ses dents. Pourtant, son bras continuait à progresser, s'enfonçant jusqu'à l'épaule, à tâtons, les doigts écartés, cherchant quelque chose dans ce vide insensé, n'importe quoi.

Et à cet instant précis, quelque chose le trouva, *lui*.

Au fond du sac, quelque chose frôla sa main.

Billy fit un bond en arrière.

Quelque chose le mordit.

Billy se mit à hurler, et trouva enfin la volonté de résister à un chant de sirène irrésistible qui montait des profondeurs du sac. Il arracha sa main et bondit sur ses pieds, renversant sa chaise. Stupéfait, il fixa les minuscules trous ensanglantés dans la partie charnue de sa paume. Des traces de dents. Cinq petites perforations rondes, nettes, qui pissaient le sang.

D'abord étourdi par le choc, Billy finit par lâcher un gémissement, et se jeta sur le curseur de la fermeture Éclair, afin de refermer le sac. Comme les doigts ensanglantés de Billy touchaient le métal, la créature surgit hors du sac, montant des ténèbres, et Billy, horrifié, retira vivement sa main.

La bête n'était pas très grosse, haute d'à peine trente centimètres, et d'une taille qui lui permettait de ramper hors de la gueule ouverte du sac de la vieille dame, difforme et brun avec l'allure générale d'un homme – deux bras, deux jambes – mais sans aucun point commun avec un représentant de l'espèce humaine. En admettant que sa chair ne provînt pas de résidus putréfiés récupérés dans quelque égoût, elle ne pouvait qu'être faite de matière molle d'origine mystérieuse, mais tout aussi nocive. Les muscles et les tendons semblaient être constitués de déchets humains, auxquels se mêlaient des touffes poilues, des viscères pourrissants et tout un réseau de veines desséchées. Les pieds de la bête, deux fois trop grands pour son gabarit, se terminaient par des sortes de griffes noires coupantes comme des lames de rasoir, qui terrifièrent Billy autant que son propre cran d'arrêt en avait terrifié d'autres. Un ergot pointu et recourbé se dressait à l'arrière de chaque talon. Les bras étaient anormalement longs comme ceux d'un gorille, et chacun était doté de six, voire de sept doigts – Billy n'était pas certain de leur nombre, la bête n'ayant pas cessé de bouger les mains pendant tout le temps où elle s'extirpait du sac pour se dresser sur la table – et chaque doigt se terminait par une griffe couleur d'ébène.

Comme la créature finissait de se lever, en produisant un sifflement féroce, Billy recula en titubant, jusqu'à se retrouver plaqué contre le réfrigérateur. Au-dessus de l'évier, la fenêtre, dont les rideaux graisseux étaient tirés, était fermée. La porte donnant sur la salle à manger se trouvait de l'autre côté de la table de la cuisine. Pour atteindre l'autre porte, celle du porche à l'arrière du bungalow, il fallait aussi passer à côté de la table. Billy était bel et bien pris au piège.

La tête de la chose, complètement déformée, était toute bosselée, comme si elle avait été grossièrement modelée par un sculpteur n'ayant qu'un sens très imparfait des formes humaines. On aurait dit qu'elle était faite de pourriture et de viande en putréfaction, tout comme son corps. Deux yeux brillaient dans la partie supérieure de son front, tout en haut, et une seconde paire, située au-dessous, clignait des paupières. Deux autres yeux, ce qui faisait un total de six, se distinguaient à l'endroit où auraient normalement dû être les oreilles de la créature. Tous étaient entièrement opaques, d'un blanc sale, sans iris ni pupille, et donnaient l'impression que la bête était aveuglée par la cataracte.

Pourtant, elle voyait. Le doute n'était pas permis ; la créature n'était pas aveugle, puisqu'elle était précisément en train de regarder Billy.

Tremblant violemment, Billy gémissait de peur, d'une

voix étranglée, et il tendit le bras droit, au bout duquel pendait sa main mordue ; il ouvrit l'un des tiroirs du placard qui se trouvait à côté du réfrigérateur. Sans jamais quitter des yeux la chose qui avait surgi du sac, il chercha à tâtons les couteaux qu'il y avait rangés, les localisa, et sortit un grand couteau de boucher.

Sur la table, le démon aux six yeux ouvrit le trou qui lui servait de bouche, dévoilant plusieurs rangées de dents jaunes et pointues, et produisit un sifflement sinistre.

« Oh, S-S-Seigneur », dit Billy, prononçant le deuxième mot comme s'il s'agissait d'une langue étrangère, dont il ne comprenait pas tout à fait le sens.

Plongeant soudain en avant, brandissant le couteau de boucher à la façon du sabre sacré des samouraïs, Billy voulut porter un coup fatal à la créature, avec l'intention de lui trancher la tête, de la couper en deux. La lame pénétra dans la chair hideuse, s'enfonça très légèrement dans le torse luisant, juste au-dessus de ses hanches noueuses, sans sembler pouvoir aller plus loin, et encore moins le transpercer. Billy eut l'impression qu'il venait de recevoir un bloc de fonte sur la tête : la force d'inertie du coup qu'il avait porté à la chose remonta le long de la poignée du couteau, parcourant douloureusement tout son bras, exactement comme les vibrations l'auraient fait s'il avait frappé sur un poteau métallique, de toutes ses forces, à l'aide d'un pied-de-biche.

Au même instant, l'une des mains de la créature se déplaça, plus rapide que la lumière, et entailla la main de Billy, faisant apparaître le cartilage à la base de deux de ses doigts.

Avec un hurlement de douleur, Billy, incrédule, lâcha son arme. Il recula en titubant jusqu'au réfrigérateur, serrant contre lui sa main mutilée.

Sur la table, la créature ne paraissait pas le moins du monde troublée, la lame du couteau de boucher plantée dans son flanc. Elle ne saignait pas, ni ne souffrait, apparemment. De ses petites mains noires et tordues, elle agrippa le manche et se débarrassa du couteau, qu'elle brandit à son tour, tournant vers Billy six yeux scintillants et laiteux. Le couteau de boucher était presque aussi grand que la chose elle-même, mais elle le brisa en deux, avant de jeter les deux parties.

Billy se mit à courir.

Il fallait qu'il fasse le tour de la table, s'approchant par la même occasion bien trop près de la créature, mais il n'hésita pas une seule seconde, car la seule alternative dont il disposât, c'était de rester collé au réfrigérateur et de se faire mettre en pièces. Fonçant hors de la cuisine pour se réfugier dans la salle à manger, il entendit derrière lui le choc que fit le démon en atterrissant par terre. Pire : il perçut le *clic-clic-clac* de ses pieds chitineux et griffus qui se hâtaient sur le linoléum.

En tant que voleur, Billy se devait de se maintenir en forme et d'être capable de courir plus vite qu'un chevreuil. Sa condition physique était l'unique avantage dont il pouvait disposer.

Mais était-il possible de fuir le Diable ?

Il bondit hors de la salle à manger, sauta par-dessus un tabouret dans le salon, et fila vers la porte. Son bungalow se trouvait entre un terrain vague et une boutique qui était à présent fermée. Mais de l'autre côté de la rue, il y avait quelques maisons, et un petit supermarché d'ordinaire très fréquenté. Il se dit qu'en compagnie d'autres personnes, n'importe qui, il serait en sécurité. Il pressentait que le monstre n'aurait pas envie de se montrer à d'autres que lui.

S'attendant à ce que la bête lui sautât dessus pour lui enfoncer ses dents dans le cou, Billy ouvrit la porte à toute volée et faillit presque plonger hors de la maison – avant de stopper brutalement en voyant ce qui l'attendait à l'extérieur. Rien. Plus d'allée. Plus de pelouse, ni d'arbres. Plus de rue. Plus aucune maison en face, plus de supermarché à l'angle. Rien, rien du tout. Pas de lumière d'aucune sorte. La nuit qui encerclait le bungalow était d'un noir surnaturel, aussi parfaitement sombre que le fond d'une mine – ou que l'intérieur du sac à main de la vieille peau, d'où avait surgi l'affreuse bestiole. Au lieu d'une douce soirée d'avril, Billy ne voyait autour de lui qu'une nuit glacée, qui lui engourdissait les membres, exactement comme à l'intérieur du grand sac en cuir noir.

Sur le seuil de la porte, Billy vacilla, à bout de souffle, le cœur battant, et il eut d'un seul coup la certitude que son bungalow tout entier se trouvait maintenant à l'intérieur du sac de la vieille folle. Ce qui était totalement absurde. Le sac sans fond était toujours posé sur la table de la cuisine. Le sac ne pouvait pas à la fois être à l'intérieur du bungalow et l'englober tout entier. Était-ce possible ?

Il se sentit au bord de la nausée.

Il avait toujours su tout ce qui valait la peine d'être su. Du moins le pensait-il. Mais voilà qu'il était en train de changer d'avis.

Il n'osait pas s'aventurer hors du bungalow, à cause de cette intense obscurité. Ce noir charbonneux n'augurait rien de bon. Et il savait instinctivement que, s'il posait un pied dans ces ténèbres froides, il ne pourrait plus revenir en arrière. Un pas, un seul, et il tomberait dans ce vide affreux qu'il avait senti sous ses doigts au fond du sac de la vieille. Et la chute ne finirait jamais.

Un sifflement.

La chose était derrière lui.

Gémissant intérieurement, Billy Neeks tourna le dos au vide terrifiant qui entourait sa maison, jeta un coup d'œil dans le salon, où l'attendait la diabolique créature, et poussa un cri d'horreur en constatant que celle-ci était plus grosse qu'un instant auparavant. Beaucoup plus grosse. Et trois fois plus grande. Avec des épaules plus larges. Des bras plus musculeux. Des jambes plus épaisses. Des mains plus grosses, et des griffes plus longues. La créature répugnante n'était pas aussi près de lui qu'il l'avait cru, elle n'était pas encore sur lui mais se tenait au milieu du petit salon et le regardait avec l'intérêt d'un prédateur, l'air particulièrement satisfait, le provoquant simplement en ne choisissant pas de mettre un terme rapide à leur confrontation.

La différence de température entre la chaleur à l'intérieur du bungalow et le froid qui régnait au-dehors généra un appel d'air qui fit violemment claquer la porte d'entrée. Elle se referma dans un grand fracas.

La bestiole démoniaque fit un pas en avant. Lorsqu'elle se déplaça, Billy entendit son squelette noueux et sa chair visqueuse qui frottaient l'un contre l'autre, comme les pièces regorgeant d'huile d'une mécanique en mauvais état.

Billy recula, se dirigeant vers l'étroit couloir qui menait à la chambre à coucher.

L'effroyable apparition le suivit, projetant derrière elle une ombre qui était, d'une certaine façon, bien plus grotesque, comme si elle n'était pas due au corps difforme du monstre, mais plutôt à son âme, plus hideuse encore. Comprenant peut-être que son ombre n'était pas conforme, ou ne tenant pas à envisager les raisons de cette déformation, la chose renversa délibérément la lampe posée sur le sol, tout en poursuivant Billy dans la pièce ainsi plongée dans l'obscurité. Elle se mit même à progresser avec une assurance et une aisance nouvelles, comme si les ténèbres lui facilitaient le passage.

À l'entrée du couloir, Billy cessa de reculer à petits pas, s'engouffra dans sa chambre à toute vitesse et claqua la porte derrière lui. Il tira le verrou sans pour autant croire qu'il venait de trouver le refuge idéal. La créature n'aurait pas la moindre difficulté à faire voler en éclats la mince protection qu'offrait la porte. Billy n'espérait qu'une seule chose : atteindre la table de nuit, où il rangeait un Smith & Wesson .357 Magnum, ce qu'il eut effectivement le temps de faire.

L'arme était plus petite que dans son souvenir, mais il se rassura en décidant qu'elle ne semblait insuffisante qu'en raison du formidable ennemi qu'il avait à affronter. Mais lorsqu'il actionnerait la détente, le .357 Magnum serait bien assez efficace. Pourtant, ce dernier paraissait petit. On aurait dit un jouet.

Tenant l'arme à deux mains, le canon pointé sur la porte, il se demanda s'il devait tirer dans la porte ou attendre que le monstre surgisse.

Dans une explosion de bouts de bois et de gonds arrachés, le monstre résolut le problème en pulvérisant littéralement le battant de la porte.

Il avait encore grossi, et sa taille approchait à présent des deux mètres. Dépassant Billy, la bête gigantesque semblait plus que jamais être faite de rebuts divers, de glaires compactes, de pilosités emmêlées, d'excroissances malsaines et autres morceaux putréfiés prélevés sur des cadavres. Puant l'œuf pourri, avec des yeux blancs qui brillaient à présent avec plus d'intensité que des ampoules incandescentes, elle s'approchait de Billy, inexorablement, sans même marquer un temps d'arrêt lorsque celui-ci vida sur elle le chargeur du .357 Magnum.

Mais qui, ou quoi, était donc cette vieille peau, nom de Dieu ? Certainement pas une retraitée ordinaire, touchant une pension de l'État, qui venait de faire ses courses chez son boucher et qui se réjouissait à l'idée de jouer au Bingo le samedi soir. Bon Dieu, non. Sûrement pas. Quelle sorte de vieille folle se promenait avec un sac aussi étrange, gardant une telle horreur à son service ? Quelle sorte de salope pouvait donc bien faire une chose pareille ? Une sorcière.

Mais bien sûr. Une sorcière.

Acculé dans un coin, la créature penchée au-dessus de lui, agrippant toujours d'une main le .357 Magnum désormais inutile, l'autre main le faisant cruellement souffrir, Billy sut enfin pour la première fois de sa vie ce que signifiait être une victime impuissante. Quand l'entité innommable posa sur lui ses énormes pattes aux griffes grandes comme des sabres – une sur son épaule, l'autre sur son torse –, Billy urina dans son pantalon, réduit à la condition pitoyable d'un enfant terrorisé et sans défense.

Il était certain que la créature diabolique allait le mettre en pièces, lui briser les vertèbres, le décapiter et sucer la moelle de ses os, mais elle se contenta d'abaisser son visage difforme à la hauteur de la gorge de Billy, et de poser ses lèvres caoutchouteuses contre sa carotide palpitante. L'espace d'une seconde insoutenable, Billy crut qu'elle était en train de l'embrasser, puis il sentit sa langue froide qui lui léchait le cou, de la clavicule à la mâchoire, et il eut l'impression qu'une centaine d'aiguilles s'enfonçaient dans sa chair. Une paralysie subite et totale s'ensuivit.

La créature leva la tête et examina le visage de Billy. Son souffle empestait plus fort encore que l'odeur cadavérique dégagée par sa chair répugnante. Incapable de fermer les yeux, en proie à une paralysie qui lui interdisait même de bouger les paupières, Billy fixa la gueule du monstre et vit sa langue blanche, hérissée de picots.

La créature s'écarta un peu, et Billy s'effondra, inerte, sur le sol. Malgré ses efforts, il était incapable de remuer un orteil.

Attrapant une poignée de cheveux gras, le monstre se mit à tirer Billy hors de la chambre. Celui-ci n'était pas en état de résister. Ne contrôlant pas plus sa voix que le reste de son corps, il ne pouvait même pas protester.

Comme il était incapable de tourner la tête, ni même les yeux, son champ de vision se limitait à ce qui défilait devant lui. Il reconnut les meubles devant lesquels il passait, entraîné par le monstre, et distingua les murs et le plafond où se dessinaient des ombres mouvantes. Lorsqu'il roula sur le ventre, il ne ressentit aucune douleur, bien qu'on lui tirât les cheveux, et ne vit plus ensuite que le sol sous ses yeux, et les pieds noirs et griffus de la chose qui se dirigeait lourdement vers la cuisine où la poursuite infernale avait débuté.

La vision de Billy se brouilla, puis s'éclaircit, puis se brouilla à nouveau, et il se dit que les défaillances de sa vue étaient liées à sa paralysie. Puis il finit par comprendre qu'un flot de larmes, dont il n'avait pas été conscient jusque-là, coulait de ses yeux, inondant son visage. Il ne se souvenait pas d'avoir jamais pleuré une seule fois, au cours de sa vie minable et pleine de haine.

Il savait ce qui allait lui arriver.

Au fond de son cœur, dont la peur accélérait les battements, il le *savait*.

La créature puante et gluante le traîna rudement à travers la salle à manger, lui cognant la tête contre la table et les chaises. Elle l'emporta ensuite dans la cuisine, parmi la bière renversée et les Doritos éparpillés par terre. La chose cueillit sur la table le gros sac noir de la vieille femme et le plaça, béant, sur le linoléum, sous les yeux de Billy.

La créature diabolique était à présent nettement plus petite, du moins en ce qui concernait ses jambes, son torse et sa tête, bien que les bras – qui tenaient toujours Billy – eussent conservé leur taille démesurée et leur puissance. Horrifié, mais pas vraiment surpris, Billy regarda la chose qui rampait à l'intérieur du sac, tout en rétrécissant progressivement. Puis elle entreprit de le tirer à son tour par l'ouverture.

Il ne s'était pas senti rapetisser, mais sa taille avait dû diminuer, puisqu'il passait par l'ouverture du sac. Toujours paralysé, et toujours fermement maintenu par les bras du monstre, Billy regarda par-dessous son propre bras, et distingua, plus haut, le plafonnier allumé de la cuisine, et ses propres hanches, en équilibre au bord du sac. Il voulut résister, mais sentit que ses cuisses entraient à l'intérieur, suivies de ses genoux. Le sac était en train de l'avaler, Seigneur, et il était incapable du moindre geste pour empêcher ça. Le sac était en train de l'avaler. Seuls ses pieds étaient encore au-dehors, et il essaya désespérément de s'accrocher par les orteils, il essaya de résister... En vain.

Billy Neeks n'avait jamais cru en l'existence de l'âme, mais il savait à présent qu'il en possédait une – et qu'on venait de la lui prendre.

Ses pieds étaient maintenant à l'intérieur du sac.

Toute sa personne était dans le sac.

Tandis que le monstre le tirait toujours par les cheveux vers le bas, Billy continua à regarder par-dessous son bras, fixant sans plus d'espoir l'ovale lumineux à l'entrée du sac. Bien que la fermeture Éclair fût toujours ouverte, celui-ci rétrécissait de plus en plus, parce que la bête immonde était en train de l'entraîner très loin au fond, faisant diminuer la taille de la source lumineuse, comme diminue l'entrée d'un tunnel au fur et à mesure qu'on approche de l'autre côté.

L'autre côté.

Billy était incapable de penser à ce qui l'attendait peut-être à l'autre bout, au-delà du fond infiniment lointain du sac à main de la vieille dame.

Il aurait préféré devenir fou. La folie aurait été une façon, bienvenue, d'échapper à la peur qui s'était emparée de lui. La folie aurait été un merveilleux soulagement. Mais, de toute évidence, son destin était qu'il devait rester totalement sain d'esprit, et absolument conscient de ce qui lui arrivait.

Au-dessus de lui, la lumière était à présent de la taille d'une minuscule lune blafarde, aplatie aux deux bouts, se détachant dans la nuit.

Billy se dit que c'était comme ce qui se passait à la naissance – sauf que cette fois, il était en train de passer de la lumière à l'obscurité.

La blancheur de la lune se réduisit à la taille d'une lointaine étoile. Puis l'étoile disparut.

Dans l'obscurité totale qui environnait à présent Billy, d'étranges voix lui souhaitèrent la bienvenue.

En cette nuit d'avril, le bungalow s'emplit de l'écho de hurlements de terreur. Ils venaient de si loin que même en résonnant dans toutes les pièces de la petite maison, ils ne parvinrent jamais jusqu'à la rue tranquille qui passait devant, ni jusqu'aux voisins. Les cris durèrent quelques heures, puis diminuèrent progressivement d'intensité, pour être aussitôt remplacés par des bruits de mastication et de succion témoignant de la satisfaction des convives.

Puis le silence régna.

Le bungalow fut silencieux pendant de longues heures, jusqu'au milieu de l'après-midi suivant, quand le calme fut rompu par la porte d'entrée qu'on ouvrait. Des pas retentirent.

« Ah ! » s'exclama joyeusement la vieille dame en franchissant le seuil de la cuisine. Elle venait d'apercevoir son sac à main posé par terre, ouvert. Avec une lenteur due à l'arthrite, elle se baissa, ramassa son sac, et en contempla l'intérieur pendant un instant.

Souriante, elle tira la fermeture Éclair.

Titre oringinal :
Snatcher

PRIS AU PIÈGE

1

Cette nuit-là, un violent blizzard sévit sur tout le nord-est du pays. Des créatures ne s'aventurant au-dehors qu'après le coucher du soleil furent ainsi doublement protégées, par l'obscurité et par la tempête de neige.

La neige se mit à tomber à la tombée de la nuit, alors que Meg Lassiter et Tommy rentraient chez eux, après une visite de contrôle chez le médecin. Le ciel couleur de plomb déversait mollement dans l'air froid et immobile des milliers de flocons impalpables. Mais après avoir parcouru une dizaine de kilomètres, Meg, au volant de la Jeep, constata qu'un vent fort s'était levé, en provenance du sud-ouest, donnant une sérieuse inclinaison au rideau de neige éclairé par les phares.

Sur la banquette arrière, Tommy, assis en biais à cause de sa jambe engoncée dans un plâtre, poussa un profond soupir. « Je vais rater plein d'occasions de faire de la luge et du ski – et aussi du patin à glace...

– C'est encore tôt dans la saison, tu sais, dit Meg. Tu devrais être guéri à temps pour pouvoir quand même t'amuser avant le printemps.

– Ouais, peut-être bien. » Il s'était cassé la jambe deux semaines auparavant, et au cours de la visite médicale qu'il avait effectuée dans l'après-midi, accompagné par sa mère, le docteur Jacklin leur avait annoncé que Tommy garderait son plâtre pendant encore six semaines. La fracture multiple – « comminutive mineure, mais présentant quelques complications » – se consoliderait plus lentement que prévu. « Mais, maman, il n'y a qu'un nombre limité d'hivers dans une vie, et je n'ai vraiment pas envie d'en gaspiller un seul. »

Meg sourit et jeta un coup d'œil dans le rétroviseur, dans lequel elle apercevait son fils. « Tu n'as que dix ans, chéri. En ce qui te concerne, il te reste un nombre d'hivers incalculable – ou presque.

– Sûrement pas, maman. Bientôt, je vais aller à l'université, ce qui veut dire que je passerai beaucoup plus de temps à étudier qu'à m'amuser...

– Tu as encore huit années devant toi !

– Tu dis toujours que plus on vieillit, plus le temps passe vite. Et après l'université, il faudra que je travaille, et puis que j'entretienne une famille.

– Fais-moi confiance, cow-boy, la vie ne s'accélère qu'après la trentaine. »

Bien que Tommy aimât s'amuser autant que n'importe quel petit garçon de dix ans, il était aussi, de temps en temps, étrangement sérieux. Tout petit, il montrait déjà cette tendance, mais depuis la mort de son père, deux an auparavant, il était devenu de plus en plus grave.

Meg s'arrêta devant le dernier feu rouge au nord de la ville, distant d'une dizaine de kilomètres de la ferme où ils vivaient. Elle mit en marche les essuie-glaces, et ceux-ci entreprirent aussitôt de débarrasser le pare-brise de la fine poudre blanche qui s'y était accumulée.

« Tu as quel âge, maman ?

– Trente-cinq ans.

– Waouh, c'est vrai ?

– À t'entendre, on croirait que je suis une antiquité.

– Est-ce que les voitures existaient, quand tu avais mon âge ? »

Le rire musical de Tommy tinta aux oreilles de Meg. Elle adorait le son du rire de son fils, peut-être parce qu'elle ne l'avait pas entendu très souvent au cours des deux dernières années.

Au coin de la rue, deux voitures et un pick-up étaient en train de faire le plein d'essence à la station-service Shell. Un sapin de deux mètres était arrimé à l'arrière du pick-up. Dans huit jours seulement, ce serait Noël.

De l'autre côté de la chaussée, devant une haie d'immenses épicéas, se tenait un bar du nom de Haddenbeck's Tavern. Dans la lumière grise du crépuscule, la neige tombait en cascade, telle la cendre qu'aurait produite un invisible brasier là-haut dans le ciel, bien qu'à la lueur ambrée provenant des fenêtres de la taverne, les flocons aient ressemblé à de la poussière d'or.

« En réfléchissant mieux, lança Tommy de la banquette arrière, comment est-il possible qu'il y ait déjà eu des voitures quand tu avais dix ans ? Je veux dire, c'est quand tu avais onze ans qu'on a inventé la roue.

– Au menu du dîner, ce soir, galette de lombric et soupe aux cafards, je t'avertis.

– Tu es la mère la plus méchante du monde ! »

Jetant un coup d'œil dans le rétroviseur, elle vit qu'en dépit de son ton badin, le petit garçon ne souriait plus. L'air sombre, il avait le regard fixé sur le bar.

Un peu plus de deux ans auparavant, un ivrogne du nom de Deke Slater avait quitté la Haddenbeck's Tavern au moment où Jim Lassiter arrivait en ville, se rendant à l'église Saint-Paul pour y assister à une réunion du comité chargé de réunir des fonds. Roulant à vive allure sur Black Oak Road, la Buick de Slater avait percuté de plein fouet la voiture de Jim. Celui-ci était mort sur le coup, et Slater s'était retrouvé paralysé pour le restant de ses jours.

Souvent, lorsqu'ils passaient devant la Haddenbeck's Tavern – et surtout quand ils prenaient le virage où Jim avait trouvé la mort –, Tommy essayait de cacher l'angoisse qui le tenaillait en échangeant des plaisanteries avec Meg. Mais pas aujourd'hui. Il était déjà à court de bons mots.

« Le feu est vert, maman. »

Elle traversa le carrefour, et ils quittèrent l'agglomération. La rue principale devint alors une petite route de campagne à deux voies : Black Oak Road.

Intellectuellement – et émotionnellement aussi, plus ou moins – Tommy s'était finalement adapté à la perte de son père. Pendant l'année qui avait suivi la tragédie, Meg avait souvent trouvé le jeune garçon assis devant une fenêtre, immobile, perdu dans ses pensées, le visage ruisselant de larmes. Mais elle ne l'avait pas surpris en train de pleurer depuis plus de dix mois. À contrecœur, il avait fini par accepter la mort de son père. Il s'en sortirait, se répétait Meg.

Toutefois, il n'était pas encore tout à fait redevenu

lui-même. Il y avait encore – et peut-être pour longtemps – un grand vide dans le cœur de Tommy. Jim avait été un mari merveilleux, mais il avait été un père meilleur encore, si dévoué à son fils que tous les deux faisaient fondamentalement partie l'un de l'autre. À l'instar d'une balle, la mort de Jim avait laissé chez son fils un trou béant, qui ne se cicatriserait pas aussi vite qu'une simple blessure physique.

Meg savait que seul le temps finirait par le guérir complètement.

Les flocons se mirent à tomber en rangs serrés, et le crépuscule céda la place à l'obscurité de la nuit, réduisant d'autant la visibilité et forçant Meg à ralentir. Penchée sur le volant, elle ne voyait pas à vingt mètres.

« Ça devient mauvais, dit Tommy, d'une voix tendue.

– J'ai vu pire.

– Où ? Dans le Yukon ?

– Exact. En plein dans le mille. Au milieu de la grande ruée vers l'or, pendant l'hiver 1849. Tu as oublié comme je suis vieille, ou quoi ? Je conduisais des traîneaux dans les neiges du Yukon bien avant qu'on ait même inventé les *chiens* ! »

Tommy eut un petit rire poli.

Meg ne distinguait aucune des vastes prairies qui s'étendaient de chaque côté de la route, et elle ne voyait pas non plus le ruban argenté de la rivière, un peu plus loin sur la droite, bien qu'elle devinât, au bord de la chaussée, les troncs noueux et les branches tordues des chênes que l'hiver avait dépouillés de leurs feuilles. Ces arbres étaient le repère qui lui permettait d'évaluer la distance les séparant encore du virage où Jim était mort.

Tommy gardait le silence.

Lorsqu'ils ne furent plus qu'à quelques secondes du virage, il lança : « Je ne regrette pas vraiment de ne pas faire de luge et de patin à glace. C'est simplement que... Je me sens tellement coincé dans ce plâtre, tellement... C'est comme si j'étais pris au piège. »

Que Tommy utilisât le mot « piège » serra le cœur de Meg : le malaise qu'il éprouvait à cause de son immobilisation était donc intimement lié au souvenir de la mort de son père. La Chevrolet de Jim avait été pulvérisée par le choc, au point qu'il avait fallu plus de trois heures à la police et à l'équipe du médecin légiste pour en extraire le cadavre. Coincé entre les tôles tordues, le corps de Jim avait été désincarcéré à l'aide de chalumeaux à acétylène. À l'époque, elle avait essayé d'empêcher Tommy d'être mis au courant des pires détails de l'accident, mais quand il était retourné à l'école, ses camarades de classe s'étaient empressés de tout lui raconter par le menu, avec des précisions macabres, poussés par une curiosité morbide et une cruauté caractéristiques de certains enfants.

« Tu n'es pas pris au piège dans ton plâtre », dit Meg, tout en pilotant la Jeep le long du virage déjà bien encombré par la neige. « Il te gêne, certes, mais ce n'est pas un piège. Et puis, je suis là pour t'aider, ne l'oublie pas. »

À la fin de son premier jour d'école, après l'enterrement de Jim, Tommy était rentré de l'école en pleurs. « Papa était dans la voiture, il était pris au piège, et il ne pouvait plus bouger ! Il était coincé par la carrosserie, et il a même fallu qu'ils la découpent pour le sortir... Il était *piégé* ! » Meg l'avait aussitôt consolé, en lui expliquant que Jim était mort sur le coup, instantanément, et qu'il n'avait pas souffert. « Chéri, c'était seulement son corps, cette pauvre enveloppe vide, qui était pris au piège. Son esprit et son âme, c'est-à-dire ton *vrai* papa, étaient déjà au ciel. »

Tandis qu'elle approchait du milieu du virage, *le* virage, Meg freina. Peu importait le nombre de fois qu'ils emprunteraient ce trajet, l'endroit resterait toujours aussi effrayant.

Tommy avait fini par accepter l'idée que soutenait sa mère, à savoir que son père n'avait pas souffert. Pourtant, il était encore hanté par l'image du corps de son père prisonnier du carcan de métal.

Soudain, Meg fut éblouie par des phares arrivant en sens inverse. Une voiture fonçait sur eux, roulant bien trop vite, vu l'état de la route. Le conducteur maîtrisait sa vitesse, mais le véhicule, loin de maintenir sa trajectoire, dérapa, mordant la ligne qui divisait la chaussée en deux voies séparées. Meg tourna le volant à droite et enfonça la pédale de frein. Elle eut peur d'envoyer les deux roues latérales dans le fossé, ce qui n'aurait pas manqué de faire se renverser la Jeep, mais celle-ci prit correctement le virage, le châssis résonnant du bruit des graviers chassés par les pneus. Fonçant sur eux, la voiture les évita de justesse, passant à quelques centimètres seulement de la carrosserie, puis elle s'évanouit, avalée par la nuit et la neige dense.

« Quel crétin ! » lâcha Meg, en colère.

Dans la ligne droite qui suivait le virage, elle gara la Jeep au bord de la route.

« Ça va ? » demanda-t-elle à Tommy.

Il était recroquevillé dans un coin de la banquette, son cou tendu, come celui d'une tortue, sortant du col de son gros pull d'hiver. Pâle et tremblant, il hocha la tête. « Ou-oui. Ça va. »

Malgré le ronronnement du moteur, le frottement des essuie-glaces et les rafales de vent, la nuit semblait étrangement calme.

« J'aimerais bien coincer cet irresponsable. » Du plat de la main, elle frappa le tableau de bord.

C'était une voiture de Biolomech », dit Tommy en faisant référence au grand laboratoire de recherches installé sur une cinquantaine d'hectares, à cinq cents mètres de leur ferme. « J'ai vu le nom inscrit sur le côté. Biolomech. »

Elle prit plusieurs profondes inspirations. « Ça va, tu en es sûr ?

– Ouais, je vais bien. Je veux juste... rentrer à la maison. »

La tempête s'intensifiait. Ils étaient à présent sous l'équivalent neigeux d'une chute d'eau, et les flocons se déversaient à gros bouillons sur le toit de la Jeep.

Ils reprirent la route, roulant à trente kilomètres à l'heure, les conditions météorologiques ne permettant pas d'aller plus vite.

Mais trois kilomètres plus loin, devant les laboratoires Biolomech, on voyait soudain comme en plein jour. Derrière le grillage haut de deux mètres cernant la propriété, de puissantes lampes au sodium, perchées au bout de mâts mesurant plus de dix mètres, diffusaient une lueur orangée, quasi surnaturelle, que les flocons reflétaient et diffractaient, créant tout autour un curieux halo.

Espacés d'une trentaine de mètres, tout autour de la vaste pelouse qui entourait les bâtiments abritant les bureaux et les laboratoires de recherches, ces lampadaires étaient rarement éclairés. Meg, en quatre ans, ne se souvenait de les avoir vus ainsi illuminés que trois ou quatre fois.

Les bâtiments étaient assez loin de la route, dissimulés à la vue par un écran d'arbres. Même quand le temps était clément, et en plein jour, on avait du mal à les apercevoir, et ils gardaient un aspect reclus et mystérieux. Pour l'instant, ils étaient invisibles, malgré la centaine de lampadaires projetant autour d'eux leur lueur orange.

Deux par deux, des hommes revêtus de grosses vestes de travail étaient en train de faire le tour du domaine, dirigeant le faisceau de leur lampe électrique sur le grillage, comme s'ils cherchaient une brèche, s'attardant plus spécialement sur la partie en contact avec le sol enneigé.

« Quelqu'un a dû essayer de s'introduire par effraction dans un des labos », dit Tommy.

Des voitures et des fourgonnettes portant le sigle de Biolomech étaient rassemblées devant l'entrée principale. De chaque côté de Black Oak Road, le clignotement rouge et embué des signaux de détresse installés sur la chaussée annonçaient un barrage routier, un peu plus loin, auprès duquel se tenaient trois hommes, munis de puissantes torches électriques. À côté d'eux, trois autres types étaient armés.

« Waouh ! s'exclama Tommy. Des vrais flingues ! Il doit se passer un truc vraiment grave. »

Meg freina, stoppa la voiture, et descendit sa vitre. Une bourrasque d'air glacé s'engouffra dans la Jeep.

Elle s'était attendue à ce que l'un des hommes s'approchât d'elle. Mais au lieu de ça, un garde botté, vêtu d'un pantalon réglementaire gris et d'une grosse veste noire portant le logo de Biolomech, s'avança de l'autre côté de la Jeep. Il tenait à la main une longue perche, au bout de laquelle étaient fixés deux miroirs inclinés et une ampoule. Il était accompagné d'un autre homme, beaucoup plus grand que lui, vêtu de façon similaire, et muni d'un fusil. Le plus petit glissa les miroirs sous la Jeep, et plissa les yeux, s'efforçant de distinguer le reflet du châssis que le premier miroir projetait sur le second.

« Ils cherchent des bombes ! lança Tommy de la banquette arrière.

– Des bombes ? s'étonna Meg, sceptique. Ça m'étonnerait. »

Le type chargé de l'inspection fit le tour de la Jeep,

son collègue armé ne le quittant pas d'une semelle. Malgré la neige qui tombait toujours, l'inquiétude se lisait sur leurs traits.

Lorsqu'ils eurent fini de passer la Jeep en revue, le garde armé fit signe aux quatre hommes qui se tenaient près du barrage, et quelqu'un s'approcha enfin de la vitre du conducteur. Il portait des jeans et un gros blouson d'aviateur en cuir marron, doublé de peau de mouton, sur lequel n'apparaissait aucun logo. Un bonnet bleu nuit, couvert de neige, était enfoncé sur ses oreilles.

Il se pencha vers la vitre ouverte. « Excusez-nous pour le dérangement, madame. »

Le type était plutôt beau gosse, mais son sourire charmeur avait quelque chose de faux. Ses yeux gris-vert étaient un peu trop directs.

« Que se passe-t-il ? demanda Meg.

– Un exercice de routine, rien de plus. Pour la sécurité », lui répondit-il, tandis qu'un petit nuage de vapeur s'échappait de sa bouche. « Puis-je voir votre permis de conduire, s'il vous plaît ? »

C'était de toute évidence quelqu'un de Biolomech, et pas un officier de police, mais Meg n'avait aucune raison de refuser de coopérer.

Pendant que le type, le portefeuille de Meg à la main, examinait son permis de conduire, Tommy lança soudain : « Des espions ont essayé de pénétrer chez vous, c'est ça ? »

Le même sourire hypocrite accompagna la réponse du type. « Je pense qu'il s'agit plutôt d'un court-circuit dans le système d'alarme, fiston. Ici, il n'y a rien qui puisse intéresser un espion. »

Biolomech était spécialisé dans la recherche sur les manipulations génétiques et leurs applications industrielles et commerciales. Meg savait qu'au cours des dernières années, des travaux sur l'ADN avaient permis l'élaboration d'un virus capable de produire de l'insuline pure, ainsi qu'un tas de substances chimiques miracles qui étaient autant de bénédictions pour un laboratoire. Elle savait également que les mêmes recherches scientifiques pouvaient tout aussi bien engendrer des armes biologiques – de nouveaux virus aussi destructeurs qu'une bombe nucléaire –, mais elle se gardait bien d'envisager les inquiétantes conséquences que la présence de Biolomech, à quelques centaines de mètres de leur maison, pouvait avoir sur eux, si la compagnie était impliquée dans ce genre de travaux. En fait, quelques années auparavant, on avait raconté dans le pays que Biolomech avait décroché un contrat très important avec l'armée, mais la compagnie avait assuré qu'elle ne se livrerait à aucune recherche dans le domaine des armes bactériologiques. Pourtant, les deux mètres de grillage et le système d'alarme paraissaient quelque peu disproportionnés, pour un laboratoire privé se limitant à des projets bénins.

« Vous habitez près d'ici, madame Lassiter ? dit l'homme au blouson d'aviateur, en battant des paupières pour faire tomber la neige qui s'accumulait sur ses cils.

– Nous habitons à la ferme des Cascades, à un peu plus d'un kilomètre d'ici. »

Il lui rendit son portefeuille.

De la banquette arrière, Tommy s'écria : « Eh, m'sieur, vous croyez que des terroristes avec des bombes vont venir ici pour faire sauter les laboratoires, ou un truc comme ça ?

– Des bombes ? Qu'est-ce qui te fait dire ça, fiston ?

– Les deux miroirs au bout de la perche, répliqua Tommy.

– Ah ! oui, ça fait partie de la procédure normale, mais comme je vous l'ai dit, il s'agit probablement d'une fausse alerte. Un court-circuit, quelque chose de ce genre. » Il s'adressa à Meg : « Excusez-nous de vous avoir importunée, madame Lassiter.

Comme l'homme s'éloignait de la Jeep, Meg jeta un coup d'œil en direction des gardes armés, et des silhouettes qu'elle devinait derrière eux, un peu plus loin, occupés à scruter le sol violemment éclairé par les lampadaires. De toute évidence, ces hommes-là n'étaient pas en train de se livrer à un exercice de routine. L'inquiétude et la tension nerveuse qui les habitaient se voyaient non seulement sur les visages des hommes proches de la Jeep, mais aussi dans la façon dont les autres affrontaient le blizzard, penchés vers le sol.

Elle remonta sa vitre, et enclencha une vitesse.

Comme la Jeep démarrait, Tommy lâcha : « Tu crois qu'il a menti ?

– Ce ne sont pas nos affaires, chéri.

– Des terroristes, ou des espions, dit Tommy avec tout l'enthousiasme dont les jeunes garçons sont capables quand ils sentent qu'il va y avoir de l'action.

Ils laissèrent derrière eux les terres de Biolomech. La lueur des lampadaires se fondit bientôt dans l'obscurité, et la neige et la nuit se refermèrent sur la Jeep.

Des grands chênes agitaient leurs branches nues pardessus la chaussée. Entre les troncs épais, les phares de la voiture faisaient bondir des ombres fugitives.

Deux minutes plus tard, Meg quitta la route et s'engagea dans l'allée qui menait à la ferme. À l'idée d'être de retour chez elle, elle se sentit soulagée.

La ferme des Cascades s'étendait sur cinq hectares, en pleine campagne, dans cette partie du Connecticut qu'on dit semi-rurale, mais il n'y avait plus de fermiers. Jim et Meg l'avaient achetée quatre ans auparavant, après qu'il eut vendu ses parts de l'agence de publicité qu'il avait fondée à New York avec deux associés. La ferme avait représenté pour eux une vie nouvelle, où Jim pourrait réaliser son rêve et écrire autre chose que des slogans publicitaires, et où Meg peindrait dans un atelier plus spacieux, et dans un environnement plus serein que celui qu'ils avaient eu en ville.

Avant de mourir, Jim avait eu le temps d'écrire deux romans, des histoires à suspense qui avaient reçu un accueil modérément favorable de la part de la critique. Meg, elle, avait trouvé de nouvelles orientations pour sa peinture : d'abord, une lumière qu'elle n'avait encore jamais employée, puis, après la mort de Jim, un style si triste et si austère que la galerie qui exposait son travail à New York lui avait suggéré de revenir à des toiles plus lumineuses, si elle voulait continuer à vendre.

Le bâtiment principal de deux étages, en pierre, se trouvait à une centaine de mètres de la grange. Il comptait huit pièces, ainsi qu'une grande cuisine parfaitement équipée, deux salles de bains, deux cheminées, et un porche à l'avant et à l'arrière, où il faisait bon s'asseoir, les soirs d'été.

Malgré la tempête de neige, avec ses avant-toits sculptés étincelant de glace, battus par le vent et fouettés par la neige, et sans une seule fenêtre éclairée, la maison paraissait confortable et chaleureuse, comme si elle les attendait.

« Nous sommes chez nous, dit Meg, soulagée. Et si on se faisait des spaghettis ?

– Fais-en beaucoup, comme ça j'en aurai demain matin pour mon petit déjeuner.

– Berk.

– Les spaghettis froids, c'est *super*, le matin !

– Voilà une idée un peu loufoque, mon petit bonhomme. »

Elle conduisit la Jeep jusqu'au porche à l'arrière de la maison, s'y arrêta et aida Tommy à descendre. « Laisse tes béquilles, et appuie-toi sur moi », dit-elle, assez fort pour couvrir les sifflements du vent. Le sol étant recouvert de neige, les béquilles n'étaient d'aucune utilité à Tommy. « Je les prendrai après avoir rentré la Jeep dans le garage. »

Si la jambe de Tommy n'avait pas été prisonnière du plâtre, des orteils jusqu'au-dessus du genou, elle aurait pu essayer de le porter. Mais Tommy s'appuya sur elle et commença à progresser à cloche-pied, en prenant appui sur sa jambe valide.

Meg avait laissé une lampe allumée dans la cuisine, à l'intention de Doofus, leur labrador noir, âgé de quatre ans. Le givre sur les carreaux donnait à la lumière un éclat ambré qui éclairait vaguement le porche.

Arrivé devant la porte, Tommy s'adossa au mur, tandis que Meg s'activait sur la serrure. Lorsqu'elle entra dans la cuisine, le gros chien ne se précipita pas sur elle, la queue frétillante, comme elle s'y attendait. Au contraire, il s'approcha d'elle à petits pas, la queue entre les pattes, la tête baissée, content de la voir, mais roulant de grands yeux, comme s'il craignait qu'un chat en colère ne lui sautât dessus, toutes griffes dehors.

Meg referma la porte et aida Tommy à s'installer sur une chaise, près de la table. Puis elle ôta ses bottes, et les rangea dans un coin.

Comme s'il avait froid, Doofus tremblait. Pourtant, la chaudière à mazout était en marche, et il faisait bon dans la maison. Le chien émit un son étrange, presque un miaulement.

« Qu'est-ce qui se passe, Doofus ? lui demanda-t-elle. Qu'est-ce que tu as fait, hein ? Tu as fait tomber une lampe ? Tu as mangé un des coussins du canapé ?

– C'est un bon chien, notre Doofus, dit Tommy. S'il a cassé une lampe, je suis sûr qu'il est prêt à la rembourser, pas vrai, Doofus ? »

Le chien remua la queue, mais sans enthousiasme. Nerveux, il fixa Meg, puis porta le regard vers la salle à manger – comme si quelqu'un était tapi dans quelque coin sombre, quelqu'un dont il avait trop peur pour oser l'attaquer.

Une inquiétude soudaine s'empara de Meg.

2

Au volant de sa Chevrolet Blazer, Ben Parnell quitta le barrage routier installé à proximité de l'entrée principale, et se dirigea vers le laboratoire nº 3, qui se trouvait dans le bâtiment le plus éloigné du reste du complexe Biolomech. La neige qui fondait sur son bonnet dégoulinait dans le col de son blouson d'aviateur.

Partout, dans tous les coins, des hommes inquiets poursuivaient leurs recherches, et se déplaçaient prudemment à la lueur couleur de soufre des lampadaires, allumés pour l'occasion. Les rafales de vent les forçaient à courber le dos et à rentrer la tête dans les épaules, ce qui leur donnait une allure un peu monstrueuse, et presque maléfique.

D'une certaine façon, il était content que la crise ait éclaté. S'il ne s'était pas trouvé ici, il aurait été chez lui, tout seul, feignant de s'intéresser à sa lecture ou à une quelconque émission de télévision, mais pleurant en réalité sa fille bien-aimée, Melissa, qu'un cancer avait emportée. Et s'il n'avait pas été en train de se remémorer Melissa, ç'aurait été sa femme, Leah, qui aurait monopolisé ses pensées. Sa femme, emportée par...

Emportée par quoi ?

Il n'avait pas encore parfaitement compris pourquoi, après l'épreuve qu'avait représentée pour eux la disparition de Melissa, leur mariage s'était dissous. Pour autant que Ben pouvait en juger, la seule chose susceptible de constituer un obstacle entre Leah et lui, c'était leur chagrin respectif, si grand, si lourd, si tragique qu'elle n'avait plus été capable de ressentir d'autres émotions, y compris de l'amour pour lui. Peut-être que les raisons de leur divorce existaient depuis longtemps et n'étaient apparues qu'après le décès de Melissa, mais il avait aimé Leah ; il l'aimait toujours, même si ce n'était plus la passion des premiers jours, il l'aimait de façon mélancolique, comme un homme rêve de bonheur lorsqu'il sait que son rêve ne se concrétisera jamais. C'était ce qu'était devenue Leah au cours de l'année qui venait de s'écouler : elle n'était même plus un souvenir douloureux, mais un rêve, le rêve de ce qui ne se produira jamais.

Il gara la Chevrolet devant le laboratoire, une construction en rez-de-chaussée dépourvue de fenêtres, qui ressemblait à un bunker. S'approchant de la porte blindée, il glissa sa carte d'identification dans la fente, attendit que la veilleuse rouge au-dessus de l'entrée passât au vert pour la récupérer, et franchit le seuil, tandis que le battant s'enfonçait dans le mur dans un soupir.

Il se trouvait à présent dans un vestibule aux allures de sas de décompression, tel qu'on en voit dans un vaisseau spatial. La porte extérieure se referma silencieusement derrière lui, et il s'approcha de la seconde, tout en ôtant ses gants, pendant qu'une caméra de sécurité le détaillait des pieds à la tête. Encastré dans le mur, un panneau d'une trentaine de centimètres de côté s'ouvrit, révélant un écran lumineux sur lequel s'inscrivait en bleu la forme d'une main. Ben posa la sienne pardessus, et l'ordinateur entreprit de décoder ses empreintes digitales. Quelques secondes plus tard, son identité ayant été confirmée, la seconde porte coulissa, et il pénétra dans le couloir principal, qui desservait encore d'autres couloirs, ainsi que des laboratoires de recherches et des bureaux.

Un instant auparavant, le docteur John Acuff, qui dirigeait le projet Myrtille, était revenu à Biolomech afin de tenter de trouver une solution à la crise grave qu'ils traversaient. Ben l'aperçut dans un couloir, plongé dans une discussion animée avec trois autres chercheurs, deux hommes et une femme, qui travaillaient aussi sur le même projet.

Ben, en s'approchant, constata qu'Acuff avait peur. Le directeur du projet Myrtille – trapu, presque chauve, avec une barbe poivre et sel –, n'étant ni distrait ni froidement analytique, ne correspondait pas du tout au stéréotype du scientifique, et son sens de l'humour était irrésistible. D'habitude, il y avait même dans ses yeux une lueur tout à fait réjouissante. Mais Ben ne vit pas la moindre étincelle de joie. Ni la moindre esquisse de sourire.

« Ben ! Vous avez trouvé nos rats ?
– Aucune trace. Il faut que je vous parle, et que vous m'indiquiez la direction qu'ils ont pu prendre. »

Comme pour vérifier qu'il n'avait pas de fièvre, Acuff porta la main à son front.

« Ben, il *faut* que nous les trouvions. Et vite. Si nous ne mettons pas la main sur eux d'ici ce soir... Seigneur, les conséquences éventuelles seront... Ce sera la fin de tout. »

3

Le chien tenta de grogner en direction d'un éventuel agresseur tapi dans l'obscurité de la salle à manger, mais le grognement se changea en une sorte de gémissement.

À contrecœur, Meg rassembla son courage et se rendit dans la salle à manger, cherchant à tâtons sur le mur l'interrupteur. Elle l'actionna. Les huit chaises étaient symétriquement disposées autour de la table, les assiettes en porcelaine étincelaient discrètement dans le grand vaisselier : tout était en ordre. Pourtant, Meg aurait juré que quelqu'un se cachait dans la pièce.

Tremblant, Doofus était resté dans la cuisine. Ce n'était pas un chien peureux, mais quelque chose l'avait effrayé, de toute évidence.

« Maman ?
– Reste là où tu es.
– Que se passe-t-il ? »

Tout en allumant les lampes au fur et à mesure qu'elle progressait, Meg entreprit de fouiller la salle à manger et l'alcôve, tapissée de livres. Elle regarda dans les placards et derrière les meubles. Elle gardait dans sa chambre un fusil de chasse, mais elle ne voulait pas aller le chercher avant de s'être assurée qu'il n'y avait personne au rez-de-chaussée.

Depuis la mort de Jim, Meg s'était montrée quelque peu paranoïaque au sujet de la santé et de la sécurité de Tommy. Elle le savait, elle l'admettait volontiers, mais elle ne pouvait pas s'en empêcher. Chaque fois qu'il avait un rhume, elle était certaine que celui-ci allait dégénérer en pneumonie. S'il se coupait, même quand la blessure était minime, elle redoutait une éventuelle hémorragie, comme si la perte d'une cuillerée de sang allait causer la perte de son fils. Le jour où il s'était cassé la jambe en tombant d'un arbre, elle avait failli s'évanouir à la vue de son tibia brisé. Si elle perdait Tommy, qu'elle aimait de tout son cœur, elle perdait non seulement son fils, mais aussi la dernière partie de Jim qui fût encore vivante. Plus que sa propre mort, Meg Lassiter avait appris à redouter la mort de ceux qu'elle aimait.

Elle avait eu peur que Tommy n'eût une maladie ou un accident – mais, bien qu'elle ait acheté un fusil pour se défendre, elle n'avait pas envisagé que son garçon puisse être victime d'une malveillance. *Une malveillance.* Le terme était tellement mélodramatique et ridicule. Après tout, ils vivaient dans un coin de campagne où la violence qui faisait partie de la vie des New-Yorkais n'avait pas cours.

Mais quelque chose avait perturbé le labrador, d'ordinaire beaucoup plus bruyant – la race était réputée pour son caractère joueur et courageux. Mais si personne n'était entré dans la maison, de quoi Doofus avait-il peur ?

Elle avança de quelques pas dans le couloir et leva les yeux vers l'escalier qui menait au premier. Actionnant l'interrupteur, elle alluma la lumière à l'étage.

Son courage était en train de fondre. Elle s'était précipitée dans les pièces du rez-de-chaussée poussée par le désir de protéger Tommy, et sans aucune considération pour sa propre sécurité. Elle commençait à présent à se demander comment elle réagirait si elle rencontrait vraiment un intrus dans l'une des chambres.

Pas le moindre bruit ne filtrait du deuxième étage. Elle n'entendait que le souffle entêtant du vent, au-dehors. Pourtant, elle pressentait qu'il ne fallait pas s'aventurer là-haut.

Le plus sage était peut-être de reprendre la Jeep, avec Tommy, et de se rendre chez leurs plus proches voisins, qui vivaient à quelques centaines de mètres plus loin. Là, elle pourrait téléphoner au shérif et lui demander d'envoyer ses hommes pour fouiller la maison de la cave au grenier.

Mais, d'un autre côté, avec le blizzard de plus en plus violent, il était plutôt imprudent de rouler par un temps pareil, même avec une Jeep équipée de quatre roues motrices.

S'il y avait effectivement eu quelqu'un là-haut, Doofus aurait aboyé furieusement, cela ne faisait pas l'ombre d'un doute. Le chien était un peu pataud, mais ce n'était certainement pas un froussard.

Son comportement n'était peut-être pas dû à la peur. Elle avait peut-être mal interprété l'attitude de Doofus. Il se pouvait que sa queue immobile, sa tête baissée et ses tremblements fussent le signe qu'il était malade.

« Arrête de faire ta mauviette », se dit-elle, en colère, avant de s'élancer à l'assaut des marches.

Le couloir du deuxième étage était désert.

Meg se rendit alors dans sa chambre pour y prendre le Mossberg .12 à canon court qu'elle cachait sous le lit. C'était une arme idéale : compacte, mais assez puissante pour décourager n'importe quel agresseur. Nul besoin d'être un tireur d'élite pour s'en servir : son champ d'action était tel qu'il suffisait de pointer l'arme en direction de la cible pour être certain de faire mouche. De plus, avec des cartouches légèrement chargées en plomb, elle pouvait dissuader un agresseur sans pour autant le détruire. Elle n'avait pas envie de tuer qui que ce fût.

En fait, Meg, qui haïssait les armes à feu, n'aurait sans doute jamais fait l'acquisition du Mossberg si elle n'avait pas été soucieuse de la sécurité de Tommy.

Elle inspecta la chambre de son fils. Personne.

Les deux autres chambres à l'arrière de la maison avaient été reliées entre elles par une large ouverture, afin d'y installer son atelier. Sa table à dessin, ses chevalets et les meubles en émail blanc où elle rangeait ses fournitures étaient exactement comme elle les avait laissés.

Personne non plus dans les deux salles de bains.

Le bureau de Jim, qu'elle inspecta en dernier, était lui aussi désert. De toute évidence, elle s'était trompée sur le comportement du labrador, et elle se sentit un peu idiote d'avoir dramatisé la situation.

Baissant le Mossberg, elle se tint au milieu du bureau de Jim, et se calma peu à peu. Après la mort de son mari, Meg n'avait rien changé à la pièce, afin de continuer à utiliser l'ordinateur de Jim pour le courrier et les comptes de la maison. En fait, elle avait également des raisons sentimentales de ne pas vouloir toucher aux affaires de Jim. La pièce l'aidait à se souvenir combien

Jim avait été heureux de mettre en route un nouveau roman. Il avait eu un charme juvénile qui n'apparaissait jamais autant que lorsqu'une histoire l'excitait et qu'il commençait à développer une idée jusque-là embryonnaire. Depuis l'enterrement, il lui était parfois arrivé de venir s'asseoir dans cette pièce et de penser à lui.

Souvent, elle se sentait prisonnière de la mort de Jim, comme si une porte s'était refermée sur elle quand il était sorti de sa vie, l'emprisonnant dans une pièce minuscule qu'elle ne pouvait plus quitter : elle ne disposait d'aucune clé pour se libérer, et il n'y avait pas la moindre fenêtre par laquelle elle aurait pu s'échapper.

Comment pouvait-elle construire une nouvelle vie et trouver le bonheur, après avoir perdu l'homme qu'elle avait aimé aussi passionnément ? Ce qu'elle avait connu avec Jim approchait de la perfection. Quelle relation future pourrait l'égaler ?

Elle soupira, éteignit la lumière et referma la porte derrière elle. Puis elle rapporta le fusil dans sa chambre.

Dans le couloir, comme elle approchait de l'escalier, elle eut l'impression très nette que quelqu'un était en train de l'observer. La sensation troublante de se sentir espionnée était si forte qu'elle se retourna.

Le couloir était vide.

Ayant inspecté toutes les pièces de la maison, elle était certaine que Tommy et elle étaient les seules personnes présentes.

Tu es sur les nerfs à cause de ce malade que tu as croisé sur Black Oak Road, qui conduisait comme s'il avait la garantie d'être immortel.

Lorsqu'elle revint dans la cuisine, elle trouva Tommy, assis sur la chaise où elle l'avait laissé.

« Qu'est-ce qui se passe ? lui demanda-t-il, visiblement soucieux.

– Rien, chéri. Vu la façon dont Doofus se comportait, j'ai pensé qu'un cambrioleur s'était peut-être introduit dans la maison, mais je n'ai trouvé personne.

– C'est peut-être notre bon vieux Doofus qui a cassé quelque chose.

– Non, ce n'est pas ça non plus, dit-elle. En tout cas, je n'ai rien remarqué. »

Le labrador avait retrouvé sa superbe et redressé la tête. Il ne tremblait plus. Assis à côté de la chaise où se tenait Tommy quand Meg était entrée dans la cuisine, il se leva, trotta vers elle, content, et se frotta contre la main qu'elle lui tendait. Puis il se dirigea vers la porte et entreprit de gratter le bas du battant, d'une patte, ce qui était sa façon de signaler qu'il fallait le laisser sortir, afin qu'il puisse se soulager.

« Je vais rentrer la Jeep, dit Meg. Enlève ton manteau et tes gants, mais ne t'amuse pas à te lever avant que je sois revenue avec tes béquilles. »

Elle remit ses bottes et sortit, suivie de près par le chien. Dehors, la tempête avait redoublé de férocité. Les flocons étaient maintenant plus petits, mais plus durs, comme des grains de sable et produisaient, en frappant le toit du porche, des millions de tintements minuscules.

Indifférent à la tempête, Doofus se rua dans la cour.

Meg gara la Jeep dans la grange, qui faisait office de garage. Lorsqu'elle sortit de la voiture, elle jeta un coup d'œil aux chevrons, qu'on devinait à peine dans l'obscurité : ils craquaient à chacune des bourrasques qui secouaient le toit. L'intérieur de la grange sentait l'essence et l'huile de vidange, mais le doux parfum du foin et des bêtes ne s'était pas encore complètement dissipé, malgré le nombre d'années écoulées.

Comme elle prenait les béquilles de Tommy dans la Jeep, elle ressentit à nouveau sur sa nuque la même impression désagréable – l'impression qu'on surveillait ses gestes. Du regard, elle passa en revue la grange sombre, que seule éclairait la faible veilleuse dans l'habitacle de la Jeep. Quelqu'un était peut-être tapi derrière l'une des cloisons en bois qui séparaient le fond de la grange en autant de compartiments autrefois destinés aux chevaux. Quelqu'un était peut-être caché dans le grenier au-dessus. Mais elle ne vit rien qui fût susceptible de justifier ses soupçons.

« Meg, tu lis trop d'histoires de détective », lança-t-elle, cherchant un peu de réconfort dans le son de sa propre voix.

Les béquilles de Tommy sous le bras, elle sortit de la grange, appuya sur le bouton qui commandait la fermeture automatique du portail, et suivit du regard le déroulement des lattes métalliques, dont la première heurta le sol en béton avec un *clonk!* sonore.

Arrivée à mi-chemin entre la grange et la maison, Meg s'immobilisa, soudain frappée par la beauté du paysage d'hiver qui s'étendait sous ses yeux. La scène était illuminée par l'éclat spectral de la neige qui recouvrait tout, une luminosité semblable à celle de la lune, mais plus éthérée et, malgré la férocité de la tempête, plus sereine. À la limite de la cour, au nord, se tenaient cinq érables, dont les branches nues se détachaient en noir sur la nuit ; les flocons poussés par le vent avaient déjà commencé à en blanchir l'écorce.

Lorsque le jour reviendrait, Tommy et elle seraient bloqués par les congères. Une ou deux fois par hiver, la route se retrouvait ainsi fermée à la circulation pendant deux ou trois jours. Le fait d'être coupé de la civilisation pour une courte période n'était pas particulièrement désagréable, et possédait même un certain charme.

Bien qu'étrangement belle, la nuit ne manquait pourtant pas de rudesse. Les minuscules flocons piquaient durement le visage de Meg.

Lorsqu'elle appela Doofus, il apparut près de la maison, à peine visible dans la pénombre, et ressemblant plus à un fantôme qu'à un chien. Il donnait l'impression de *glisser* au-dessus du sol, comme s'il n'appartenait plus à l'espèce canine, mais au monde des revenants. Haletant, il agitait la queue à toute vitesse, ignorant la tempête, revigoré par le froid.

Meg ouvrit la porte de la cuisine. Tommy était toujours à la même place. Derrière elle, Doofus s'était immobilisé sur la dernière marche du porche.

« Viens, mon chien, il fait froid, dehors. »

Le labrador gémit, comme s'il avait peur d'entrer à l'intérieur.

« Viens, c'est l'heure de dîner. »

À contrecœur, il traversa le porche. Arrivé au seuil de la porte, il avança la tête, soupçonneux, étudiant la cuisine dans ses moindres détails. Il huma l'air chaud – et tout son corps frissonna.

Gentiment, du bout de sa hotte, Meg donna un léger coup de pied sur l'arrière-train du chien.

Il lui lança un regard plein de reproches, sans se décider à bouger.

« Viens, mon garçon. Tu ne vas quand même pas nous laisser ici sans protection ? » s'écria Tommy, toujours assis près de la table.

Comme s'il avait compris qu'il risquait sa réputation, le chien franchit lentement le seuil en rampant.

Meg entra à son tour et referma la porte à clé.

Prenant sur une patère la serviette du chien, elle dit : « Ne t'avise pas de te secouer avant que j'aie fini de te sécher, Doofus. »

Comme Meg se penchait vers lui, le chien fit vigoureusement le contraire de ce qu'on venait de lui dire, projetant de la neige fondue sur le visage de la jeune femme et sur les placards à proximité.

Tommy éclata de rire, et le chien le regarda, intrigué, ce qui augmenta encore l'hilarité du jeune garçon. Meg se joignit à lui, et Doofus fut à son tour gagné par la gaieté des deux autres. Osant enfin agiter la queue, il se redressa et s'approcha de Tommy.

Quand Meg et Tommy étaient rentrés à la maison, peut-être avaient-ils été tendus nerveusement, et effrayés par l'accident qu'ils avaient évité de justesse dans le dangereux virage de Black Oak Road, et ils avaient peut-être transmis leur peur à Doofus, tout comme ils lui communiquaient à présent leur joie. Les chiens étaient sensibles aux humeurs des humains. Meg, en tout cas, ne voyait pas comment expliquer autrement le comportement de Doofus.

4

Les carreaux étaient couverts de givre, et, dehors, le vent hurlait comme s'il avait juré de réduire la planète à la taille d'un astéroïde, puis à celle d'un grain de poussière. Par contraste, la maison avait l'air encore plus douillette.

Assis à la table de la cuisine, Meg et Tommy mangèrent des spaghettis.

Doofus ne se comportait plus aussi étrangement qu'auparavant, mais il n'était pas vraiment lui-même. Il recherchait, plus que d'habitude, la compagnie, au point de refuser de manger tout seul. Surprise et amusée, Meg le regarda pousser de la truffe son plat de pâtée jusqu'à la chaise où était assis Tommy.

« Son prochain truc, dit Tommy, ce sera de vouloir prendre son repas à table avec nous.

– Avant d'en arriver là, répliqua Meg, il lui faudra apprendre à tenir correctement sa fourchette. J'ai horreur de le voir tenir sa fourchette à l'envers.

– On n'a qu'à l'envoyer dans une école spécialisée pour qu'il prenne des cours de maintien, reprit Tommy, qui était en train d'enrouler ses spaghettis sur sa propre fourchette. Peut-être qu'il pourra même apprendre à marcher sur ses pattes arrière, comme une vraie personne.

– Et une fois qu'il saura se tenir debout, il voudra apprendre à danser.

– Il aura fière allure, sur la piste de danse. »

Ils échangèrent un sourire. Meg adorait la complicité qui les liait lorsqu'ils se mettaient à raconter des bêtises. Au cours des deux dernières années, Tommy n'avait que trop rarement été d'humeur à plaisanter.

Couché près de son plat, Doofus mangeait sa pâtée, mais sans la dévorer, comme il le faisait à l'accoutumée. Il grignotait distraitement, s'interrompant fréquemment pour lever la tête et tendre ses grandes oreilles, soudain attentif au vent qui gémissait derrière les fenêtres.

Un peu plus tard, tandis que Meg était en train de laver la vaisselle et que Tommy, assis à la table de la cuisine, était plongé dans la lecture d'un roman d'aventures, Doofus se mit tout à coup à grogner, et se redressa d'un bond. Campé sur ses quatre pattes, il fixait le placard qui se trouvait de l'autre côté de la pièce, entre le réfrigérateur et la porte de la cave.

Comme elle s'apprêtait à calmer le chien, Meg entendit alors ce qui l'avait alarmé : un frottement à l'intérieur du placard.

« Des souris ? » dit Tommy, qui avait horreur des rats.

– Ça fait trop de bruit pour être de simples souris. »

Ils avaient déjà eu des rats dans la maison. Ils vivaient dans une ferme qui avait autrefois été un lieu de prédilection pour les rongeurs, à cause de la nourriture destinée au bétail qui était entreposée dans la grange. Bien que cette dernière n'abritât plus que la Jeep et que les rats fussent partis faire leurs ravages ailleurs, ils revenaient quand même une fois par hiver, comme si l'ancien statut de la ferme, jadis un paradis pour eux, restait inscrit dans la mémoire collective de chaque nouvelle génération.

De l'intérieur du placard fermé provenait le grattement frénétique des griffes sur le bois, suivi d'un choc sourd signalant que quelque chose venait d'être renversé, puis le bruit caractéristique, sur lequel il était impossible de se méprendre, que produit le corps épais et sinueux d'un rat se déplaçant sur l'une des étagères, et poussant les boîtes de conserve empilées.

« *Vraiment gros*, dit Tommy, les yeux écarquillés.

Au lieu d'aboyer, Doofus gémit et alla se réfugier à l'autre bout de la cuisine, aussi loin que possible du placard où le rat avait élu domicile. En d'autres occasions, il s'était pourtant montré un ardent chasseur de rats, bien que n'étant par particulièrement doué pour les attraper.

Tout en essuyant les mains sur un torchon, Meg réfléchissait sur le changement d'humeur du chien. Elle s'approcha du placard. Il était équipé de trois rangées de deux portes, qui couvraient toute la hauteur du meuble, et elle plaqua son oreille sur l'un des battants du milieu. Elle écouta. Rien.

« Il est parti, annonça-t-elle, après un long silence.

– Tu ne vas quand même pas ouvrir ce truc, j'espère ? s'écria Tommy en la voyant poser la main sur la poignée.

« Bien sûr que si. Il faut que je repère l'endroit par où il passe, et que je vérifie s'il n'a pas déjà fait un trou à l'arrière du placard.

– Mais si le rat est toujours à l'intérieur ? demanda le jeune garçon.

– Il n'est plus là, chéri. Et puis, tu sais, c'est sale et répugnant, mais ce n'est pas dangereux. Il n'y a rien de plus peureux qu'un rat. »

Du poing, elle frappa la porte du placard à plusieurs reprises, afin de s'assurer que la sale bête, effrayée, avait bien pris la poudre d'escampette. Elle ouvrit la porte, s'assura que tout était en ordre, se mit à quatre pattes et ouvrit les portes du bas. Quelques boîtes de conserve étaient renversées, et le contenu d'un paquet de biscuits tout neuf était éparpillé sur le sol.

Doofus gémit de plus belle.

Enfonçant le bras à l'intérieur du placard, elle poussa les boîtes de conserve, empila quelques paquets de macaronis sur le sol à côté d'elle, et tenta d'examiner le fond du meuble. Celui-ci était juste assez éclairé pour lui permettre d'apercevoir les contours irréguliers d'un gros trou dans le contreplaqué, que le rat avait attaqué par-derrière. Un courant d'air glacé effleura le visage de Meg.

Elle se redressa, frottant ses mains l'une contre l'autre.

« Eh bien, d'après ce que je vois, ce n'est pas du tout Mickey Mouse qui nous rend une petite visite. Nous avons affaire à un bon vieux gros rat. Il vaut mieux que j'aille chercher les pièges tout de suite. »

Comme elle faisait mine de se diriger vers la cave, Tommy s'écria : « Tu ne vas me laisser ici, tout seul ?

– Le temps de prendre les pièges, chéri.

– Mais... Et si le rat s'amène pendant que tu es à la cave ?

– Il ne viendra pas. Les rats préfèrent rester dans l'obscurité. »

Le garçon, honteux d'avoir peur, avait rougi.

« C'est que... avec ma jambe dans le plâtre... S'il me saute dessus, je ne pourrai même pas m'enfuir. »

Compatissante, mais désireuse de ne pas le conforter dans sa crainte irrationnelle, elle le rassura tant bien que mal : « Ne t'inquiète pas, moussaillon, il ne va pas te sauter dessus. Il a plus peur de nous que l'inverse. »

Elle alluma la lumière de la cave et descendit l'escalier, laissant Tommy en compagnie de Doofus. La cave sombre était éclairée par deux ampoules couvertes de poussière. Sur l'un des rayonnages, elle trouva six gros pièges, de vrais briseurs de rats en acier, pas de ces attrape-souris trop légers pour être efficaces – ainsi qu'une boîte de granulés empoisonnés – qu'elle rapporta dans la cuisine, sans avoir aperçu ni entendu leur détestable pensionnaire.

Lorsqu'elle réapparut, Tommy poussa un soupir de soulagement. « Ils sont bizarres, ces rats.

– Il n'y en a probablement qu'un seul », dit-elle en posant les pièges sur le comptoir, près de l'évier. « Que veux-tu dire par *bizarre* ?

– Ils viennent de faire peur à Doofus, exactement comme quand nous sommes rentrés à la maison, tout à l'heure. C'était donc sûrement à cause des rats. Doofus n'est pas facilement effrayé, et je me demande pourquoi ces rats le rendent si nerveux...

– Il n'est pas question de plusieurs rats, rectifia Meg. Il s'agit probablement d'un seul rat. Et je ne sais vraiment pas pourquoi le chien a réagi comme ça. Je crois qu'il fait l'imbécile. Tu te souviens comme il avait peur de l'aspirateur ?

– C'était un tout petit chiot, à l'époque.

– Pas du tout. Il en a eu peur jusqu'à l'âge de trois ans », précisa-t-elle, tout en sortant du réfrigérateur un paquet de viande séchée, avec laquelle elle avait l'intention de garnir les pièges.

Assis à côté de la chaise de son jeune maître, le chien posa le regard sur Meg et se mit à gémir sourdement.

En fait, le comportement du labrador la mettait mal à l'aise autant que Tommy, mais l'avouer n'aurait fait que l'inquiéter davantage.

Après avoir rempli de mort-aux-rats deux soucoupes, elle en plaça une sous l'évier, et l'autre, dans le placard, à côté des biscuits. Elle laissa ces derniers dans l'état où elle les avait trouvés, dans l'espoir que le rat reviendrait les finir et avalerait les granulés empoisonnés par la même occasion.

Elle appâta quatre pièges avec des morceaux de bœuf séché, et déposa le premier au-dessous de l'évier. Le deuxième atterrit dans le placard où se trouvaient déjà les biscuits à moitié dévorés et le poison, mais sur l'étagère au-dessus. Elle mit le troisième par terre, dans le cellier, et le quatrième, à la cave.

De retour dans la cuisine, elle dit : « Laisse-moi finir la vaisselle, puis nous passerons au salon. On a des chances de le coincer ce soir, au plus tard demain matin. »

Dix minutes plus tard, quittant la cuisine, Meg éteignit la lumière. Elle espérait ainsi que l'obscurité pousserait le rat à quitter sa cachette pour tomber dans l'un des pièges qu'elle lui avait tendus, avant qu'ils n'aillent se coucher. Tommy et elle dormiraient mieux s'ils avaient la certitude que l'horrible bestiole était morte.

Tandis que Meg allumait un feu dans la cheminée, Doofus vint s'installer devant l'âtre. Tommy prit place dans un fauteuil, posa ses béquilles à proximité, allongea sa jambe plâtrée sur un tabouret et ouvrit son roman. Meg programma ensuite le lecteur de CD, puis elle rejoignit son propre fauteuil, où l'attendait le dernier livre de Mary Higgins Clark.

Le vent soufflait fort, mais le salon était confortablement douillet. Une demi-heure s'écoula. Meg était absorbée par sa lecture quand, entre deux chansons, elle entendit un claquement retentir dans la cuisine.

Doofus leva la tête.

Les yeux de Tommy croisèrent ceux de sa mère.

Puis il y eut un second *clac!*

« Et de deux! s'exclama le jeune garçon. On en attrapé deux à la fois! »

Posant son livre, Meg s'arma d'un pique-feu en fonte qu'elle prit à côté de la cheminée, au cas où il lui faudrait achever les proies. C'était la partie de la chasse aux rats qu'elle *haïssait.*

Elle se rendit à la cuisine, alluma, et se dirigea aussitôt vers l'évier. La soucoupe qu'elle avait placée au-dessous avait été presque complètement vidée. Le morceau de bœuf séché avait lui aussi disparu : la tige en acier s'était effectivement détendue, mais aucun rat n'avait été piégé.

Pourtant, le piège n'était pas vide. Il y avait, coincé au-dessous de la tige en métal, un bout de bois d'une quinzaine de centimètres de long, dont on aurait pu croire qu'il avait été placé là intentionnellement, de façon à pouvoir retirer le morceau de viande en toute sécurité.

Non. L'idée était parfaitement ridicule.

Meg se saisit du piège et l'examina de plus près. Le bout de bois était teinté d'un côté, et pas de l'autre : c'était un morceau de contreplaqué. Pareil à celui qui garnissait le fond de tous les placards de la cuisine, et que le rat avait rongé pour accéder au paquet de biscuits.

Un frisson la parcourut, mais elle hésitait encore à envisager la terrifiante éventualité qui venait de semer le doute dans son esprit.

Dans le placard situé près du réfrigérateur, les granulés mortels avaient disparu de la soucoupe. Le deuxième piège avait lui aussi fonctionné. Cette fois encore, à l'aide d'un autre morceau de contreplaqué, on avait volé l'appât.

Quel rat était assez malin pour...

Elle se releva et ouvrit les deux portes situées à mi-hauteur du placard. Les boîtes de conserve, les paquets de gelée, de raisins secs et de céréales paraissaient intacts.

Puis elle remarqua un grain marron, de la taille d'un petit pois, posé sur l'étagère, devant une boîte entamée de All-Bran : un granulé de mort-aux-rats. Mais elle n'avait pourtant rien mis sur l'étagère où se trouvaient les céréales ; tous les granulés avaient été disposés dans deux soucoupes seulement. Il fallait dont qu'un rat l'ait transporté lui-même sur l'étagère au-dessus.

Si le granulé n'avait pas attiré son attention, elle aurait pu ne pas remarquer les marques de griffes et les minuscules perforations sur la boîte de All-Bran. Elle fixa l'emballage pendant un long moment, avant de se décider à l'emporter au-dessus de l'évier.

Après avoir déposé le pique-feu sur le comptoir, elle ouvrit la boîte, les mains tremblantes. Elle versa un peu de céréales dans l'évier. Mélangés aux paillettes de son, elle aperçut des granulés. Elle vida alors la totalité du contenu de la boîte dans l'évier. Toute la mort-aux-rats qu'elle avait elle-même mise dans les soucoupes avait été transférée dans la boîte de All-Bran.

Le cœur de Meg battait la chamade, et elle sentit dans ses tempes les pulsations de son pouls.

Mais que se passait-il dans cette maison ?

Derrière elle, un piaillement se fit entendre. Un bruit étrange, colérique.

Faisant volte-face, elle le vit. Un rat blanc hideux.

Debout sur ses pattes arrière, il se tenait sur l'étagère où elle avait trouvé le paquet de All-Bran déchiqueté. Il y avait un espace de quarante centimètres entre les deux étagères, et le rat n'était pas complètement dressé sur ses pattes : il mesurait pas loin d'un demi-mètre, soit quinze centimètres de plus que la normale, sans compter sa queue. Mais ce ne fut pas à cause de sa taille que le sang de Meg se glaça dans ses veines : le plus horrible, c'était sa tête, deux fois plus grosse que celle d'un rat ordinaire, de la taille d'une balle de base-ball, disproportionnée par rapport au reste de son corps – et difforme, comme démesurément enflée au sommet du crâne, avec les yeux et le museau ramassés dans la partie inférieure.

Tout en la fixant, le rat agita ses pattes avant, comme pour la menacer de ses griffes. Montrant les dents, il se mit à souffler – comme un chat en colère – et à pousser son cri perçant. Ses couinements et son attitude générale témoignaient d'une telle hostilité qu'elle se hâta de reprendre le pique-feu.

Bien que les yeux ronds du rat aient été rouges comme ceux de n'importe lequel de ses congénères, ils brillaient d'un éclat différent, que Meg ne parvint pas à identifier immédiatement. L'impertinence avec laquelle il la toisait était des plus intimidantes. Elle regarda l'énorme crâne de l'animal – plus la boîte crânienne est grosse, plus le cerveau l'est aussi – et comprit soudain que les petits yeux écarlates exprimaient une intelligence incroyablement développée, et qui n'avait rien d'animal.

Comme pour la défier, il se remit à couiner.

Les rats n'étaient pas blancs.

Mais les souris de *laboratoires*, oui.

Elle sut alors ce que les types de Biolomech étaient en train de chercher partout lorsqu'ils les avaient arrêtés au barrage. Elle ne savait pas *pourquoi* les chercheurs de Biolomech avaient voulu créer un tel monstre et, bien qu'elle fût une femme dotée de connaissances minimes en matière de manipulations génétiques, elle ne savait pas non plus *comment* ils avaient procédé, mais elle savait sans l'ombre d'un doute qu'*ils l'avaient créé*, cette créature ne pouvant provenir de nulle part sur cette planète.

Vraisemblablement, le rat ne s'était pas accroché au châssis de la Jeep pour venir jusqu'ici. Même quand les types de la sécurité de Biolomech étaient en train de s'activer pour le trouver, ce rat s'était déjà dégoté un abri contre le froid et la tempête, en décidant de s'établir chez eux.

Sur l'étagère où il se tenait, et sur les trois qui se trouvaient au-dessus, d'autres rats se mirent à pousser les boîtes de conserve, les paquets et les bouteilles qui y étaient entreposés. Ils étaient tous hideusement gros, et de la couleur de celui qui continuait à la provoquer, debout près des céréales.

Derrière elle, des griffes cliquetèrent sur le sol.

– D'autres rats.

Meg n'essaya même pas de regarder : elle ne nourrissait aucune illusion sur ses capacités à les chasser à grands coups de tisonnier. Elle leur jeta son arme désormais inutile, et courut chercher le fusil qu'elle avait laissé dans sa chambre.

5

Ben Parnell et le docteur Acuff s'accroupirent devant la cage installée dans un coin de la pièce. C'était un cube de près de deux mètres de côté, pourvu d'un fond métallique sur lequel était disposée une épaisse couche de foin jauni. Les réservoirs d'eau et de nourriture pouvaient être remplis de l'extérieur, tout en fonctionnant également de l'intérieur, afin que les occupants de la cage puissent à leur gré se nourrir. Un tiers de l'espace était occupé par des échelles en bois et des barres miniatures destinées aux exercices et autres jeux.

La porte de la cage était ouverte.

« Tu vois ? dit Acuff. La porte se ferme automatiquement dès qu'on pousse le battant. Impossible de laisser la cage ouverte accidentellement. Et une fois qu'elle est fermée, on ne peut l'ouvrir qu'avec une clé. Nous pensions que c'était suffisant. Je veux dire que nous n'avions jamais songé qu'ils seraient assez malins pour forcer la serrure !

– Mais c'est impossible. Comment auraient-ils pu faire une chose pareille, sans mains ?

– As-tu déjà examiné de près leurs pattes ? Les pattes arrière d'un rat ne sont pas aussi habiles que les mains d'un homme, mais elles sont équipées d'articulations qui leur permettent la préhension d'objets. Cela vaut pour la plupart des rongeurs, d'ailleurs. Les écureuils, par exemple : ils arrivent parfaitement à tenir entre leurs pattes avant de petits morceaux de fruit.

– D'accord, mais sans un pouce à opposer aux autres doigts...

– Oui, naturellement, répliqua Acuff, ils n'ont pas une grande dextérité, contrairement à nous, mais ces rats ne sont pas des rats ordinaires. Souviens-toi, ces créatures ont subi des manipulations génétiques. Exception faite de la forme et de la taille de leur crâne, ils ne sont pas physiquement très différents des autres rats, mais ils sont plus *malins*. Beaucoup plus malins. »

Acuff s'ocupait d'expériences concernant les possibilités d'amélioration de l'intelligence animale, afin de découvrir si le capital génétique des espèces inférieures, comme les rats, pouvait être modifié, dans le but de produire de nouvelles générations d'animaux dotés d'une puissance intellectuelle accrue. Grâce à ces expériences sur des animaux de laboratoires, les chercheurs espéraient découvrir de nouvelles façons d'augmenter les capacités du cerveau humain. Le projet sur lequel travaillait Accuf s'appelait Myrtille, en hommage au courage et à l'intelligence du rat du même nom dans le roman de Richard Adams, *Watership Down*.

Sur les conseils d'Acuff, Ben avait lu le livre d'Adams, et l'avait même beaucoup aimé, sans pour autant se décider à approuver ou à désapprouver le projet Myrtille.

« De toute façon, poursuivit Acuff, le fait qu'ils aient forcé la serrure reste encore à voir. Ils ne l'ont peut-être pas fait. Parce qu'il y a *ceci* à prendre en considération. » Acuff montra du doigt la gâche dans laquelle le pêne en cuivre aurait dû prendre place. Celle-ci était remplie de petits grains bruns. « Ce sont des granulés alimentaires. Ils les ont mastiqués, puis ils ont colmaté la gâche à l'aide de la pâte obtenue, de façon que la serrure ne puisse plus se fermer automatiquement.

– Mais il fallait pour ça que la porte soit ouverte.

– Ils ont dû profiter d'une séance de labyrinthe.

– De quoi ?

– Eh bien, il s'agit d'un labyrinthe transformable, grand comme la moitié de la pièce où nous nous trouvons, que nous reconfigurons constamment. Il est constitué de tubes transparents en plastique comprenant de nombreux obstacles. Nous le fixons sur l'avant de la cage, puis nous ouvrons la porte, afin que les rats passent directement de la cage au labyrinthe. Il y a eu une séance hier, et la cage est restée ouverte pendant un long moment. Si certains rats se sont arrêtés à la porte avant d'entrer dans le labyrinthe, s'ils ont reniflé la gâche pendant quelques secondes, il est tout à fait possible que nous n'ayons rien remarqué. Nous étions plus intéressés par ce qu'ils faisaient *après* être entrés dans le labyrinthe. »

Ben se releva. « J'ai déjà vu comment ils s'y sont pris pour sortir de la pièce. Et toi ?

– Bien sûr. »

Ils se dirigèrent vers le fond de la pièce. Presque au ras du sol, on avait essayé de crocheter l'arrivée de la canalisation desservant le système de ventilation du bâtiment. La grille avait été fixée par de simples agrafes, et on l'avait arrachée, dégageant ainsi l'ouverture qui se trouvait derrière.

« Tu as regardé dans la chambre d'échange ? »

À cause de la nature des travaux qui s'accomplissaient dans le labo, l'air était décontaminé avant d'être rejeté à l'extérieur. L'air sous pression était envoyé à travers de multiples bains chimiques dans les cinq niveaux de la chambre d'échange, qui était de la taille d'une camionnette.

« Ils n'ont pas pu sortir vivants de la chambre d'échange, affirma Acuff, d'un ton plein d'espoir. Il y a peut-être huit rats morts dans ces bains chimiques, à présent. »

Ben secoua la tête. « Non, nous avons déjà vérifié. Et nous n'avons pas trouvé d'autres grilles de ventilation endommagées, par lesquelles ils auraient pu quitter les conduits.

– Tu ne crois pas qu'ils soient encore à l'intérieur du système ?

– Non, ils ont dû sortir quelque part, peut-être dans une cloison.

– Mais comment ? Tous les tuyaux sont en PVC, le réseau est sous pression, et les joints sont hermétiquement soudés. »

Ben hocha la tête. « Nous pensons qu'ils ont dû ronger le plastique et réussir à écarter deux tuyaux, suffisamment pour se faufiler à l'extérieur du système de ventilation. On a trouvé des excréments dans le faux plafond... et on a également repéré un endroit où ils se sont frayé un passage à travers la charpente et le toit. Une fois dehors, ils ont pu facilement quitter le bâtiment en passant par les gouttières et les chéneaux. »

Le visage de John Acuff était exsangue. « Écoute, Ben, il faut que nous les retrouvions cette nuit, c'est impératif. *Cette nuit*.

– On va essayer.

– Essayer ne suffit pas. Il *faut* que nous les retrouvions. Ben, il y a trois mâles et cinq femelles dans ce groupe. Et ils sont fertiles. Si nous ne les ramenons pas, s'ils se reproduisent en pleine nature... ils finiront par réduire à néant les rats ordinaires, et nous serons confrontés à un danger que nous ne connaissons absolument pas. Réfléchis : des rats *malins* qui savent éviter les pièges qu'on leur tend, capables d'identifier le poison virtuellement indestructible. Les rats dévorent déjà une grosse partie des réserves alimentaires de la planète, dix à quinze pour cent dans des pays industrialisés comme le nôtre, et jusqu'à cinquante pour cent dans le tiers-monde. Ben, c'est l'œuvre de rats ordinaires. Que vont faire ces rats-là ? Il est tout à fait concevable que voir revenir la famine, même aux États-Unis – et dans les pays moins développés, les conséquences possibles dépassent l'imagination.

– Tu exagères, dit Ben, fronçant les sourcils.

– Pas du tout ! Les rats sont des parasites. Ils ont l'esprit de compétition, et ceux-là vont se battre plus agressivement et plus vigoureusement que n'importe quels autres ! »

On aurait dit qu'il faisait aussi froid dans le laboratoire qu'à l'extérieur, où la tempête faisait rage.

« Ce n'est pas parce qu'ils sont un peu plus malins que les autres rats qu'ils...

– Beaucoup plus malins. Mille fois plus malins.

– Mais quand même pas plus malins que nous, bon Dieu !

– Peut-être à moitié moins que la moyenne des hommes », lâcha Acuff.

Ben cligna des yeux, surpris.

« Et peut-être même plus que ça », reprit Acuff. La peur se lisait sur ses traits marqués et dans ses yeux. « Il suffit de combiner ce degré d'intelligence et leur ruse naturelle, jointe à l'avantage que représente leur taille...

– L'avantage de la taille ? Mais nous sommes beaucoup plus grands... »

Acuff secoua la tête. « Leur petite taille peut se révéler une supériorité. Parce qu'ils sont plus petits, ils sont aussi plus rapides que nous. Et ils peuvent disparaître par un trou minuscule dans un mur, ou se faufiler dans un tuyau d'évacuation. Ils sont plus grands qu'un rat moyen, d'une quinzaine de centimètres à peu près, mais ils peuvent se déplacer dans l'obscurité sans qu'on les voie, grâce à leur taille relativement petite. D'ailleurs, la taille n'est pas leur seul avantage : *ils voient aussi bien la nuit que le jour.*

– Doc, tu commences à me faire peur.

– Tu ferais mieux d'être complètement paniqué, parce que ces rats que nous avons faits, cette espèce nouvelle que nous avons conçue, eh bien, elle est hostile à l'homme. »

Ben venait enfin de décider ce qu'il pensait du projet Myrtille. Il n'y était pas favorable du tout. Sans savoir s'il tenait vraiment à connaître la réponse à la question qu'il allait poser, il dit : « Qu'est-ce que tu veux dire par là, exactement ? »

Acuff tourna les talons et se dirigea vers le centre de la pièce. Posant les deux mains sur la paillasse en marbre blanc, il pencha la tête et ferma les paupières. « Nous ne savons pas pourquoi ils sont hostiles, dit-il. Ils le sont, c'est tout. Est-ce qu'il s'agit d'une particularité de leur patrimoine génétique ? Les avons-nous faits juste assez intelligents pour qu'ils comprennent que nous sommes les maîtres – et en ont-ils conçu du ressentiment ? Quelle qu'en soit la raison, ils sont agressifs, féroces. Plusieurs chercheurs se sont fait sauvagement mordre. Tôt ou tard, ils auraient fini par tuer quelqu'un, si nous n'avions pas pris énormément de précautions. Nous les manipulions avec des gants très épais, à l'épreuve des morsures, nous portions des masques en Plexiglas, des combinaisons spéciales en Kevlar, équipées de grands cols roulés. *Du Kevlar !* C'est ce qui est employé pour la fabrication des gilets pare-balles, bon Dieu, et nous avions besoin d'un matériau aussi résistant parce que ces petits salopards étaient résolus à nous faire du mal... »

Estomaqué, Ben l'interrompit. « Mais pourquoi ne les avez-vous pas détruits ?

– Nous ne pouvions pas nous résoudre à détruire une réussite scientifique », répliqua Acuff.

Ben n'en crut pas ses oreilles. « Une réussite ?

– D'un point de vue scientifique, l'hostilité dont ils faisaient preuve importait peu, dans la mesure où ils étaient également *intelligents*. Ce que nous tentions de créer, c'étaient justement des rats intelligents. Nous y sommes parvenus. En temps voulu, nous aurions déterminé la cause de leur hostilité, et nous aurions résolu ce problème. C'est pour cela que nous les avions mis tous ensemble dans un même enclos – parce que nous pensions que les isoler les uns des autres dans des cages individuelles pouvait être la cause de leur agressivité, qu'ils étaient suffisamment intelligents pour avoir besoin d'un environnement communautaire, et que les rassembler pouvait, comment dire... les adoucir.

– Au lieu de quoi, le fait d'être en groupe a facilité leur évasion. »

Acuff hocha la tête. « Et maintenant, ils sont en liberté dans la nature. »

6

Se hâtant le long du mur, Meg franchit l'arche qui séparait le salon de la salle à manger et vit que Tommy était en train d'essayer d'attraper ses béquilles. Doofus gémissait, visiblement très agité. Tommy appela Meg lorsqu'il la vit, mais elle passa outre. Chaque seconde comptait.

S'élançant dans l'escalier, elle jeta un coup d'œil par-dessus son épaule : aucun rat ne l'avait suivie. Mais le couloir étant éteint, il se pouvait qu'on fût précisément en train de se précipiter vers elle dans la pénombre en longeant la plinthe.

Grimpant les marches deux par deux, elle atteignit le premier étage complètement essoufflée. Arrivée dans sa chambre, elle prit le fusil qu'elle avait planqué sous le lit et introduisit dans la chambre de l'arme la première des cinq cartouches du magasin.

Une vision troublante de rats envahissant le placard lui traversa l'esprit, et elle comprit qu'elle aurait peut-être besoin de davantage de munitions. Elle conservait dans sa garde-robe une boîte de cinquante cartouches ; elle fit glisser le battant... et poussa un cri de surprise quand deux gros rats blancs lui filèrent entre les jambes, trottant sur ses chaussures avant de disparaître dans un trou au pied du mur. Les rats avaient été trop rapides pour qu'elle ait même le temps de leur tirer dessus, en admettant qu'elle ait pensé à faire usage de son arme.

La boîte de cartouches était posée sur le fond de la garde-robe, et les rats l'avaient trouvée. Ils avaient rongé le carton et emporté presque toutes les cartouches, les faisant rouler une par une jusqu'au trou dans le mur.

Il n'en restait que quatre. S'en saisissant, elle les fourra dans les poches de son jeans.

Si les rats avaient réussi à subtiliser toutes les cartouches, auraient-ils ensuite tenté de trouver le moyen d'ôter les cinq dernières cartouches que contenait le magasin du Mossberg, la laissant ainsi sans défense ? Jusqu'à quel point étaient-ils intelligents ?

Tommy l'appela soudain, et Doofus se mit à aboyer furieusement.

Meg se précipita hors de la chambre, et dévala l'escalier si rapidement qu'elle faillit se tordre la cheville.

Le labrador était planté au milieu du hall, les pattes écartées, la tête baissée, les oreilles plaquées contre son crâne. Le regard fixé sur la porte de la cuisine, il avait cessé d'aboyer, se contentant de grogner, l'air menaçant, bien que la peur fît trembler tous ses membres.

Meg trouva Tommy debout dans le salon, soutenu par ses béquilles, et elle laissa échapper un soupir de soulagement en constatant qu'aucun rat n'était en train de se jeter sur son fils.

« Maman, qu'est-ce qui se passe ? Qu'est-ce qui ne va pas ?

– Les rats... Je crois que... Je suis *certaine* qu'ils viennent de Biolomech. C'est pour ça qu'ils avaient barré la route. Ce sont ces rats que les gardes cherchaient partout avec leur lampe électrique, et les miroirs qui leur servaient à inspecter le dessous de la Jeep. » Elle balaya le salon du regard, afin de détecter tous mouvements suspects le long des murs et sous les meubles.

« Comment tu le sais ? lui demanda Tommy.

– Je les ai vus. Et si tu les vois, tu comprendras ce que je veux dire. »

Doofus n'avait pas bougé, mais Meg ne trouvait que peu de réconfort dans le grognement méchant qu'il adressait à la cuisine. Le chien ne ferait pas le poids, face à ces rats. Dès qu'ils seraient prêts à attaquer, ils se débarrasseraient de lui à la première occasion.

Ils *allaient* attaquer. En plus des modifications génétiques qu'ils avaient subies, en plus de leur gros crâne et de leur gros cerveau, ils *ne se comportaient pas* comme les autres rats. Les rats étaient naturellement des charognards, pas des prédateurs, et ils survivaient en restant dans l'ombre, et en vivant clandestinement dans les fondations et dans les égouts ; ils n'auraient jamais osé assaillir un être humain, à moins que celui-ci ne fût incapable de se défendre – un ivrogne en plein coma éthylique, un bébé dans son berceau. Mais l'équipe de Biolomech était constituée d'individus audacieux et méchants, qui étaient des chasseurs tout autant que des nécrophages. Le plan qu'ils avaient élaboré pour lui dérober les cartouches et la désarmer faisait partie de leur stratégie d'attaque.

La voix tremblante de Tommy s'éleva. « Mais s'ils ne sont pas des rats ordinaires, ils sont *quoi* ? »

Elle se souvint du crâne hideusement déformé, des yeux écarlates où luisait une intelligence malveillante, de la blancheur du corps grassouillet et, d'une certaine façon, obscène. « Je te le dirai tout à l'heure, dit-elle. Viens, chéri, on s'en va. »

Ils auraient pu partir par la porte de devant, faire le tour de la maison et foncer à travers la cour jusqu'à la grange où était garée la Jeep, mais c'était un long trajet à accomplir pour un garçon de dix ans avec une jambe dans le plâtre. Meg décida qu'ils passeraient par la cuisine. De plus, leurs manteaux étaient en train de sécher près de la porte donnant sur l'arrière, et les clés de la voiture se trouvaient dans la poche dudit manteau.

Courageusement, Doofus ouvrit la marche jusqu'à la cuisine, bien qu'il eût visiblement préféré être ailleurs.

Tenant à deux mains le Mossberg, prête à tirer, Meg restait tout près de Tommy. Cinq cartouches dans le magasin du fusil, quatre autres dans les poches de son jeans. Cela allait-il suffire ? Combien de rats s'étaient échappés de Biolomech ? Six ? Dix ? Vingt ? Il faudrait qu'elle évite de leur tirer dessus séparément et qu'elle sauve ses munitions pour la première occasion qu'elle aurait de faire des tirs groupés, sur deux ou trois rats à la fois. Oui, mais que ferait-elle, s'ils n'attaquaient pas tous ensemble ? Et s'ils se jetaient sur elle un par un, provenant de directions différentes pour la forcer à pivoter sur elle-même, à droite, puis à gauche, puis encore à droite, vidant le magasin de son arme sur des cibles uniques, jusqu'à ce qu'elle n'ait plus du tout de cartouches ? Il *fallait* qu'elle trouve le moyen de les arrêter avant qu'ils n'aient le temps de les atteindre, Tommy et elle, même s'ils surgissaient l'un après l'autre, parce qu'une fois qu'ils seraient sur elle, ou en train de s'en prendre au petit garçon, le Mossberg ne lui serait plus d'aucune utilité ; à ce stade, Tommy et elle ne pourraient plus qu'essayer de se défendre à mains nues des dents pointues et des griffes acérées. Son fils et elle ne seraient pas de taille à combattre ne serait-ce qu'une demi-douzaine d'énormes rats, intrépides – et malins – et résolus à leur arracher la gorge.

Mais hormis le souffle du vent et le tintement des flocons gelés heurtant les carreaux, la cuisine était plongée dans le silence. Le placard était toujours largement ouvert, comme elle l'avait laissé, mais pas le moindre rat ne se tapissait dans un coin d'étagère.

Toute cette histoire était *dingue* ! Pendant deux longues années, elle s'était rongé les sangs pour élever Tommy sans l'aide de Jim. Elle avait tenu à lui inculquer le sens des valeurs, et de bons principes. Elle s'était fait du souci pour chaque rhume, pour chaque égratignure. Elle s'était angoissée à l'idée d'avoir à gérer d'éventuels problèmes avant même qu'ils ne surviennent, mais elle n'avait jamais envisagé qu'il lui faudrait un jour faire face à quelque chose d'aussi inattendu que ça. Il lui était parfois arrivé de se rassurer en se disant que Tommy et elle vivaient à la campagne, dans un coin où la criminalité était inexistante : s'ils avaient continué à habiter en ville, elle aurait eu bien plus de raisons de s'inquiéter. Mais voilà que la ferme de la Cascade, au bout de Black Oak Road, une petite route de campagne, était à présent devenue aussi dangereuse que n'importe quelle grande ville rongée par le crime.

« Enfile ton manteau », dit-elle à Tommy.

Doofus dressa les oreilles. Il huma l'air autour de lui. Tournant la tête de côté et d'autre, il passa en revue le bas des placards, le réfrigérateur, la zone d'ombre au-dessous de l'évier.

Agrippant le Mossberg de la main droite, Meg décrocha son manteau et s'efforça de passer le bras dans la manche correspondante, puis elle fit passer l'arme dans sa main gauche et finit de se vêtir. D'une seule main, refusant de lâcher son arme, elle chaussa ses bottes.

Tommy avait les yeux fixés sur le piège à rat qu'elle avait laissé sur le comptoir, celui qu'elle avait récupéré sous l'évier. Le bout de bois que les rats avaient utilisé pour déclencher le mécanisme était toujours coincé entre l'arc et la base du piège. Tommy fronça les sourcils.

Avant qu'il n'ait le temps de réfléchir ou de poser des questions, Meg lui dit : « Tu n'as pas besoin de mettre une botte. Et laisse tes béquilles ici. Dans la neige, elles ne te serviraient à rien. Appuie-toi sur moi. »

Doofus se crispa et tout son corps s'immobilisa soudain.

Meg leva son arme et, pointant le canon devant elle, lui fit décrire un mouvement circulaire, tout autour de la cuisine.

Le labrador émettait un grondement rauque et continu, mais aucun rat n'apparut.

Meg ouvrit la porte, et le vent glacé s'engouffra dans la pièce. « Allons-y, partons. Tout de suite. »

Prenant appui sur le chambranle, Tommy se propulsa à l'extérieur, avant de s'adosser au mur du porche. Le chien lui emboîta le pas. Meg les suivit, refermant la porte derrière elle.

Tenant le Mossberg de la main droite, et soutenant Tommy de la gauche, elle aida le jeune garçon à traverser le porche, à descendre les quelques marches couvertes de neige, puis ils s'engagèrent dans la cour. En tenant compte du refroidissement dû au vent, la température devait se situer au-dessous de zéro. Les yeux de Meg s'emplirent de larmes, et son visage s'engourdit instantanément. Elle n'avait pas pris le temps de mettre des gants, et le froid transperçait sa chair jusqu'aux os. Mais elle se sentait pourtant mieux qu'à l'intérieur de la maison, plus en sécurité. Les rats ne les suivraient certainement pas au-dehors, la tempête constituant pour ces petits animaux un obstacle bien plus gênant que pour Tommy et elle.

À cause des rafales de vent qui faisaient siffler le toit de la maison et s'entrechoquer les branches nues des érables, toute conversation était impossible. Meg et Tommy progressaient en silence, Doofus à leur côté. À plusieurs reprises, ils perdirent l'équilibre et manquèrent même de tomber, mais ils atteignirent la grange plus rapidement qu'elle ne l'avait prévu, et elle s'empressa d'appuyer sur le bouton commandant l'ouverture du portail électrique. Avant que celui-ci ne se relevât complètement, ils se glissèrent au-dessous, le dos voûté. Dans la faible lueur que dispensait l'unique ampoule, ils se dirigèrent directement vers la Jeep.

Prenant les clés dans la poche de son manteau, elle ouvrit d'abord la portière du côté du passager, fit glisser le siège le plus loin possible sur ses rails, et aida Tommy à s'installer sur le siège avant. Elle tenait à ce qu'il fût assis près d'elle, et pas sur la banquette, bien qu'il eût été plus à l'aise à l'arrière. Lorsqu'elle voulut faire monter le chien à son tour, elle l'aperçut, planté sur le seuil de la grange, visiblement peu enclin à les suivre.

« Doofus, viens vite, dépêche-toi », lança-t-elle.

Le labrador gémit. Il fixait l'intérieur de la grange obscure, et son gémissement se changea en un grognement sourd.

Meg se souvint alors de l'impression qu'elle avait eue lorsqu'elle avait garé la Jeep, un peu plus tôt. L'impression qu'on l'observait. Elle entreprit alors de scruter les coins sombres et la pénombre du grenier, mais elle ne vit aucune silhouette blanchâtre ramper dans l'obscurité, ni aucune paire d'yeux rouges signalant la présence des rongeurs.

Le labrador se montrait peut-être excessivement prudent. Son attitude était compréhensible, mais il fallait qu'ils se dépêchent de partir. D'un ton plus autoritaire, Meg appela une nouvelle fois le chien. « Doofus, viens ici, viens. »

À contrecœur, il entra dans la grange, humant l'air autour de lui, puis le sol, avant de se précipiter soudain sur elle et de bondir sur la banquette de la Jeep.

Elle referma la portière, fit le tour de la voiture et s'installa derrière le volant. « On va aller jusqu'à Biolomech, annonça-t-elle à ses deux compagnons. On leur dira qu'on a trouvé ce qu'ils cherchent.

– Doofus, qu'est-ce que tu as ? »

À l'arrière de la Jeep, le chien faisait des aller-retour d'une vitre à l'autre, jetant de brefs coups d'œil à l'extérieur tout en poussant de petits jappements inquiets.

« Ce n'est rien. Il fait son cinéma habituel », répondit Meg.

Recroquevillé dans son siège de façon à pouvoir allonger sa jambe plâtrée, Tommy paraissait soudain plus jeune que son âge. Il avait l'air terrorisé, et vulnérable.

« C'est bon, le rassura Meg. On est parti. »

Elle enfonça la clé de contact et tourna. Rien. Elle essaya encore une fois. La Jeep refusait de démarrer.

7

Accroupi devant le grillage qui entourait Biolomech, Ben Parnell était en train d'examiner un passage creusé dans le sol à moitié gelé. Un tunnel, de la taille d'un rat. Plusieurs de ses hommes s'étaient rassemblés autour de lui, et l'un d'entre eux dirigea le faisceau de sa lampe sur le trou béant. Heureusement, celui-ci se trouvait dans une zone où le vent éparpillait la neige, au lieu de l'entasser, mais personne dans l'équipe ne l'avait remarqué avant de faire, une seconde fois, le tour complet du domaine.

Steve Harding éleva la voix afin de couvrir le bruit du vent : « Vous croyez qu'ils sont là-dedans, bien au chaud dans leur terrier ?

– Non », répliqua Ben, dont le souffle provoqua un petit nuage de vapeur dans le froid ambiant. S'il avait pensé que les rats se trouvaient dans un quelconque terrier au bout de ce conduit d'entrée, il ne serait certainement pas resté accroupi devant le trou en prenant le risque que l'un d'eux ne fît brusquement irruption pour se jeter sur lui.

Hostile, c'était le terme qu'avait employé John Acuff. Excessivement hostile.

« Non, je ne pense pas qu'ils aient creusé un terrier. Ils ont dû ressortir quelque part de l'autre côté du grillage, et ils ont filé. »

Un jeune homme dégingandé, enveloppé dans un grand manteau aux armes de la police locale, venait de les rejoindre.

« L'un d'entre vous s'appelle-t-il Parnell ?

– C'est moi, dit Ben.

– Joe Hockner, l'assistant du shérif. » Le gars était presque obligé de hurler pour se faire entendre. « J'ai amené le chien policier que vous avez réclamé.

– Parfait.

– Que se passe-t-il, ici ?

– Une minute » dit Ben, reportant son attention sur le tunnel passant au-dessous du grillage.

– Comment pouvons-nous être sûrs que ce sont bien eux qui ont creusé ce passage ? demanda alors George Yancy, un autre des hommes de Ben. Il est possible qu'il ait été fait par d'autres animaux.

– Approche la lampe par ici », dit Ben.

Steve Harding pointa le rayon lumineux directement dans l'orifice, d'une douzaine de centimètres de diamètre.

S'approchant encore plus près, les yeux plissés, Ben aperçut alors des brins de fil blanc collés à la terre meuble, et suffisamment éloignés de l'entrée du tunnel pour résister aux bourrasques de vent. Il ôta son gant droit, plongea lentement la main dans le trou, et en retira deux des brins. Deux poils blancs.

8

Tommy et le chien restèrent dans la Jeep, pendant que Meg, le Mossberg dans une main et, dans l'autre, une torche électrique trouvée dans la boîte à gants, allait ouvrir le capot. Le faisceau lumineux révéla une masse emmêlée de fils arrachés : tous les câbles, des bougies jusqu'à la tête de distributeur, avaient été sectionnés. Les Durit avaient été soigneusement rongées ; l'huile et le liquide de refroidissement s'égouttaient sur le sol de la grange, au-dessous de la Jeep.

Meg n'avait plus seulement peur, elle était à présent terrifiée. Mais il fallait pourtant qu'elle dissimulât sa frayeur, si elle voulait éviter de paniquer Tommy.

Elle referma le capot, fit le tour du véhicule et ouvrit la portière du côté de Tommy. « J'ignore ce qui se passe, mais le moteur est mort.

– Mais il marchait bien tout à l'heure, quand on est revenu à la maison.

– Oui, je sais, mais... Eh bien, ça ne marche plus. Viens, partons d'ici. »

Il prit appui sur elle pour sortir à son tour de la Jeep, puis, quand ils furent face à face, il lui dit : « Ce sont les rats qui ont fait ça, pas vrai ?

– Les rats ? Les rats sont dans la maison, oui, et ils sont répugnants, c'est vrai, mais... »

Lui coupant la parole avant qu'elle ait le temps de lui mentir, Tommy lança : « Tu essaies de ne pas le montrer, mais tu as peur d'eux, très peur, ce qui signifie qu'ils ne sont pas seulement un peu différents des rats ordinaires, mais au contraire très différents, parce que je sais qu'il en faut beaucoup pour te faire peur. Tu avais peur quand papa est mort, je le sais, mais ça n'a pas duré longtemps, et tu t'es ressaisie très vite, tu m'as rassuré, et si la mort de papa n'est pas arrivée à te démolir, je ne vois vraiment pas ce qui pourrait le faire. Mais ces rats de Biolomech, peu importe ce qu'ils sont, je sais simplement que tu as plus peur d'eux que de n'importe quoi. »

Elle le prit dans ses bras et le serra très fort contre elle, si fort qu'elle en eut presque mal – sans pour autant lâcher son Mossberg.

« Maman, reprit Tommy, j'ai vu le piège, et le bout de

bois coincé dedans, et j'ai aussi vu les céréales dans l'évier, mélangées avec la mort-aux-rats, et j'ai bien réfléchi. Je crois que ces rats ont un truc... Ils sont horriblement intelligents, peut-être parce qu'on leur a fait des choses spéciales au laboratoire, ils sont intelligents comme c'est pas permis, et ils ont trouvé le moyen de bousiller la Jeep.

– Ils ne sont pas encore assez intelligents. Pas assez intelligents pour se mesurer à nous, moussaillon.

– Qu'est-ce qu'on va faire ? » murmura-t-il.

Elle n'avait repéré aucun rat à proximité, et elle doutait même qu'ils fussent restés dans la grange après avoir saboté la Jeep, mais elle se mit également à parler à voix basse. Même s'ils les observaient, cachés quelque part, elle était certaine que les monstrueux rongeurs ne comprenaient pas ce qu'ils se disaient. Il devait quand même y avoir des limites à ce que leur avaient fait les gens de Biolomech. Néanmoins, elle jugea préférable de chuchoter.

« On va rentrer à la maison...

– Mais c'est peut-être justement ce qu'ils veulent.

– Peut-être. Mais il faut que j'essaie de téléphoner.

– Ils y ont sûrement déjà pensé, dit Tommy.

– Peut-être pas. Enfin, jusqu'à quel point peuvent-ils *être* intelligents ?

– Assez pour avoir bousillé la Jeep, en tout cas. »

9

Derrière le grillage s'étendait une prairie large d'une centaine de mètres environ. Au bout de la prairie, c'étaient les bois.

Les chances de trouver les rats étaient à présent très minces. Les hommes se dispersèrent à travers la prairie par équipe de deux ou trois, sans vraiment savoir quelle était la piste qu'ils devaient suivre, ni quelles étaient les traces que la tempête aurait épargnées. Même avec des conditions météorologiques favorables, par une belle journée ensoleillée, par exemple, il aurait été virtuellement impossible de retrouver à ciel ouvert les empreintes d'animaux aussi petits que des rats.

Ben Parnell emmena avec lui quatre hommes, et ils se rendirent directement de l'autre côté de la prairie, où ils commencèrent à explorer la lisière de la forêt, avec l'aide du limier. Le chien s'appelait Max. Trapu et court sur pattes, il avait d'immenses oreilles et une tête marrante, mais son approche sur le terrain ne prêtait pas à rire : il voulait bien faire, son sérieux le prouvait. Le policier qui s'occupait de Max, du nom de Joe Hockner, avait donné à renifler au chien un bocal rempli de litière et d'excréments prélevés dans la cage des rats, afin qu'il se représentât l'odeur qu'il lui fallait à présent détecter. Max n'avait pas du tout aimé ce qu'il avait senti. Mais l'odeur était apparemment si intense, et si inhabituelle, qu'elle était facile à pister. De plus, Max était un spécialiste du gros gibier, qui tenait à faire de son mieux, malgré le vent et la neige.

En moins de deux minutes, le limier avait repéré l'odeur des rats sur un buisson desséché par le gel. Tirant sur sa laisse, il entraîna Hockner à sa suite dans les bois. Ben et ses hommes suivaient.

10

Meg laissa Doofus sortir de la Jeep, et le trio prit la direction de la sortie. Dehors, le blizzard soulevait des spirales de neige qui tourbillonnaient, tels des spectres se hâtant vers quelque réunion de revenants. Le vent soufflait plus fort, et l'on entendit sur le toit les protestations bruyantes des bardeaux qu'une bourrasque venait d'arracher et qui s'envolaient dans la nuit. Les chevrons craquèrent, et les gonds de la porte du grenier se mirent à grincer, sinistres.

« Tommy, tu vas rester sous le porche pendant que j'irai jusqu'au téléphone qui se trouve dans la cuisine. Si la ligne est coupée... Eh bien, nous remonterons l'allée et nous arrêterons le premier véhicule qui passera sur Black Oak Road.

– Mais personne ne va sortir par un temps pareil !

– Il le faudra. Un chasse-neige, ou un engin de déblayage quelconque. »

Tommy s'immobilisa à la hauteur du portail de la grange.

« Maman, il y a presque un kilomètre d'ici à la route. Je ne suis pas sûr de pouvoir aller aussi loin, avec ma jambe dans le plâtre et la tempête, même si tu m'aides.

Je suis déjà fatigué, et ma jambe valide a du mal à me soutenir. Même si j'y arrive, il va me falloir beaucoup, beaucoup de temps.

– On peut le faire, dit Meg, et peu importe le temps qu'on mettra. Je suis certaine qu'ils ne vont pas nous poursuivre. En fait, on est en sécurité dans la tempête – on ne risque pas de tomber sur *eux*, c'est déjà ça. » Elle se souvint tout à coup de la luge. « Je peux te tirer jusqu'à Black Oak Road !

– Quoi ? Me tirer ? »

Elle décida de laisser Tommy tout seul avec Doofus, le temps de retourner au fond de la grange, pour y décrocher la luge de Tommy – *Vol de Nuit*, disait l'inscription qui en barrait le siège – suspendue sur le mur en compagnie d'une pelle, d'une houe et d'un râteau. Sans se séparer du Mossberg, elle se saisit de la luge et la rapporta d'une main à Tommy, qui l'attendait devant le portail.

« Mais, maman, je suis trop lourd.

– Depuis que nous habitons cette ferme, ne t'ai-je donc pas tiré et poussé sur la neige pendant au moins cent jours ?

– Oui, bien sûr, mais il y a des années de ça, quand j'étais petit.

– Oh, mais tu n'es pas si gros que tu crois, cow-boy. Amène-toi. »

Meg était contente de s'être souvenue de la luge. Par rapport à cette version moderne des rats de Hamelin, elle disposait d'un grand avantage : elle avait un enfant à protéger, un enfant dont elle était la mère, ce qui lui donnait une force contre laquelle même les pires cauchemars inventés par Biolomech ne s'attendaient pas à se battre.

Elle posa la luge dans la neige et aida Tommy à s'installer dessus.

Il s'assit, la chaussure de son pied gauche reposant contre le guidon. Son pied droit, recouvert par le plâtre, à l'exception de ses orteils, était entièrement protégé par une épaisse chaussette, dont la laine était à présent mouillée et, par endroits, gelée ; il se débrouilla pourtant pour casser sa jambe droite dans l'espace vide à l'avant de la luge. Les deux mains cramponnées sur le rebord de chaque côté de la luge, il ne risquait pas de tomber.

Tandis que Meg et Tommy s'activaient, Doofus décrivait autour d'eux de grands cercles, visiblement anxieux. À plusieurs reprises, il aboya en direction de la grange, mais chaque fois que Meg regarda par-dessus son épaule, elle ne vit absolument rien.

Saisissant la solide cordelette en nylon, Meg pria pour que le téléphone ne fût pas coupé lorsqu'ils arriveraient à la maison, l'autorisant ainsi à appeler du secours. Elle tira Tommy à travers toute la cour. Par endroits, les patins s'enfonçaient dans la fine couche de neige, entrant en contact avec le sol gelé, et leur progression devenait plus difficile. Mais sur la plus grande partie du trajet, là où la neige était plus profonde, où le sol était verglacé, la luge glissait aisément, donnant à Meg un infime espoir ; s'il le fallait, ils pourraient toujours atteindre la route avant que les rafales de vent ne l'aient jetée à terre, brisée de fatigue.

11

Les broussailles du sous-bois n'étaient pas trop denses, et les rats, apparemment, avaient profité des pistes tracées par les chevreuils pour avancer plus vite : Max s'enfonçait toujours plus loin dans la forêt, guidant les hommes qui le suivaient sur les traces des abominables créatures. Par chance, les sapins serrés les uns contre les autres empêchaient le plus gros de la neige de pénétrer jusque sous les arbres, ce qui facilitait la tâche de toute l'équipe, et constituait une véritable bénédiction pour les courtes pattes du limier. Ayant vu tous les vieux films racontant des évasions de prisonniers, dans lesquels James Cagney ou Humphrey Bogart, aux abois, étaient poursuivis par des meutes de chiens, Ben s'attendait à ce que Max donnât de la voix, mais celui-ci se contentait de souffler et de renifler bruyamment. En tout et pour tout, il n'aboya qu'une seule fois.

Depuis qu'ils avaient quitté les terres de Biolomech, ils avaient parcouru quatre cents mètres, titubant sur le sol inégal, sursautant fréquemment à cause des ombres bizarres qu'agitaient les faisceaux capricieux des lampes électriques, quand Ben comprit soudain que les rats n'avaient pas creusé le moindre terrier dans la forêt. Si telle avait été leur intention, ils auraient commencé à le faire sitôt après s'être mis à l'abri sous les sapins. Au lieu de ça, ils avaient foncé droit devant eux, à la recherche d'un refuge qui fût mieux qu'un trou dans la terre, ce qui paraissait tout à fait sensé, considérant que ces rats étaient loin de l'état *sauvage*, très loin. Ils étaient le produit de plusieurs générations de rats de laboratoires parfaitement domestiqués ; ils avaient passé leur vie dans une cage, où l'eau et la nourriture ne venaient jamais à manquer. Au milieu des bois, nul doute qu'ils se seraient sentis perdus, tout malins qu'ils fussent, et ils avaient dû, par conséquent, se mettre en quête d'une maison à partager avec ses occupants humains, couvrant la plus grande distance possible avant que l'épuisement et les rigueurs du froid ne les arrêtassent.

La ferme des Cascades.

Ben se rappelait très bien la jolie femme au volant de la Jeep : des cheveux châtains, des yeux bruns en amande, de ravissantes taches de rousseur. Assis sur la banquette arrière, le petit garçon, dont la jambe était plâtrée, devait avoir neuf ou dix ans, et lui avait fait penser à sa propre fille, Melissa, qui avait eu neuf ans quand elle avait perdu la terrible guerre qu'elle menait contre le cancer. Le petit garçon avait la même expression innocente et vulnérable que Melissa, cette expression qui avait fait tant de mal à Ben pendant toutes ces années passées à la voir s'étioler. Regardant par la vitre de la portière la mère et son fils, Ben leur avait envié la vie normale qu'ils semblaient mener, ainsi que l'amour et les joies d'une famille que les coups du sort avaient épargnée.

Fonçant à travers bois dans le sillage de Max et de Hockner, Ben fut alors saisi par l'horrible certitude que les rats – qui s'étaient échappés de Biolomech des heures avant que la neige ne commençât à tomber – s'étaient dirigés vers la ferme des Cascades, qui se trouvait être l'habitat humain le plus proche. La famille dont il avait envié le bonheur courait un danger mortel. Lassiter. C'était le nom qu'elle avait donné. Avec une conviction si forte qu'elle en était presque paranormale, Ben sut que les rats avaient élu domicile chez les Lassiter.

Hostiles, avait dit Acuff. Excessivement hostiles. Stupidement, inexorablement, diaboliquement hostiles.

« Ralentissez ! Attendez ! Ralentissez ! » hurla-t-il.

Hockner rappela le chien, et toute l'équipe se rassembla dans une clairière qu'encerclaient les sapins agités par le vent. De gros nuages de vapeur explosaient au rythme de la respiration des hommes, et tous se tournèrent vers Ben, attendant des explications.

« Steve, lança-t-il, retourne au portail principal. Prends un véhicule et une équipe avec toi, et partez pour la ferme des Cascades. Tu sais où elle se trouve ?

– Ouais, c'est la prochaine maison sur Black Oak Road.

– Que Dieu vienne en aide à ces gens ! J'ai la conviction que les rats sont là-bas. S'ils ne se sont pas réfugiés à la ferme des Cascades, c'est qu'ils sont morts dans la tempête – hélas, je ne crois pas que nous puissions compter sur la météo pour nous rendre ce genre de service.

– J'y vais », dit Steve en s'éloignant.

Ben s'adressa ensuite à Hockner. « Bien, allons-y. Et prions Dieu que je me sois trompé. »

Hockner libéra Max de la tension exercée sur sa laisse. Et cette fois, le limier laissa échapper un aboiement, rauque et long. Il venait de repérer l'odeur des rats.

12

Quand Meg, après avoir tiré la luge à travers toute la cour, arriva enfin au pied du porche, son cœur battait douloureusement fort dans sa poitrine, et l'air glacé labourait le fond de sa gorge. Elle était maintenant beaucoup moins sûre de ses capacités physiques que tout à l'heure, lorsqu'elle s'était vantée de pouvoir tirer Tommy jusqu'à la route. La tâche aurait pu être relativement facile, en effet, si la tempête n'avait pas fait rage, Meg ne luttant pas seulement contre le poids du garçon, mais aussi contre le vent particulièrement vicieux. Pour couronner le tout, les patins de la luge n'avaient pas été sablés, ni graissés, ni même fartés, comme c'était nécessaire tous les hivers, et la rouille les empêchait de glisser convenablement.

Doofus restait à proximité de la luge, mais il commençait à souffrir des effets du blizzard. Il tremblait sans pouvoir s'arrêter. Sa fourrure était trempée de neige. Dans la lumière ambrée qui luisait derrière les carreaux de la cuisine, illuminant faiblement la cour qui s'étendait devant le porche, Meg distingua de minuscules stalactites qui étincelaient tout autour du cou du labrador.

Tommy était en meilleur état que le chien. Après s'être encapuchonné, il avait penché la tête en avant, se protégeant ainsi des morsures du vent. Mais ni lui ni Meg ne portaient de sous-vêtements thermo-isolants, et tous deux étaient en jeans, au lieu des chauds pantalons doublés de rigueur. Au cours du long trajet qui leur restait à accomplir jusqu'à Black Oak Road, le vent aurait raison du peu de chaleur que leurs organismes respectifs conservaient encore.

Meg fit à nouveau des vœux pour que le téléphone fonctionnât.

Levant les yeux vers elle, Tommy montra un visage blême, à moitié dissimulé par son capuchon. S'efforçant de crier à tue-tête pour se faire entendre malgré le vacarme de la tempête, elle lui intima l'ordre de l'attendre sans bouger (comme s'il avait été en état de lui désobéir), l'assurant qu'elle serait de retour dans moins d'une minute (bien qu'ils aient su tous les deux que Meg risquait gros en entrant dans la maison).

Le Mossberg au poing, elle monta prudemment les marches du porche et ouvrit la porte de la cuisine, lentement. La cuisine était sens dessus dessous. Des paquets entiers de nourriture avaient été sortis des placards et déchiquetés rageusement, tandis que leur contenu était éparpillé alentour. Toutes sortes de céréales, de sucre, de farine de blé, de farine de maïs, de biscuits salés, de cookies, de macaronis, et de spaghettis étaient mélangés aux débris de verre qui jonchaient le sol, auxquels se joignaient divers produits plus ou moins liquides provenant de bocaux brisés, tels que de la sauce tomate, de la compote, des cerises, des olives et des légumes au vinaigre.

La destruction de toutes les provisions était insupportable, parce qu'elle exprimait une rage absurde. Les rats n'avaient pas saccagé tous ces paquets dans le but d'obtenir de quoi se nourrir. Ces créatures paraissaient si peu animées de sentiments pour l'espèce humaine qu'elles détruisaient pour leur propre plaisir ce qui ne leur appartenait pas, se réjouissant de tout casser et de gaspiller, à la façon des *gremlins* mythiques, qui ne s'amusaient qu'en causant du tort aux humains.

Ces monstres-ci, naturellement, avaient été créés par l'homme. Quel genre de monde était donc devenue la planète, qui laissait les hommes fabriquer eux-mêmes leurs propres gobelins ? En avait-il toujours été ainsi ?

Meg ne voyait aucune trace des rats qui avaient dévasté la cuisine. Pas le moindre mouvement dans l'ombre des placards, ni de formes sinueuses rasant les murs ou traversant le champ de bataille. Prudemment, elle franchit le seuil de la porte.

Le vent glacial la rejoignit aussitôt, s'engouffrant violemment dans l'encadrement, comme de l'eau sous pression. Des nuages blancs de farine et des tornades miniatures de sucre en poudre se répandirent dans toute la pièce, et quelques-uns des plus gros débris d'aliments – chips ou fragments de spaghetti – décollèrent à leur tour.

Méfiante, elle se rapprocha lentement du téléphone, installé sur le mur en face, à côté du réfrigérateur ; elle entendit craquer sous ses pas des bouts de verre.

À trois reprises, elle vit du coin de l'œil quelque chose qui bougeait, délibérément, elle en était certaine – les rats –, et elle pointa le canon de son Mossberg sur l'objet de ses soupçons. Mais, chaque fois, il ne s'agissait que d'une boîte vide de céréales ou de l'emballage déchiré d'un paquet de cookies qu'une bourrasque avait soulevés.

Tendant les bras vers le téléphone, elle décrocha le combiné. Pas de tonalité. La ligne était coupée, soit à cause de la tempête, soit à cause des rats.

Comme Meg, mortifiée, replaçait le combiné, le vent tomba soudain. Dans l'air apaisé, elle sentit une odeur de fumée. Une odeur de gaz naturel. Non, pas de gaz naturel. Ça sentait autre chose. Plutôt... l'essence.

Le mazout.

Tous ses signaux d'alarme internes se mirent en branle.

Maintenant que le vent glacial ne soufflait plus dans la cuisine, Meg se rendit compte que la maison puait le mazout. Il devait y avoir une fuite, quelque part dans la cave, sur l'un des tuyaux reliant le réservoir et la chaudière. Elle était tombée dans le piège. Ces monstres à têtes de rats étaient si méchants, si démoniaques, qu'ils étaient prêts à détruire la maison où ils avaient pourtant trouvé refuge, si c'était pour eux le moyen de tuer un être humain.

Elle s'éloigna du téléphone et reprit la direction de la porte.

Par le conduit d'aération, elle entendit le cliquetis familier et distant de l'appareil électronique qui pilotait la chaudière installée dans la cave : une étincelle électrique venait de mettre en marche le chauffage.

Une fraction de seconde plus tard, avant que Meg n'eût le temps de faire un pas, la maison explosa.

13

Dans la foulée de Max et de Hockner, Ben Parnell, lui-même suivi par trois de ces hommes, atteignit la limite nord de la forêt, et devina les fenêtres éclairées de la ferme des Cascades, qu'on distinguait à peine à travers la neige abondante, à moins de deux cents mètres plus loin, de l'autre côté d'un grand pré en pente.

« Je le *savais*, s'écria-t-il. C'est bien là qu'ils sont allés. »

Il pensa à la jeune femme et au petit garçon aperçus dans la Jeep et fut aussitôt submergé par un sentiment puissant : il était responsable d'eux, d'une façon qui dépassait largement les fonctions qu'il assumait à Biolomech. Pendant deux ans, il avait eu l'impression qu'il avait trahi son propre enfant, Melissa, qu'il n'avait pas pu sauver du cancer. C'était tout à fait irrationnel, bien sûr, puisqu'il n'était pas médecin et qu'il n'avait pas les connaissances nécessaires pour la soigner, mais le sentiment d'avoir échoué ne le quittaient plus. Il avait toujours eu un sens très fort des responsabilités qui lui incombaient, vertu rare qui peut parfois se révéler être une véritable malédiction. Il était à présent en train de regarder la ferme des Cascades, et il se sentait investi du besoin urgent et irrésistible d'assurer la sécurité de cette femme et de son petit garçon, et de tous les membres de leur famille habitant avec eux.

« Allons-y », dit-il à ses hommes.

Hockner était en train de déplier une couverture

ultralégère, l'un des résultats produits par la recherche spatiale en matière d'isolants thermiques. « Passez devant », dit-il, tout en s'agenouillant devant Max afin de l'envelopper dans la fine feuille brillante. « Il faut que je réchauffe mon chien. Il n'est pas taillé pour résister à une exposition prolongée au froid. Dès qu'il aura un peu récupéré, nous vous rejoindrons. »

Ben hocha la tête, tourna les talons, et n'eut que le temps de faire deux pas : en contrebas, la ferme venait d'exploser. L'éclair lumineux fut aussitôt suivi par l'onde de choc, une déflagration sourde que les témoins entendirent et ressentirent tout à la fois. De grandes flammes jaillirent de ce qui restait des fenêtres et entreprirent de dévorer les murs.

14

Le sol se souleva, projetant Meg dans les airs, puis il retomba en place, et elle tomba avec lui, à plat ventre dans les emballages déchirés, la nourriture éparpillée et les débris de verre. Le souffle coupé, elle resta un instant complètement assourdie par l'explosion. Mais toute désorientée qu'elle fût, elle n'en oublia pas moins l'incendie qui se propageait à une vitesse terrifiante, comme si les flammes avaient eu l'intention d'empêcher délibérément Meg de sortir.

Comme elle se mettait à quatre pattes, elle s'aperçut que ses mains étaient poisseuses de sang. Elle s'était coupée sur les éclats de verre, sa paume s'ornant d'une profonde entaille. Sa vie n'était pas en danger, mais ce genre de plaie était douloureux. Pourtant, elle ne souffrait pas, sans doute à cause de l'état de choc dans lequel elle se trouvait.

Tenant toujours le Mossberg de la main droite, elle se releva. Ses jambes tremblaient, mais elle réussit à tituber en direction de la porte, l'incendie à ses trousses.

Au moment où le sol de la cuisine commençait à se fendre de toutes parts, elle atteignit la sortie. Très endommagé par l'explosion, le toit du porche s'était complètement affaissé. Son pied venait à peine de quitter la dernière marche que l'un des piliers se disloqua. Comme si son passage avait suffi à détruire le fragile équilibre, le porche s'écroula tout à coup, mettant par la même occasion un terme à sa surdité.

L'onde de choc avait projeté Tommy hors de la luge, et il avait roulé, ou rampé, cinq ou six mètres plus loin. Il était à présent étendu sur la neige, et le labrador montait dignement la garde auprès de lui. Meg se précipita vers son fils, convaincue qu'il était blessé, bien qu'il se fût trouvé à l'abri des flammes et des éventuelles projections. Tommy n'avait rien : il était en larmes, il avait eu peur, mais il était indemne.

« Tout va bien, mon bébé, on va s'en sortir », lui répétait-elle, tout en doutant qu'il puisse l'entendre, tant étaient assourdissants les hurlements du vent et le rugissement des flammes qui ravageaient la maison.

Meg prit son fils dans ses bras. En le sentant bien vivant contre elle, elle fut à la fois soulagée et reconnaissante – et furieuse. Furieuse contre les rats et contre les hommes qui avaient créé ces créatures malveillantes.

Jadis, elle avait cru que sa carrière d'artiste était la chose la plus importante de sa vie. Puis, pendant un certain temps, après avoir épousé Jim et s'étant battue avec lui pour faire de leur agence de publicité une affaire florissante, la réussite financière lui était apparue comme primordiale. Mais elle avait compris, des années auparavant, que le plus important, dans la vie, c'était la famille, et les liens d'affection entre un mari et sa femme, entre deux parents et leurs enfants. Dans ce monde à mi-chemin entre le paradis et l'enfer, des forces irrésistibles semblaient vouloir détruire la famille ; la maladie et la mort séparaient ceux qui s'aimaient ; la guerre, le fanatisme et la pauvreté s'attaquaient aux familles, répandant partout l'acide corrosif de la violence, de la haine, de la cupidité ; parfois, certaines familles se détruisaient elles-mêmes, par le biais d'émotions ignobles, comme l'envie, la jalousie, la luxure. Elle avait perdu Jim, qui représentait la moitié de sa famille à elle, mais elle s'était accrochée à Tommy et à la maison qui avait abrité le souvenir de Jim. Et voilà que la ferme des Cascades lui était à présent retirée, à cause de ces monstres en forme de rats que l'homme lui-même avait créés. Mais il n'était pas question qu'elle les laisse lui prendre Tommy, et elle était résolue à leur faire payer très cher ce qu'ils lui avaient déjà volé.

Elle aida Tommy à s'éloigner de la maison, et l'installa dans un pré où les rafales de vent et le froid coupant le protégeraient sans doute des rats. Puis elle se dirigea, seule, vers la grange.

Les rats ne pouvaient qu'être là. Elle était convaincue qu'ils ne s'étaient pas immolés par le feu. Ils avaient quitté la maison après avoir saboté la chaudière et préparé le piège dans lequel elle était tombée. Elle savait aussi qu'ils ne tenaient pas à se retrouver en plein air, et que, par conséquent, la grange était leur seul refuge possible. Ils avaient probablement creusé un tunnel reliant les deux bâtiments. Ils avaient dû arriver dans l'après-midi, ce qui leur avait laissé suffisamment de temps pour explorer les lieux et établir une connexion entre la maison et la grange, au moyen d'un passage souterrain ; ils étaient gros, et plus forts que les rats ordinaires, et le tunnel n'avait pas dû leur poser de grandes difficultés. Pendant que Tommy et elle s'étaient épuisés à faire l'aller-retour entre la grange et la maison, les rats, eux, étaient facilement passés de l'une à l'autre, grâce au passage souterrain.

Meg ne se rendait pas à la grange simplement animée par le désir de se venger des rats. Ce qui importait davantage, c'était que celle-ci constituait pour Tommy et elle le seul espoir de ne pas mourir de froid au cours de la nuit. Sa paume entaillée lui interdisant de se servir de sa main gauche, elle ne pouvait plus tirer la luge qu'avec sa seule main droite. De plus, elle était encore légèrement choquée, ce qui la fatiguait beaucoup. Elle avait déjà compris que tirer la luge jusqu'à la route avec un vent soufflant à quatre-vingt-dix kilomètres à l'heure et une température au-dessous de zéro degré, et attendre pendant des heures que passe un chasse-neige était une entreprise qui dépassait ses capacités d'endurance. Étant donné sa condition physique, elle n'y survivrait pas, et Tommy non plus. La maison ayant disparu dans les flammes, il ne restait plus que la grange. Il allait donc falloir qu'elle arrachât aux rats le seul abri dont elle pouvait disposer. Il allait donc falloir qu'elle les tuât tous, afin de récupérer son bien et de donner, à Tommy et à elle-même, une chance de survivre.

Elle n'avait pas le moindre espoir que quelqu'un, ayant remarqué l'incendie, vînt s'enquérir de sa cause. La ferme des Cascades était relativement isolée, et le blizzard, loin d'attiser les flammes, contribuait à les rendre invisibles de loin.

Arrivée devant la porte de la grange, elle hésita. L'unique ampoule brûlait encore, mais l'obscurité paraissait plus dense qu'auparavant. Laissant derrière elle les hurlements du vent et l'incendie qui dévorait sa maison, elle pénétra dans l'antre des rats.

15

Ben Parnell découvrit que le pré était en fait sillonné par une série de canaux d'évacuation qui rendaient sa progression difficile. Avec la tempête qui faisait rage et la neige empêchant toute visibilité, le sol était dangereux : il ne s'apercevait souvent qu'un fossé se trouvait sous ses pieds qu'au moment où il tombait dedans. Chercher à avancer rapidement dans ce type de pré était le meilleur moyen de se fouler une cheville ou, pire, de se casser une jambe, aussi Ben et les trois hommes qui l'accompagnaient ne marchaient-ils que prudemment, malgré le spectacle terrifiant de la maison en flammes.

Il savait que les rats étaient responsables de l'incendie. Il ignorait comment et pourquoi ils avaient fait une chose pareille, mais l'apparition des flammes étaient trop opportune pour n'être qu'une coïncidence. Ben avait l'esprit traversé de visions troublantes, montrant la jeune femme et le petit garçon au milieu des flammes, réduits à l'état de cadavres affreusement mutilés par les rats.

16

Elle était terrifiée. Mais l'étrange peur qu'elle ressentait ne l'affaiblissait pas, au contraire : elle contribuait à renforcer sa détermination et son courage. Un rat acculé dans quelque coin paniquerait, mais une femme, dans les mêmes circonstances, n'en devenait pas pour autant, une proie facile. Tout dépendait de la femme en question.

Meg traversa la moitié de la grange, et s'arrêta devant la Jeep. Elle regarda autour d'elle : d'un côté, les anciennes stalles, plongées dans la pénombre ; le grenier, dont le plancher était placé à mi-hauteur, au fond du bâtiment, et la grande mangeoire vide, depuis longtemps inutilisée, dans un coin.

Elle sentait que les rats étaient là et qu'ils la regardaient.

Tant qu'elle était armée, ils ne se montreraient pas, mais il fallait pourtant qu'elle les attire à découvert, si elle voulait les abattre. Ils étaient bien trop malins pour se laisser séduire par la nourriture. Donc... si elle ne pouvait pas les leurrer, peut-être pouvait-elle les forcer à se montrer en tirant quelques cartouches bien placées.

Lentement, elle marcha jusqu'au fond de la grange. En passant près des stalles, où jadis se tenait le bétail, elle s'efforça de percer du regard l'obscurité, cherchant l'éclat caractéristique des petits yeux rouges. Un ou deux rats, au moins, étaient sans doute tapis dans l'ombre.

Bien qu'elle n'ait vu aucun de ses ennemis, elle commença à tirer au jugé dans les stalles tout en retournant vers l'avant de la grange – *pan, pan, pan* – trois coups, chacun dans l'un des étroits compartiments, accompagnés d'une flamme longue d'un mètre jaillissant du canon du Mossberg à chaque explosion, et de l'écho des déflagrations rebondissant sur les murs. Au troisième coup, une paire de rats surgirent en couinant du quatrième compartiment et foncèrent s'abriter sous la Jeep en panne, non sans passer par la zone mieux éclairée au milieu de la grange. Elle tira deux fois, et les deux rats firent un bond, l'un après l'autre, tués sur le coup.

Elle avait vidé le Mossberg. Les traits crispés par la douleur, elle enfonça sa main blessée dans ses poches et en retira les quatre dernières cartouches, qu'elle se hâta d'installer dans son arme. Comme elle finissait d'introduire la dernière dans le magasin, elle entendit, derrière elle, plusieurs couinements suraigus. Elle fit volte-face. Six gros rats blancs, aux crânes étrangement difformes, fonçaient droit sur elle.

Quatre des créatures comprirent qu'elles n'auraient pas le temps d'attaquer, et quittèrent aussitôt les autres, pour se cacher sous la Jeep. Énervée de voir avec quelle rapidité les deux rats progressaient, elle tira deux fois, coup sur coup, les éliminant résolument.

Elle fit le tour de la Jeep, juste à temps pour voir les quatre bestioles quitter leur cachette et courir vers la vieille mangeoire. Elle tira une première fois, puis une deuxième, tandis que les rats s'évanouissaient dans l'ombre.

Plus de munitions. Elle arma néanmoins le Mossberg, comme si le geste pouvait suffire à faire apparaître dans le magasin, comme par magie, une autre cartouche, mais le cliquetis du mécanisme persista à sonner creux...

Soit parce qu'ils savaient eux aussi ce que signifiait le bruit qu'ils venaient d'entendre, soit parce qu'ils savaient qu'ils ne lui avaient laissé que neuf cartouches – les cinq dans le magasin, et les quatre qu'ils n'avaient pas réussi à voler dans sa garde-robe –, les rats réapparurent. Quatre masses blanchâtres, qui avançaient vers elle, éclairées par l'unique ampoule poussiéreuse.

Changeant sa façon de tenir le Mossberg, Meg l'empoigna par le canon, comme une massue. S'efforçant d'ignorer la douleur qui lui cisaillait la paume, elle leva l'arme au-dessus de sa tête.

Les rats continuaient de s'approcher, lentement... puis ils se firent plus audacieux.

Elle jeta un coup d'œil par-dessus son épaule, comme si elle s'attendait à être encerclée par une douzaine de rats, mais elle n'en vit pas d'autres. Il ne restait plus que ces quatre-là. Mais ils auraient pu être plus nombreux, cela n'aurait rien changé : elle n'aurait que le temps d'en tuer un, un seul, avant que les autres ne fussent tous sur elle, s'agrippant à ses jambes, mordant et griffant sa gorge, son visage... Elle ne se sentait pas capable d'affronter les trois derniers à mains nues.

Elle jeta un regard en direction du portail, tout en sachant que même si elle jetait le Mossberg et courait se réfugier à l'extérieur, dans la tempête, les rats ne lui laisseraient pas le temps d'arriver au-dehors.

Comme s'ils percevaient sa vulnérabilité, les quatre monstres se mirent à couiner presque triomphalement. Redressant leurs têtes difformes et grotesques, humant l'air autour d'eux, ils frappèrent le sol de leurs queues grasses et, à l'unisson, poussèrent un cri bref plus perçant que jamais auparavant.

Puis, vifs comme l'éclair, ils se jetèrent sur elle.

Bien qu'elle sût qu'elle ne parviendrait jamais au portail assez vite, il fallait qu'elle tentât sa chance. Si les rats la tuaient, Tommy serait à leur merci, seul dans la neige avec sa jambe cassée. On le retrouverait mort de froid au matin... en supposant que les rats ne bravassent pas la tempête pour l'attaquer.

Tournant le dos aux quatre rats, elle piqua un sprint en direction de la sortie, et fut tout étonnée d'apercevoir la silhouette d'un homme qui se détachait sur la maison en flammes. Un revolver à la main, il cria : « Écartez-vous ! »

Meg se jeta sur le côté, et l'inconnu tira quatre coups rapides. Il ne toucha qu'un seul des rats, à cause de leur taille, une cible difficile pour une arme de poing. Les trois autres disparurent aussitôt sous la mangeoire.

L'homme accourut auprès de Meg, et elle le reconnut. Il lui avait parlé, quand elle s'était arrêtée au barrage routier. Il portait toujours son blouson doublé de peau et son bonnet couvert de neige durcie.

« Vous allez bien, madame Lassiter ?

– Combien y en a-t-il ? J'en ai tué quatre, et vous, un. Combien en reste-t-il ?

– En tout, huit rats se sont échappés.

– Donc, il en reste seulement trois ?

– Oui. Hé, votre main saigne abondamment. Vous êtes sûre que...

– Je crois qu'ils ont creusé un tunnel entre la grange et la maison, dit-elle, d'un ton pressant. Et j'ai comme l'impression qu'il débouche exactement sous cette mangeoire. » Les dents serrées, elle parlait avec une fureur qui la surprenait elle-même. « Ils sont répugnants, à vomir, et je veux qu'on en finisse. Je veux tous les liquider, jusqu'au dernier, et les faire payer pour la maison qu'ils m'ont volée et pour avoir terrorisé Tommy, mais comment allons-nous faire, s'ils sont planqués dans leur souterrain ?

L'homme lui montra, d'un geste de la main, un gros camion qui venait de se garer dans l'allée. « Nous nous étions dit qu'après avoir retrouvé les rats, nous serions peut-être obligés d'aller les chercher au fond d'un terrier, et entre autres choses, nous avons donc apporté le matériel nécessaire pour les gazer au fond de leur trou.

– Je veux qu'ils crèvent », s'écria-t-elle, effrayée par les accents rageurs qui faisaient vibrer sa voix.

Descendant du camion, des hommes étaient en train de se diriger vers la grange. Les faisceaux des lampes électriques faisaient danser les flocons de neige – et les cendres que le vent emportait loin de la maison incendiée.

17

Enfin en sécurité, Tommy, Doofus et Meg se partageaient la douce chaleur de la cabine du camion, tandis que les hommes de Biolomech tentaient d'éradiquer les derniers représentants de cette vermine qu'étaient les rats échappés du laboratoire. Le jeune garçon était blotti contre sa mère, encore tremblant, malgré le chauffage qui avait pourtant chassé depuis un long moment les frissons dus au froid.

Doofus, doté de cette résistance émotionnelle qui caractérise les membres d'une espèce animale joueuse et primaire totalement dénuée d'imagination, avait fini par s'endormir.

Bien qu'ils fussent d'avis que les rats n'emprunteraient pas le tunnel menant à la maison carbonisée, quelques employés de Biolomech avaient quand même établi un cordon sanitaire autour des ruines, et ils se tenaient prêts à tuer tout ce qui surgirait des cendres. Le même dispositif avait été installé autour de la grange, afin d'empêcher une éventuelle évasion.

À plusieurs reprises, Ben Parnell s'approcha du camion. Meg, à chacune de ses visites, descendait la vitre, et écoutait le compte rendu qu'il lui faisait alors, debout sur le marchepied.

Équipés de masques protecteurs, les techniciens avaient envoyé un gaz mortel dans le tunnel creusé par les rats, qui aboutissait bien au-dessus de la mangeoire.

« On leur a balancé une sacrée dose, raconta Parnell lors de l'une de ses visites. Suffisamment pour saturer un terrier dix fois plus gros que ce qu'ils auraient pu avoir le temps de creuser. Il faut à présent que nous creusions à notre tour, afin de récupérer les dépouilles. Ce qui ne devrait pas être trop difficile. Ils n'auront sans doute pas creusé très profondément, dans la mesure où un tel effort n'aurait servi à rien. Nous allons donc commencer par retirer la terre en surface, sur quelques centimètres, en partant du mur de la grange, pour traverser ensuite la cour, tout en retirant la terre au fur et à mesure, vous voyez, jusqu'à ce qu'on leur ait mis la main dessus.

– Et si vous ne leur mettez pas la main dessus ? insista Meg.

– On va les retrouver, j'en suis certain. »

Meg aurait bien voulu détester tous les employés de Biolomech, et elle aurait particulièrement voulu haïr Parnell, parce qu'il était responsable des recherches, et, par conséquent, le seul dirigeant sur qui elle pouvait déverser sa colère. Mais lui parler durement – et persister dans cet état d'esprit alors qu'il se montrait plein de sollicitude à leur égard – se révélait plutôt difficile, parce qu'elle se rendait compte que ces employés n'étaient pas responsables ni de la création des rats mutants, ni de leur évasion. Les hommes présents, qui faisaient partie de l'équipe de nettoyage, étaient des citoyens ordinaires, comme tous ceux qui, au cours des siècles, s'étaient relayés pour réparer les dégâts causés par les grands chefs. C'étaient les citoyens ordinaires qui rétablissaient la paix dans le monde, en combattant jusqu'au bout, jusqu'à la fin; c'étaient les impôts, le labeur et les sacrifices des citoyens ordinaires qui pavaient la voie du progrès, et de toutes ces améliorations dont les politiciens s'attribuaient injustement le mérite.

De plus, elle était sincèrement touchée par la sympathie et la compréhension dont Parnell avait fait preuve en apprenant que son mari était mort et que Tommy et elle vivaient seuls. Il avait alors parlé de la solitude et de la perte d'un être cher comme s'il avait eu sa part d'épreuves, lui aussi.

« Un jour, j'ai entendu parler d'une femme, avait-il dit de façon plutôt énigmatique, penché vers Meg, qui avait perdu sa petite fille, morte d'un cancer, et qui était si minée par le chagrin qu'elle avait dû tout changer dans sa vie, pour partir vers des horizons totalement nouveaux. Elle ne supportait même plus de regarder son propre mari, qui l'aimait, parce qu'ils avaient partagé l'expérience tragique de leur fille, vous voyez, et chaque fois qu'elle le voyait... Eh bien, c'était leur petite fille qu'elle revoyait, et elle se souvenait alors des souffrances que son enfant avait endurées. Cette expérience qu'ils avaient faite ensemble, vous voyez, cette tragédie qu'ils avaient partagée, c'était un piège dont leur amour ne pouvait sortir. Alors... Le divorce, une nouvelle ville, un nouvel État... Pour elle, c'était la seule solution, toute radicale fût-elle. Mais on dirait que vous avez su supporter votre chagrin beaucoup mieux que cette femme, madame Lassiter. Je sais combien ces deux dernières années ont dû être difficiles, mais vous pouvez peut-être comprendre que, pour certaines personnes n'ayant pas votre force de caractère, la vie soit plus dure. »

Cette nuit-là, à onze heures dix, et aux deux tiers de la distance séparant la grange des ruines de la maison, l'équipe chargée du nettoyage retira une couche de terre d'une soixantaine de centimètres d'épaisseur, dégageant ainsi la partie supérieure du tunnel, et trouva les trois derniers rats. Morts. Les cadavres furent allongés côte à côte sur le sol de la grange, près des cinq autres.

Ben Parnell s'approcha à nouveau de la cabine du camion. « J'ai pensé que vous voudriez peut-être les voir – histoire d'être certaine que nous les avons tous retrouvés, vous voyez.

– J'y tiens, répondit Meg. Comme ça, je me sentirai davantage en sécurité. »

Meg et Tommy sortirent du camion.

« Ouais, fit le jeune garçon, moi aussi, je veux les voir. Ils croyaient qu'ils nous avaient pris au piège, mais c'était le contraire. » Il leva les yeux vers Meg. « Tant qu'on est tous les deux, on peut se tirer de toutes les embrouilles, hein ?

– Tu peux compter sur moi », dit Meg.

Tommy étant fatigué, Parnell le prit dans ses bras et l'emporta jusque dans la grange.

Et Meg, sentant la morsure du vent, fourra ses mains dans ses poches. Elle se sentait soulagée. Pour l'instant, du moins, elle n'était pas seule à porter son fardeau.

Regardant par-dessus son épaule, Tommy répéta à l'intention de sa mère : « Toi et moi, maman.

– Tu peux compter sur moi. » Et elle sourit. Elle avait l'impression qu'une cage, dont elle avait été à peine consciente jusque-là, s'était ouverte, leur permettant d'accéder à une liberté nouvelle.

Titre original :
Trapped

Cet ouvrage a été réalisé par la
SOCIÉTÉ NOUVELLE FIRMIN-DIDOT
Mesnil-sur-l'Estrée
pour le compte des Éditions Pocket
en janvier 1998

POCKET - 12, avenue d'Italie - 75627 PARIS CEDEX 13
Tél. : 01-44-16-05-00

Imprimé en France
Dépôt légal : février 1997
N° d'impression : 41074